第四部

白牿牛潭

崔世雄 著

天津出版传媒集团

天津人民出版社

图书在版编目（CIP）数据

白犊牛潭.第四部 / 崔世雄著. -- 天津：天津人民出版社, 2022.3
ISBN 978-7-201-17881-3

Ⅰ.①白… Ⅱ.①崔… Ⅲ.①长篇小说－中国－当代 Ⅳ.①I247.5

中国版本图书馆 CIP 数据核字(2021)第 267269 号

白犊牛潭·第四部
BAIGUNIUTAN·DISIBU

出　　版	天津人民出版社	
出版人	刘　庆	
地　　址	天津市和平区西康路35号康岳大厦	
邮政编码	300051	
邮购电话	（022）23332469	
电子信箱	reader@tjrmcbs.com	

责任编辑	岳　勇	
特约编辑	张素梅	
装帧设计	明轩文化·王　烨	

印　　刷	天津新华印务有限公司	
经　　销	新华书店	
开　　本	710毫米×1000毫米　1/16	
印　　张	17.75	
插　　页	1	
字　　数	220千字	
版次印次	2022年3月第1版　2022年3月第1次印刷	
定　　价	58.00元	

谨以此书献给新中国的翻身农民、农村干部,以及那个年代在农村长大的孩子们!

主要人物简介

窦先智——乳名风亭,绰号"铳气"。窦为新、白大姑长子。土改时期
　　　　民兵小队长,人民公社时期生产小队会计,二十世纪六十
　　　　年代末生产队护林员、小卖部负责人。

徐玉珍——窦先智之妻。

窦世强——乳名金舫,曾用名窦世耕。窦先智长子。

窦世豪——乳名兵舫,曾用名窦世读。窦先智次子。

窦世华——乳名姣兰,窦先智长女。

窦世刚——乳名书舫,窦先智三子。

窦世娥——乳名娥兰,窦先智幺女。

窦为新——窦先智之父。

白大姑——窦先智之母。

窦先职——乳名雨亭,窦为新次子。乡间理发员。

白桃英——窦先职之妻。

窦世斌——乳名银舫,窦先职长子。

窦先觉——乳名阳亭,窦为新三子。

栓　哥——窦先觉之妻,罗老坎之女。

窦先镐——乳名月亭，窦为新四子。

窦为斗——窦为新二弟，社员。

窦先尧——窦为斗次子。党员，人民公社时期生产队青年突击队队长，后为生产队队长。

窦为圣——窦为新三弟，社员，乡间艺人。

窦为香——窦为新堂弟。党员，早年参加赤卫队，土改时期民兵队长、农会会长，人民公社时期生产小队队长，二十世纪六十年代末贫协主任。

姑奶奶——娘家名窦厚珍，曾善明之母。窦先智的姑奶奶。人称"絮嗑子"。

曾善明——姑奶奶之长子。土改时期富裕中农，人民公社时期生产小队食堂管理员，后为社员。

二黄婶——曾善明之妻。

曾善亮——姑奶奶之次子。在台湾的地下共产党员，后英勇就义。

曾先炳——原名丢娃，曾独梅之夫。党员，土改积极分子，人民公社时期的生产大队支部书记，二十世纪六十年代末为公社革委会委员，后一直任大队支部书记。

曾独梅——曾善明之长女，曾先炳之妻。土改时期的妇女会会长，人民公社时期妇女队长，后为社员。

曾后秀——曾先炳之长女。党员，工农兵大学生，小学校长。

曾独松——曾善明之独子。人民公社时期的生产小队副队长，二十世纪六十年代末为大队党支部书记，公社脱产干部，最后辞职返乡。

曾后道——曾独松之子。

曾独兰——曾善明之幺女。曹家嘴白家媳妇。

赵扶民——新中国成立初任洪湖县委宣传部部长，后来的副县长、县长，县委书记，地区革委会副主任。

刘小牯——早年的赤卫队员，新中国成立后任区委书记、区革委会副主任、党的核心小组组长，后为县贫协主任，最后退休落户窦曾台。

洪少谱——解放后任乡长、公社党委书记、区长,二十世纪六十年代末为区革委会副主任,后为县委常委、区委书记。曹老大的侄女婿。

洪光灿——洪少谱之子。

徐先生——白大姑的初恋情人,乡间算命先生。

罗老坎——绰号"罗老屁"。被抓丁的国民党旧军官。生产小队仓库保管员。栓哥之父。

光棍周——社员。

肖老大——社员。

不见天——社员,乡村混混儿。

曹老大——绰号"苕果子",新中国成立前系国民党联保处书办,解放后是供销社守门人。

伏老木——新中国成立前是国民党部队的营长,人称蛤蟆镜营长。新中国成立后逃窜,化名李老伏,人民公社后化名伏老木,潜伏为农机站职工。

故事梗概

  时光流淌,进入一九七九年,翻身农民窦先智,与新中国一同走过三十年,家庭状况发生了重大变化。他咬定读书传家走天下,不惜受苦受穷,勒紧裤腰带送子女读书,娃儿们终于学有所成。大儿子中专毕业,在县城安家就业。三儿子高中毕业,当了临干。大女儿初中毕业,当民办老师转了正。小女儿顶着退学潮,上了高小。尤其是二儿子窦世豪,参军后入党提干,进报社受训,在旅大市成了家,月月寄钱回来,改变了往日的家境贫寒。其实,这一切,来自曾后秀背后自我牺牲的支撑。后秀深爱世豪,为了阻断洪少谱父子对世豪及窦家人的打击陷害,她忍痛含恨与洪光灿结婚,暗地里帮扶窦家。然而,窦家人一直不明真相,心地里却怨恨后秀。窦先智带后秀进城见到世豪,本可解除误会,却因后秀急于帮世豪解难而落空。后秀继续陷入痛苦之中。窦先智到旅大市享受到了子媳带来的幸福,见到了外面的新世界,产生了人往外面走的想法,打算离乡进城。这时,乡下出现了许多新鲜事,"四类分子"摘帽,贫协民兵小学解散,分田单干,昔日一同搞集体化的老伙伴们骂他是逃兵。他不为所动,认为只要是共产党的天下,在乡下在城里一个样,单干集体干都行,直到老地主的孙子带人来砍他的树,占他的菱角田,扬言要变天,在树后见到他一生追踪的国民党逃犯又露了面,这才打消进城的念想,掏心肝要入党,留在乡下重走集体合作化道路。

目 录

第四部

地扒根(一九七九年)

楔子　世豪探亲

一九七五年腊月初五。一辆土黄色吉普车缓缓停在窦先智家门前。车门迅即推开，一位壮实的军人，站立在车外冰雪融化后的稀泥中。

屋檐垂下一排高低不一的冰溜子，淌着水，滴答滴答，像挂上了一幅稀疏的珠帘，泥地上对应一排水窝窝。檐下的台阶上，玉珍倚门纳鞋底，晒太阳，想心思，没在意门前的车和人。靠在玉珍身边看书的大女儿世华，抬头见了这人，一声尖叫："当兵的，是小哥？小哥——"扔了书，冲下台阶，跳进泥水，一头扎进哥的怀里。

玉珍慢慢站起身，鞋底儿和针线盆掉在地上，她用中指上的顶箍狠狠刮了刮自己的脸，直愣愣的眼光射出来，看清了是自己的二儿子世豪。儿子头戴栽绒军呢棉帽，帽前一颗红五星光闪闪。脚蹬黑色军用高勒皮鞋，鞋头虽然溅了泥浆，仍然铮亮。身穿海蓝色军呢大衣，两排金色圆扣闪着光，翻开的衣领中间，颈下严实的风纪扣两边，红色领章光闪闪。衣着全变了，没变的是儿子那张圆圆的脸和淡眉大眼厚嘴唇。她像突然中风了似的，全身僵硬，挪不动腿脚，张不开嘴，干枯的眼眶里流不出泪水，呆呆地望着儿子。

"娘！"世豪拉着世华，踏着冰水，三脚并两步，跃上台阶，拉起娘的手，

盯眼看。娘额头爬满皱纹，两眼干涩，眼角挂着扫帚似的褶皱，瘦削的下巴，皮包着骨。娘才四十五岁，怎么老成这个样？他抚摸娘的手，锯齿般的粗糙，像一把干柴，不由得泪流满面。

"是我兵舫！我儿回来了！"玉珍抽回儿子握着的手，拢拢散乱的头发，招呼儿子进屋。

"世豪，这么多泥水，我怎么进屋啊？你来背我。"吉普车的门被推开，一个姑娘探出头来。她身着棉军装，红色帽徽领章同样闪着光，帽檐儿下，一绺卷曲的刘海儿，帽后，甩着两条又黑又粗的短辫，脚上半高跟皮靴挂在车边，不肯踏进泥水里。

世豪皱皱眉头，返身把姑娘背进屋，取下行李箱，谢过司机，放走了吉普车，进了家门。

半个月前，窦世豪突然收到曾后秀来信，前无称呼，后无落款，简短几句话："我腊月初十与洪光灿结婚。你回来见一面。穿四个兜的军官服，带一个女军官朋友来，她爹娘官越大越好。到了县上，坐小车回。到曹家嘴区上转几圈，显摆叫洪少谱看。经过谢仁口公社，坐车兜几圈，让人晓得你当官回来了。不要问为么事，只管听我的。切记！切记！切记！"

出海归来，刚靠上码头，世豪还没脱下出海服，中队文书送来这封信。世豪看了一遍又一遍，如在雾里看山，看不出道道来。他当过报务兵，这信就是未经密码翻译的报文，一堆乱码。

五年前，后秀与洪光灿定婚前几日，曾给世豪发过一封电报，还写了几句话的短信，说："从今以后，你是弟，我是姐，不要问为么事。纵使吃尽千般苦，遭尽万般罪，你也要干出名堂来。入党，提干，当领导。做不到，莫回来。"此后的五年间，再没只言片语的联系。世豪隔两天给后秀写一封信，却从没收到她的回信。他多次写信问家里，大妹姣兰回信说，后秀上了三年荆州师范大学，当了工农兵大学生，毕业后，回本队小学教书，与洪光灿关系不冷不热，也常来看干爹干娘，来家手脚不停，做这做那，没看出有么异样，只是从不提世豪，要是别人提起，她从不搭言，扭头就走。

五年来，世豪一直不明白，后秀为什么突然冷淡自己，与洪光灿定婚。这时，更不明白她为什么突然来信，要与洪光灿结婚。他知道，后秀深爱着自己，并不喜欢那个溜光苔（注：外面光里面糟）。当兵离家前的那个深夜,后秀把她的贞操给了自己,说好了等着他的。自己一时一刻也没忘记后秀,她亲手织的那件绛红色毛线衣穿得脱了扣,修补了几次,还穿在身上。写给她的信,一张张连起来,也可通到白牯牛潭她家门口。部队通信连卫生队的单身女军官,写纸条,送媚眼,托人说情,自己眼都不眨一下,一门心思就想回家与她谈婚事。她怎么说变就变了呢?

难道是嫌弃自己没长进?没呀,她说过的入党提干,长本事,有出息,自己都做到了。入伍当年,因为老家没及时回复调查函,入党搁下来了。第二年,从训练团毕业,分配到最抢手的导弹艇部队,老家回了函,"七一"便入了党,同年兵头一个。一九七一年,部队送自己到旅大日报社,参加工农兵红色通讯员培训班学习,学成归来,部队报自己提干,只是因为老家没回复新的调查函,拖到一九七三年初,有了回函,就下达了任职命令。这也不算晚,直接提到副连职的导弹艇副艇长,同年兵中也是第一个。一年不到,又提升为导弹艇指导员,才当四年兵,刚满二十二岁,整个旅顺海军部队基地没几个。能说自己没长进吗?

就算后秀变了心,或者有难言之隐,不得已嫁给那个溜光苔,为什么要自己赶回去见一面?还要带回一个当军官的女朋友、大官的女儿,还要坐车显摆给洪少谱看?搞这一套,有这么重要吗?听那口气,不让问,只能切记。自己从来不会作假,也不愿显摆,怎么做得出来哟!再说,就算按这一套来搞,坐车显摆也许不难,可是带个女朋友回家,还要是个大官的女儿,临时从哪里找啊?

世豪紧紧攥着信,忘了脱下从头至脚包裹严实的出海服,背手在后甲板踱步,帆缆兵冲洗甲板的水柱扫到身上,也浑然不觉。这时,报务兵过来,递上电讯密码本,请他核准签字后上交机要室。以往,他核查后便签名,这次翻开密码本,多看了几眼,发现本艇电讯呼号竟然是"回家"两个字。他眼前亮光一闪,差点叫出声来:"回家!回家了,什么都明白了。"他签了字,脱下出海服,换上冬常服,踏上码头,去中队部请假。

"窦指导员,您的电话。大连警备区转来的。"码头哨兵从岗亭探出头,朝他喊道。

谁有这么大的本事,电话打到码头上来?世豪猜不出,进岗亭接过话筒,里面传来一个娇嫩的女高音:"窦世豪,你跑到天边,我也能找到你!有这能耐,你不服行吗?"

"谁呀?"世豪没听出来,他从未接过任何女人的电话。

"别装蒜了!我萧洁呀!还没谢你的邮票呢。明天周末,你来一趟大连,警备区岭前干休所三号楼,我爸有事问你。好了,就这样,我挂了。"随后,听筒传出"嘟嘟"声响。

萧洁?是她呀!还是那德行。

一九七一年,世豪在旅大日报社红闻班(红色通讯员培训班)学习,工农兵各九名学员,军队学员中,陆海空各三名,萧洁是来自沈阳军区通信修理站的陆军女兵。首次见面,大伙相互介绍,问:"哪年的?"萧洁昂头不看人,说:"六八的。"得,老兵,更不把人放在眼里。那时的男兵女兵,一样的肥大上衣大裤裆,走路像摇旗帜。唯独萧洁不同,她的军衣自己改过了,瘦身掐腰,缩裆筒裤,走起路来前挺后翘,走到哪儿,哪里送来注目礼。

同学一年,世豪与萧洁总共说过两回话。一回是与她编在一个组,去金州石棉矿采访工人技术革新,她中途请假回了部队,世豪执笔写成稿件,一同署了她的名字。她回来看了清样,对世豪说:"把我的名字删了!"世豪问为什么,她说:"不为什么,删就是了。"世豪没见过这么不讲理的,不理她。她夺过清样,用墨水笔抹墙似的抹去她的名字。

另一回,开完毕业典礼大会,散了场,各自出门返回原单位。萧洁在后面离他老远高声叫他:"窦世豪,站住!"世豪听到了,偏不站住,倒是其他人站住了,要看他俩闹什么光景。萧洁旁若无人,追上来朝世豪肩上拍了一掌,"聋了,还是耳朵里塞了驴毛?"世豪站住,问什么事。她说:"班里数你来信多,上面有好多邮票。你剪下来给我,行不?"世豪冷冷地问,凭什么给你。她说:"不凭什么。你们男兵,总爱问个原因。其实,许多事是不需要问原因的。你就说行不行吧?"不等世豪回答,她一把抓下他肩上的挎包,翻出一沓子信,掏出随身带的小折叠剪,喊哩咔嚓,把所有信角上的邮票带封皮剪了去,装进自己的挎包,没一句道谢的话,扬长而去。

这次分手后,世豪再也没见过她,也没有任何联系,尽管知道她已提干,部队就在金州城郊,离自己的驻地大连湾的大孤山也就二十多里,但从未想过再见她。他看不惯干部子女那副颐指气使的样子,称她们是山间竹笋、油漆马桶。两年过去,他几乎忘了萧洁这个人。

突然接了萧洁这个电话,他犹豫再三,下决心不去大连。可是第二天,他还是去了,可能她那句"许多事不必问原因"的话,鬼使神差地动摇了他。

去了大连,才知道她爸要问的,是件无关紧要的小事。抗战后期,她爸所在的新四军五师独立团挺进洪湖地区,一次战斗中她爸负了伤,躲藏在一个叫作白牯牛潭旁边的一户曾姓人家养伤。一天,日军搜村,房东老大娘把他藏在屋后柴草堆里,从头上拔下一支牛角簪子,叫她爸咬在嘴里不吱声,能保平安无事。果然,日军用刺刀戳了戳柴草,没有发现她爸。日军走后,独立团来人接走了她爸,那枚簪子没来得及交还,保存自今。老人家从警备区副参谋长岗位离休,现已行走不便,但一直念叨房东老大娘救命之恩,听说世豪是洪湖人,便想打听白牯牛潭的具体位置,要让女儿趁休假的日子,带了簪子,替自己去寻找房东老大娘,当面感谢,了却一生心愿。

世豪跟他爹一样,从不信鬼神,却有点儿信命运,听萧洁她爸这一说,心中一阵狂喜,正发愁找不到后秀所说的那样女朋友带回家,老天爷送来了。他不露声色,说我就是白牯牛潭的人,要是萧洁去,我请假回家,给她带路。

萧洁父女同样欢喜,说定尽快起程。

世豪告别,萧洁送出门,说声再见,便转身要回屋。世豪一把抓住她衣袖,说送我到汽车站。萧洁一愣,问为什么。世豪说:"许多事不必问什么,就叫你送。"萧洁笑了,知道让他钻了空子,回屋换上军装,随他上街。

两人并肩走在街旁人行道上。

"为了你,我才请假回家。你得答应我一个条件,不然,我不回。"世豪露出一副又为难又委屈的样子。

"说吧!"萧洁满不在乎。

"我当了兵,娘担心我在外面吃苦受累,受人欺负,眼睛快哭瞎了。我家很穷,弟弟妹妹小,都在读书,挣不到工分,常常遭人小看。还有,早先退了的娃娃亲,一个不识字的胖女娃,说我是陈世美,找上门来要成亲。你要假扮成我的女朋友,回家转那么一圈,我娘就放心了,村里再不敢小看我们家,胖女娃也闹不成了。"世豪边想边编,讲出这么一套说辞。

萧洁站住脚,明亮亮的大眼睛,少见地眨巴了几下,笑出声来。"哈哈,拿我当护身符、挡箭牌、遮羞布,你窦世豪不傻呀!"笑声里有嘲讽,有自傲,也有怜悯的味道。

"就算是吧。"世豪也停住脚,第一次正眼看她。

"小菜一碟,本人同意,你执行吧!不过,我也有个条件,从今往后,你来信的邮票统统归我。我的集邮册比陈教导员少了好几本。好了,就此打住,你走吧。"萧洁完全不顾世豪的反应,还是一副满不在乎的样子,转身往回走,没走两步,转过头来,亮开嗓子说:"喂,先说好,人前搞真的,人后搞假的,别想占我便宜呀!"

这种话也敢在大街上喊?世豪摇摇头,朝汽车站走去,心里说:"鬼才跟你搞真的呢!"

几天之后,两人按约定的时间一同起程,进北京,下武汉,乘江轮来到洪湖县城新堤。在县文工团当了首席京胡手的大哥窦世强,已在新堤结婚安家,带了嫂子来码头迎接,安顿在家中休息一日。世豪记得后秀的叮嘱,悄悄谋划坐小车回老家。他领着萧洁,各自一身戎装,身披军大衣,威风凛凛,先来看望当了县贫协主席的老区委书记刘小牯,又去见当了县委书记、革委会主任的赵扶民。两位老领导欢喜得不得了,先夸当年的学生娃有出息,再夸自己有眼力,没看错人,带他俩参观了洪湖烈士陵园,还陪他俩在机关食堂吃了饭。次日,刘小牯正好乘吉普车下乡到曹家嘴,邀他俩坐便车同行。

吉普车在区政府大院前停下,区委书记、革委会主任洪少谱早已在此等候,迎上来拉开后车门,见到两个年轻男女军官,愣了神,一时语塞。刘小牯从前车门走出来,说:"不认得了吧? 当年搞辩论,你是人家手下败将!"

"啊? 哦——嗯嗯,世豪回来了! 欢迎!"少谱大感意外,欲言又止,止语又言,但很快热络起来。

世豪看出了洪少谱这一连串的表情中有惊诧,有疑惑,有无奈,有冷淡,也有些许的热情,内心里揣摩后秀要他在洪少谱面前显摆的含义,下车给洪少谱敬了个军礼,介绍了随行的女朋友,不卑不亢。

洪少谱不停地询问世豪当兵后的进步、工作、生活,世豪提防着,不说好,也不说坏,如实相告。少谱听了,热情高涨,说:"窦指导员,记得那天牛栏夜话吧? 我说过,你在部队没几年就能出头,没错吧? 跟老书记学的,看人不走眼。"恭维世豪,又捎带上拍刘小牯马屁。

午饭时节,少谱留世豪一行在食堂就餐,加了菜,摆了酒。酒桌上,少谱盯着萧洁问这问那。问答之中,萧洁渐渐变成了主角。这种场合,正是她施展酒量和嘴皮子的去处,十杯酒下肚,少谱已结结巴巴,只有竖大拇指的份儿,萧洁则脸不变色心不跳,天高地远地高谈阔论。刘小牯与世豪喝不了酒,也插不上话,在一旁赔笑。

饭后,世豪要去看看自己原来的办公室,少谱已醉得不轻,说没什么好看的,早就改成打字室了。世豪说,那就看看工人出身的副主任敖师傅吧。少谱说更没看头啰,老敖回油米厂当他的工人去了,"文革"前干什么,现在就干什么,拉着他们去了他的办公室。少谱指点着室内桌椅,两眼充血,说:"还是原先我当区长的办公室,刘书记知道的,'文革'前的桌椅摆在哪儿,现在就摆在哪儿,没变。"

在区政府大院转了一圈,刘小牯吩咐司机送世豪二人回家。路过谢仁口,世豪按后秀嘱咐,把车开进公社革委会院里,没下车,隔着车窗与熟悉的人打了招呼,又到前街后街转了转,回到了窦曾台老家。

玉珍干涩的眼眶里终于流出了泪水,也不擦,任它流,丢开儿子,拉起萧洁的手,转圈看了又看。几天前,世豪先来了信,说找了个当兵的媳妇娃,带回来给爹娘看。

萧洁一把扯下头上的棉帽,脱下棉大衣,大方地说:"阿姨,您看,您看! 不比您儿子丑。"

"这娃儿,阿姨是个么东西? 已是一家人了,为么事叫阿姨?"玉珍拉着萧洁的手不放。

"阿姨不是东西,是人——"

"娘,城里人就这么叫,随她吧。"世豪怕萧洁再讲出不敬的话来,截住她的话。

不一会儿,前后场住着的叔叔婶娘和娃儿们拥进屋。婶娘们围着萧洁,伸手摸辫子,低头看皮靴,翻衣领瞧红领章,忙个不停,像是看西洋景,啧啧地吧嗒嘴,夸她水灵,感叹窦家祖上有德,前世修来了一个好媳妇。

世豪脱下呢大衣和呢帽,堂弟妹们抢了去,戴着穿着,争论不休。

叔叔们仔细打量侄儿,比比个儿,拉拉手儿,亲热得不得了。

"高了,一米七吧? 胖了,也结实了,脱了型,哪像小时候的劣包娃? 部队就是养人。"仍在做裁缝的幺叔先镐说。

"你这娃儿,五年了,才晓得回来呀? 你娘眼泪哭干了,叔子婶娘都快忘了你的模样! 这次回来,可得多住些时候。"自小疼爱他的三叔先觉,眼圈泛红。

"我郎么说的？你娃会有出息的,四个荷包,当了官！指导员多大的官?"还在剃头的二叔先职,扯扯世豪衣上的兜盖。"回来要有个官样,看谁还敢欺负我们！"

大门边,窦为新默默地站在那儿,稀疏白发套在狗钻洞线帽里,枯井似的眼睛从帽洞中露出来,顺人缝看孙儿。

"爷爷,您还旺吧?"世豪从叔叔堆里挤出来,拉爷爷进屋坐下,取出一个金色烟盒,掏出烟,用打火机点燃,一起递给爷爷,说:"往后,您莫再吸土烟。"想起当兵离家那天,爷爷顶风冒雪,追了七八里地,给自己送来不该送的书,说了叮咛的话,好一阵心酸。

见了爷爷问奶奶,才知奶奶白大姑五年前离家出走,与老相好徐先生为伴,住在洪湖边的鸭棚,一个教书一个识字,不免又一阵心酸。

"狗东西,还晓得回来呀？回来就回来呗,坐小车子,抖么子威风啊?"话音刚落,父亲窦先智进门,裤腿上溅了泥浆,棉鞋湿透了。世豪进家门时,世华和小弟世刚连忙到不远处的小卖部,告诉爹,小哥回来了。先智正在盘点货架上的物品,嘴上说,回就回了呗,慌么子,却丢下手中活计,忘了锁门,不顾换鞋,撒腿往家跑。

世豪拉着萧洁迎上前,叫了爹,萧洁随后叫了叔。世豪看着爹,颧骨隆起,眼窝下陷,脸色憔悴,身子瘦削,早没了昔日追出几十丈远呼啸着打儿子的气势,心头发紧,问候爹:"这些年,您还好吧?"

"老子好着呢！要是不好,你也管不着啊!"先智还是像过去那样,跟儿子说话没有好口气。拿眼扫了一下萧洁,立刻像变了个人似的,问候她爹娘,问路上可辛苦,说:"姑娘,听世豪来信说,你是大户出身,我们乡下苦着呢,要是过不惯,就早些回。"一副慈祥可亲的样子。

一家人正说着话,台上乡亲们蜂拥而至,婆婆姥姥揣了还暖手的鸡蛋,提了咯咯叫的鸡,带了菜园子里新拔出来的萝卜白菜,来瞧世豪和他的媳妇娃,叫"兵舫",喊"劣包",嘘寒问暖。屋子里外都是人,像赶街一样,好不热闹。世豪拿出香烟,一盒盒撕开,一支支发给男人们,又取出五颜六色的糖块儿,一捧捧地分发给女人和娃儿们。

世华和世刚带着小妹世娥,欢天喜地,走家串户,发烟发糖,逢人便叫唤:"我小哥回来了！"

屋子里的人,换了一拨又一拨曾先炳和独梅到了。世豪悄声告诉萧洁,这便是我同学曾后秀的爹娘,你用土话问声好。

"您郎还好看吗?"萧洁毫不怯场,上前问好。世豪教她说的土话,应当是"您郎还好吗?"哪知她记错了,见独梅很好看,出口说走了板。

独梅一怔,在乡下说人好看,带有轻佻调戏的意味,不知如何回话。

世豪连忙打圆场,"婶子,她在问您好呢!"

众人一笑。此后,这句话成了白牯牛潭边人们嘴边的笑话,流传了好多年。

乡亲们逐渐散去,屋里安静下来。早来坐了一会儿的贫协主任窦为香对先智说:"风亭,侄孙儿好不容易回来了,早点杀鸡,买鱼割肉,打了酒来,大家伙好好乐和乐和呗?"

"他还有些时候呢。今晚的饭菜,我来做,我们一家人先吃一餐。您先回吧!"先智说。

玉珍说:"你也会做饭? 怕是儿子回来喜昏了吧! 走,谁都不帮忙,等着看他怎么出丑的!"招呼孩子们进了后厢房。

这个房间是专门为萧洁准备的,木板床上新垫了稻草,铺上了新买来的褥子床单。两只崭新的绣花枕头,稻壳塞得鼓鼓的,摆在床头。大儿子结婚时留下的缎面被子叠成长条,搁在床里。浆洗过的蚊帐,用竹竿挑起,挂在床的四周,散发出米汤和阳光混杂的香味。往日透风的竹壁,重新糊过,贴了报纸。磨盘大的小窗,撕去了原有的塑料纸,镶上了玻璃。拉亮房顶吊着的电灯泡,房内整洁明亮。

"你爹跟娇兰、书舫几个,忙活了五六天,收拾成这个样,你们看行不?"玉珍问。

世豪明白,房间收拾成这个样子,算是窦曾台上的国宾馆,感动不已,却不表态,拿眼看萧洁。

萧洁往床上坐了坐,稻草吱吱响,捏捏枕头,枕头咕咕叫,眉头皱起来,强作笑脸,说:"反正时间不长,将就吧。"

天快黑了。先智在房外叫了一声:"吃饭了,上桌!"

一家人坐上桌。桌面上摆着一只铝盆,萝卜白菜一盆烂炖,几只大小不一、缺了口磨了边的土瓷碗里,盛了白米饭,再别的。世豪心惊,萧洁锁眉,弟弟妹妹们发呆。

"这餐饭哪,是专门为小萧做的。"先智闷头扒拉了几口饭,见众人不动筷子,放下碗,说:"我们窦家很穷,不怕你笑话,先讲给你听。旧社会,吃糠咽菜,娃儿们趴在灶台,望着锅里长大。"他从自己放牛拉纤当长工讲起,说到逃丁返乡,讲了旧社会的苦。"解放了,日子好过了,怎奈娃儿多,做爹当娘的又病又遭灾,还是苦。"他讲了娘背着全家,带着兵舫讨过米要过饭。讲了一九五四年淹大水,差点埋了快断气的三岁的兵舫。还讲了世豪当兵后,姐妹卖猪,全台人救济,才撑了过来。

"你个死砍脑壳的,娃儿刚进门,讲这些搞么鬼!"玉珍动了肝火,筷子敲碗砰砰响。

"小萧,我窦家虽说穷,脊梁子却从没弯过。"先智不理玉珍,继续讲。"老子勒紧裤腰带,把娃儿个个送进学堂,全台只有我一家。就说这兵舫吧,小时候,热天一光脚,冷天一草鞋,穿的,全是他娘织的土布,劣是劣,读的书,全公社没人赶上他。当兵头一年,一个月六块钱,他攒下五块邮回来,逼着他妹子读书。提了干,这一年的工资都邮回来了,给他哥找媳妇办喜事,他没买一件新衣新鞋,没下过一次馆子,戴的手表,准是借的。回回写信敷我,以为老子是憨巴呀!"

除了萧洁,全桌人哽咽伤心,吃不下饭。

"小萧,今儿这饭菜,就是我们的家常菜,想叫你先尝尝。不为别的,只为我家世豪苦出身,你跟了他,莫嫌弃他。要是嫌我们乡下人家配不上你们当官的城里人,就早点分手。"先智说完,埋头扒饭。

世豪暗暗叫苦,爹当真了,往后不好收场。萧洁心中风雷激荡,惊诧万分,这个乡间老汉一席话,闻所未闻,除了书中看到的,世界上还真有这样的人和事,而且正坐在自己身边? 她开始认真思考,老人当真了,她竟不忍心说破,怎么办?

玉珍端起了碗,慢慢地嚼盆里的菜碗里的饭,说:"姑娘,吃吧,莫听他胡扯咸淡!"

萧洁端起碗来,这些平日里她爸爸妈妈用来喂鸡的菜,咀嚼着,竟然嚼出了香味。

当天夜里,萧洁躺在为她准备的床上,合不上眼,正要睡去,见到一只老鼠爬在电线上,把电灯泡荡得直晃。她惊叫一声,坐起来找卫生间,没找着。世豪进来,领她出家门,在屋后透风的茅厕了事。回到房间,萧洁拉了世豪的手,说:"我怕,你别走,在房间陪我。别问为什么!"

世豪安顿她躺下,在床前踏板上裹着军呢大衣坐了一夜。

窦家人上桌吃晚饭的时候,屋后门缝边,有一个人往里瞧,侧耳听。她听干爹讲窦家往日苦,屋内哽咽声传出,她也随之啜泣起来。

她就是后秀,不仅为窦家人哭,也在哭自己。

午后,世华带着糖果香烟,专门来到后秀家,报信说小哥回来了。台上的人,一拨拨往窦家跑,后秀特意围了早年的那条红围脖,混在人群中来了窦家。她没有进屋,在门外不起眼的地方,瞧见了世豪。这个日夜思念的心上人,壮实英俊,一身军服,威武袭人。顿时,她心血澎拜,全身发热,兴奋和激动在畅快地奔流,似乎每根汗毛都在欢快地跳动。心爱的人儿,终于有了今天,自己忍受的痛苦,终于有了回报! 瞧见他带回来的女朋友,娇艳俊美,气度不凡。她同样兴奋激动,把心爱的人交给她,自己放心了。不过,同时也涌来一阵怅然与疑虑,这么快就找到了女军官,难道他心中早就没了自己? 但是她很快拍拍脸,骂自己没定力,自己叫他找的呀,他的幸福不就是自己的幸福吗? 吃的哪门子醋啊?

探望的人陆续离去,天渐渐暗下来,后秀转身来到屋后门,她想多看心上人几眼,过不了几天,她就是洪家人了。听到饭桌上干爹一席话,过去与世豪在一起的快乐,顷刻成了痛苦的回忆。曾家人认了这女军官,自己再也沾不上世豪的边儿,从此割断心爱的人,与一个自己不爱的人过日子,不由得落下泪来。

天黑了,冰冻卷土重来,白日消融的泥土使劲地收缩聚集,发出咔咔声响。

后秀缠紧了红围脖,离开了窦家。

五年前的那个"十一"前,后秀痛哭了一场,之后给世豪写了那封简短的绝交信,答应与洪光灿定婚,条件是他爹给部队政审回函,让世豪顺利入党。定婚当日,她坐等世豪电报,不见电报不动身。她的堂兄曾后道取来了世豪回电,说的是:"回函本月末收到,因它故入党暂缓。"后秀信了,穿白衣黑裤,与光灿定了婚。

几个月后,后秀听世华说,小哥从旅顺海军部队训练团毕业,分到了导弹艇部队,新单位还是没收到地方政府回函,入党的事就拖下来了。后秀去邮电所查看原电,发现改了两个字,"未"变成了"末","此"改成了"它",意思全变了。后秀这才知道上了洪光灿的当,把他找来,关在房间,点着他鼻子,骂了一通又一通,还不解恨,写了解除婚约书,先签了自己名字,按了手印,逼着他签字画押。

光灿痛哭流涕,千般辩解,万般悔过,答应连夜去求老爸,快快给部队回函。后秀仍然不依不饶,叫他把毁约书装在身上,么时候发了函,么时候还回来。光灿拍胸捋袖,满口答应,连夜去曹家嘴见他爸。没几天,区革委会如实给部队回了函,世豪入了党,后秀与光灿的婚约也维持下来了。

转眼间过去了几年,一个阴暗晦色的日子。光灿在窦曾台小学操场上堵住后秀,说我们结婚吧。后秀给他一个白眼儿,夹着教材往教室走。光灿不拉不追,说了句:"书老鼠出事了,你后悔了莫怪我。"后秀连忙收住脚,回头问怎么回事。光灿说,有人告到部队,说窦世豪父亲是四不清干部,祖父当过马脚菩萨的帮办,他当过红卫兵头头儿,部队来人调查,等着革委会出证明,没问题便提干,有问题就复员,前不久,县一中的两个学生头头儿,有人告到部队,叫部队送回来了。后秀听了,头上走了三魂,脚下丢了七魄,呆滞了一会儿,定定神,说你莫啰唆,晓得你在要挟,我也认,只要你爸不使坏,说实话出证明,世豪提干的那天,我跟你去登记。

第二年年初,消息传来,世豪提了干。光灿喜孜孜带后秀来公社登记结婚,后秀掏出大队支部的证明,不到当时法定结婚年龄,光灿傻了眼。后秀提早改了年龄,这时装出一脸无奈,心中说,治你溜光苔,总会有法子,拖一年算一年,等我的世豪翅膀硬了,再跟你摊牌。

后秀没等到这一天,洪光灿主动找上门来,跟她摊了牌。

这年底,大雪纷飞的一天,光灿约后秀来到大潭子边,扬起手上一份文件,说:"现在风向转了,区革委会副主任、工人敬师傅回了他的油米厂,你的书老鼠,日子也不会好过。只要我再写封信到部队,把他当学生头头儿、进过革委会等等这些,抖搂出来,再扯上他四不清的爹、封建迷信的爷,他就得乖乖地回来种田。还有他县城的哥嫂,读书的弟弟妹妹,也要跟着遭殃。就算他在部队待下去,往后每提一职,都要过我老爸这一坎,小命就捏在我手里,我只要捏一捏,就要挤出他的屎来。"说着,掏出一封没拆的信,在后秀眼前晃了晃。"书老鼠还在跟你通信,你俩藕断丝不断,这就是把柄。现在只有你能救他,要么不死心,跟你的书老鼠回乡啃泥巴,要么跟我结婚,我既什么不究,保他平安,往后也不找他的麻烦!何去何从,你选!"话说得狠,错别字不少。

后秀趁他不备,一把夺过信,塞进兜里。这几年,世豪每隔两三天给她写一封信,她想看却不敢看,怕心软坏了自己的计划,更怕世豪不死心,误了前程,便不拆封,直接垫在褥子下,已经铺了好几层。溜光苔这次大概在邮局看到了世豪的来信,泄了密。这时,她竖起柳叶眉,瞪圆杏仁眼,厉声说道:"上次写信告状的,就是你呀!无耻!"

"无耻就无耻,谁叫我往死里喜欢你呢!我说过,为了得到你,我么事都做得出来。你就说,选哪头吧?"

"你莫逼我!再逼我,我跳潭!"后秀说着,往潭边走了两步。

"你又不是没跳过,我转过身,让你跳。"光灿真的转身不看后秀。他知道,已经捏准了后秀的命门,她为了世豪,不会死,只能乖乖地听自己的。

后秀停住脚,仰天长叹一声,想起了已经沉在这潭中的白牯牛,是它陪自己祭奠老奶奶,听自己念过《十告老奶奶》,发过誓:"只为他早成才本事做大,娃甘愿跳火坑斧剁刀杀!"一跳了之,自己解脱了,世豪怎么办?白牯牛会笑话自己誓而不遵。想到这里,后秀猛一跺脚,几步跨到光灿跟前,抓住他前胸,说:"洪光灿,我告诉你,腊月初十结婚。你记住你的保证,再不许祸害窦家人!不然的话,结婚了,也不是你的人。"

光灿一把抓住后秀的手,紧握不放:"做到做到。"

后秀抽不回自己的手,默默地停住了,一阵心痛。

当天夜里,后秀给世豪写了那封无头无尾的信,心情反而轻松了许多,等着世豪回家。

天亮了好久,萧洁才醒过来,见到床前踏板上似睡非睡的世豪,蜷缩在军呢大衣里,推了他一把:"喂,还真陪了一夜呀?死心眼!"

太阳出来了,世豪从河边挑了水来,玉珍用瓦罐烧热水,木盆盛了,端进房,萧洁艰难地梳洗一番,出门吃了米酒鸡蛋,太阳已经老高了。

世豪带萧洁去见她爸要寻找的老房东。半路上,世豪说:"你爸要找的人,其实就是我的老姑奶奶。从未听台上人说过,老姑奶奶救过你爸,要是有这事,她也不会声张。可惜,老人家已经死了五年了。"

"你不早说?"

"早说了,你能来?"

两人进了曾善明家,世豪叫了爷爷奶奶,问安道好,萧洁说明来意。二黄婶先是一愣,后见了牛角簪,接过十张十元的钞票,好像猛然记起,连连叹息,说老婆婆做过的好事太多太多,与萧洁讲起一连串的往事。善明大爹陪坐不语。

世豪急切见到后秀,悄悄退出来,走进隔壁的曾先炳家。独梅知道他来见后秀,轰开一堆女娃,呼喊在房间里的后秀,说出来吧,兵舫来了,说完,托故走开了。哪知门里咣当一声响,门闩插上了。

"秀儿,是我,你开门,我有好多话跟你说。"世豪见左右无人,贴近门边,轻声说。

"还是不见的好。你的信,我都收到了,没看,以后莫再写。你是弟,我是姐,好好过你的日子,你过得好,姐就高兴。"后秀传出的声音,显得冷静、平缓。

"到底出了么子事?老姑奶奶临死有交代,我俩也说好了,你等我的,为么事突然变了心?溜光苕和他爹是不是欺负你了?为么子要我回来显摆?为么子要带女军官的朋友回来?为么事?为么事呀?"世豪把埋积在心里的疑问都抛了出来,里面没有回音。

"我带来的,不是我的女朋友,临时找来的,假扮的。我的心在你这里,从没变过。秀儿,你实话告诉我,说呀!"世豪哀求声中,带出了哭音。

门内一阵沉默,随即一阵短促呼吸声,后秀说:"世豪,你莫问了!从此后,姐和秀儿是两个人,秀儿死了,活着的是姐,你忘了你的秀儿,记住姐就行。听话,要是这个女朋友能处下去,就娶了她,好好过日子,还要再上进,超过他洪家父子。只要你过得好,姐就幸福。听话!"

"不听不听!"世豪听后如万箭穿胸,箭箭插在心窝,咚咚敲门。"秀儿,你不是姐,是我的心肝儿!开门!开门呀!"

"过几天,婚礼上见吧!"里面门闩响了响,又插上了,传来沉重的脚步声,渐渐淡去,没了。

独梅进屋,拉过世豪,说:"兵舫,莫逼她,她有她的难处啊。"接下来,讲了曾家为了后道当医生,为了独松进公社,怎么讨好洪家而逼迫后秀,后秀怎样认窦家干亲,跟白牯牛一起哭祭老奶奶,等等。独梅并不知真情,一直以为自己娃儿是为了曾家人找出路,才变了心。

腊月初十，大寒日，说到就到。腊七腊八，冻掉下巴，之后，冰冻仍在延续。屋外，素妆玉砌，树上挂银条，檐下垂冰柱，变粗变白了的电线，如五线谱似的哼唱三九天的歌。曾先炳的家里却热气腾腾，一场婚礼，按照后秀的执意安排，在这里开场了。

　　三桌酒席，同时摆开。堂屋一个圆桌，区委书记刘小牯与新郎新娘的父母、新娘特意请来的干爹干娘，围坐在一起。两边厢房大门敞开，东厢一桌依次坐了窦曾两家长辈和媒人曹老大伏老木，西厢一桌，围坐了新郎新娘同辈兄弟姐妹，世豪与萧洁被特邀入围，坐在上首。

　　没有红烛花轿的喜庆，没有锣鼓声中送亲迎亲的喧闹，一阵鞭炮声响过，主持人曾后道宣布婚礼开始。新人入场，朝毛主席像鞠躬，谢了党的教育之恩，给父母鞠躬，感谢养育之恩，向亲友鞠躬，谢了友爱之情。主婚人刘小牯讲话，他不明内情，讲了祝福勉励的话，提到计划生育，莫要早生超生，引起一阵哄笑，之后，再无笑声，各自归位喝喜酒。

　　新郎带新娘来敬酒。光灿穿着退伍时的军装，胸前戴朵红花，喜气洋洋，兴高采烈。后秀剪去了辫子，齐耳短发，上身洁白的羽绒服，下身黑色凡尼丁裤，白袜黑皮鞋，脖子上挂了那条红围巾，垂下来遮住了胸前的红花，一脸平静，形如止水。

　　后秀朝洪少谱夫妇改口叫了爹娘，举起酒杯，说："秀儿我今生有三个爹娘，生养我的亲爹亲娘，教我疼我的干爹干娘，入了洪家门，又认了公爹公婆。今天有句话说在先，"她朝洪少谱身边靠了靠，"公爹，先敬您一杯酒。您有权有势，往后，善待我亲爹亲娘，不为难我干爹干娘。依了我，我便喝了这一杯。"

　　洪少谱心中有数，自然明白她话中意味，嘴上却说道："看你这娃儿说的，一家人哪能说两家话。干！"先自喝下，后秀随后喝干，其他人也心知肚明，陪喝了一杯。

　　来到东厢房，后秀挨个儿叫了自家爷爷奶奶，窦家为新大爷为香二爷，还有做媒的曹、伏两大爷，说："今儿酒散后，以往的事全丢掉，拿我讨好的，逼我跳潭的，都忘了。往后，各是各，互不来哉。"不等别人应话，又喝了一杯。各位老人心中都有一本账，翻开了，都说不出口，各自抿了一口酒。

　　"窦世豪，劣包娃，书老鼠，看看姐，好看吧？"后秀进了西厢房，直奔世豪跟前，"认了你爹娘干亲，你就是我弟。别看你当了官，又有大官出身的女朋友，我还是你姐，先叫声姐！"

世豪不敢看她，更不愿叫姐，站起身，目光呆滞，满头冒汗。

萧洁搡搡他，不见反应，站起来说："这有什么为难的，我替你叫，姐！你真好看！"

"好！"曾后道带头鼓掌。洪光灿尴尬地站在一旁。

后秀躬身给世豪杯里倒满了酒，又给自己斟满了，举杯说："你翅膀硬了，腰杆子壮了，又有当大官的罩着，看谁还敢扳倒你？要是还有人暗算你，姐跟他拼命！"叫光灿过来，喊后道站起："我们几个老同学，喝了这一杯！"后秀一饮而尽，再不回头，歪歪斜斜又进了堂屋。

后秀把住门框，朝刘小牯喊了一声："刘书记，我想我的老奶奶，想我的善明二爷爷！"她满脸通红，两眼充血，像樱桃泡在葡萄酒中。"刘书记，听您说过，您听省里的处长说的，我善明二爷爷解放那年，准备去台湾，躲在湖南一个土地庙里，说了几句话，'明明自己的同志就在眼前，却不能相亲相认，明明是千仇万恨的敌人，偏要千里追去笑脸相投。内心里的这个煎熬啊，合着血往肚子里吞啰！'刘书记，有这事吧？我干爹当时在场，听到了的。"说完，歪倒在地。

东西厢房的人，这时都不由自主地过到堂屋来，听到后秀讲这番话，有的明白，有的糊涂，明白的也装糊涂，一起说道："这娃儿喜过头了，醉得不轻，快把她扶进去。"光灿托起后秀，把她抱进新房，插了门。外面的人，继续喝喜酒。

散了筵席，滴酒未沾、片语未说的世豪，歪歪倒倒走出曾家。冷飕飕的月亮，高高地挂在夜空，天地浑然一色，晶莹洁白。没走出几步，世豪"哇"的一声，口中喷出血来，滴洒在雪地上。雪夜里，鲜红的血，看起来不是红色。

一、再说个"求"字，老子撕了你的嘴，打断你的腿

窦先智披着夹袄，在小卖部门前转悠，等待公社供销社来送化肥。

一辆拖拉机驶过来，停住，拖斗后挡板放下，押车工人把十几只木桶卸在门前空场上。

生产队的秧田已经放了水，固根养埫，正等着这批尿素催肥。先智望了望木桶里的尿素，皱了皱眉头，问："以往包装完整，这回郎么变成了散装？我郎么计价入账？"

拖拉机驾驶室车门打开，跳下来供销社业务股长洪光灿，他敞开军外衣，露出军用绒衣，上面印了福州军区通信兵字样，当兵时发的，需要时重新穿上。他走过来，给先智递上一支大前门过滤嘴香烟，满脸堆笑，说："窦大爹，不瞒您说，昨天社里仓库漏雨，这批尿素受了潮，只好打开包装，剔除变了质的板结块，用木桶装了没失效的，送来给队里救急。您验验看，都是好货，过过磅，按实数入账吧。"说着，递过来原装塑料袋，上面写了厂家、出厂日期、保质期一堆数字。

光灿一九六九年与世豪同时入伍，当年退伍，跟后秀定了婚，他爹授意公社推荐他上大学，当工农兵大学生，因文化测试过不了关，没去成。他爹运作他进县城，在县委机关当临干，等着指标来了转正，他不去。他爹又

谋划他到区直机关，直接转正，他还是不去，说舍不得离开后秀，除了谢仁口，哪儿都不去。他爹拗不过儿子，骂了他几回，安排他进了谢仁口公社供销社，当了供销员，成了国家干部。两三年工夫，当了业务股长。与后秀结婚后，供销社给他分了房子，在队办小学当校长的后秀，从不上街住他的房，仍住在乡下校舍里。这次他亲自押车来送化肥，一来要见后秀，二来这批货里有猫腻儿，他不放心，担心露了破绽。

这批尿素并没有淋雨，也没受潮，塑料袋原包装好好的，叫曹老大做了手脚。曹老大那些年戴上了坏分子帽子，属地、富、反、坏"四类分子"中的一类，被留用管制，虽然仍在供销社看门，但不许乱说乱动，出门就要喊报告。这些年，他侄女婿洪少谱复出后，当了区委书记、区革委会主任，社里对他的管制放松了，侄孙洪光灿进社当了股长，管制更是落空了。他兼任了仓库保管员，近乎死了的心又活跃起来。他看到那些年一闹腾，上上下下不忘阶级斗争，共产党的天下没怎么动摇，台湾的国民党早就瘪茄子，想翻天，梦里也见不到了，他自己只想捞点外快，攒住钱，偷偷过点快活日子，了此残生算了。于是，他开始干些偷鸡摸狗的勾当，在进出仓库的货物上打主意。昨天夜里，他折腾了半夜，把原装尿素拆包倒进木桶，往里掺了白色细沙，面上用纯尿素覆盖，偷偷落下几十袋原装货，可卖出一千多块。今早出库，他朝侄孙光灿使个眼色，编造了一套瞎话。光灿心里明白，这种事，叔姥爷干过不止一次，从没失过手，但这次送去窦曾台，那里的人不好胡弄，便亲自押车来。

"要是社里出库验过货，我哪能信不过？抬过来，磅上过秤，我记个实数，给你回个收据。"先智仔细看了包装袋上的各个参数，没看出问题，指挥送货工人一桶一桶地过磅。

先智一直对洪少谱心怀怨恨，保持戒备，但对他儿子光灿，谈不上好感，也没有坏感。他并不知道光灿拿自己儿子世豪要挟后秀的真相，一直以为后秀为了给曾家找靠山，受屈嫁给光灿，才断绝了与世豪的关系。他从不怪罪后秀，认为干女儿攀上高枝也好，免得到窦家受穷，还是像以往一样亲近后秀，自然也对光灿没了敌意，也不戒备。今天见光灿亲自押货，以为这娃儿认真，没起疑心。

一桶桶尿素即将称完，先智发现有些不对劲。每桶过磅，光灿不像以往那样看显示重量的刻度尺，而是眼睛死死盯住桶里的尿素，最后一桶上磅,放斜了,木桶差点儿倾倒,只见光灿一个箭步,上前扶住木桶,骂了一句抬桶的工人。先智取来一只木把瓢,撇开桶里表面上的纯尿素,往里舀了一撮,放到手心一搓,尿素化了,白沙子摊在手上。

先智变了脸色,一把抓下披着的外套,摔在磅秤的横杆上,朝光灿吼道:"老子最恨玩儿阴的!你说,这算么娄子?农资掺假,法办坐牢!你不晓得啊?"

光灿脸色煞白,挥手叫拖拉机和工人离去,拉过先智,连声叫大爹:"窦大爹,我真不晓得谁捣了鬼!回去查,回去查!"递上一支烟,打着打火机,又塞来一整包大前门烟。"您先收了货,扣除桶里的沙子,减个一二成计账,行不行?"他知道农资掺假是重罪,按现行反革命论处,县区抓了好几个,今天栽在这个老铳气手里,来不得丁点马虎。

"不行!"先智把烟挡回去。"这货不能收,你回去报告,叫领导来了结。"

"您这不是打我的脸吗?"光灿收回烟和打火机,哀求道:"后秀是您干女儿,我也就是您干女婿,我与世豪还是同学,您收了,几头都说得过去。再说,我爹还在区上,他那里也好有个交代。"情急之下,他搬出了老爸。

"天王老子也不行,莫说你那老爹!是他叫你干的呀?提他,更不行!"先智见提到洪少谱,火气更大。

两人僵持着,渐渐有一些人围过来看热闹。中府河堤几经加宽加高,全村人家都搬到堤面相对而居,形成了像城里街道那样的村落,一家放个屁,前后左右上十家都闻得到味儿。因此,由原神庙扩建而成的小卖部门前这场争吵,迅即传遍了窦曾台上下。

"风亭,人家光灿认了错,你就收了吧!打人不打脸,砍柴莫刨根,何必呢!再说,农科站讲过,秧田撒化肥,本来就要掺沙子的。"曾善明从人群中探出头,朝窦先智投来企求的目光。

先智望一眼这个全台上唯一一个过了七十的老冤家,正要回话,有人开口说道:"农科站还说过,旱田点撒尿素,掺了沙,功效少一半。老话说,用错肥,鸭子飞,坑的是台上人啊!哪能这么算了!"顺着话音寻去,先智看到已佝腰驼背的二叔窦为斗,正为自己说话,心头一热,不再搭理曾善明。

"老大,你善明大爹说得没错,一个台上住着,人情留一线,日后好见面,莫为难人家娃儿,算了!"不知道什么时候,他爹窦为新靠近他身边,小声劝说。

"这不是人情不人情的事,是队里的大事,要吃粮,就不能马虎,哪能算了!"他三叔窦为圣,在后边捅了捅他。

"退回去,换了新的来!"

"能用,将就用吧,得罪了供销社,划不来。"

"狗日的,黑心肠坑人,得罪他又能怎的?"

"这次算了,下回不让,松松手,不结仇。"

围在一起的人,说什么的都有。

这时,窦世华急匆匆赶来,把她爹拉进小卖部,说了几句话。先智出来,脸色转暖,说:"您郎(方言:尊称你)们都散了吧,我跟光灿好说好商量。"

原来,堤下的小学里,当校长的后秀听到堤上吵吵嚷嚷,找人问清了,连忙叫来在本校当老师的世华,叫她给干爹捎个口信,别的么话不说,就说一句:"十年前,供销社胖会计让您签了字据,害您不浅。"世华把话传给她爹,先智不糊涂,一点就透,驱散人群,叫光灿进屋坐下。

"光灿,这不是你我的私事,我也不为难你。你写个字据,就说尿素里不晓得为么事掺了沙子,队里等着急用,按七折收了。我接了你的字据,也好向队里做个交代。"先智说。

光灿脑筋急转弯,想不明白这个老铳杆子为什么突然改变了态度,转了又转没转出味来,问:"大爹,您要这字据有么用?直接给我收据,就了结了呗!"

"是没用,你写了,说不定过几天我就丢了。"

光灿再没多想,按照先智说的写了张纸条。先智一字一句仔细看过,满不在乎地扔在柜台上,给光灿开了收据,自己打开账本,入了账。

光灿一阵轻松,谢过先智,哼哼叽叽地走了。

先智小心翼翼地把纸条放进抽屉。

这些年搞科学种田,善明为斗这般老农的土法子不管用了,都学了些施化肥打农药的新法。他俩说的都不错,水田在田埂上抛撒尿素,一亩十五斤,掺沙子撒得远,也撒得均。旱田在地里掀土点撒,一亩二十多斤,掺不得沙子。先智计算了水田旱田各自需要的尿素,叫人用箩筛滤去了沙子,用到旱田上。生产队长为斗儿子窦先尧派工运走了,当日分别施到水田旱地。

先智也感到一阵轻松,幸亏发现得早,看出了破绽,避免了队里受损失,又正好分水旱田划出了尿素的不同用法,减少一些麻烦,特别是听后秀的话,拿到了洪光灿的把柄,往后有了话说。他处理停当,哼起语录歌:"错误和挫折教训了我们,使我们变得聪明了起来……"回家吃晚饭。

先智站在家门口,深情地望着自己的家。

这个家,在原台基上几经翻新,如今已是凹型四间大瓦房。他当年单干住茅棚时的梦想——青砖大瓦房,桐油刷三遍的榆木大门——终于实现了,而且比那个梦想要强得多。

房高三丈有余,令人仰视。房顶水泥筑脊,两端微翘,呈欲飞未飞之势。压槽宽边红瓦铺就的屋顶,前高而窄,后宽而低,显示出门楣高大。四面砖墙,白灰抹面,与蓝天争妍。门框用水泥原色筑成,上面挂了光荣军属的红牌子,显得庄重威严。两扇榆木大门,桐油刷过数遍,熠熠闪光。门边两扇宽大的玻璃窗,透亮采光。进得门来,两进两厢,头进的堂屋高大,直贯顶梁椽柱,后进的内房,严实隐密。东西厢四个耳房,房门对称,规整端庄,房内封顶,搭了楼板,形成两层阁楼。各房之间的隔墙,实砖砌成,再也不是透风的竹壁,咳嗽一声全屋响了。

屋前平展的场地,黏土板结,一尘不扬。屋后的猪圈鸡窝,倚靠在几株杨柳间,隐没在一片竹林中。树梢竹枝从屋顶探出头来,像一面面绿色的旗帜在风中飘扬,发出沙沙的声响,仿佛向路人诉说这家主人辛劳而富庶的生活。

像窦先智这样的住房,窦曾台几乎家家如此。从六十年代中期开始,特别是前些年学大寨,建新农村,政府推荐各种民居式样,各家凭喜好选择,在中府河堤面上改建扩建住房,比邻为伴,相向而居,形成了现在街道似的样子。

中府河静静地流淌,蜿蜒而去,滩涂密匝匝的树林,依偎在河边,陪伴着河水静静地行走。倚河而居的窦曾台村庄,绿荫中露出红顶白墙,仿佛也跟着河水在流淌,只是河边这座硕大的白牯牛潭,纹丝不动,默默地拽住了他们的脚步。"古树高低屋,斜阳远近山,林梢烟似带,村外水如环。"除了远近没山,清代诗人齐彦槐的这首诗,正是窦曾台此时此景的写照。

"奔到现在,这个家不容易呀!窦曾台不容易呀!"先智想起了解放那

年，分家后抵着那棵老楝树搭盖的茅棚，合作化后拆棚翻建的草屋，特别是公社化后搬屋上堤，新建的那屋砖瓦房。那一天，这座新房落成的夜晚，他不上床睡觉，独自一人坐在堂屋，等着天上下雨，要听听雨打屋上瓦是个么样的响声，验证是不是真的是自己的屋。坐到下半夜，终于等来了一阵雨，叮叮当当的雨声，像欢快的锣鼓敲在心间，他这才确认了这雨敲打在自己的瓦屋上，放心上床睡觉。如今的这个大瓦房，比自己半夜听雨的那个瓦屋还要好得多！二十年变了样，真不容易，全托了共产党的福啊！

他默默在心里感叹了一阵子，跨进家门，准备吃饭。

天色已晚，炊烟袅袅，邻舍间喧闹一片，先智家却静悄悄。

玉珍和十三岁的小女儿娥兰，呆坐在伙房灶门口，冷灶冷锅，哪来饭吃？见先智进来，玉珍斜了他一眼，抱怨说："听说你又得罪他洪光灿了？刚过了几天好日子，你过腻了？"

先智听得明白，这些年，家里的日子确实好过多了。大儿子金舫在县城成了家，生了两女娃，虽说不能贴补家用，却也不找家里麻烦。三儿子书舫高中毕业后，在水利工地上当临干（注：没纳编的临时干部），做宣传员，拿了特等工分，还有每月八块钱的补助。大女儿娇兰初中毕业，在家做了两年农活，选到队办小学当了民办老师，工分买了口粮，另有每月十八块的补贴。只有读高小的娥兰，张口吃白饭。先智老两口拿不了高工分，也能保个不超支。特别是兵舫提了干，定了个二十三级，每月五十二块的工资，前两年又提级涨到六十块，隔三差五邮些钱回来，给家里添了不少活钱，旧房才改造成新房。再加上玉珍精打细算，日子过得一天天好起来。

先智纳闷，自家的好日子，是娃儿们争气干出来的，是婆娘辛劳持家省出来的，与他洪光灿何干？想到这没好气地说："得罪洪光灿么样？他老子我也不怕！快做饭，莫瞎想！"

"前些时受苦受难，还不是他洪小个子找的呀？'四清'关你上楼，撤你职，卡住老大上户口，堵住老二上中学。这几年，不晓得为么子他松了手，日子才好过起来。你怎么就好了伤疤忘了疼，又惹他儿子搞么鬼？这不，你三儿子又栽在他手里了？都是你惹的祸！还想吃饭？等着喝风吧！"玉珍越说越气，起身淘米剁菜，开始做饭，不再理先智。

"我三哥回来了，在后屋睡了半天，叫他起来吃饭，他不起来，娘就不想做饭了。"娥兰胆怯怯地说了几句。

"这狗东西,还炝蹄子,耍性子呢？去,叫他起来！老子有话问他。"先智对娃儿,从没有好言语,支使娥兰去叫哥。

"爹,您回来了？"三儿子来到伙房,小声小气地问候爹。他小名书舫,学名本来叫世传,"文革"时让大哥改成了世刚,明眉皓齿,一脸秀气,一米七八的个头,抽条时没挨饿,比他两哥哥个高体壮。平时话不多,像个闷葫芦,心里有道道。今天上午,从水利工地回来,憋了一肚子气,蒙头睡闷觉,其实,眼皮没合上,想了半天心思。

世刚一九七七年曹家嘴中学高中毕业,这年十月二十一日恢复高考。清早,他带了冷饭咸菜,去曹家嘴赶考,半路上,跳下河救一个落水的老太婆,误了一门课的考期,落榜未中。转过年,第二次高考,差三分落榜。他二哥世豪曾写信激他,要是不中,直接跳河。他看了榜文,真的直奔曹家嘴中府河,正要往下跳,让当了区水利组长的语文老师拉住了,安排他到水利工地当宣传员,做了个临干。他勤勉踏实,没日没夜地出黑板报、印传单、编口号,把工地宣传搞得风生水起。前些时,来了转干指标,他条条相符,水利组列了他的名单上报,区委书记洪少谱用红铅笔把他名字划掉了。他气愤不过,直奔洪书记办公室,讨个说法。

洪书记掏出一把小梳子,梳了梳长发,认真地看了看他,问："你是窦曾台窦先智的三儿子？"

"是。"

"你是当兵的窦世豪的三弟？"

"是。"

"提干,你够格。可惜,你姓了窦,不能提你。"

"为么事？"

"回去问你爹你哥,他俩晓得。"

"洪书记,我不管你跟他俩的事,只求您这一回,批了我吧！"

少谱埋头看文件,再没看他一眼。

先智听儿子讲到这里,走到他眼前,瞪起眼珠问："你说你求他了？再说一遍。"

世刚含含混混重复了一遍。

先智扬起手掌,"啪"的一声,狠狠抽在儿子脸上,破口大骂："老子跟你讲过多少回,男子汉大丈夫,一辈子有三个不能做,开口求人,弯腰下跪，动不动流眼泪。你丢老子的人，还好意思说出口！"

世刚不敢流泪，站着不动，闷头不出声。

"你个死鬼！疯了？拿娃儿出气！"玉珍停住在锅里炒菜，手拿锅铲，过来护住儿子。

"我就看不得你这个闷葫芦样！"先智见儿子这副模样，更加生气，左看右瞧，要找打人的家伙，嘴里火星直冒。"老子怎么养了三个怪种？那个金舫，动不动就哭，一打就求饶！兵舫那狗东西，敢犟嘴，梗着脖颈，打死不哼一声！你看你，闷葫芦一个，泼了洋油也点不燃，像你二哥也行啊！没用的东西！"

玉珍一手摸儿子的脸，一手用锅铲指着发疯的先智，骂道："你个砍脑壳的，打儿子打出名堂来了！你再敢动我儿子，我跟你拼命！"

"你莫护着他！开口就求人，一生办不成大事。求的还是他洪小个子，岂不是鸡娃子求黄鼠狼！往后，再说求求你，老子撕了你的嘴，打断你的腿！"先智怒气不减。

玉珍见先智不再找家伙打娃，把儿子拉到一边，劝慰道："娃儿，你爹就算千错万错，这几句话倒是没错。窦家祖上说过，冻死不进弹坊，饿死不提饭筐，单干那年，我瞒着你爹，带你二哥讨了几天米，回来挨了你爹好几拳头，他一生就打过我这一回。娃儿，记住了，莫要动不动就求人，求人不如求自己。"

先智见玉珍帮他说话，怒气渐消，说："祖上还说过，冻死迎风站，饿死不捂肚，要的是身骨气。你求他洪小个子，他就发善心了吗？要靠自己的本事去闯天下，学你二哥，那狗东西从来不求人！"

世刚吞下了委屈，低声说："记住了，爹，往后我不再说求人，行了吧？"

"这还差不多！转不转干，也不会是他洪少谱一人说了算。巴掌遮不住太阳，就算他一手遮住了，能遮一时，还能遮你一生一世？只要你都够格，就不怕他捣鬼，凭本事跟他斗。再说，不转干就不活了？睡闷觉有屁用！"先智脸色渐渐好转，示意玉珍快点做饭，拉儿子到堂屋坐下，拉亮电灯泡，拉线关掉屋内广播匣子，中断区广播站正播送的本区新闻，准备吃饭。

饭菜端上桌。香喷喷的大米饭，雪里蕻豆腐炖肉，清炒黄豆芽，蒜苗爆藕肠。日子好过了，再也不靠咸菜豆腐乳糊口。一家人围在一起，吃得有滋有味。

娥兰扒拉碗里的米饭，在菜里挑挑拣拣，挑几根豆芽，咬下嫩豆瓣，把银针似的芽根丢到地上。先智看到了，横她两眼，忍住火气，没吭声。娥兰浑然不觉,夹起一块肉,咬下瘦的,正要撇下肥的,先智一筷子刷过来,娥兰额头立马鼓出一道红痕。

"狗日的,才过了几天好日子,忘了?你二哥上学,一年也吃不到两片肉,你倒好,挑肥拣瘦!老子抽死你!"

先智举筷子还要打,玉珍拦住了,呵斥娥兰:"饱肚子莫忘瘪肚子,快把地上的捡起来吃了。"

娥兰哽哽咽咽,捡了地上的芽根,塞进嘴里,不敢言语。

这时,世华进门,去她房间放下书包,回到桌边坐下,端起娘递过来的饭碗,快扒了几口,气呼呼对先智说:"先智,您和二哥怎么得罪洪书记了?他一再卡住我,不让转正,这次又泡了汤。"

世华读到初小三年级,下了学,在家带小妹,间接下地干活挣工分,帮父母养家糊口,晚间到后秀那里补四年级的课。建了队办小学后,她带着妹子读到五年级。二哥当兵提干后,家境转好,她到新开办的谢仁口中学读完初中,成绩优异,正要上曹家嘴读高中时,娘大病一场,无人操持家务,她含泪返乡,回家干农活,理家事。后秀当了队办小学校长,邀她来当老师。她到县师范学校幼教班培训三个月,返乡当了民办老师。公社每年有民办老师转正的指标,后秀全力筹办世华转正的事。她教龄三年,教学有方,出身好,又是军属子女,转正应该不难,但报到区里被打回来了。后秀找到区文教组,人家拿出申请报告给她看,洪书记只签了个名字,没批行,也没批不行。文教组长当面请示洪书记,他嘴上打哈哈,不说行,也不说不行,就这么拖下来了。今天下午,后秀接到通知,转正名单中还是没有世华。后秀告诉她,还是卡在洪少谱手里。

"你是不是去找洪小个子,求他了?"先智听世华讲完,绷紧了脸,停住吃,握紧了手中的筷子,只要世华说声是,就会一筷子刷过去。

"我才不会去求他呢,搞不成也不会求他!学二哥,绝不弯腰求人。"世华埋头吃饭,丝毫没察觉挨筷子抽的巨大危险。

"这还差不多。"先智松弛了脸色,舒心一笑,继续吃饭。

"你看看,一个娃儿提干,被他卡了,一个娃儿转正,又被他卡了,他洪小个子为么事跟我们过不去呀?你跟老二怎么招惹他了,讨他这么记恨?"玉珍叹了几声。"她爹,你不是跟县上的赵县长、刘书记熟吗?请他们出面说句公道话呗?"玉珍只记得赵扶民、刘小牯以往的官职。

"窦家跟洪家的事，不是两家人的私仇，一句话说不清，不提它了。找人家扶民、小牯，刚说不求人，你还想求人！找他俩，哪好张口？张了口，于私，人家磨不开情面，于公，叫以权——么子呀？"

"以权谋私。记不住词，就别说新话呗。"世华嘲笑爹。

"叫人家左右为难，何必呢！"先智不理会女儿，继续说。"你俩啊，凭自己的本事去干去闯，总有出头的日子！他洪小个子，一手遮不住太阳。学你二哥，十七岁出门，如今家成业就，当了营长，不比他洪少谱官小。兵舫这狗东西，从不求人，不靠人，就靠自己，闯到现在，洪少谱再也拿捏不了他。对洪少谱这种人，求他发善心不行，就得跟他斗，七斗八斗，他才老实，那些年，他不也老实过吗？"先智到现在也不知道，他二儿子多次遭洪少谱暗算，要不是后秀躺在血窝里屈嫁洪光灿，暗中相助，还不知会怎样呢，哪有今天的风光？

"爹，您说得轻巧，过去是过去，现在是现在，现在谁惹得起他，斗得过他？"世华抬头看看爹，见爹没生气，接着说："他这号人，怕运动，怕群众，现在不搞群众运动，他没得怕头了，越发为所欲为。"

世刚不敢正眼看爹，对着世华说："姐姐说得是，水利工地上有人对洪少谱不满，贴了他的大字报，查出人来，关了好几天，批那个人头上长角，身上长刺，是个刺儿荷，再也没人敢出头说话了。"

"老子就是他说的刺儿荷，你二哥敢开大会批判他，也是个鸡头苞。要是不长刺，八面光，不光人家欺负你，这个世道就没得公平了。依我看，共产党内，洪少谱这样的人，还会有，握着印把子，干着坏事，不出来几个长刺的刺他几下，他更像娇兰刚才说的，郎么说？为所欲为。"先智说到这里，停住了。他想起上午洪光灿尿素掺假，自己揭穿了他，依后秀的话，叫他写了字据，拿住了他的把柄，正好用来跟他洪小个子斗一斗。思量了一会儿，说："要斗，不能瞎斗乱斗，要讲计谋，会斗。你爹老了，又不在党，斗不过他们。你们几个，要求上进，入到党里，跟洪小个子这号人斗，自己不受欺负，也不叫他欺负别个。"

"爹，娘，今儿后秀姐欺负我了，您们把她斗一斗呗！"一直没吭声的娥兰，突然插嘴，眼里噙着泪花。

先智和玉珍同时放下碗筷，惊谔地望着小女儿。

"你个小砍脑壳的，还好意思说？"世华举起筷子，要打小妹。"今儿下午,在学堂上,她当着那么多人的面,骂人家后秀姐,把后秀气得直哭。您们叫她自己说。"

娥兰起身躲在娘的身后,支支吾吾,不敢细说。世华替她讲了经过。

今天下午最后一节课,五年级上语文课,校长后秀代班来讲课,点名让窦世娥背诵《木兰辞》。世娥背到"东市买骏马,西市买鞍鞯"这一节,几个生字不认识,也没记住,胡编了一通:"东市买东瓜,西市买西瓜,南市买头绳,北市买发卡",满屋的娃儿哄堂大笑,笑她只知道买吃的戴的。后秀拉下脸来,责令她放学后留校背书,什么时候背会什么时候回家。世娥听说三哥回来了,急于见三哥,又怕三哥笑话,不愿留校。后秀拉住她不让走,两人拉扯起来。

后秀火了,拽着她的辫子扯到办公室,训斥说:"你怎么就不能学学你二哥? 只晓得贪玩,不用心,长大了有么鬼用?"

一些老师和没回家的娃儿围过来,也说世娥的不是。

不料世娥突然瞪起眼睛,对后秀说:"你莫提我二哥! 嫌贫爱富,甩了我二哥! 你结婚,害得我二哥吐了血!"

一个十三岁的女娃,当着那么多人的面,捅人家校长的心窝。后秀一怔,捂着脸跑出去,越过操场,倚在文化室的门边,暗自流泪。她不想回自己的宿舍,那里,酒醉的洪光灿正躺在她床上呼呼大睡。

在另一个班级上完课的世华闻讯赶来,揪住娥兰的耳朵,扯着她来见后秀,当面赔礼道歉。后秀擦干了眼泪,放走了世娥,留下世华,说了她转正被卡住的事。

先智没等世华讲完,火气已蹿到头发梢,举起刚吃完的空碗,劈头盖脸就要朝世娥砸过去。世娥见势不妙,跨过板凳,躲在玉珍的身后,抓住玉珍的衣裳不放。

玉珍遮住世娥的头脸,骂道:"你个小丫头蛋子,晓得个屁!"又拦着先智的手说:"娃儿话是说重了,细想一想,还是有一点点道理。"

"狗屁道理! 人家后秀没得么处对不起窦家! 老子今儿撕了她的嘴!"先智不依不饶。

"咚咚!"有人敲门。世华打开门,门外站着后秀。

二、后秀一下子弄明白了，嫉妒在残害窦家，同时也在残害洪、曾两家

　　"九十一，九十二……"曾善明从床边五屉柜上一堆散放的银圆中捡出一块，递给二黄婶。二黄婶坐在床头，怀里抱着那只用了十多年的小口大肚瓷罐，接了银圆，"咔嘣"一声，装进罐里。一直数到一百五十五，柜面上没了。曾善明捧起瓷罐，摇几摇，"哗啦啦"响，瓶口朝下，又倒在柜面上，老两口重新开始数钱。

　　十年前，曾善明暗里明里揩公家的油，攒下了五十块光洋，每天夜里，老两口偎在被窝里数钱，把银圆抛落在被子上，看正反面逗乐。后来，队里筹建小学缺钱，后秀使了计策，诱使善明拆了老屋，还谎称屋基下埋了银圆，拿出二十块来办了学，割了自己的一块心头肉。十年来，他倚仗儿子当支书，与公社农机站的伏老木、供销社的曹老大勾勾搭搭，这里刮那里沾，又分文不出，滴水不漏，凭皮笆篱的本事，聚少成多。近几年，儿子独松进公社当了脱产干部，孙女婿洪光灿又进供销社当了股长，他手头更加活络，每过一段时间，便把贪占的纸钱在地下钱庄兑换成银圆，竟然落下了一百五十五块。他相信银圆牢靠，特别喜欢听银圆碰击的声音，稍有空闲，便与老伴儿数钱听声响。

　　"狗娘养的罗老屁，渔鼓筒里藏了一百五十块，跟老子攒了十几年差

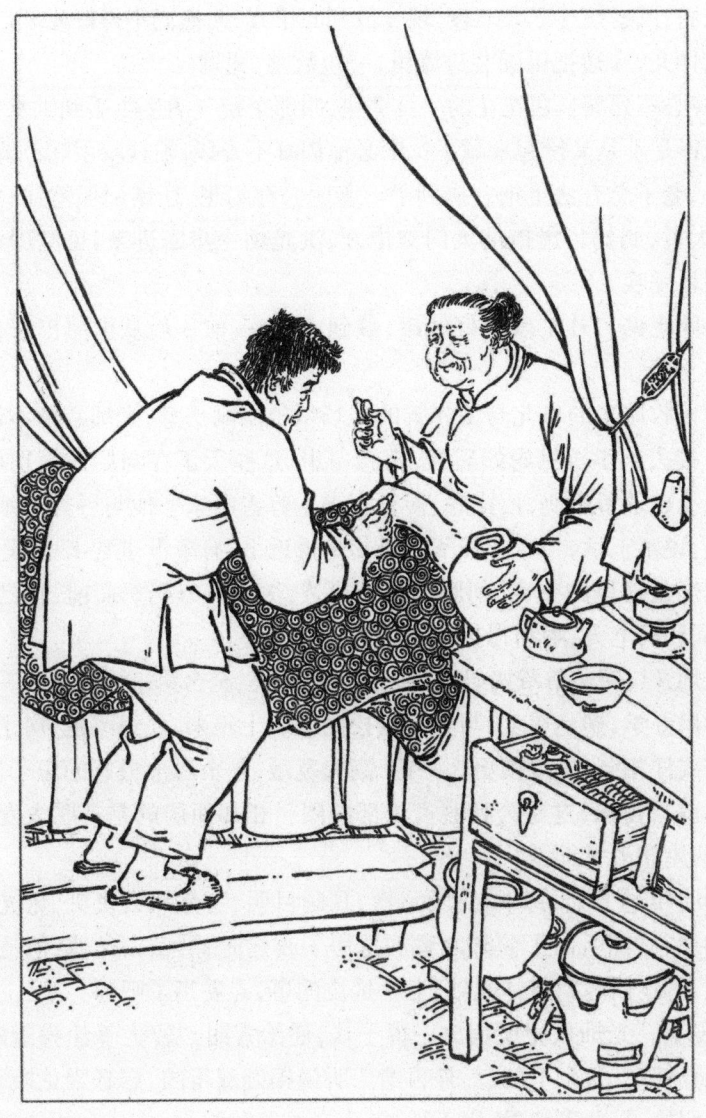

不多!"善明不知为什么此刻想起了罗老坎的渔鼓筒,心中愤愤不平。

"哪壶不开提哪壶,还好意思提它?叫人家骗去钻泸沟,差点儿让黄鼠狼夹子夹成跛子,现如今还落了残疾!要是放到以前,老娘剁砧板,骂那个罗老屁、风亭铳气三天三夜,现今放到心里咒,咒他们不得好死。"二黄婶心疼老伴儿,一边把银圆装进罐里,一边数落、咒骂。

"我心不死啊!白花花的一百多块,叫那个铳气活生生丢到洪水里了!还不晓得是不是又捞起来藏了?未必他们真不爱钱,怕钱咬手啊?要是那钱还在,老子总有法子把它搞到手。"善明心存幻想,还惦记那笔钱。

"大爷,奶奶!"虚掩的大门被推开,洪光灿一步跨进来,见堂屋没人,站在门口呼唤。

善明老两口连忙收拾好钱罐,藏到床下,一前一后从里屋出来,热情招呼孙女婿。

为接收尿素的事儿与窦先智的一场纷争刚刚平息,光灿心情不错,原打算直接去小学校见媳妇后秀,转念一想,这些天正在与后秀闹别扭,不如先来见她爷爷奶奶,摸摸底,便径直来了曾善明家。他与后秀爹娘一直不亲热,说不上话,与后秀爷爷奶奶却走得近乎,有事没事常来串串。

光灿是这里的熟客,到厨房取了热茶,送到爷爷奶奶面前,自己呷了两口,问候两老人,嘴甜得抹了蜂蜜。

光灿开口夸奖爷爷奶奶的房子,气派、敞亮,全台第一。曾善明一九六九年拆屋办学,搬到堤上,与儿子独松同居。十年来,几经改建,房子与窦先智家式样相同,但规模更大一些,高大宽敞,是全台上最好的房子,外来人老远就看得出,这是公社脱产干部的屋。相邻而居的是善明大女儿独梅,她的屋相形见绌,矮小一些。

善明年过七十,背不驼,腰不弯,耳聪目明,还是那么机灵,见光灿夸奖他的屋,立即听出了弦外之音。这房子改建时,洪家出过钱,但他故意不搭茬,另找话题问道:"光灿,上午扯皮的事,弄妥当了吧?"

"妥了。"光灿从兜里掏出一沓子钱,递给善明。"曹大爷让我给您,说以后账算精准了,余下的,另外再给。听说银圆涨得凶,您赶紧兑换。"

善明接了,并不细看,也不数,随手交给二黄婶。

二黄婶舔着吐沫,数了一遍又一遍,神采飞扬,不停夸孙女婿。"我光灿就是精明、懂事,全洪湖县找不到第二个。我家后秀,前世修得好,才修

034

到你这么好的娃。"

善明白了二黄婶一眼,继续问光灿:"怎么搞妥的?"

"那老铳气本不相让,他女儿来跟他讲了几句,他把您们轰走,留下我好言好语的,让我写了个字据,事情便了结了。"光灿说得云淡风轻。

"字据上写了些么子?"善明追问。

光灿复述了字据上的话,满不在乎地说:"他没当回事,信手扔在柜台上,说过几天就丢了。这老铳杆子,好对付!"

"这个溜光苕,人家给他下了套,他还以为吃了香饽饽。洪少谱这个人精,怎么养了这么个蠢货? 可惜了我家后秀啊!"善明在心里怨恨叹息,却一句也没说出口,他知道跟他说不清楚,说清了,他也不明白,便轻轻呷了几口茶,说:"光灿,你可别小看了那老铳气! 我们洪家、曾家,玩儿的是权和钱,他窦家玩儿的是人,家里穷成那样,娃儿读书一个也不耽误,个个有出息。那个老大进了县城,老二兵舫,听说干到营长了,不比你爹差。你爹还能干几年? 他还早呢! 下面的老三,眼看就要冒头,还有那俩姑娘,都是读书的料。再看看我们两家,有几个读书读出名堂来了?靠了你爹,后道才进区里当了医生,现今只是个公社卫生院院长,你独松大伯才勉强进到公社,吃了商品粮。要论人哪,比不上窦家。再过些年,说不定洪、曾两家人,给他窦家提鞋,人家还不要呢! 要趁早,趁早啊!"

"是啊,大爷,再不把他窦家摁住,他们就要骑到我们头上拉屎了。"光灿再笨也听出了善明话中话的意思,不无炫耀地说:"眼下,他还跳不出我爹的手掌心。那个窦世刚提干,我爹一句话就堵回去了。窦世华民办老师转正,我爹拖着,就不给办,他窦家干瞪眼。您放心,我爹就听我的,我让爹看紧他们。"

"那就好,那就好! 跟你爹说,心软不得,只要你爹一松手,他窦家娃儿忽的一下,全起来了!"善明要的就是这话。

"您也莫吹那个书老鼠窦世豪,哪是他自个儿干出来的? 还不是后秀求的情!"光灿冒出这几句话,突然停住了,他想起与后秀有个约定,帮世豪过部队政审这一关,只许洪家父子与她知道,跟谁也不能说。

人老奸,马老滑,兔子老了鹰难抓。善明一下听出他话里有名堂,追问道:"怎么扯上了后秀,她为那个兵舫说么子情?"

"要不是为了帮那个书老鼠,后秀才不会嫁给我呢! 以为我傻呀!"光灿想起来生气,不顾与后秀的约定,把底儿都抖搂出来了,说那年他在广播室想亲热后秀,叫知青抓住了,关在派出所,自己答应不伤害世豪,后秀才同意做他的女朋友;后来世豪当兵、入党、提干,部队来函外调,他爹卡在手里,后秀同意订婚、结婚,他爹才出了证明。"要不是我爹松了手,他书老鼠哪有今天!往后,只要我爹使个坏,他窦世豪就别想在部队混下去。"

善明大吃一惊,过去一直以为,后秀屈嫁洪家,是为了给曾家人找靠山。有了这个靠山,曾家讨了好,儿子独松由队干部转成了国家干部,拿工资吃公粮,孙子后道丢了赤脚医生泥饭碗,捧了国家医生的铁饭碗。哪知这死丫头一直在帮窦家,为了窦家娃儿,她终身大事都不顾了,这个吃里爬外的东西!

"这个死丫头!难怪她对你爹你娘不冷不热,对窦家人又认干爹又认干娘,胳膊肘往外拐,不晓得亲疏的混账东西!"善明没骂出口,二黄婶先骂出来。

善明不想当着孙女婿的面说孙女不好,正要问问光灿还有么事,屋里广播匣子传来队长窦先尧的声音:"收工!中午休息两个钟头,下午各干各的事。"前些年,拆除了高音喇叭,广播入户,按钟点干活,社员生产生活有了许多新的规矩。

不一会儿,独松媳妇回来了,两个读书的娃儿也放学回来了。二黄婶与媳妇进伙房做午饭,用了新垒的排烟灶,烧了队里配发的棉籽壳,丰盛的饭菜很快端上桌。善明倒了队里酒厂生产的"白牯牛潭"牌瓶装酒,与光灿对饮一番,酒足饭饱后,一老一小倚桌抽烟喝茶闲聊。

"光灿,跟后秀的日子过得么样?"善明抽着光灿送上的大前门过滤嘴香烟,问。

"大爷,不瞒您说,后秀心里,还装着那个书老鼠,藏着他从部队写来的信,满满一柳条箱。以为我,我傻呀,还是,被我看到了!"光灿本不胜酒力,几杯下肚,饭桌上扛住了,饭后酒劲上来,肚子里翻江倒海,手脚发软,脑袋发胀,打呵欠流眼泪,一张脸像刚烤过的红地瓜。他手指头敲敲桌面,吐词渐渐不流畅起来。"我把心,挖给她看,为了她,么事都做了,她、她不领情啊!您说,我冤不冤,苦不苦?"

善明打心眼儿里瞧不起光灿,也从来没看重过他,但不想也不敢得罪他,见他这个狼狈样,取了凉毛巾,给他敷敷头,劝说道:"你这娃,莫瞎猜疑，后秀她自愿嫁给你，哪能心里没你呀？不是说，怀了你的娃，两三个月了么？"

"鬼呀，她先说不要娃，后来怀上了，要打掉呢！"光灿哇的一声哭出来，抓着凉毛巾捂住口鼻，呜呜哭了一阵子，泪眼望着善明："大爷，您要为我做主，娃儿打不得，这是我洪家的根。我爹就盼着抱孙娃呢，打掉了，我爹还不打死我呀！"

善明感到事态严重，暗自责备后秀做得太绝情了，打掉了娃，就断了洪家这门亲，曾家的靠山岂不是倒了。他起身抚抚光灿的头，说："娃，你放心，爷爷为你做主！你的娃，是你洪家的根，也是我曾家的后。她敢打掉娃，老子跟她拼老命！"

光灿讨得了爷爷的这个准信，停了哭泣，说："我听大爷的，这就去见后秀，跟她挑明了说。"

光灿站起身，歪歪斜斜往外走，善明拉了他一把，叮嘱道："你不是说，后秀心里还牵挂窦家吗？叫你爹把窦家往死里整，断了后秀的念想，她自然回头。"

"记住了，大爷！"光灿似懂非懂，一步一晃出了门。

窦曾台小学，学生放学回家吃午饭，老师餐后回宿舍午休，风不吹，鸟不鸣，里外一片宁静，只有室内墙上的挂钟，不知疲倦地原地打转，发出滴答滴答的声响。

一九六九年，窦曾两家拆了祖屋，用梁柱砖瓦，在曾善明老屋的台基上，兴建了这所小学。十年来，经过多次改扩建，小学前临河堤住家，后接县乡水泥公路，右靠白牯牛潭，左连学习室、文化室、俱乐部，形成了一组建筑群，成为窦曾台文化教育中心。这组建筑群，坐落在碧波绿荫之中，潭水波光粼粼，长堤绿色茵茵，参天大树环绕其间，大自然的五颜六色，涂抹在房前屋后，天然勾勒出一幅迷人的水粉画。

曾先炳是第一任小学校长，干了五年多，大队党支部改选，支书曾独松提拔到公社当了脱产干部，拿工资吃商品粮，成了国家干部，他重新被选为支书，同时兼任公社党委革委两委员，他女儿后秀接任了校长。

后秀回乡当了一年的广播员。一九七〇年大学恢复招生，从工农兵中选拔学生，社员大会推举后秀和知青梅姐上大学，她二人文化测试过关，一同被荆州师范大学录取,三年期满毕业,梅姐留城,后秀返乡当了窦曾台小学校长,吃商品粮,拿工资,当了国家干部。

后秀上学时,全台上的人给她披红戴花,敲锣打鼓,送到村后汽车站。窦为香拉住后秀从车窗伸出的手不放,说:"娃儿,窦曾台上百年,出了你头一个大学生。你要铆足了劲儿去学,学足了,莫要远走高飞,回来教台上的娃儿跟你学。想当年,闹赤卫队,闹的就一个翻身,如今,别的都翻身了,文化翻身难啦! 你娃儿要为乡下人争气呀!"

记住了这话,后秀好像不是为了自己在上大学,又好像不是自己一个人在上大学,而是为了台上人在学,带着台上娃儿一同学。学成归来,本可以留在地区或者县城当老师的,一来跳出了农村,二来摆脱了洪光灿的纠缠,但她忘不了为香二爹的话,又不放心洪家父子暗里整治窦家人,一门心思回了乡。

她回乡的那天,全台上的人像迎新娘那般,又给她披红戴花,敲锣打鼓,拥着她巡游乡里。窦为圣操起尘封多年的渔鼓筒,唱起了渔鼓调:

> 稀奇稀奇又稀呀奇,
> 乡下娃儿直接上大学去!
> 学了一身好本事,
> 她不进城不当官,
> 又回乡下田间啦里。
> 要是没有毛主席,
> 哪来这多稀奇又稀奇!

后秀当校长,工作干得得心应手,只是挂念世豪的这块心病未除,常常郁郁寡欢。今天上午,后秀听说光灿在堤上小卖部与干爹争执,叫世华去送了口信,午休期间便一直忐忑不安。她睡不着,信步在小学四周溜达,眼前的一切美景,引不起她任何美感,相反,这里的一草一木,都记录着她的忧伤与怨恨。

她站在大潭子边。静静的潭水,冷漠地不瞧她一眼,自顾自不停地皱眉撇嘴。为了逃婚,她曾在冰天雪地中纵身跳进了这潭水里,世豪救了她,被他抱着的那股温暖,那么短暂,刺骨的冰水,冻透了她的身子,更在她心头留下了永久的寒彻，一旦记起，便要打一阵冷战。

她来到学习室，进了大食堂陈列间，看到大锅大灶大缸大盆，老门框上的对联和毕尔钟，回想到儿时与兵舫在这里嬉闹逗乐，如今天各一方，不相往来。他的兵舫拥着他的娇妻爱女，逍遥自在，自己却与冤家对头同处一室，以泪洗面，儿时的快乐一扫而光。

学习室门前空地，如今成了小学的操场。她站在空地上，想起了订婚那天，白牯牛就蜷卧在这里，含泪无语地望着她。她随白牯牛去了老奶奶坟前，祭拜《十告老奶奶》，立了誓言，为了她的兵舫，她愿忍受斧砍刀杀。如今眼前一场空，白牯牛沉在潭水里，而那个他远在天边，哪里知道自己的一腔痴情，说不定还怨恨着自己的绝情呢！

再往前走几步，就是那方池塘，春去夏来，塘里的刺儿荷叶大如盘，悠然伏在水上，鸡头苞挺出水面，矫情地昂着头。她知道，就在那里，她的兵舫和干爹尾随大白牯牛，把前来提亲的曹老大、伏老木，赶到塘水中求饶，解了自己心头之恨。过了池塘，便是干爹家的菜园，那里的一角，老奶奶长眠在那儿。她不想往前走，老奶奶不在了，老白牯牛不在了，他也离去了，再也没人来疼自己护自己了。

后秀回到宿舍，预计光灿就要来了，想了想对付他的办法，心情平静下来。

她从床下拖出一只柳条箱，开了锁，打开盖，满满的一箱书信。

订婚前，她给世豪写了那封简短的绝情信，此后，她再也不拆看世豪的来信，而是按照时间顺序，把信铺在房间的床垫下。搬来学校宿舍后，便装进了这个箱子。

她结婚时，见到了世豪，当着众人之面，她没与他说句亲热的话。当晚，他离开时，她偷偷跟在后面，看到他吐了血。她躁动起来，想冲上去，赶走他身边那个穿军装的女人，抱住他，亲他。但最后一刻，她忍住了，在见不到他的身影的时候，捧起了那含血的雪块，紧紧捂在自己发烧的脸上。从那之后，世豪再也没有给她来信。

这些信，从一九六九年国庆节到一九七四年底的近五年间，世豪几乎每隔两三天写一封，后秀数了，一共八百八十一封，每封都是厚厚的一扎。后秀多么渴望撕开信封，看看心上人给自己说些什么。有几次，她已经用剪刀剪去了信封的一半，但还是停住了，她怕看了信，关不住感情的闸门，毁了自己的誓言,乱了自己的计划。走错一步,他洪家父子就会坑害世豪,到那时,虽然自己得到了心上人,却断送了心上人的前程,爱他反而害了他。因此,她熄灭了自己的爱欲,决计不看这些信,但又舍不得毁弃,还幻想着老天有眼,今后老了与世豪一起戴着老花镜,头碰头看这些信。所以她把信锁进了柳条箱。每当思念世豪时,便开箱看信封上的地址、邮戳,猜测心上人么时候在么地方,想象着她的劣包娃跟她说些什么。她知道,凭世豪的激情与文采,这些信必定是世上最动人的情书,不会有卿卿我我,但会爱得深沉,爱得透彻,爱得敦厚。每当这个时候,是后秀最幸福最快乐的时刻,她会忘记与洪光灿相处时的一切不快,忘记曾家人拿她当敲门砖找靠山的一切烦恼,沉浸在虚幻的美好时光里。

后秀把信取出来,用唾沫舔开口,掏出信瓤,抖开抚平,按年月摆成十几沓,每一沓用订书机钉了,摆放在床垫下。

此时,后秀看到了信纸上跳出来的词语,"亲爱的秀儿","捞刀河、柴草堆","林间窝棚的夜,明晃晃","海平静得像大潭子里的水,我的心,把海煮得沸腾……"她就像一个饿疯了的小猴儿,掂着手里的大红桃儿,桃香扑鼻,桃红刺眼,嘴里伸出无数只小手,要把这桃儿一下子抓进肚子里。突然,一个魔鬼扑过来,一口吞下了手里的桃儿。她眼前一黑,跌坐在床铺上,咬了咬牙,对自己说:"挺住,不看,老了再看!"她定定神,拾起一个个空信封,往里面装了废纸片,用胶水封口,还原为未拆封的信件,装进柳条箱,上了锁,把箱子塞到床下,等着洪光灿的到来。

光灿歪歪斜斜进了后秀的宿舍,回手插上门,嚷道:"今儿,你给我说个明白,为么事还留着那书老鼠的信?以为我傻呀,就在床下的箱子里。说不明白,跟你没完!"

后秀不搭话,从床下拖出柳条箱,打开房门,提了箱子往外走,回头说了声:"跟我来。"

两人来到学校伙房,午饭后灶膛里余火尚存,温热着灶上大锅里的水。后秀放下箱子,开了锁,取出那些换了信瓤的信,丢进灶膛,顿时,熊熊火苗蹿出,吞噬了那些信件。

光灿看得目瞪口呆,酒快醒了一半,见一扎扎没开封的信件,在灶膛里化为灰烬,好一阵感动。错怪自己媳妇了啊,人家把往日情人的情书,看都没看一眼,当他面烧得一干二净,眼皮也没眨一下。他突然对媳妇心生怜惜之情,一把夺过后秀往火中投送的最后几封信,说:"真的全烧了? 你打开看两眼呗!"

"没得么子好看的,让你死了心,免得疑神疑鬼!"后秀一把夺过去,丢进灶里。

光灿提了空箱,两人回到宿舍。后秀招呼光灿坐在床边,给他倒了杯热茶,说:"再没别话可说了吧? 疑心生暗鬼!"

"没得说,没得。我哪是疑心啦!"光灿拉后秀坐在身边,搭手抚摸她的肩头。"爱情,总是自私的。我爱你,绝不允许别个分享,这叫爱情的嫉妒。"他想到几句电影里的话,生搬硬套地冒出来。

这几句夹生话真逗,后秀差点儿笑出声,说:"进了洪家门,就是洪家人,往后好好过日子。"这是她的实话。她明白光灿一直真心爱她,虽说是剃头挑子一头热,却也热得炽烈。为了世豪的幸福,她有心与光灿好好过日子,婚后与光灿同房见了红,她找书看了,才知道与世豪在林间窝棚偷吃禁果,并没破身,自己的处女权还是给了光灿,虽为世豪惋惜不已,却也觉得对得起光灿,并没欠下良心债。后来听说世豪与那女军官成了家,前两年生了个女娃,自己为他高兴,也想安稳下来,便怀了光灿的娃儿,但还不放心洪家父子对窦家使坏,便时不时提出打掉娃,掐住了洪家的七寸。果然,光灿他爹卡住了窦家老三提干,又拖着不给世华转正,他父子对窦家还是害人之心不死。她早料到了,就有了应对之策。

"我没看错,早晓得你会回心转意。"光灿得意,搂紧了后秀肩头。"那,娃儿不打了吧? 我们爱情的结、结什么? 结果子。"

"难怪别人叫你溜光苕,结晶。"后秀没有气恼。"不打了,让你爹办个准生证,莫弄个计划外,挨处分啰!"

"哦哦,我要当爹了啰!"光灿高兴得跳起来。"准生证? 我爹一句话。"

"莫高兴得太早,我还有话,叫你爹莫再卡人家窦世刚提干,也别为难世华转正,她已满三年了,早些批了她。要不然,你这个爹还不晓得当不当得成。"

光灿感到当头泼了盆冷水,冷静了一下,说:"你怎么还帮窦家人说话?"他凑近后秀,神秘秘地说:"实话告诉你,你爷爷今儿跟我说,我们洪、窦两家拼的是权和钱,他窦家拼的是人,要是不把窦家人压住,让他们一个个飞起来,还不骑在我们头上拉屎啊! 爷爷说,要我爹往死里整,莫让他窦家人出头。你看你，跟你奶奶说的一样，胳膊肘往外拐。"他心里藏不住话，把那些见不得人的话全抖搂出来了。

后秀吃惊不小，爷爷奶奶心地这么阴暗呀，难怪这几十年来一直缠着窦家不放，原来是嫉妒啊！她想起了一些名言，艾青说"嫉妒是心灵的肿瘤"，雨果说"凡是嫉妒的人都很残酷"，还真是这样。莎士比亚说得更直白："那些把嫉妒和邪恶作为营养的人，见了最好的人也敢去咬一口。"窦家人并没有惹你洪、曾两家，他好不好，也不碍你们的事，为么事要咬人家呢？啊，嫉妒，根子是嫉妒。这个溜光苕也是出于嫉妒，你爱你的，凭么事那么恨世豪，先是要拿刀砍他，后又要他爹拿政审使坏，挡住人家入党提干，现在还要往死里整人家，原来正如斯宾诺莎所说："嫉妒是一种恨，这种恨使人对他人的幸福感到痛苦，对他人的灾殃感到快乐。"后秀一下子弄明白了，嫉妒在残害曾家，同时也在残害洪、曾两家。

怎么对付嫉妒呢？后秀一时想不出现成的名人名言，自己暗自思忖，洪、曾两家人为么事嫉妒窦家，看来是自己不优秀不自信，就要把窦家人打压得不优秀不自信。战胜嫉妒，没有别的，就是比嫉妒者更优秀更自信。窦家人强大了，洪、曾两家人的嫉妒自然破灭了。

"光灿，你知道什么是嫉妒吗？"后秀有意问。

"嫉妒？就是小心眼儿。问这个搞么事？"光灿纳闷，她为什么突然问起嫉妒来。

"何止是小心眼儿！"后秀突然记起不知是哪个名人讲的一句话，"被嫉妒蒙蔽了双眼，一个小小的念头可以瞬间放大。任何人都可以变得狠毒，只要你尝试过什么叫嫉妒。你，你爹，还有我爷爷奶奶，叫嫉妒迷了心窍，就变得狠毒。"

"才不呢，我不嫉妒他书老鼠，也不嫉妒他窦家人，只要你不再惦念他，我才不管他死活呢。"光灿显得委屈。

"跟你说不清，不说了。"后秀转移一个话题，问："今儿上午，你跟我干爹扯皮的事，怎么了结啦？"

"莫老是干爹干妈的挂在嘴边，他是他，你是你。"光灿说。"他叫我写了个字据，事情便办妥了。"接着，把字据上写了什么，按七折入了账，讲了一遍。

后秀暗暗高兴，说："你回去实话告诉你爹，就说有字据在我干爹手里,让他莫卡人家窦家娃儿提干转正,要不,县上抓了你,破坏农业生产。"

"你莫老是你爹你爹的,我爹不也是你爹呀!"听完后一句话,心头一颤,"啊?有这严重!"

"你也莫怕,把人家娃儿的事办好了,你也没事了,我去把那字据拿回来。"后秀不愿再吓唬他。

"好吧,只要你把我的娃儿生下来,不再搭理那个书老鼠,别的事,都好说。我爹听我的,叫他快办快办。"光灿盘算一番,觉得自己没吃亏,便忘了后秀他爷爷说的话。

午休结束了,开课的哨声响起。后秀一阵轻松,自己的目的都达到了,安顿光灿在自己床上躺下,夹着教材去上课。

最后一节五年级的语文课,发生了与世娥的那场冲突。她又气又恼,心情又坏到极点,想跑到宿舍痛哭一场,可那里躺着一个自己不爱的人,去不得。连个哭的地方也没有,她只好跑到文化室门前,那个白牯牛蜷卧的地方,倚门流泪。

她可以承受洪家、曾家人的冷漠轻视,甚至侮辱谩骂,但是,她受不了窦家人的一丁点儿委屈。她所做的一切,都是为窦家人好,窦家反过来却说她的不是,这还有天理吗?一个十三岁的女娃,说出这些话,还不是从大人那里听来的。虽然自己没给窦家人说透,但他们也应该想到自己的苦衷啊!世豪吐了血,自己心疼,心疼死了,可自己何止吐了几口血,天天在往心里吞血呀!她想,自己就像一把柴火,自己把自己送到灶膛里,烈火烧着,把灶上锅里的水烧得欢叫,到头来,这锅里的水却反过来浇灭自己仅剩的一点点余火。她越想越难受,索性大哭起来。

世华揪着世娥的耳朵,找到文化室门前,千错万错地赔礼道歉。

后秀冷静下来,她想把过去的一切都告诉这两个妹妹,但咬紧牙关没透一句,她知道,说破了,依干爹的铳杆子脾气,他会扛了冲担去捅洪家父子。要是世豪晓得了,这劣包娃会怎样?会脱了那身军装,么鬼官不官,么鬼女军官,全不要了,跑回来与洪家算账,上洪家来抢亲。要是这样,自己的心血白流了,上十年的苦头白吃了。

捋顺了心绪,后秀破涕为笑,打发世娥先回家,留下世华说了一阵子话,告诉她,这次转正又没批,别的,没多说。

三、白大姑安详平静地睡去，再也没有醒过来

　　玉珍最先看到后秀，拉她到桌边坐下。世华拿了碗筷，递到后秀手里。

　　"饿了吧？先吃饭。"先智见到后秀，熄了火气，把已举过头顶要砸世娥的空碗，轻轻放回桌面，往后秀碗里夹了菜。

　　"个小砍脑壳的娥兰，今儿惹你生气了？"玉珍把装菜的碗往后秀眼前推了推。"秀儿，你要是晚来半步，你干爹还不砸破她脑壳，撕了她的嘴！"

　　后秀突然到来，免了娥兰的一顿臭打，她从娘的身后转来，靠在后秀肩头，胆怯怯地说："校长，哦，不，后秀姐，我错了，对不住！"

　　后秀把娥兰拉到身边坐下，对娘说："干娘，娥兰还不醒腔呢，我哪生她的气！心里憋得慌，自己找的，不怪别个。"后秀动手吃饭，不想让娥兰挨打，临时编了个理由。

　　"你这娃呀，为么事自己跟自己过不去，心里有火有气，憋在里面，还不憋出病来？常来干娘这儿念叨念叨，泄泄火也好啊！就算你跟兵舫没成家，断了往来，也还是娘的干女儿啊！你好长时间没来了吧？今儿来了，跟干娘说说。"玉珍说。

　　后秀听出来了，干娘不仅仅只是埋怨自己来的少了，还记恨自己与世豪断绝来往呢。一种委屈，一种悲哀，涌上心头，那种柴火烧开了水、变成

了灰,又挨开水浇的感觉,久久不能散去。

"娘,我晓得世豪为我吐了血,大病一场。"后秀放下碗筷,强忍泪水。她猜想世娥今天挖苦她的那些话,说不定是从干娘那里来的。小娃儿有口无心,说说就算了,要是窦家大人也这么想,自己一片好心真的变成了驴肝肺,全身是嘴也说不清。其实,她只需要自己张嘴讲出一两句话,就说清了,所有误会都会消除,但是她守住底线,咬紧牙关不说出真相。她顿了顿,重新端起饭碗往嘴里扒饭,不敢看干爹干娘,低头说:"爹,娘,您就只当干女儿嫌贫爱富,甩了世豪。记恨我,我不怪您。"

"秀儿,你不是这种人,莫把娥兰嚼腮的话当真,你有你的苦衷,我不记恨你。"先智说。

世华看到后秀眼里的泪水,拿了毛巾递过来,说:"秀儿姐,要是你当了我二嫂,我拿你当姐看,没当上,还是我姐,你别想这么多。"

"秀儿,明人不说暗话,我还真没搞明白,你为么事硬要嫁给那个溜光苕,听说还怀了他的娃?你跟娘交个底,莫闷在心里。"玉珍直肠子,说出了憋在心里好长时间的话。

"姐,你就说说呗!"世华、世刚、世娥拥到后秀身旁,抚肩搭背,连声叫姐。

"爹,娘,我,我说——"玉珍一席话,又撬动了后秀死死关闭的心扉,她真想大哭一场,讲出实话,到头来还是忍住了,转为轻声一笑,扭头对几个干妹干弟说:"再过几年,你们谈恋爱了,就该晓得,喜欢一个人,用现在时兴的话说,爱一个人,不一定得到他,只求他过得比你好。爱,就是牺牲,就是奉献。"

"秀儿,莫理她们!"先智不喜欢听爱呀爱的酸掉牙的话,也听不懂,轰开娃儿,又对玉珍说:"莫要逼秀儿,叫娃儿为难。"说完,把桌上剩下的菜全都倒进后秀碗里。"快吃,趁热吃!吃完了,告诉爹,还有别的事吗?"

后秀吃完饭,起身收拾碗筷,先智拦住她,叫世华几个收拾,拉她坐下,问:"今儿洪光灿来了,你叫娇兰捎口信,提起那年胖会计要我签字据的事,是不是要拿他一个把柄?"接着,讲了与洪光灿扯皮了结的经过。

"是啊,干爹,我来,就是要拿那张字据。您给我,我有用处。"后秀说。

"你有么用处?"先智想起当年胖会计曹老大合伙诈骗他,差点丢了队里六千斤稻子,气不打一处来,刚想骂"狗日的",又觉得在后秀面前骂脏话不好听,改口说:"狗东西们,害老子不浅! 现今老子拿住了他洪少谱的把柄,看他还敢说硬话!"

后秀想,洪少谱依仗权势,卡住了世华姐弟的出路,窦家一时跳不出洪家的手掌心。但她不想让干爹出头与洪少谱直接对抗,刀把越磕越紧,弄不好,害了干爹一家。想通过光灿,迂回过去帮帮干爹,便把从光灿那里听来的话,复述了几句,说:"洪家、曾家有人见不得窦家人好,你们好了,他们眼红、嫉妒,恨不得把你们踩在脚下,叫你们没得出头之日。现今世豪翅膀硬了,狠不住了,只得拿世华、世刚出气。您把字据给我,我叫光灿跟他爹说,他爹不敢不听。"

"啊? 原来是这样! 难怪洪少谱拿我们当仇人呢! 嫉妒就这么狠毒啊!"世华、世刚同声叹息,好像一觉醒来。

"你俩没看过书呀? 嫉妒是魔鬼,鬼缠了身,么事都做得出来。你俩要学你二哥,挺起腰杆子做人,发愤图强,叫人家想踩也踩不下去。"后秀说。

"这个我懂,老人常说,一家饱暖千家怨,出头檩子头先烂,就是这个理。你俩啊,好好跟你秀儿姐学,像你二哥那样,别个再眼红也没用。"先智说完,起身往外走。"秀儿,我这就去拿那个字据,你等等。"

后秀与窦家姐弟说了些社会上的事,又与干娘唠了一会儿家常,先智回来了,把字据递给后秀。后秀叫世刚找来笔纸,誊写了一份底稿,留给干爹,自己带走了原件。

后秀起身回学校,窦家人送出老远。

后秀进了自己的宿舍,见光灿坐在床边揉额头,再看一眼床铺,那床垫下藏着刚拆出来的世豪的信,没见异样,放心地问光灿吃了没有,说自己去家访,在学生家吃了饭,回来晚了。

原来光灿一觉醒来,酒醒了,头还有些晕,天快黑了,见后秀不在,问了其他老师,知她家访去了,便在学校饭堂与留校老师一道吃了晚饭,回宿舍等她,想带她回谢仁口街上自己屋里去住。

后秀说:"你先莫急,给你看样东西。"把字据给光灿看了一眼,又拿回来,装进自己兜里。"先前跟你说了,回去告诉爹,赶紧把人家世华、世刚的事办了。要不然,人家把字据拿出来,还不知给爹给你添多大的乱子呢? 说不准,抓了你。"这次,她没说你爹。

"是啊,是啊,我不是答应你了吗? 回去就催爹快点儿办。好在你拿回了字据，他也就没了把柄。"光灿没往深处想，催后秀快点上路。

"哎，憨得不拐弯！"后秀心里叹息了一下，随光灿出门去谢仁口。这是她第一次去住光灿的房子。

后秀离开后，先智拉熄了堂屋的电灯，关了大门，一家人各自回自己的房间，准备上床睡觉。

突然，有人咚咚咚敲门，气喘吁吁急切切地叫："大伯，大伯，奶奶又晕过去了！"

光智听出是三弟先觉的独生女儿红兰的声音，她与世娥同班上学，与奶奶白大姑住在一起，连忙出来打开门，拉亮电灯，一家人又回到堂屋，惊问奶奶怎么啦。

"怪事，真是怪事！"红兰平缓了一下呼吸，说："吃完夜饭，奶奶半躺在竹椅上闭目养神，广播匣子正在播本区新闻，区委书记洪少谱在里面说话，说么子过几天，工作组下队。奶奶听到这里，睁开眼，坐直身，又听了几句，嘴里咕噜一声工作组，身子一歪，倒在地上，晕过去了，醒不过来。真怪，奶奶一听说工作组就发晕，晕过好几回了。"

哦，原来是这样。先智饭前关掉了广播，没听到洪少谱讲什么，准是这个小个子的话，刺激了奶奶，引发了奶奶的老毛病。奶奶的这个病，是块心病，病因就是工作组。先智记起了老娘患病的前因后果。

那年世豪带女朋友回家探亲，参加后秀婚礼吐了血，大病一场，休养几天后回了部队。不久后的一天清早，曹家嘴徐先生的继子跑来报信，说他爹和白奶奶从洪湖边回来了，请窦家人去接回家。

先智和四弟先镐来到徐家，见到了娘。五年未见，娘胖了，满面红光，满脸堆笑。问起为么事离开了湖边，娘与徐先生脸色黯淡下来，说："日子过得好好的，来了么鬼工作组，说是清理盲流，把我们当盲流送回来了。"

原来，白大姑与徐先生住在湖边鸭棚，朝夕相处，相濡以沫，遂了毕生心愿，又抽空教湖边渔家子弟识字读书，吃住不愁。两位老人好像一下子年轻了几十岁，觉得太阳每天都是新面孔，出来就朝他俩笑。月亮却是老面孔，每晚陪伴，倚在屋边讲述他俩过去的故事。就这样，痛痛快快、舒舒服服过了五年。

突然有一天，来了一老一少两个人，躬身走进鸭棚。那个年少的戴了白边眼镜，白大姑见了，想起早年那个驻队工作队员，抓走儿子"上楼洗澡"，也是戴了这白边眼镜，心里一揪，怕是祸事来了。

果然，来人自称是路线教育工作组的，问他俩是哪里人，有没有户口。他俩说乡下的，没户口。又问有没有革委会证明，回答说没有。来人对视一眼，说这不是盲流吗？徐先生眼瞎心明，说收音机里讲了，盲流是农村盲目进城的人，我俩又没进城，怎就成了盲流？戴白边眼镜的变了脸色，呵斥道，说你是盲流就是盲流。不由分说，叫来民兵，把两个老人用船送到了曹家嘴徐家。

先智听了，对娘说："娘，管他盲流不盲流，回家就好！满屋的孙娃儿想奶奶呢，兵舫前些时回来，没见到奶奶，好伤心啰！"说完，叮嘱徐先生像往常那样，常来白牯牛潭转转。徐先生满口答应，说这几年身体养硬朗了，还能走得动，一定来，一定来。

先智兄弟告别徐家人，拿上白大姑的衣物和她随身带的那袋单眼扣，与先镐轮换背着，步行上十里，回到窦曾台，把白大姑安顿在三弟先觉家。

白大姑回了家，有罗老坎、周寡妇老两口陪伴，整天有说有笑，又见到满堂儿孙，这家请，那家接，高兴了好些日子。

半个月过去了，徐先生一次也没来。白大姑心情暗淡下来，脸上红光渐褪，慢慢消瘦，话渐渐少了，出门也不多了，常常倚门望着远方发呆。

这天，曹家嘴的曾独兰回娘家，捎来徐先生一封信。白大姑在湖边那些日子，认了不少字，看懂了信里的意思，徐家村来了工作组，找徐先生谈了话，不让他出门，来不了啦。

白大姑手里攥着信，坐在门边凳子上，想啊想，为么子工作组不让出门，怕他沿途算命，搞迷信？他早已不干了呀。怕他卖些针头线脑，搞投机倒把？不卖就行了呗。又是工作组，这个工作组为么事总跟自己过不去呀？想着想着，突然眼前一黑，天旋地转，脸色煞白，从凳子上摔下来，不省人事。

先智几兄弟跑了来，背着白大姑往谢仁口卫生院跑。跑了一小半路，白大姑醒过来，听说上卫生院，死活不愿去，说回去，到潭子边的树林子去。先智几个拗不过她，背着她往回跑。

白牯牛潭东边，拆了窦家老屋办学之后，沿潭那片树林，已经密不透风,棵棵老树,健壮高大。林子再往东,新开辟了一片林木苗圃,棵棵树苗,新枝嫩叶。在新老树林之间,就是那棵伐去做了闸门板的苦楝树留下的树墩。如今,磨盘大的墩面上那酷似单眼扣的年轮,早已模糊,布满了青苔,四周长出了新的苦楝枝,有的已经碗口粗,围成一圈,像卫兵似的守护着老树墩。此时,春末夏初,枝叶茂盛,青翠欲滴。

白大姑说:"把我放在树墩上,你们回吧!"

先智几个清扫了树墩,把娘放在墩上坐下,却不愿离去。

这棵老树,救了风亭的命。那时抓丁的保丁一排排子弹扫过来,打得树皮飞溅,树后的风亭逃过一劫。这棵老树,救了兵舫的命,楝叶裹着儿子,树上的黄蜂叮着儿子蜇了又蜇,没了气息的儿子竟然活过来了。这棵老树,也救过白大姑的命,当年先智爹一斧头甩过来,树上掉下一棵枯枝,挡在白大姑胸前,白大姑免了一死,先智爹不敢食言,才允许白大姑与徐先生来往。这棵老树,与窦家、与窦曾台有太多的情缘。白大姑这个时候到这里来,为了哪桩?

先智几个,远远近近看着白大姑,一个也不走开。

说来也怪,白大姑在树墩上坐了一会儿,煞白的脸,泛出了红晕,眼里闪出光来。她拢拢稀疏花白的头发,扶着树干站起来,拍拍身上的灰尘,说:"你们没走啊?那就过来,听我说两句。人哪,要讲良心,最大的良心,就是晓得好坏,可以不记仇,却不可忘恩。这棵老树,这大潭子,沉到大潭子里的白牯牛,不光是对窦家有恩,对台上人有恩,它们啦,自个就知恩知情,拼了命为别个着想,不管自己的死活。我每回往这里一站,心里透亮,再大的病,也没了。你们啦,要向它们那样做人,戏文上说,知恩图报。我这几十年,丢不开徐先生,也是报他一世的恩情,不为别的。好啦,你们三个先回去吧,老大陪我再坐一会儿。"

先智几弟兄面面相觑,娘从来没说过这么多的话,细细想来,好像一句也不多余,原来娘是想借报苦楝树的恩,说明白报徐先生的情,自己给自己治心病呢。不免各自在心里感叹一番,记住了娘的话。

先职、先觉、先镐恋恋不舍地走了。先智陪着娘,默默地在老树墩上坐到快天黑,再没多说。

两个月以后,窦曾台来了工作组,大会上讲,标语上写,广播里喊,说是要割资本主义尾巴。

这天中午，两个工作队员夹着公文包，进了先智家的菜园。他们得到群众举报，这里有"尾巴"。

举报人是曾善明。他的两分菜园，是当年为了不拆除大食堂，先智让给他的，紧靠在一起，中间只隔了座竹篱笆。这些年，玉珍侍弄的地，夏收瓜果冬收菜，吃不完，到处送，还挑到谢仁口街上卖了，收回白花花的钱票子。这地成了窦家的聚宝盆，难怪那铳气挥耙子要跟公社的人拼命！自己的地，一样的土，一样的种法，却种什么都不长，长什么都要死不活，人没吃到，都叫虫子吃了去。他看仔细了，看出了门道。玉珍的地里，沿边种了一圈土烟叶，叫作"沔阳黄"，圈在里面的瓜果蔬菜，不招虫子，而且，这土烟叶开春种下去，打霜才死，一年能收五六茬的叶子，卖得出五六百块钱来，公社供销社明码收购。曾善明眼红了，看不下去，告到了工作组。

工作队员直接来到一排黄绿交织的土烟面前。烟叶杆齐腰高，顶端开了粉红色的花，芭扇似的叶子，自下而上的由大变小，由黄变绿。白大姑和四个儿媳妇从烟叶中探出头来，四个儿子参加公社组织的治理野猫湖大会战，吃住在工地，不在家，烟叶熟了，她带儿媳利用午休时间来帮玉珍收烟叶。

白大姑看一眼工作队员，见没有戴白边眼镜的，没在意，问你们有么事。工作队员反问道，种这烟叶搞何用，玉珍抢先说实话，防虫子，也用来抽。又问是自己抽还是拿出去卖。玉珍说，他爷、他爹和叔子自己抽，多余的上街卖了，换几个油盐钱。工作队员说，那就是尾巴，要割了去，你们自己扯，还是我们扯，不等回答，把一棵土烟连根拔起，踩在脚下。

白大姑一把拽下头上的头巾，挪动小脚，冲到工作队员跟前，大喝一声："你再动，我一头撞死你！"

栓哥呜呜呀呀从后面拉住了婆婆，玉珍、桃英和老幺媳妇围上来，愤愤不平，"这犯了哪家的王法？""未必你们不想叫我们过好日子啊！"

工作队员见这几个女人怒目相视，恨不得吃了他俩，停住了手。两下僵持着。

这时，区委书记洪少谱和公社干部曾独松等人进了菜园。

这些日子，洪少谱有点儿心慌意乱。前些年，他的"鸭子站位"理论处处显灵，势头看得准，火候把握得住，总是受表扬。近些日子，又是学理论批法权、割尾巴，又是搞整顿，抓稳定，他摸不着头脑。但是，他把住一条，鸭子还在河里,远没到上岸的时候,不能过早上岸挨打。大批促大干没停下来,尾巴就要继续割,但不能搞过头,要学瞎子走路,敲一杆走一步,缓着劲儿地割。

少谱有了自己的主意,他呵斥工作队员说:"你俩不知道啊,这是军属家的菜园。当年剃光了头,闯进批斗会,为儿子窦先智瞒产私藏粮食出来顶罪的,就是这位白奶奶。为了护住这菜园,当年窦先智同志挥着耙子要拼命,老区委刘书记发了话的。就是说,对革命群众,要启发自觉,不能强迫。"

白大姑几年没见洪少谱,这几句话也听得进去,便缓和了口气,说:"洪书记,以前的事,莫扯了,你就说,这烟叶碍了你们么子事?为么子要拔了它?"

"白奶奶,这么跟您说吧,这烟叶属小生产,容易产生私有思想,变成修正主义,因此,北京的毛家爹爹说,要斗私批修。所以说,这烟叶还是拔了好,但不能强迫,要拔,您自己拔。"

"啊?毛家爹爹说了要拔掉烟叶吗?"

"那倒没有,但说过拔掉私有制的根子。上头文件上写着呢。您儿子先智就听毛家爹爹的话。"少谱语气平和,一脸坦诚。

"白奶奶,上头是有这精神,会上说了。不信,您问玉珍大姐几个。"独松出来帮腔。

玉珍几个蔫了头,说:"队里开会是说过。"

白大姑低头想了想,不光儿子听毛家爹爹的话,台上人都听,毛家爹爹一说就灵。那年儿子挨斗,自己剃了头也救不了,小牯书记念了毛家爹爹的话,才救了儿子。要是毛家爹爹有这话,这烟叶就该拔。莫说这些个烟叶,当年那救了窦家祖孙三代人的苦楝树,为了公家的事,自己一忍心,不也砍了?!拔就拔吧。

她不再言语,退了几步,动手拔烟叶杆。几个儿媳见了,虽然还气不忿,但忍气吞声,跟着婆婆拔了起来。

几天之后,曹家嘴区的《区情通报》发下来,《洪湖报》也登了大块文章,表扬窦曾台白奶奶自觉"割尾巴",也赞扬了洪少谱因势利导,善于启发教育群众。

窦先智从这野猫湖工地回来,问清了这件事的始末,心里不服,写信问当兵的二儿子和县城的大儿子,还专门打电话给县贫协主席刘小牯,他们回话一个样,菜园子种少量烟叶,不违反政策,算不上是"尾巴",毛家爹爹也没说不能种那东西,反倒说过要保留农民自留地,不能损害群众利益。他对白大姑说:"叫洪小个子蒙了,丢了几百块钱不说,在他面前有理没站在理上,丢了窦家人的脸面。"他想重新种上烟叶,但过了季节,种不活了。他决计明年开春就种上,洪少谱和工作组要是敢来拔,老子再把耙子举起来,跟他们拼命。

白大姑听了先智这番话,眼前又是一黑,天旋地转,晕了过去。先智知道,娘不会去卫生院,背着娘进了潭边树林,把娘放在那树墩上,自己守在娘身边。像上次一样,娘醒过来,没有太多的话,坐到天快黑,回了家。

没等报信的红兰把话说完,先智像离弦的箭射出门,几步跑到隔壁的先觉家,后面跟了玉珍和娃儿们。

白大姑已经醒来,躺在床上,罗老坎、周寡妇围坐在床边,先觉夫妇跑前跑后,忙着给她喂水、敷头、搓脚心。

"娘,怎么啦? 怎么说晕就晕了!"先智俯下身子,拉着娘的手,焦急地问。

"不晓得么子事,听广播里说话,听着听着,眼前忽的一下黑了。现在好些了,就是脑壳发沉,像戴了顶铁帽子,箍得好紧。不敢闭眼,闭了,屋顶就打转。睁着吧,电灯泡直晃。"白大姑有气无力地说。

"娘,还是像上回那样,背您到树墩上坐一会儿,就好过来了。要不,请谢仁口的冷气大爹、赤脚医生来看看。"先智想扶起娘。

"这回不一样,全身散了架,起不来了,也莫去叫医生。"白大姑摆摆手,躺着没动,歇了歇,养养神,慢慢说道:"只怕是过不去这道坎了! 前几天,夜里总听到白牯牛叫,老姑奶奶说过,白牯牛一叫,台上就要出大事。但愿莫要出大祸事,要出,就应在我身上,我走了好。老坎,周奶奶,你们听到牛叫了吧?"

罗老坎和周寡妇没听到过牛叫,这时说听到没听到都不合时宜,支吾过去,说:"您莫想这多,好好养身子吧!"

玉珍凑上前,安慰说:"娘,你别说话了,歇着吧,过两天,保准好起来。"

"我晓得,好不了啦,趁我还有些力气,你们把雨亭几个叫来,把你爹也叫来,我有话说。"白大姑支起头,想坐起来,挣扎了一下,又躺回去了,累得直喘粗气。

世娥、红兰两个女娃,飞也似的出门,去叫爷爷和叔叔婶婶。

玉珍和栓哥脱了鞋,上床把白大姑扶起身,偎在她身边,一左一右支着她。

眨眼工夫,住在前院的雨亭、月亭两家人都来了,进门喊娘叫奶奶,拥到床边。罗老坎夫妇退到房外。

白大姑看到四个儿子媳妇都在面前,突然长了精神,眼里射出亮光,推开支着她的玉珍和栓哥,坐直了上身,喝了两口水,靠在床头。玉珍、栓哥知道娘一辈子要强,临到末了,也要撑起骨架子,便下床穿了鞋,站在床边。

"白牯牛夜里叫了,我怕是要走了,趁现在还有一口气,有些话跟你们说。"白大姑干咳了两声,用劲地吞了吞唾沫,词语清亮地说:"头一个,徐先生跟我纠缠了大半辈子,我晓得,台上有人背后戳我脊梁骨,我自己也是捅一指头,全身冒血泡。今儿说明白,我跟徐先生都是清白身子,你们都是他窦为新的娃。我跟徐先生好,为的是还他一生不娶的恩情,人要懂得报恩。我死了之后,原想跟他埋在一个坟里,晓得窦家老的小的不会答应,窦家祖坟里的先人也不会答应,不做这个指望了。你们就把那袋单眼扣各分一半,一半随我埋在坟里,另一半交给徐先生,等他死了,随他入土。我们两个到了阴间,虽说不在一起,也都有个念想,这就是徐先生说的结魂儿亲。我走了的消息,莫告诉他,能拖多久算多久,让他多活些日子。他要是晓得了,一刻也不会耽搁,他会跟着死的。你们听明白了吧?老大,你先说,能办到吧?"白大姑眼睛盯着先智,一刻也不离开。

"娘,您不是好好的吗,没到说这事的时候啊,莫想太多。"先智眼里含着泪,强作笑脸回话。先职几个附和着大哥的话,劝白大姑少想些心思。

"再一个,你们几个家大业大,有儿有女,娘也没得么子不放心的了。只是啊,只是莫听你们爹那句嘴边上的话,么鬼有一艺不愁吃,靠手艺养不活人,还是听徐先生的,耕读传家。不过啊,这几年徐先生在湖边跟我说,他只说对了一半,死守在家门口耕田,传不了家,还是要读书,读书才能走天下。我这把年纪,在湖边跟徐先生认了些字,才晓得外面的世界好大好大,恨我爹娘当年为么事不送我上学。你们几弟兄,叫你爹耽误了,没读么书。下一代人,要像金舫、兵舫那样,读了书,才有出息。老二的银舫、铜舫、锡舫,老幺的武舫,这些个儿子娃,鞭子抽着,也要他们读书。保兰、新兰、蓓兰、艾兰、红兰这些女娃,也要像老大家的娇兰那样,出去读书。这一条,你们记住了吧?"

老娘一口气讲了这么多,差不多把一辈子的话都说了。先智几个心生感动,连连答应:"娘,您放心,我们记住了。"

各房头的娃儿,大一些的,听懂了奶奶的话,也在大人身旁朝奶奶喊着:"奶奶,听您的。"

窦为新来了,背手站在儿子媳妇后面没吭声,听到这里,往前挤了两步,说:"说这些有么鬼用? 养好你的病,才是正经事。"

白大姑看到为新,挪动了一下上身,脸色又一阵红,睁大了眼睛,招呼他坐在床边,拉起他的手,说:"老冤家呀,戏台上说了,要死的鸟儿叫得伤心,要死的人儿,话说出来中听。我说几句你中听的话。我除了心里恋着那个徐瞎子,这一生没做过对不起你的事,给你养了一窝儿子,也算对得起你。你呀,里里外外做的那些个事,我心里有数,就烂在心里,带进坟里算了。娃儿们也莫要记恨你,都莫要再提。好在你这个人啦,说话算数,嘴上不说,心里认账,那一斧头,没劈死我,再不拦阻我见徐瞎子,为这,我死了也感激你。现今你快进七十的门槛,该把那些花花心收一收了。按窦家的老规矩,老的由小的送终,我走了,你跟老幺先镐过,他娃儿小,又多,你没病没灾,还有些年头,帮衬他几年。好不好啊?"

先镐和媳妇抢先说:"好,好。娘,您放心。"

"炒这些没盐没油的剩饭,有么鬼意思!"为新嘀咕了一句,甩开白大姑的手,出门到堂屋,坐在罗老坎、周寡妇身边,低头抽闷烟。

"奶奶,白奶奶,您这是怎么啦?"后秀进门就喊,话里带出哭音。

刚才,世华给叔叔们报了信之后,跑到学校,正好后秀与光灿出门上谢仁口,听说白奶奶病重,打发光灿先走了,自己一路小跑,来了窦家。

白大姑把后秀拉到身边坐下,抚摸她的头,说:"秀儿,虽说你老奶奶临终有交代,事不由人啦! 你没进窦家的门,不能怪你,怪我兵舫没这福分。娃儿,我去见了老姑奶奶,给你说清楚。你呀,好好在洪家过日子,你老奶奶护佑你呢。"

后秀今天的经历,让她满脑子都是窦家、洪家,又苦又烦,刚刚平息,又叫白大姑挑出来,本不想瞒着快要死去的白奶奶,但见窦家人都在场,又说不出口，不由得哭出了声。

"秀儿，不哭，我一时半会儿还死不了。好了，不说了。"白大姑转脸对先镐说："老幺，你去把丢娃、香二爹、为斗儿子，这几个队干部叫来，我有话跟他们说。"

先镐腿快，转眼间，这几个队干部来了，先问了病情，说了些安慰的话。

"姑奶奶走了，我就是台上最老的人，今儿，我也要走了，跟你们说几句闲话。姑奶奶临死前，要你们莫要散了集体，绑在一起过日子，享福也好，吃苦也好，台上的人一起扛着。这些年，你们听了，往后也莫忘了。我见了姑奶奶，跟你们做个交代。今儿，我要说，人啦，要报恩。我从旧社会过来，要说日子过得好，还是当今。这是共产党给的，毛家爹爹给的，你们要念这份情，报这份恩。徐先生这几年在湖边讲了又讲，要风亭三个不，里头那个逢党不入讲错了，后悔得很。他说，共产党里头有坏人，也做过错事，可从头到尾一想，还是共产党真心为老百姓好，把他们里头的坏人坏事撇出去，就都顺当了。风亭年岁大了，再入不入，不大要紧，要紧的是让娃儿们入到里面，像香二爹、丢娃这样，为台上办事，我老婆子，死也瞑目啰。这些年了，那个么鬼工作组下来，做的好事不多，往后，要是再有工作组下队，你们都要小心。好了，就这些，听不听由你们。"白大姑一口气说完，喘了几口粗气。

为香、丢娃和窦家人，有的说记住了，有的感叹白奶奶心里装了这多事，有的念叨白奶奶的好，七嘴八舌，议论不断。

白大姑朝屋里人摆摆手，缩回上身，躺平了，闭上眼睛，说："你们都走吧，我要睡了。"再不言语。

屋外，一阵清风吹过，哗啦啦下起了大雨。屋里人陆续离去，先智最后一个离开，看一眼娘，安详，平静。

第二天早上，消息传来，白大姑没有醒来，永远地闭上了眼睛。

说怪也怪，白大姑去世的消息，并没有传出去，曹家嘴徐家村来人报丧，说徐先生在同一天夜里死去，死前就一句话，拿回半袋单眼扣，随他一起入土。

四、受了虫灾，全台上的人，比死了人还急

　　"出事了！出大事了！"台上的人相互转告，一窝蜂似的往堤下的秧田跑去。眨眼工夫，除了摇篮里的娃儿和挪不动脚的老人，男女老少，跑了个精光，台上空了。

　　窦光智正在小卖部仓库里整理货物。白大姑死后，窦家兄弟安葬了白大姑，按祖上传下来的规矩，头上缠了白孝带，居家守孝七天。今天是第五天，先智放心不下队里与供销社货进货出，吃了早饭，早早来到小卖部，清点供销社积压的销售物品，打算开门营业。听到门前脚步声和叫喊声，出门一看，没见一个人影。朝远处望去，一拨拨人群正朝公路外的秧田聚集。

　　这些年，窦曾台的田园变了新模样。一条水泥公路，由东向西，从堤下沿老宅基横穿过去，一九五八年开挖的跃进河，接上了冒垴后垸的六队为抵偿偷割二十万斤稻子而新挖的丰收河，由南向北，与公路交叉成子形，把原先散乱的田园划成四大块。搬屋上堤后，原老宅基地新变农田三百多亩，加上冒垴垸新垦地二百多亩，队里可耕地已达一千多亩。

　　这千亩四大块农田，经过深挖掺沙，改良土壤，已成为蓄肥蓄水的"海绵田"。每块田边修筑了水沟，与跃进河、丰收河相通，又经过大潭子泸沟与中府河相连，相通相连的接头处，均建了大小泵站，随时排放水。近些

057

年,实行水旱轮作,水田养肥,旱田养墒,达到了土肥苗壮,水田旱田亩产双双过千。

今年,跃进河西边,靠公路两侧,便是连成一片的水稻田。台上的人跑到这里,停下来,聚拢在田埂上。

初夏的阳光,温暖却并不炽热,把田野照得鲜亮光洁。白大姑去世时下的那场大雨,断断续续,没有停息,直到昨天傍晚才真正收住了手脚,让久违的月亮露出脸来。今天的太阳,起得特早,在雨后的蓝天上尽情地展现她的光辉。

先智站在堤上望了又望,没有猜出到底出了什么大事。阳光下,河东面的旱田里,棉花的花朵儿开得正旺,像绿色的湖面上溅出的片片火花。高粱玉米齐腰高,犹如一列列整齐的绿色军阵。只有黄豆还没有挺直腰杆儿,紧紧地抓住黄色的土地,编织成一块绿色的地毯。河西面的水田里,正在分蘖的稻秧,绿茵茵,齐展展,一眼望不到边。再往远处望去,跃进河两岸杨柳,犹如绿色长城,蜿蜒而去,揳入丰收河边的竹林。竹林如莽莽青山,牵手杨柳,静静地靠在地平线上。

整个田野,一片安宁,又充满生机,没见到哪里起火,也没看到淹水,能出什么事? 还是大事? 先智收回目光,但又放心不下,锁了门,快步奔向稻田。

公路旁的树林里,聚集了一群老人孩子,还有后秀、世华领着的学生娃。他们望着前面的稻田,神情忧伤,有的交头接耳喃喃细语;有的指指点点、争论不休;有的骂骂咧咧、怨声不断。

"受这么大的灾,今年收成没指望了!"

"白奶奶临死前,说听到白牤牛叫了,只怕祸事要来了! 这不,说来就来了!"

"狗日的,不是人祸就是天灾,硬是叫老子们过不好日子!"

"求求老天,免了台上灾祸吧!"

先智没兴趣听这些老人怨天骂地,但感到真出了大事。他连忙跨过公路,擦身越过老人小孩,来到排水沟边。这里聚集着队里的青壮男女劳力。这些年,实行科学种田,机械化程度提高,手工劳作强度明显减轻,队里把劳力分成了三队一组,农业队、副业队、企业队、机械组。今天出了大事,这些队组人员丢下手里的活,跑来察看情况,焦急地等待着,准备听从队干部的安排，出手解难。

排水沟两旁站满了人。先智看到玉珍和自家三个兄弟还有弟媳，头上扎着白孝带，也在人群中。他问二弟先职出了么事，先职说稻田闹了虫灾，不得了了。

先智的心揪起来，连忙三步并作两步跨过排水沟，奔向田间的土埂。这里，蹲着生产队的所有干部，他们围着大队支书曾先炳，个个脸色凝重，神情焦虑，紧张地讨论着，旁边蹲着窦为斗一帮老农，没人向他打招呼。

先智蹲下来，俯身察看秧苗。

这是一片称为"新湘9号"的杂交水稻，来自湖南的一位叫作袁隆平的人发明的稻种，矮株三大穗，前年试种，一季过千斤，去年扩大种植，今年全部改种这一杂交稻，从没见出过什么病虫害。小满前，按公社农科站的指点，队里严格选种浸种、育苗移栽和水肥管控，步步没半点差错，现已出叶七片，再出一片新叶，便到了分蘖的时节，长势顺当，丰收在望，怎么突然出了虫灾？

先智翻看秧苗叶子，下层两片叶子发黄变软，奄拉下来，中间二三片叶子的叶面上，出现一条细小的斑点。他长年在水稻田里泡着，见过各种水稻虫害，却从未见过这种病虫。他走近那伙队干部，焦急地询问，这闹的么子虫灾。

"接连下了四五天雨，排水的抽水机坏了，公社农机站伏师傅来修了几次，时好时坏，田里便积了水。今早我下田一看，这一块十多亩遭了虫灾，要是蔓延到其他田里，今年的收成就打水漂儿了。"队长窦先尧、为斗的二儿子正在讲述发现灾情的经过，见先智过来问话，扭头答道："不晓得是么害虫，派人去请公社农科站来人，快到了。"

"几个大爹，您郎么看，这是么子虫灾？有没得么子办法救急？"支书曾光炳往为斗几个身边靠了靠，急挠挠地问。

为斗、肖老大、光棍周这帮老农，抓耳挠腮，搓手顿足，说以前见过飞虱、螟虫、稻瘟和纹枯病、稻曲病这些虫害，没见过这种斑点的病虫。要说救急，不晓得是么子虫害，也不好打药水。以前遇到这种事，抽干水，烧了草木灰，撒到田里，能把受灾的秧苗救过来。

"你这是哪年的老黄历，尽说屁话！"贫协主任窦为香与这帮老农是同辈，话里带刺，毫不顾忌。"原先一块块小田，管点用，现在六七百亩的田，把全台上的屋都烧成草木灰,也撒不过来呀!想当年——"

"香二爹,莫提您的想当年了。"先智截住为香的话,指指路边树林里的老小和沟边男女,说:"受了虫灾,全台上的人,都眼巴巴地看着,像台上死了人,比死了人还急,赶紧想办法。"

正说着,队里的农科员领着公社农科站的人到了。他们仔细察看了秧苗,摘下长了斑点的稻叶,用放大镜看了又看,连连摇头,说没见过。

一听这话,众人如掉了魂似的,六神无主,连连催促,逼问道:"总得有个法子呀!你就是想破脑壳,也要想出一个法子来!"

农科站的人挠头抓耳,憋了一会儿,憋出一句话:"去县农科所请车教授来看看,要是他没办法,那就没救了。"

请他?在场的人你看我我看你,傻了眼,这人就是十头牛也拉不回来,莫说请了。

前年夏天,三百亩棉花正是谢花现桃的时候,发了钻心虫病。先是棉叶嫩尖花瓣上爬来绿色拱头小虫,专吃嫩叶花朵,不几天,小虫变大,颜色变成褐色,钻进棉桃,吃空了桃瓤,把棉叶卷成筒状,钻进去又吃又拉。棉田如火燎过似的,一片悲惨的景象。公社农科站来人看了,紧急打药,棉花缓过来,过了二三天,虫儿卷土重来,再打药,收效不大。正在公社搞科学指导的县农科所车教授下田看了,说这是新一代棉铃虫作怪,对农药已经产生抗体,打药不管用,需用新办法。

车教授六十多岁,是武汉华中农学院研究农作物病虫害防治的教授,前几年响应与工农群众相结合的号召,在洪湖县城落了户,到区社一边指导科学种田,一边搞研究。他说的新办法,是用赤眼蜂消灭棉铃虫。

这老头儿脾气倔,爱抽烟喝酒,手不离烟,顿顿离不开酒。这天中午,到了吃饭的时候,先尧几个队干部领着车教授,同为斗几个老农一起离开棉田,来到小卖部。先智递上烟卷,舀了队里酒坊产的白牯牛牌土酒,摆上花生米蚕豆一类的干果,招待老头儿边喝边吃边谈。

三杯酒下肚,车老头滔滔不绝地讲了赤眼蜂杀死棉铃虫的原理,说赤眼蜂是寄生类昆虫,依托尾部针尖似的产卵管,把卵产在棉铃虫的成虫体内,蜂卵孵化成蛹,然后羽化飞出,棉铃虫成虫便死了。

为斗、肖老大这几个老农不信,说您讲的赤眼蜂,就是乡下常见的红眼蜂，丁点大，哪能杀死比它大得多的钻心虫。耳听为虚，眼见为实，要是打药不管用，祖上传下来的土法子好用。他们说，过去没有农药，发了虫，用杨树枝扎了捆，插在棉田里，钻心虫产卵时怕光喜暗，乘夜色纷纷爬上杨枝捆上产卵，早上太阳出来，杨枝捆上布满了虫卵，拿到田外烧了，再换新的插上，几天下来，钻心虫便没了。

车老头儿笑话这几个土老头儿只知其一，不知其二，说棉铃虫除了在树枝棉秆上产卵，还往地下二三厘米的土壤中产卵，你们的办法，杀不尽棉铃虫。

为香和为斗儿子听了，觉得老办法用过，新办法没试过，拿不准，便问车教授哪里有赤眼蜂，要不要花钱买。车教授说，县农科所培育了这种蜂，一箱五十块钱，每亩棉田用七八箱，比买农药贵不了多少。没等为香几个捂住心窝算账，先智早在一旁算清了，告诉说，三百亩地，要花四万块。为香几个心疼钱，又怕花了钱却治不了虫，相互交换了眼色，说还是用老办法吧。

车教授动了肝火："你们这些死脑筋，茅坑里的石头，又臭又硬，不开窍！以后别再来求我，我也不会再踏上窦曾台一步。我起个誓，要是再来窦曾台，我把车字倒着写。"说完，自己连喝了三杯酒，气呼呼地走了。

这一年，用杨树枝烧虫卵，虽说杀死了不少棉铃虫，也缓解了虫灾，但棉花还是减了产，损失大大超过了四万块。为香几个肠子都悔青了，骂自己真的像车教授讲的是"茅坑里的石头"。第二年，又闹起了棉铃虫灾，窦曾台人记住了车教授的话，早早地去县里买了赤眼蜂，放蜂杀虫，棉产量长了好几成。

有车教授这几句话摆在那里，谁敢去请他？去了，还不是让人家给撅出来。

曾先炳看出这几个队干部面有难色，不想为难他们，对农科站的人说："车教授一时半儿会请不来，眼下已经火烧屁股，你看怎么救急才好？"

农科站的人说，现在分不清是哪种病虫害，只好用广谱的灭菌灵兑了百分之八十的水，喷洒秧苗，看能不能杀死一些病虫。队长连忙吩咐队里的农科员，快去准备。

为斗几个老农插话说："兴许前几天下雨涝了，生了病虫，赶紧排水，乘这大阳天，下地蹂秧，说不定也能晒死害虫，以往都是这么干的，老办法也别丢了。"

农科站的人说,是的,老农的老经验也管用,踩秧能松土,破坏病虫生存环境,赶紧排水,下田踩秧。

队长先尧朝沟边的抽水站走去,对修好了抽水机、在沟沿上坐着抽烟的伏老木说:"伏师傅,您就守在这里,莫离开,总这么时好时坏不行啊!"

伏老木说:"行啊,为你们救灾出力,也是我的本分。"他一大早来修抽水机,沿沟接跃进河丰收河,有八个点八台机器,这个好了那个坏,忙前跑后,已经累得筋疲力尽。

"我留住伏师傅,叫家里人送饭来,寸步不离开机器。"一直陪着伏老木的曾善明说。

这边,为香扯开嗓子,对树林里水沟旁的人们喊道:"能下水的都下来,光脚踩田,一寸也莫漏了。"

远近的人们,男女老少一阵呼哨,脱鞋脱袜挽裤腿,呼啦啦下了田,岸上没留一个人。后秀、世华领着的学生娃,干脆脱了长裤,只穿了裤头,有的男娃光了屁股,跳到水里。抽水机不停地轰鸣,稻田里的水渐渐的浅了。他们排成行,有的拉手,有的并肩,脚板、脚趾、脚后跟并用,以血肉之躯去拱有些板结的秧田。在踩过的秧田里,来了喷洒灭菌灵的年轻人,他们身背喷雾器,一手操杆打气,一手扬起喷头,均匀地把药水喷洒在秧苗上,遇到有女人经过,故意把喷头一歪,浇人家一身,引来一阵欢笑。

这些在田间劳作的男女,这时候并不知道危险没有解除,反而以为找到了杀灭害虫的办法,一场惊吓过去了,丰收就要来到,心情顿时愉悦起来。有人喊道:"窦为圣,来一个!"

窦为圣已经踩到田中央,说:"来一个就来一个!"这些年,机械作业多了,人们聚在一起劳动少了,他想说想唱没机会,今天正好表现一下,唱起了《踩秧歌》:

踩秧大哥好清冷,
自己放屁自己闻。
脚板发肿脚趾疼,
就怕没有好收成。

有人喊:"不好,不好! 来个带骚味儿的!"

为圣变了调,唱起了《秧田送饭歌》:

时辰日头正当中,
妹子送饭秧田垅。
我问妹子送么饭?
横切萝卜直切葱,
两个炖蛋卧当中。

又有人起哄:"该不会是你那俩蛋吧? 不好,再骚一点儿!"
为圣继续唱道:

时辰过了午时中,
妹的粑粑上了笼。
十指尖尖揭笼盖,
一股热气往上冲,
冲得妹子脸通红。

时辰到了日头落,
妹子送饭到田垅。
埂上摔了青花碗,
碗里粑粑落水中。
妹子送饭一场空。

时辰到了月亮出,
哥哥回屋收了工。
进门就把妹子捧,
拉到床边脱衣服,
腿上蚂蟥跟着动。

"这下过瘾了吧?"不等众人起哄,为香唱完,自己先说。
田间里,一片欢笑声。

地头田埂上，几个队干部笑不起来，聚在一起商议怎么去县里请车教授，他们担心看不准害虫，灭不了灾。

先智没下水踩秧，他不停地在田埂上踱步，念叨"车字倒着写"，心中一喜，来见先炳为香，说："我去县里请车教授，我认得他，他也认得我，好说话。"

"白奶奶刚走了五天，没出头七，你还在守孝，不宜出远门啦！"先炳说。

"管不了那么多了，请车教授要紧。"先智一把扯下头上的白孝带。

"那老头儿倔着呢，你怎么请得动他？"为香说。

"我自有办法。"先智朝他俩诡秘地一笑，"先炳，还记得那年迷晕了曹老大，白牯牛还阳吗？就算请不动他，我背也要把他背到台上来。"

先炳对他的意图猜中了几分，咧嘴笑了，说："风亭哥，就你鬼道道多。快去，还赶得上最后一班汽车。这次救灾，就全靠你了。"

先智转身朝家里走，伏老木从后面追上来，靠近了，招招手，说："窦会计，你等一下，我有个大事跟你商量。"

先智停住脚步，见是伏老木，绷紧了脸色，说："我跟你的事没完，一直盯住你呢，有么子好商量的？再说，也不看时候，火烧眉毛了，哪有心思商量。"说完，再不回头，加快脚步往前走。

"真的有大事求你。"伏老木追了几步，没追上，沮丧地停了下来。

先智半路上摘了一些苦楝树叶子和野艾蒿，回家熬成水，往兜里装了一盒本地产的没牌子的白皮烟卷，打开另一盒，一支支蘸了这水，装进原烟盒封好，贴肉捂在胸前，心想，坐一两个钟点的车，靠体温也可把烟焐干了，又提了两瓶白牯牛潭牌的土酒，出门上路。

通往县城新堤的公共汽车，有一站设在窦曾台小学的路边。先智怀里焐着烟，手里提着酒，等了片刻，上了车。

车在路上颠簸，先智在车上想计谋，怎么样才能把倔老头请到台上来？救田里的秧，就是救台上人的命呀，一刻也不能耽搁。他设想了一个一个的办法，不住地点头，又一个一个地说不行，不住地摇头。车上人以为上来了一个迷气（方言：疯子），纷纷远离他坐。他并不在乎，只顾想自己的主意。车到站了，他的主意也拿定了。

先智下了车，直奔县贫协，见了老书记刘小牯，诉说一番田受灾人受难,讲了来意,请老书记派一辆小车,随他去请车教授。刘小牯这些天正准备辞职,去窦曾台落户养老,有好多好多的话要跟老房东讲,听说出了这等事,又心痛又焦急,派了一辆吉普车给他,别的话没多说。

先智有了车,底气大增,来到农科所。有人告诉他,车教授请假回了家。他打听了车教授的家,追到他家一问,说去了县人民医院。在医院重症室外的长凳上,先智见到了车教授。他老娘刚做完大手术,躺在重症室观察,他自己捧着头在外等消息。

先智紧靠车教授坐下,两人两年前在窦曾台小卖部见过面,都认识。一番寒暄问候之后,先智说,台上稻田受灾,不晓得是么子害虫,娃儿叫,老人哭,大人急得火烧屁股。救灾如救火,比救火还重大,台上七八百号人,就靠这几百亩稻子活命,救灾等于救命。这番话,就算青石板听了,也会掉下泪来。这是先智想好的第一招,想先打动车教授,软了他的心。

哪知车教授心比青石板还硬,他不动声色,冷冷地说:"你台上的那几个老农,就是个粪坑里的石头,不开窍。那几个干部,也是篾穿豆腐,没提手,我不去!我说过,再也不会去你那个窦曾台。"

先智的第一招没管用。

"晓得,您说过。您说再去窦曾台,就把车字倒着写。你这个车,是个老体字,这么个写法。"先智伸出手,在掌心写了个"車"字。"您看,左右倒过来,上下倒过去,都是个'車'字。您去了,还是车教授,没违背您发的誓呀。"

车教授忍不住,噗嗤一声笑了,当时发誓,随口而出,没想到这个"車"字,真的上下左右随便倒,但他马上镇静下来,说:"你钻不了我的空子!我起的誓,不去窦曾台是誓根,车字倒着写是誓据,据由根出,不管据变不变,根不变,就是不去窦曾台。就像你们乡下人发誓,要是不孝顺,天打五雷轰。就是说,真的天打五雷轰了,还是不孝。你这点小聪明,对我不顶用。"

一个农民的小聪明,碰上了知识分子的大智慧。先智听得五迷三倒,不知道再怎么说服他,第二招又失败了,便不再打嘴仗,想直接用最后一招,说:"车教授,我说不过您,去不去,不提了,出去陪您喝杯酒,抽支烟,行吧?"

医院不让抽烟,车教授憋了多时,听说抽烟喝酒,来了精神,问明医生,老娘还在麻醉期内,一时半会儿醒不了,便随先智出了医院。

医院外有个小酒馆,两人坐定。先智叫了几碟小菜,打开带来的土酒,撕开蘸了药水的那盒烟,抽出一支,早已焐干,递上前,点上火。

车教授先呷了两口酒,连声称道:"好酒,好酒!"抽了两口烟,呛了几声,说:"这烟呛人,有股别样的味道。"

先智说:"本地产的土烟,自家种的烟叶,不掺假,味不好,却提神。"

车教授接连深吸了两口,伴随着喝酒,怪味没了,便放心大胆地抽起来,说:"市场上卖的烟酒,假的多起来了。你看看,报纸登了,那个假酒案,把人眼睛喝瞎了,听说还喝死了人。还是农民自产自用的烟酒好,起码它真,一真遮百丑。农民土是土,不骗人。"

"那是,那是。"先智陪着车教授抽烟喝酒,但不往里吞,眼睛盯着他的表情。"农民憨是憨,土是土,确实不骗人。"

一盒艾蒿楝叶水浸过的烟卷,没剩下几支,车教授喃喃两句:"哦,窦曾台,虫灾,——"没说下去,头一歪,手一松,趴倒在桌边。

"倒了,倒了!"先智心里叫道。"农民轻易不骗人,无法可想了才骗人。"他想起早年茶馆里说的《水浒》的故事,朝廷里有些个文官武将,满肚子经纶,不肯上梁山,那些农民略施小计,不也把他们骗上了梁山,落草为寇? 农民土是土,并不太憨。

他不慌不忙付了菜钱,背上车教授,吩咐一旁等候的司机打开后车门,把他安放在后排座上,半躺着,自己俯身扶着他。吉普车朝窦曾台驶去。

天黑下来,没有月亮,繁星点点。车教授在车内呼呼大睡,汽车的轰鸣声也没吵醒他。跑了大半程的路,车教授醒了,揉揉眼,坐直了上身,见车窗外黑咕隆咚,偶尔有亮光闪过,惊叫了起来:"这是哪? 我怎么在车上?"

先智伸手把住他的肩头,防止他跌倒,说:"车教授,您喝醉了,说窦曾台受了灾,我按您的意思,找县里要了车,送您去窦曾台救灾。不信,您问司机。"

前排的司机一边扒拉方向盘,一边回头说:"是的,我听到了。"他并不知晓前因后果,但确实听到了那两句话。

"啊? 我说了? 不对呀,我说不上窦曾台的呀! 停车! 送我回去! 我老娘还在医院呢!"车教授要开车门。

先智紧紧挽住他的胳膊,示意司机快点儿开,对车教授说:"快了,快到了! 您到秧田看一眼,司机便送您回去。您老娘在医院,不会有事。"

"笑话! 那点酒能喝醉我? 你的烟,烟里有名堂吧?"车教授记起来了。

"哪能呢! 农民土是土,不骗人。就是这盒里的烟,您再抽支看看。"

先智撕开另一盒没浸泡的白皮烟,递上来,点上火。

"啊！真香,好烟！那我怎么说醉就醉了呢?"车教授自言自语。大知识分子会拐大弯,有时候不会拐小弯。

说话间,到了窦曾台,车停在离稻田不远的公路边。车教授跳下车,眼前的一幕让他惊呆了:

黑漆漆的夜空下面,稻田里横竖相隔十多丈远的地方,插了一根根竹竿,竿头各自挂了一盏马灯,由近而远,灯光从明亮渐次暗淡,一直连到天边眨眼的星星,无边无际,好像星空已经降落,覆盖了大地。在这星空降落的田野上,数不清的手电筒、灯笼、火把,时隐时现,若明若暗,恍如随天幕坠落的星星,不停地眨着眼睛。在这眨眼的点点繁星之中,从远处而来,由模糊到清晰,传来男女老少的欢歌笑语,如回荡在星空的天籁之音。

窦曾台所有能动的人,近千个男人女人、老人娃儿,都在这里,用自己的双脚,踩秧。他们没有吃午饭晚饭,空肚光脚,踩到现在。

车教授瞪眼张嘴,说不出一句话。一盏马灯从水沟边过来,小学校长后秀牵手一个光屁股男娃,一瘸一拐,从吉普车边经过。车教授见男娃大腿上留有几道血迹,那是蚂蟥咬过的伤痕,还有,脚趾脚背道道血痕,问娃儿:"你怎么啦?"

男娃所答非所问:"踩秧,灭虫灾,年底有米吃。"

一股热血,在车教授全身涌动。他朝身边的先智大吼一声:"快去,把队干部叫来！我要下田！"

先炳、为香几个正在田埂上,动员老人孩子回家,莫累垮了身子,看见了车灯,跑过来,围住了车教授,见面就说:"前年没听您的话,吃了大亏,这回您说鸡娃子是石头孵的,我们也信。"

"别扯这些没用的,快带我去看秧田！"车教授气鼓鼓的,好像谁欠他三百块钱,也不要人带,领先来到稻田边,皮鞋袜子不脱,直接蹦到水里,拔了几棵秧苗,凑在手电光下反复看了几遍,用带泥的手指拍拍前额,说:"幸亏,幸亏！要是晚来一步,秧田就没救了！"

队长先尧在自己身上蹭干净手,把车教授从田里拽上来。围在他身边的几个,说:"您先别急,慢慢说,到底出的么子情况?"

车教授指着稻叶上的斑点,说:"这叫细菌性条斑病,以前没有过,临近的沔阳县前些时发过,我去看了,怎么这么快传过来了? 这病厉害呀,三

五天不治，秧苗先黄后死，一棵也活不下来。发明杂交水稻的袁隆平说过，要是不除条斑病，他的发明白搞了。"

在场的人，冒出一身冷汗，连忙催问："您说，还有没有得救？"

车教授平静下来，放慢了语气，说："这个病，是一种叫作斑菌的细菌引发的。它隐藏在种子和水土中，遇多雨潮湿天气，由根部传播蔓延。你们采用的放水、晒田，特别是踩秧等方法，切断秧苗根系连接，可以阻止斑病传播。但是只要斑菌上了叶子，这些都不管用了，只有一种药能治，叫井冈霉素，是当年闹红军的井冈山人发明的，管用。每十五毫升井冈霉素，兑六十公斤清水稀释，喷洒秧苗，当天见效，要是有复发，再喷洒一次，当年可以根治。"

几个队干部吐了口长气，心里一块石头落了地，恨不得扑上来咬车教授几口。他们抑制住内心的喜悦，问："哪里有这药？我们买，再不会像前年那样，舍不得几万块钱。"

"你几个臭石头，总算开窍了！这回不要钱，县农科所有现成试用的。我开个条，你们马上派人跟县里来的车去取，我在这里等着。"

先智说："这哪行？车教授，您老娘还在重症室呢！你随车回去救老娘，我们这里有了药，好办！"

"你别啰唆，听说你叫铳气，什么事都干得出来，用烟酒迷了我，以后找你算账！"车教授坐在田埂上，脱了皮鞋袜子，挽起裤腿。"救我老娘，只是一人，窦曾台是为城里人送吃送穿的衣食父母，可是近千人啊！哪头重哪头轻，我懂。我不回去，跟你们一起踩秧，踩秧可防止条斑病传播。"说完，下了田。

先智吐了吐舌头，没敢吱身。

众人知道这老头儿死倔，也不再劝他，交代一个队干部拿了车教授写的条子，随刘小牪派来的司机去县里取药，又吩咐几个农科员准备喷雾器，药来了连夜打药。安排停当，大家陪车教授继续下田踩秧。

五、病房里，两个爷们儿撅起屁股，一个好了伤疤，一个没了黑记

夜深了。

吉普车返回，送来了井冈霉素。车教授指导队里的农科员兑水配药，年轻小伙子们背上喷雾器，下田喷药。车教授在水沟旁洗了手脚，提着湿漉漉的鞋袜，光脚上车，回医院看他老娘。

秧田被踩了个遍，队长吹了哨子，队干部分头在各田块招呼："收工啰！明儿放半天假！"

田间竹竿上的马灯，添了油，继续亮着，为田里打药的小伙子们照明。踩完田的人，陆续爬上来，相互吆喝，受伤了的，累晕了的，互相帮扶，中途赶不走的娃儿和老人，由青壮年人搀着，一同回了家。

曾先炳和队干部一个也没走，他们留下来，与年轻人一同打药水。几百亩秧田，打到天亮也打不完啦。

先智回家，走在沟边小道上，见前面有几个头上缠着白孝带的人，知道是自家兄弟，紧赶几步，追上来，说再过一天，娘就出七了，一起带了香火纸钱，去娘的坟边祭拜。众兄弟连声答应，那是那是。

"窦会计，等等！"身后传来一个急促的声音。

先智听出是公社农机站的伏师傅，到县里请车师傅之前，他缠着自己

要商量大事,这么晚了,他还没走啊,便停住脚。几兄弟也停下来,陪着哥。

"哎呀!"突然,伏老木一声尖叫,摔倒在地。

"蛇,蛇!"陪着伏老木的曾善明,随之一阵惊呼,扶着伏老木坐起来。

先智掉头跑过去,见曾善明的布鞋下踩着一条蛇,蛇头在鞋边露出来,张着嘴。

这蛇,当地人叫土聋子,又称"五步倒"。它没有听觉,靠蛇头发出声波再回收来感知周边物体,书上叫作江汉蝮蛇,一尺多长,三角头,爬行快,会跳跃,剧毒无比,被它咬了,五步之内倒地,一个时辰丧命,神鬼也救不了,台上死于它嘴上的人,不下三五个。

先智晓得这蛇的厉害,踏上一脚,按住蛇头,把它搓死。然后,夺过善明手里的手电筒,仔细察看伏老木的腿脚,在脚背上看到呈三角形的三个红点。他当即把伏老木放倒平躺,叫他千万别动,轻轻喘气。喊来三个兄弟,按着伏老木手脚,解裤带扎住他大腿,砸碎手电筒前罩玻璃,用玻璃碴戳破那红点四周的皮肉,张嘴揾上去,吸出一口血水,吐了,又吸,再吐再吸。

开始,伏老木杀猪似的号叫,被三兄弟按住了,动弹不得,渐渐的,叫不出声,后来没了声响,晕死过去。

先智吸着吸着,突然,头一歪,合不上嘴,咕噜了一句:"坏了,我中毒了!"嘴唇发紫,脸色发白,晕过去了。他近日害牙病,牙龈出血,这才知道自己中了蛇毒。

三兄弟放开伏老木,先职把哥抱在怀里,先觉、先镐围着叫哥,没有回音。

"狗日的伏老木,他就是打哥屁股上四个眼的害人精,今儿又害哥中了毒,莫再管他! 快送哥去卫生院。"先觉知道伏老木的底细,骂几声伏老木,把哥背上肩头。

"莫扯这些,救人要紧! 找车来不及了,先镐,你把伏师傅背上,一起去。"先职说。

善明说:"雨亭说的是,赶紧救人。"

先镐不情愿地背起了伏老木,善明扶住老木,先职扶住哥,几个人一路小跑,来到公社卫生院。

一九五八年成立公社时,建了卫生所,后来不断改扩建,如今形成了三栋平房切角相连的院落。毛家爹爹"六·二六指示"下来后,生产队建了卫生室,赤脚医生就地看病不离队。公社成立了卫生院,开设十几张床位,由专职医生坐班看诊,同时吸收队里赤脚医生轮流来这里见习。社、队卫生院、室与区医院和县人民医院,形成农村完整的四级合作医疗体系,根据农民病情轻重,逐级上送就医。农民小病不出社队,大病不出区县,一年一人只交一两块钱的合作医疗费。

今儿夜里值班的是院长曾后道和老乡医窦为早。

十年前,后道检举窦曾台多种豆少种麦,受到洪少谱赞赏,安排他到区医院当了实习医生。翻过年,有了农转非指标,他转正吃商品粮,成了国家干部。后来到荆州卫校进修两年,回来当了社卫生院院长。窦为早一直在乡下行医,救过罗老坎、窦先智、徐玉珍的命,还有好些人也是在他手里活过来的,如今年岁大了,在乡下跑不动了,到社卫生院坐班。

后道穿着白大褂,和衣躺在急诊室病床上小憩,见来了紧急病人,看看表,凌晨四点,连忙叫来为早大爹和另几个医护人员,把病人安放在病床上,听说是被毒蛇咬伤,便紧急察看伤情。

伏老木脚背红肿,扎了裤带的大腿发硬发紫,解了裤带,渐渐有了血色,但眼睑下垂,流着口水,昏迷不醒。先智两腮肿起,嘴唇青紫,似醒非醒。后道问明了经过,诊断为神经性蛇毒,幸亏早期处置得当,救回老木一条命,没了危险。他给二人注射了抗蛇毒和防破伤风药剂,准备送他俩进病房休息观察。为早一眼看出这是"五步倒"蛇毒,说慢着,仅靠西药治不断根,要是再复发,脑神经损坏了,轻则手脚不灵,重则成了迷气(方言:傻子)。后道大吃一惊,书本上没见过,老师没讲过,半信半疑,问是不是还有别的办法。为早说,有啊,田野里有种牙刷草,书上叫半枝莲,专治这种蛇毒,以前治好了不少人,药房有现成的。后道叫人取了草药熬成汤,为早用这汤给伏老木擦洗了伤口,为先智清洗了口腔,并灌给他二人喝了,送他俩进了病房,

一切处理完毕,先职兄弟与善明各自回家,天已放亮。

两个人清醒过来,已经是第二天傍晚。

先智先醒的,他抬头坐起,头晕目眩,下了床,头重脚轻,把住椅子定定神,见到病房内有六张床,都是白被白铺垫,另四张床铺盖整齐,没人,自己床旁的另一张床上,躺着一个人,无声无息。他近前看了,认出是伏老

木,搓着自己的头皮回想,隐约记起了昨天夜里发生的事情,便推了推伏老木。老木翻了个身,在床上哼唧了一阵,撑手坐起来,见到先智,吃了一惊。两人随即你一句我一句,弄清了昨晚经历的事,不免冒了一阵冷汗,吓了个半死。

一个白衣白帽的女娃进来,叫他俩各喝了一碗汤药,在屁股上打了针,递上晚餐,说你们家里都来了人,送来换洗衣裳,你们吃了洗了,上床休息,不准出门。

两人吃了洗了,换了衣裳,各自上床。

"窦会计,"伏老木靠在床头,望一眼旁边床上已经躺下的先智,动情地叫了一声。"还是叫你窦会计好!要不是你,我这次就没命了!这个救命之恩,我到死也不忘。"

"你呀,就莫往心里记了!碰上哪个,都会救你。"天热了,先智搭了被子一角,躺着闭目养神,轻飘飘地回了一句,突然想起来,伏老木在田埂上缠着自己,说过有大事找他商量,便问道:"你屁股上夹的屎,我是晓得的。我俩的事,没完。你还有么事要商量?"

"窦会计,难得碰上你这样的人!"伏老木起床,坐到先智床边。"今天,我把实话都告诉你,说半句假话,遭雷劈。"

"拉灭灯,亮了,我睡不好。"先智仍然抹不去对伏老木的仇恨,不愿见他这个样子,拉过被头捂住脸。"要说,你就摸黑说。"

"从哪儿说起呢?"伏老木下地拉灭房顶吊下来的电灯,仍旧坐在先智床边,不顾头昏眼花,揉揉太阳穴,说:"从头说起吧。"

伏老木原名李耀祖,广西桂林乡下一个地主的小儿子,成年后与他爹的三姨太偷情,叫他爹发觉了,遭到一顿痛打,气愤之中,投靠了老乡白崇禧的部队,后来当了营长,解放军鄂州渡江时,被打残了右眼。他把搜刮来的一百八十块光洋,封在渔鼓筒里,叫军需官罗老坎背了,领着一伙散兵逃到洪湖岸边,准备经洪湖过长江,逃回老家。解放军围追堵截,这伙人被困在中府河边。那天他抓了逃丁返乡的窦先智,要不是先智装哑巴,罗老坎护住他,早就把先智闷在河里了。当晚,放牛娃发现了这伙散兵,解放军和民兵围上来,罗老坎一脚把先智踹下船,他朝先智开了枪,开船逃脱了。后来他在五家场被抓,押到曹家嘴区政府,谎称难民,本可逃脱的,却偏偏碰上了先智,认出了他,被押回原籍坐了三年牢。

先智听到这里，摸摸自己的屁股，恨得牙根儿痒痒，闭眼问道："我屁股上的四个眼，是不是你打的？实话实说。"

"实不相瞒，你在船头尿尿，暴露了目标，坏了我们的事，我当时真想打死你，确实朝你开了枪。但隔得远，天又暗，两边对射，哪知是不是我打中的？"老木略显委屈。

"不管是不是你打中的，这笔账，我就记你头上，你是存心要害死我。"先智睁开眼睛，望了一下伏老木，"往下说。"

出狱后，老婆孩子跟人走了，他丁点儿农活不会，互助组合作社没人要他，孤身一人四处游荡，被潜伏下来的国民党地下特务看上了，给了他一笔钱，让他在桂湘一带发展组织，准备迎接反攻大陆。他看出这帮人成不了气候，也不想再为国民党卖命，便揣着这笔钱逃了出来，化名李老伏，在长沙一家大医院摘除了受伤的右眼球，安上了一只假眼球，不再戴蛤蟆镜，没人能认出他。那几年，他跑到熟悉的洪湖地区，在曹家嘴注册了一个名叫老伏的贸易货栈，明面上调剂城乡物资，暗地里倒卖粮食和紧俏商品，同时查找带走了他一百八十块光洋的罗老坎的下落。

"那天在供销社门房，曹老大胖会计敲诈你，我在窗缝中认出了你。说实话，那时真恨你，恨你在区公所抓住我，害得我坐了三年牢，妻离子散。不过，当晚，他们几个说什么变天翻身，我没掺和，只想捞几个钱，跑到香港过舒心日子。"

"这倒是，你没编瞎话。那时，我就躲在墙角，听到了你们几个商议调包计。"先智听了，坐起来，捏住被头，搭在腹部，说："恶有恶报，么样？叫我们坛子里抓乌龟，逮个正着，你丢了船，又露了原形。要不是为了救栓哥，我哪能放了你。"

"那时，你放了我，我也不感激你，反而更加恨你。你断了我的财路不说，还逼得我无处藏身，全洪湖县贴了布告，满世界抓我，只得又躲进湘西大山里，过了几年野人生活。一九六五年开春，我又一次做了整形，变了个人样，再次回到谢仁口，没人认出我，连曹老大、曾善明都没看出来。"

"算你能！我压根儿没想到，你伏老木就是李老伏，就是开枪打的那个蛤蟆镜营长。"

"这次回来，我不想小打小闹地捞点钱，就想把共产党的天下搞散搞乱搞垮。我跟曹老大等人说，窦先智这帮人为什么揪住我们不放，还不是靠着共产党在坐天下，抱着老虎尾巴发威，把公社搞散了，把共产党搞垮了，窦先智这些人就蹦跶不起来了。我还说，钱字怎么写，金字旁边带枪，一支不行，两支架起来才有钱，有了自己的天下才有钱。那时候，就想一门心思跟共产党斗。"

"斗个屁！就你那几个臭狗屎一样的人，还不是像屎壳郎想啃倒大树那样，不自量力，不过是雪地底下的洋葱头，不死心。"

"嗨，你也别小看我几个！我们哪能出头明面上跟你们斗呢？找共产党里面的人替我们斗。告诉你一个天大的秘密，那天谢仁口桥下救人，还有河边树林里抓盗，是——"伏老木突然咬住了舌头。他本想把一九六五年设计救落水的洪光灿、一九六九年帮洪少谱抓盗立功这些事的真相也告诉先智，猛然想起不能扯上为自己遮风挡雨的那把伞，说不定以后还用得着。

"是么家？快往下说！"先智瞪大了眼睛。

"是，是我碰上了，不提它。"伏老木连忙掩饰。"你别以为我们人不多，也不起眼，一九六五年，你是怎么被工作组抓到楼上，关了两个多月的呀？曾先炳、窦为香这些铁杆党员不也被撤了职？？？"

先智瞪眼张耳等着听伏老木说出天大的秘密，被他岔开扯到了一九六五年，因救人抓盗的事年岁已久，有些淡忘，便没深加追问，反倒清晰记起伏老木诬陷他说"变天""没路"，挨了几个月的整，心中的积怨涌上来，手指头甩到伏老木眼前，气愤地说："你伏老木昧着良心说瞎话，为我抓你报私仇，这我知道，就是不明白，他洪少谱和工作组，为么事闭着眼睛听进去你们的那些瞎话，下死手整我们几个？好在你们几个那些歹毒心肠没得逞，你说的铁杆党员也没被整垮，我也没被打趴，这不好好的？"

"窦会计，你别生气，听我往下说。"伏老木轻轻推开先智的手，"我们几个盘算好了，再拉过来一些党里的人，给那些铁杆党员安上几个罪名，把他们整下去，换上听我们话的人来掌权，不是做不到。到那时，你们几个戴上'四不清'帽子，跟'四类分子'一个样，不许乱说乱动，你的几个儿子还能上学、进城、当兵吗？"

先智以前没想过，要是照一九六五年那么搞下去，会是个么样？听了伏老木这些话，回头一思量，心里打了个寒战，还真的会像他说的那样。他忍住火气，说："你狗日的真狠毒！为么事后来收了手呢？"

"那些年，天下大乱，整当权派，抓反革命，天天喊防复辟，洪区长也被打倒了。别说乡下农民发蒙，我们也懵了，云里雾里搞不清。我跟曹老大几个讲，稳住神，别乱说乱动。乱了二三年，共产党的天下又稳当了，我的心也凉下来了，安了家，生了娃，想过过安稳日子。正在这时候，发现你盯上我了。罗老坎试探，算命瞎子诈我，我都对付过去，我那婆娘买膏药，要贴我黑记，这才露了馅。窦会计，是这样吧？"

"是又么样？只可惜，泸沟里安了铁夹子，只夹住了曾善明，你逃脱了，要是夹住了你，早就叫你进了牢房。"

"我没逃啊，去你家，送上门让你抓，你没抓，反倒放了我。这时候，有点感激你。"

"我才不讨你的感激呢！倒是稍有一点点怜悯。你那时像换了一个人似的，一副可怜样，说一颗臭棉籽，埋在土里不冒头，何必把它挖出来呢。我当时看了你的屁股，割痔疮把那块黑记一起割了，没拿到你的证据，知道你底细的那个老狐狸，又被你整到沙洋劳改去了。我要是抓你，你来个死不承认，再反咬我一口，我怎么办？只好先放了你，继续找证据。你以为我真的放你呀，门儿都没有！我说过，不把你挖出来，我死不瞑目，到今天，也还是这话，当着你的面，我再说一遍。"

"那，你找到证据了吗？"伏老木诡谲地一笑。

那天夜里放走伏老木之后不久，先智来到区卫生院，寻找给伏老木割痔疮的医生，打听是不是一起割了那块黑记。动手割痔疮的是武汉来的那位老医生，给先智做过手术，认识，可惜调回武汉去了，隔得远，见不到，但找到了当时给老医生当助手的曾后道，他正在那里当实习医生。先智问后道，后道那时不明就里，爽快地告诉说，是有块黑记，和外痔疮挨在一起，伏师傅叫一起割的。先智大喜，你狗日的和尚跑了，庙门还在，总算拿到证据了，对后道说，你娃儿给我写个证明。后道满口答应，说现在正忙，抽不出工夫，过两天写了，您来拿。过了两天，先智来拿证明，后道变了卦，说没见到黑记，只割了痔疮，要写证明，就写这个。先智气得恨不得踢他两脚。

"到手的证据又丢了，肯定是你背后搞的鬼。"先智说。

"叫你猜对了。我听到风声，立马去找了曾后道，凭我跟他爷爷的交情，凭我与洪书记、洪光灿的关系，他能不听我的？"老伏有些得意。"怎么样？又叫我抢先了一步，你玩儿不过我的。好了，别扯过去了，就说现在。

现在，我站在你面前，明告诉你，我伏老木就是当年劫你粮食的李老伏，就是河边开枪打你屁股的国民党营长，就是地主的小儿子李耀祖，你还是抓不了我，因为你没证据，共产党只信证据，不信传说猜测。"

先智被激怒了，掀掉被子，蹦下床，拉亮电灯，一把抓住伏老木，说："我也明告诉你，老子这一辈子宁可么事不做，哪怕只干一件事，就是找到证据，把你抓出来。我早想好了，去你的老家，刨你的老根。去长沙为你整容的那个医院，把你的手术单子找出来。到武汉寻找老医生，证明你割了那块黑记。再不行，老子去沙洋劳改农场，叫那个老狐狸揭穿你的老底。我就不信治不了你！万一我不行，我还有儿子，子子孙孙也要抓了你。"

伏老木并不气恼，也不害怕，反而显得轻松愉快。他轻轻推开先智的手，和和气气地说："窦会计，别生气，刚刚中了蛇毒，别气坏了身体。我刚才是故意激你的，我知道你窦会计厉害，说到做到，抓得了我。这不，我都承认了，你也别费那么多劲了，随时都可抓走我。可是我还想问一句，你到底为什么跟我过不去，非抓我不可呀？"

先智见伏老木服了软，消了一些气，松开手，与老木隔空坐在床沿上，说："就为你把我屁股上打了四个眼儿！听我娃儿无意中讲过一本叫《圣经》的书，说以牙还牙，以眼还眼，我就要报这个仇，不为别的。"停了片刻，他又说："后来，听到你与曹老大几个的悄悄话，说要搞散食堂，搞垮公社，搞乱共产党的天下，叫老子们重新回去当长工、逃兵荒，我更加痛恨你们。不光是为了报我一个人的仇，更是为了穷人不再受穷，为了共产党坐稳天下，拼了命，也要抓出你们这些不死心的坏人。么样？不该呀？"

"该，该抓！"伏老木出奇的坦然，镇定。"窦会计，我要跟你商量的，正是这件大事，憋在心里好些天了。你听我说——"

前些天，伏老木所在的农机站领导找他谈话，说区里要各公社清查所有外来人员，看有没有外逃"四类分子"，查实了，让他们回老家报到，要是没干坏事，老家给他摘帽。还说知道你伏师傅不是，历史清白，表现也好，只是随便问问。老木不摸底细，便来到还住在谢仁口学校的洪少谱家，打探虚实。

十年前的谢仁口小学，增设了初中一年级，叫作小学附设初中班，保留了高小三个年级，把初小三个年级下放到队办小学，成了一所高小加初

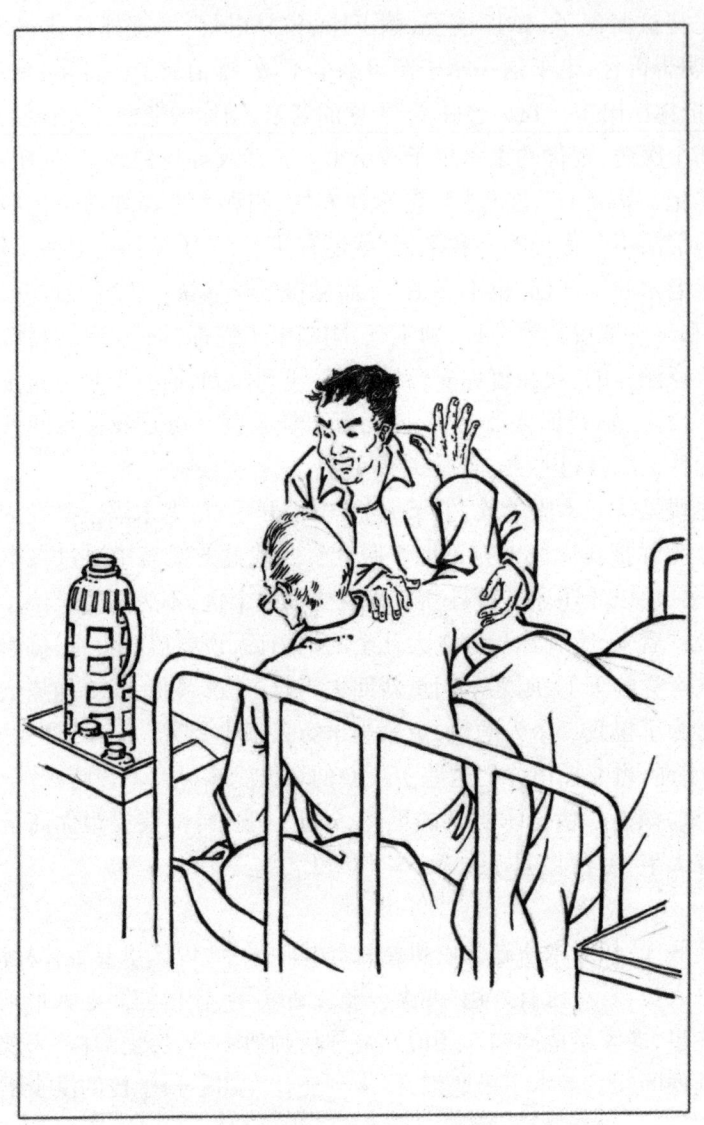

中的不伦不类的学校，只好叫作谢仁口学校，但是老百姓喜欢。少谱的老伴儿仍然在学校教高小课，不愿随少谱搬到区里，还住在原先的教室宿舍，少谱每晚有空便回这里住。独子光灿在供销社分了房子，前几天接了媳妇曾后秀回来，单独过。两个女孩在本校读书，住在一起。

老木进门，老两口正在拌嘴。老伴儿板着脸，埋怨少谱七八天不归家。少谱近来心情舒畅，"鸭子站位"理论又显灵了，看出了世道有变，早早地跟上了新潮流，对老伴儿的埋怨也不烦恼，反而喜滋滋地说"右派"改正，"四类分子"摘帽，平反冤假错案，落实干部政策，忙得脚打后脑壳，哪有时间回家。老木是少谱家的常客，救过落水的光灿，还帮过少谱立功，两家来往不断。这时，少谱见到老木，热情打招呼，停止与老伴儿争辩，坐下来相互问候，好不亲热。

闲聊了一阵，老木问，"四类分子"摘帽怎么回事？少谱说，上面有新政策下来，"地富反坏右"分子，经过长期改造，已经成为自食其力的公民，摘去戴在他们头上的帽子，从此之后，与其他人一样，同为公社社员，不能再称他们是摘帽地主、摘帽富农等，等于一算盘摇了。他们的后人，子女辈改成分，孙子辈改出身，不得受歧视。老木问，以前做过坏事的，也摘帽吗？还有隐瞒了，没戴帽的怎么处理？少谱一直不知道伏老木三次变换身份的真相，以为伏师傅只是好奇，随便问问，也就随口答道，以前犯了事，处理了，也摘帽。隐藏下来没戴上帽的，查清了，也不按"四类分子"处理，是什么事处理什么事，就是不算旧账了。

老木摸到了底数，比搂着新媳妇还要甜蜜，哼着歌儿回了家，进门不由分说，抱起大脚女人又啃又咬，说格老子翻身了，解放了！与女人快活了一阵子，躺在床上，肚子里打算盘，脑子里仔细想门路。最简便的一条路，说出真相，回老家报个到，摘去历史反革命分子的帽子，与别人一样平起平坐了，这样做，好是好，但共产党的政策说变就变，又戴上了怎么办？这条路不能走。就地向公社坦白自己干过的那些坏事，组织散兵外逃，途中抓了窦先智，开枪打了他，诈骗窦曾台六千多斤粮食，诬陷窦先智说反动话，伙同曾善明倒卖了一些农机具，哦，还有作假下河救洪光灿，拉他洪少谱下水包庇自己，为了洪少谱立功复出，指使曹老大作假案砍树。这几桩坏事，讲出来会怎么样？讲不得，说是不算旧账，要是真算起来，哪条都是坐牢的罪！还得牵扯出一些人来，特别是洪少谱父子，岂不是自断后路！

这两条路都走不得,该怎么办呢?

想了大半夜,快天亮的时候,他猛然记起一九六九年最后那一天,窦先智没去送别县区视察的领导,在曾善明家堵住自己,说过的几句话:"你要是像颗臭棉籽,烂在土里不冒头,也就算了。要是冒出头来,祸害人,早晚把你挖出来。"这倒是条现成的路子,不要去掺和摘什么帽,自己本来就没戴帽,也别去坦白,去求他们不算自己的老账,干脆自己下手,一刀把以前的伏老木李老伏李耀祖砍断,让他像臭棉籽一样烂在土里,自己重新做人。要是这样,就得过窦先智这一关。全洪湖,知晓自己底细的只有三个人,老狐狸劳教了,恐怕一辈子也回不来,罗老坎他自己屁股也不干净,只会听窦先智的。想到窦先智,伏老木头疼,这铳气盯着自己三十年,不依不饶,不停地刨自己的老底,连到区卫生院找医生拿证据的事都想得出来,鬼知道他还会干出什么来。不如跟他摊牌,把一切都告诉他,表明自己把过去砍断,重新做人,说不定他听得进去,不再追查。要是这样,压在头上的石头便搬掉了,自己真的解放了。

想通了以后,伏老木打定主意,除了与洪少谱的关系不能说,把自己的全部真相都告诉先智,便开始找机会跟先智商量。那天下田踩秧,在沟边小路追上先智,就是要商量这事,先智急于去县城,没说上话。半夜被蛇咬,两人同住了一个病房,正好打个商量。

"窦会计,我是打开竹筒倒豆子,一颗不留,全告诉你了!你能不能帮我一把?不再追查我,只当那个蛤蟆镜营长、李老伏、伏老木,像颗烂在地下的臭棉籽,已经死了,现在站在你面前的,是一个新的伏老木,是个跟你一样的有家有口的社员。从此以后,我听共产党的,不干丁点坏事。"老木往先智身边凑了凑,拉住他的手,一脸坦诚,两眼潮红。"只有你跟罗老坎知道我底数,老坎听你的。我不想戴帽,也不想摘帽,就想当个正常的人,过平常的日子。你可以帮我,只有你能帮我,帮我瞒到死,行不行?你给个话!"

先智霍地从床边站起来,甩开老木的手,叉手弯腰,在灯下面对面打量伏老木。这个快六十岁的老人,脑后稀疏的头发已经花白,一只不会转动的眼珠,与另一只晦涩的眼珠,在两个枯井似的眼眶里闪着泪水,腮边一块伤疤,镶在枯树皮似的脸颊,一起不停地抽动。他不敢相信,这就是那个凶神恶煞般的蛤蟆镜营长,那个心狠手辣的李老伏,那个阴险狡诈的伏老木!自己追查了大半辈子的这个人,突然他自己宣告他死了,变成了一个新人,一个跟自己坐一条板凳的人。这是真的吗?先智惊诧得眼珠子往外蹦,盯住老木回不过神来,半天说不出话。

"先智,"老木改变了称呼,又一次上来拉先智的手,碰了一下,缩回去了。"别这么看我!我就是你要抓的那个蛤蟆镜营长。你要是不帮我,到政府告密,我这就跟你走,要杀要剐,随他们的便,只可怜我那大脚女人和两个女娃,没人管了。"老木眼里掉下泪来,一多半是真情,一小半是装的。

先智平生最怕见人流泪,心软了一半,伸手扶老木坐在床边,自己挨他坐下,说:"伏师傅,戏文上说,放下屠刀,立地成佛,你真的洗手不干,不再祸害人了?为么事?"

"那天夜里没叫铁夹子夹住,在你家中试探你,你放了我。从那时起,就想收手不干,不再与共产党作对,你可以查一查,这些年我没再干过坏事。特别是近几年,我常到窦曾台修农机,看到台上的人这么喜欢共产党毛主席,拼了命跟共产党走,再回想国民党在的时候,抓丁抢粮、杀人放火,老百姓见了就躲,躲不过就上来拼命。我知道,共产党得了民心,谁也反不了,我何必还要为国民党卖命呢?那天我在秧田修抽水机,看到秧苗受了虫灾,台上男女老少像死了人似的难过,不吃不喝下田踩秧,干了一天一夜,没人吐半句怨言。我就算是铁打的心肠,也被你们这群人拧出水来了,老百姓舍不得、离不开这个公社、这个天下,我为么事硬要跟你们过不去呢?"老木说着,抓紧了先智的手。

先智没有抽回自己的手,任由伏老木抓住,但内心里还是不放心,问道:"早知今日,何必当初,早搞么事去了?你原先的那些坏主意坏事,不是白做了?"

"你们学的那个红本本,我也看了,上面说,捣乱失败,再捣乱再失败,直至灭亡。我斗不过你们,斗不过共产党,心甘情愿承认失败。所以以前的我灭亡了,生出一个新的我,跟你们一起过新生活。"老木紧紧握住先智的手。"听说了政府给'四类分子'摘帽,'右派'改正,我又一次看到了共产党伟大,太伟大,把'四类分子'也当人看。特别是前天夜里,你为了救我,不惜自己中了毒,你明明知道,我是你的仇人,也是你要抓的人,却还要救我。你是跟共产党走的人,心肠这么好,自然是共产党教得好。想起以往我开枪打你,害你坑你,只配做个畜生,再不回头,对不起你,对不起共产党。"说着,老木哭出了声。

先智有一点儿感动,握紧了老伏的手,说:"红本本上还说了,斗争失败,再斗争再失败,直至胜利。我跟你伏师傅斗到今天,我算是胜利了,用丢娃的话说,可但是,不是我斗胜了你,是你主动投诚了。书上说了,共产党优待俘虏,还欢迎投诚,往事不究。我答应,不再追查你,我也不上政府检举你,不跟别个再提你那些事,只当以前的那个你死了,死干净了。不过,你要跟我具个结。"

具结?这话太土,伏老木弄不懂,一手擦干泪,一手握住先智的手,使劲摇晃,问:"什么叫具结?"

"就是发誓,做个保证。"

"哦,那好说,"伏老木松开手,站在先智面前,郑重其事地举起右手,说:"从今往后,我李耀祖,哦哦,不对不对,我伏老木,不再与共产党作对,不再干丁点坏事,要是干了,甘愿叫窦曾台上的窦先智在我屁股上打四个眼儿,绝不反悔。行了吧?"

先智"噗嗤"笑了,"怎么扯上我了?嗯,行了吧!往后,我不再管你的事,我俩各走各的路,各过各的日子。你去不去政府坦白,那是你的事,我不管了。"

"只要你不再追查我,我就不去坦白了,免得节外生枝,又惹出别的事来。"老木凑上前,搂住先智肩头,又改了称呼,说:"先智兄弟,你前天救了我,现在又饶了我,这个恩情,山高水深,我伏老木终生报答。你说,想叫我怎么报答,我头拱地也做得到。"

"我不要你报答。"先智反手扣在老木搂肩的手上,拍了拍,说:"老坎叔那天告诉我,说你开枪打了我屁股,我当他的面发了誓,以牙还牙,以眼还眼,只要抓到你,一定在你屁股上打出四个眼儿。你今天的具结要记住,务必做到。我以前发的誓,也不能落空,说了就要算数,你把屁股撅起来,至少让我揪几下。"

"难怪台上的人叫他铳气呢,铳起来,铳得没名堂。"老木暗暗咕噜了一句,说:"也好,先智兄弟,你也把屁股撅起来,让我看看那四个眼儿,要是以后我犯了誓,也好知道怎么在屁股上打眼儿。"

病房里,两个爷们儿撅起屁股,一个好了伤疤,一个没了黑记。

六、刘小牯辞职退休，来窦曾台落户养老

　　曾先炳从摘帽地主夏强德家出来，窝了一肚子火，憋了满脑壳气，没地方发泄，来到公社革委会大楼，一脚踹开了曾独松办公室大门。

　　夏强德重孙子满月，请人来家喝喜酒。

　　这几天喜从天降，谢仁口街道主任登门宣布，给夏强德摘去地主分子帽子，发了摘帽通知书，为他儿子改了出身，为他孙子改了成分。他把子孙召集来，商议如何热热闹闹庆贺一番。在谢仁口小学当老师的孙子连连摇头，说搞不得，搞不得，前几天，土改时被枪毙的渔霸张泽厚的后人，在家放鞭炮摆筵席，激起渔民围攻，砸了他全家，县里发了紧急通报，防止"四类分子"摘帽后反攻倒算。区委洪少谱书记看了通报，骂了娘，放出狠话，说了好多个不准，不准放鞭炮贺喜，不准请客庆贺，不准追讨没收的财产，不准打击土改积极分子。谁要是搞了，把帽子给他重新戴上。在公社搬运站拖板车的大儿子心不甘，说弯腰屈膝几十年，受了一辈子的气，好不容易站起来了，就是要显摆显摆，叫那些往日的穷鬼看看，老子们也有今天啦！

　　子孙们争吵不停，各说各的理，互不相让。夏强德眯眼想了一阵子，说："当年张泽厚领着还乡团打回洪湖时说过，三十年河东，三十年河西，

洪湖的天变了，又成了他张泽厚的天下。如今依我看，这天并没有说变就变，挺多只是裂了一道缝。土改时，叫他们分走的那些田地，到今天还埋了我夏家的方砖，能要回来吗？藏在墙壁里的地契，那些年被学生娃抄家抢走了，能还回来吗？不能啦！"

土改那年，开了他的斗争会，游了他的街，押送他去沙洋劳改前的一个黑夜，他撬了大堂地面上刻有夏字的方砖，带儿子用小车推了，送到那一片片原属于他的田，分别埋在三五尺深的地头，暗作标记，幻想哪一天，天变了，穷鬼们分走的田，便又姓了夏。可这一天始终没有到来，那些方砖有一些至今还没见天日，有一些在农田整治时被挖出来，没人当回事，拿去敲碎当砖渣修了公路。藏在墙壁里的老地契账单却没那么幸运，十多年前，戴红袖标的学生娃，拥进来抄家，用铲刀铲开墙壁，发现了那些油纸包，当作战利品送到"千万不要忘记"的台面上，当了展览品，他也就被连续斗了好几个日夜。

"他洪书记说的几不准，违背不得。我们摆个重孙儿满月酒，把共产党的一些干部请来，特别把那个斗我呼口号的曾先炳请来，一起摘帽的也请几个来，不提摘帽子的事，只喝酒，酒一喝，谁肚子里都明白，既出了气，也没犯他的忌讳。"

几个子孙暗自夸奖，姜还是老的辣，连声说好。

酒席摆在夏强德新建的板房里。夏强德的老宅是一座三进大院，紧靠谢仁口后街尾的祥福寺，土改时，政府没收了他的老宅，连同祥福寺，改造成了谢仁口小学。夏强德劳改回来，住进了老宅院外原来的长工棚。后来儿女大了，各自在街上建了房，搬出去另过。几年后，夏强德两口年岁大了，也搬了出去，随大儿子一起过，长工棚空闲下来，成了小学的仓库。前些时，夏强德把长工棚要了回来，日夜抢修，改建成连排三四间房的板屋。他特意把重孙子的满月酒摆在老宅边上的这座板屋，别的地方不去。

先炳与夏家素无来往，昨晚上，夏强德孙子上门邀请，先炳大感意外，正要谢绝，在谢仁口学校上学的小女儿靠上来撒娇，说我的夏老师请您，您就去呗。先炳耐不住女儿磨叽，答应了。刚到晌午，他骑自行车来到夏家。

夏家板房空出两房间，每间房内摆了两桌酒席。先炳进门，见两房间内都是一桌有人一桌没人，其中一桌，六七个社直机关和生产大队干部围坐一起，原本认识，打了招呼，坐了上去。等了一会儿，再不见来人，便开席了。酒过一巡,夏强德抱着重孙子来敬酒,说托共产党的福,赶上好日子,有了第四代,请您们当干部的来乐和乐和。众人说了些恭贺的话,继续喝酒。酒过二巡,夏强德抱娃挨先炳坐下,说:"曾书记,当年土改斗争我,您上台呼了口号,那几声喊,把我喊醒了,才开始老实改造,重新做人,这不,现今跟您一样,重新像个人样了。为这,我感激您。来,敬您一杯!"

先炳知道他摘了地主帽子,抬头打量这个老地主,七老八十,虽然背驼腰弯,但鹤发红颜,喜气洋洋,心想,满口假话!你狗东西一直想着变天,墙壁里藏着地契老账,运动中挖出来,叫群众专了政,才老实下来,哪是我呼口号呼醒的呀?重提呼口号,想跟我较劲啦,刚摘帽就不安分了!是不是个人样,往后要瞪大眼睛看着他。这个场合,先炳觉得伸手不打笑脸人,仰头喝了酒,没再搭理他。其他干部各自喝酒,也没有人出来接茬搭话。

夏强德在先炳这里撞了个哑炮,觉得没趣,自我解窘,说:"您郎们吃好,喝好!"抱着重孙儿去了隔壁那桌酒席。

这桌酒席四边挤满了人。供销社看门人"苔果子"曹老大,就地管制,刚摘了坏分子帽子,与摘帽后的胖会计一道坐在上筵。受管制十年、被称为"蜕化变质"分子的"蹓机蹬",刚平反复职回到邮电所,年纪稍轻,坐在下筵,另几个摘帽地主富农和改正"右派",围坐在两侧。他们见夏强德抱娃进来,齐刷刷站起来,拱手抱拳,道贺道喜,接着传抱娃儿,说出一大堆恭喜的话,这个说:"娃儿好福相,来日必成大器。"那个说:"您老四世同堂,后继有人,好福气!"还有人高声喊道:"喝酒,喝酒!老子们也有今天啦!不醉不散!""喝!大难不死,今儿喝死也值!"房间里好不热闹。

先炳听在耳里,回想刚才夏强德过来说的话,看出这满月酒不那么简单,恐怕另有名堂。他端了酒杯,起身过来,想看个明白。在房门口往里一瞧,都认识,十年前,区里办的"千万不要忘记"展览,自己的大女儿后秀做解说,这些人都上了图榜。看到这伙人得意的样子,他心里不是个滋味,便隐身倚门,伸头察看房里的动静。

夏强德的几个子孙轮流过来敬酒,这伙人已喝得头昏脑涨,连喊带叫。夏强德抱着娃儿,不停地劝三阻四,说:"今儿只喝满月酒,不扯别的。"

"老主任,这个时候您添重孙儿,双喜临门,鸿运来哒!给娃儿取没取大名呀?"夏强德解放前当国民党联保处主任时,曹老大给他当过书办,这时带着醉意,凑上来摸摸褓褓中的娃儿,用老称呼套亲近。

"还没呢,您几个长辈赐个贱名吧?"夏强德恭谦有礼。

"老东家,曹老哥说您双喜临门,就叫双喜呗!"

"这名字太俗,不是大户人家叫的,我看叫解放好。民国六十年,穷鬼们满街喊解放,如今,我们也解放了。"

"哪能跟那帮穷鬼一样,直接就叫换天,夏换天,响亮,干脆!"

房间里的人醉得不轻,有的叫好,有的称快,乱成一团。夏强德把娃儿交给孙子抱出去,挥挥手,压抑住房内的叫喊,低声说:"伙计们,还没到那时候,莫要张扬。我想好了,娃儿就叫重生。我夏家辈分排到这一代,是第二个字的生字辈,从他开始,改到第三个字,夏重生,不违祖制。对外面人讲,新社会给了我们第二次生命,我们重新做人,又是我的重孙子谐音,挑不出毛病。"说到这里,夏强德四处张望一圈,压低嗓音,说:"压了老子们四十年,终于搬走了头上的大山,老子们有了重生的希望,说不定以往的好日子,也随着重生来了。"

房间里一片低沉的欢呼。

"做梦吧?趁着天还没黑,早醒还来得及。"曾先炳指头夹着空酒杯,背手慢慢踱进门来,径直走到夏强德眼前,一句一顿地说:"夏强德,你听仔细了!给你摘帽,不是共产党的天变了,也不是要解放你,是不把你们再当回事了!想重生?再回到旧社会压迫穷人?等到你重孙的重孙出来也不可能!"说完,扬起手指上的空酒杯,手一松,酒杯"啪"地摔得粉碎。曾先炳仰头挺胸,大步迈出大门,跨上自行车,急驰而去。

另间房里的几个喝酒的干部,纷纷起身,也不打招呼,低头离去。

夏强德这帮人蔫头耷脑,没人吭声,房内一片安静。

先炳这一脚端得不轻,曾独松办公室虚掩的大门,"砰"的一声,被踢开了,随即"啪"的一声,门撞到墙上,又反弹回来,"咔嚓",锁上了。先炳气没消反倒高涨起来,擂鼓似的砸门。

独松满脸怒色,扭开自动门锁,说:"哪来这大的火,挨枪打了?"又扭头朝室内吼道:"走,走!跟你几个扯不清,以后再说!"

室内走出三两个人来,与先炳擦身而出,边往外走边嘀咕:"以后再说也是这话,坚决退社。"

先炳一屁股坐在办公桌前的藤椅上,解开短袖衫扣子,撩起衣襟扇了扇,就手抓起桌上一杯热茶,咕噜咕噜喝下肚,闷声憋气不开口。

他第一次来独松的这个办公室,十年前,这里是他的办公室。

公社革委会这座办公楼,解放前是国民党的联保处,二层小楼,那时他在外隔老远瞄过几眼,从未进来过。解放后,改换成共产党的乡政府,他在这里受训,第一次吃了红烧肉,睡了棕绷床。人民公社成立后,他三天两头在这里开会,进进出出,像踏自己的家门。六十年代末,他被"结合"进了公社革委会,当了几年专职委员,办公室就是这间房。后来辞职回乡当小学校长,又重新当选为大队支书,虽然按县里赵扶民的要求,还保留公社革委党委两委员身份,但他离了这间办公室就再没进来过。如今,这座早先的二层小楼并排加宽,还加盖了一层,显得气派阔绰。这间办公室经过改造,里面住宿,外面办公,也变成了一个规整的套间。只是,它的主人,变成了他的大舅哥曾独松。

曾独松五年前由大队支书选调到公社,吃了商品粮,当了国家干部。明眼人都看得出来,这是沾了侄女儿后秀的公公洪少谱的光。做了亲家的曾先炳,反而没沾丁点儿光,有人暗地里嘲笑他,说他的鸡屁股下了人家的蛋,织了手套戴在脚上。先炳不在乎,说攀树的藤经不起霜打,在乡下是棵树,有自己的腰板,直溜,自在。

今天,先炳来这里找曾独松泄火,并不为大舅哥借他家的光当了官、讨了好,占了他的办公室,而是要向大舅哥问个明白,讨个说法。几天前,独松召集社队干部开会,念了区里的文件,传达了洪少谱书记的指示,说对历次政治运动中整错了的干部平反,给"右派"改正,为"四类分子"摘帽,虽然性质各不相同,但都有重大意义。对前两项,他想得通,冤屈了人家,害得人家受苦受难,就该平反改正,没得么子好说。可但是,对四类分子摘帽,也通也不通。说他们已改造成为自食其力的劳动者,摘了帽,有利于化消极因素为积极因素,这说得过去。国民党战犯都特赦了,封建皇帝也放出了牢,还当了国家的么子委员,何况"四类分子"这些小鱼小虾,想得通。但可是,说他们长期受压抑受歧视,不分表现好坏"一风吹",他想不通。在夏强德家,亲耳听到这伙人要"换天",要"重生",他更想不通。这些人原本就是坏人,依仗国民党,骑在穷人头上作威作福,共产党闹革命,不就是要斗倒斗垮他们?他们垮了,像自己这样的穷人才翻身得解放。当年在斗争夏强德时,自己跳上台呼了"打倒地主阶级"的口号,他们倒下了几十年,罪有应得,没人冤枉他们,怎么现在突然要把这些人从地上扶起来,还要像对社员那样亲近呢?是可但,这些人并没有忘仇,手里握着毒药,我们却往他嘴里塞糖块,这搞的么事?

独松率先平静下来,给先炳续了茶水,递给他一把蒲扇,在桌后坐下来,面对面问先炳:"他姑爹,你这是怎么啦?生这么大的气?"

先炳历来好脾气,呼呼摇了一阵扇子,逐渐静下气来,把刚才去夏强德家喝喜酒听到见到的,再加上自己想到的,一古脑儿倒出来,问:"娃他舅,听说不光给'四类分子'摘帽,还要取消贫协,你是书记,你说说,未必不再依靠我们贫下中农了?我想不通!"

"你想不通,我还想不通呢!区里开了会,宣布各级贫协组织根据自愿自行处理。洪书记说,老鼠没了,要猫有么用,自行解散。公社书记安排我这几天下队,逐个解散大队小队的贫协。这不,正要下乡,叫街上手工业联社几个个体户缠上了,要退社。正要把他们打发走,你又堵上门来。你晓得的,斗地主,闹土改,后来搞集体化,抓阶级斗争,我起步虽晚一些,却也跟上了,现在一步步往后退,好像以前我们搞错了,我嘴上不说,心里也想不通。"

说到这里,独松拉开抽屉,取出一个工作笔记本,拍在桌子上,气愤地说:"还有,上面说了,取消队办工厂,就是原先说的五小工业(注:在洪湖县指的是小五金厂、小化肥厂、小纺织厂、小食品厂、小农具厂),取消队办小学,取消学习室文化室,取消医务室,解散宣传队,解散民兵排,解散赤脚医生。看起来,集体搞的这些东西,都要散了。前些年,扯起嗓子喊的这些新生事物,一夜之间,都成了狗屎堆。我们公社党委研究了,先压下来,不敢下乡宣布,怕老百姓打破脑壳。"

先炳内心里惊愕不已,涌起一排排巨澜,淹没了刚才对"四类分子"摘帽产生的怨气火气,溅起一层层浪花,化作一串串问号,在眼前飞舞。他近日听到过这些传说,以为是谣言,听独松当面这么一说,还真有这么回事啊!但他仍然不敢相信,顺手把那个笔记本翻了翻,白纸黑字,确定无疑。这个乡下农民,党培养了几十年的乡村党员干部,眼发直,嘴发硬,僵尸般挺在椅子上,一动不动。

独松没注意到先炳的表情变化,站起来在房间内转了一圈,继续说:"还有更气人的呢!上面说社办企业可以继续办,但要根据群众自愿,收缩整顿。手工业联社里的木工、铁铺、竹器、糟坊、食品、裁缝、理发,等等,这些作坊店铺，六十年代组织起来，成立联社集体经营，干得好好的，一听说自愿，有些人就要求退社，自己单干。天天有人上门来闹。刚才你看到的这几个人，就是来闹退社的。你看看，这不是胎里娃儿动拳脚，踹他娘吗？"

独松停下来，看一眼先炳，见他呆若木鸡，以为专心在听，也不惊动他，自顾自讲下去："这几年，公社大办集体企业，新建了两个工厂，一个塑料厂，生产农用塑料薄膜，另一个填料厂，专门生产鲍尔环（注：一种金属填料制品），提供给国营大型化工厂蒸馏塔用。这两个新工厂，本来干得红红火火，给社里带来三分之一的财政收入，可偏偏出来了一个么子双轨制，叫着计划供应与市场调剂两条腿走路，实际上大厂把计划供应取消了，挪出产品在市场上卖高价，原先给我们提供聚乙烯、聚丙烯的国营化工厂，这个月开始不供货了，原先收购我们鲍尔环的大厂，也取消了订单。我们这两个厂，一个等米下锅，一个煮熟了饭没人吃，全凉了。你说急不急死人！这些大事缠着我，搞得我晕头转向，吃不香，睡不安，与你为摘帽上火生气比起来，哪个事大？"

独松在公社当脱产干部，分管社办企业。他这人天性随和，与人好相处，办事好商量。以前在生产队怕得罪人，怕担责任，叫人说成"溜肩膀"，现在也改了不少，这些年没遇上大麻烦，干得顺风顺水。这阵子，一下遇到这么多难事，他招架不住，真的是心神不宁。今天见了生产大队的老书记，又是自己的妹夫，一古脑儿全端了出来。说完之后，一阵痛快。

先炳在大队当支书，平日不大关心街上的事，与独松分管的工作隔着行，也很少与他交谈，刚才听他这一通牢骚话，压抑住内心的波涛汹涌，平静下来。他入党三十年，经历了数不清的运动，遭遇过大大小小的艰难困苦，是从矛盾冲突中摸爬滚打过来的，马上意识到，想不通为"四类分子"摘帽，还真是个小事，看来一场大风大雨要来了，可能是自己入党后从未遇到过的风浪，要早做准备。想到这里，他站起来，亲切地叫了声："独松哥，没想到你遇到这么多烦心事，我不该在你面前发火生气呀。"

"何止是烦心啦！恐怕往后一步一个坎，能不能跨过去，难说。"独松摆摆手，制止先炳再说下去，收拾桌上的文件，塞进抽屉里。

桌上电话铃响起，独松抓起话筒，"嗯嗯"一阵子，放下话筒，不等先炳发问，对先炳说："看看，说来就来！公社顶不住了，区里反复催问，该取消解散的，是不是办了。公社书记吩咐，要我去你们大队蹲点抓落实。我呀，我才不当这个头呢，先把好办的办了，给你们几个'四清'挨整的干部平反，撤销贫协，恐怕不太难，先把这两件事办了，其他的，拖住再说。走吧，去你们大队。"

独松从抽屉里找出两份文件，装进文件包，正要与先炳出门，电话铃又响了。独松转身接听电话，却把话筒递给先炳，说找你的。先炳接完，喜滋滋地对独松说："先智打来的，说县上的刘小牯老书记来了，叫我回去。我看你我一起去，听听老书记怎么说。"

窦先智在医院待不住，撇下伏老木独自养伤，自己回了家。在家也待不住，到小卖部上了班。小卖部新安装了电话机，他接的第一个电话是长途，县里打来的，经过四道总机接转，里面几个姑娘叽叽喳喳了一阵，传来县贫协主席刘小牯的声音。声音好像来自天边，先智喊破嗓子，压扁了耳朵，只听清了几句："辞职""落户""两天""住屋"。他想起那天上县里找刘小牯要车接车教授来台上治虫灾时，老书记简单说了几句，打算辞职，来窦曾台落户养老，看来是真要来了。他找来窦为香和队长窦先尧，商量为老书记安排住屋，决定在小卖部一侧，搭建两间新房。

两天时间太紧，盖砖瓦房来不及，他们从大水潭边挖来地扒根（方言：一种野草）土垡子（方言：带草的土块），这东西，草根裹土，不散不碎，用来垒墙，冬暖夏凉。从跃进河边砍来现成的楠竹，搭成屋架，上面铺了油墨毡（方言：沥青膜），盖上队里窑厂生产的大片瓦，不出一天，房子建成了。老木瓦匠窦为新老了，自己干不动，带来徒弟，垒了锅灶，河边砍了树，制作了桌椅床铺，一个新家告成。各家各户自动送来锅碗瓢盆，筐箕扫帚，水缸桶罐，日常家具，一应俱全。玉珍作为老房东，园子里拔了新鲜蔬菜，鸡窝里掏了新鲜鸡蛋，柜子里匀出油盐酱醋，早早地备好了食材。

两天后，除了上学的娃儿，窦曾台男女老少推迟上工，聚在小卖部前等候刘小牯。过了晌午，正是先炳在夏强德家喝喜酒的时候，小牯还没有来，人们饿着肚皮，不愿散去。日头偏西，刘小牯来了。

一辆吉普车在小卖部前还没有停稳，人们一起拥了上来。小牯老两口下车取出行李，放走了小车，没等进屋，人们把他俩围得水泄不通，叫爹喊娘，呼声一片；想呀盼呀惦记呀，唏嘘不已。小牯站在新家门槛上，一手把住门框，一手挥向人群："窦曾台的老少爷们儿，姐妹们，我刘小牯也想你

们啦！这回来，不走了，跟你们一起过日子，这把老骨头丢到这里了！"

"好啊！好啊！"窦曾台人不习惯鼓掌，一个劲儿地叫好。他们对这个叫刘小牯的人有太深太多的记忆，从三十年前在汽筏子上讲土改开始，窦曾台人的命运便与这个人连在一起，刀砍斧凿也断不了。一九五四年淹大水，他裤脚挽到大腿根儿，走东家串西家，扶老携幼，劝说人们上堤避难。一九五八年受冤屈，下放到这里，跟大家一口锅里吃饭，一个桶里喝汤，嚼把花生米抗住胃疼，光膀子跟社员一起打硪。一九五九年大会上念了纸条，救了瞒产私藏粮食的队干部。一九六九年护住了挥耙保菜园的窦先智，借改园种麦，保住了险些被抓的队干部。人们总是把他与共产党联系在一起，他在，党就在。这一次，他来了，不走了，窦曾台人心里便踏实了，脚下更牢靠了。

为香、先智和队长几个好说歹说，劝走了依依不舍的人们，陪着小牯在外间屋里说话，玉珍、独梅帮小牯老伴儿在里屋收拾，准备晚饭。一阵问候之后，小牯讲了他辞职来窦曾台的缘由。

前几个月，县里开了贫协第四次代表大会，小牯再次当选主席。没过多少日子，上面传来话，各级贫协自行决定去留。紧接着，县委革委领导班子大调整，他觉得自己紧赶慢赶也跟不上天天变化的新形势，年岁也到了六十多，该退休了，便辞去了县委革委两委员和贫协主席，落叶归根回乡下。去哪儿呢？想到当工人、当护士、当商店营业员的一儿两女，都已成家，不便打扰他们。老伴儿跟着自己，一直在机关食堂打杂，是个临时工，从未转正，也没多少割舍。洪湖边的老家已无亲属，便选了窦曾台落户养老。

为香几个仔细打量老书记，六十多岁了，腰不直，背不平，满脸憔悴，身上还有打仗时留下的弹片，肥大的短衫长裤，遮不住一身嶙峋瘦骨，但声音洪亮，中气十足，浑身仍然冒着热气，不免唏嘘叹息，说："人家都抢着当官，您为么事有官不当，也不回城里享福，跑到乡下来，跟我们这些泥腿子混在一起？"

小牯淡淡一笑："我十六岁参加革命，快五十年了，根子一直扎在老百姓堆里，也从未想过当官享福，只想为老百姓做点事。与姑奶奶家早早牺牲的曾善亮比，与跟我一起闹赤卫队的伙伴们比，多享了太多的福。现今不当官了，根子没动，责任也还担在肩上。往后，跟你们混在一起，还可为你们做些事啊！"

众人又一阵啧啧叹服，不好说别的，先智趁机问起了赵扶民，说："我那个老庚哥么样？"

赵扶民对近年来的"自由化"思潮看不惯，没换思想被换了岗位，由县委书记提拔到荆州地区革委会当了个第四副主任。洪少谱转得快，跟得紧，坐直升机当了县委县革委会常委，进了县级领导班子，还兼任曹家嘴区区委书记、区革委会主任，成了上下都说了算的人物。刘小牯不便给这些农民讲上面的政事，只说赵扶民调到荆州去了，又从兜里掏出一封信来，说："扶民书记惦记你们呢！临走时让我带了这封信。"

先智接过来，拆封看了一遍，递给先尧，叫他念一念。

信里写道："先智并转告为香先炳和窦曾台乡亲们，前三十年，你们在党的领导下，把一个贫穷落后的乡村，变成了一个富裕先进的社会主义新农村，用你们的话说，靠的是为群众谋利益的信念。今后的路还很长很长，还会有艰难曲折，但要铆住社会主义方向不转弯，盯住为群众谋利益不松劲，继续在这条路上摸爬滚打，往前走。到时候我要来看看的，看你们干成了一个么样。另外，先智那年跟我说，要申请入党，听说你还没写申请书，你在等什么？抓紧点啊！"

为香听到前部分，一拍胸脯："那，没得说！搞社会主义，再苦再难，老子们也干到底。"

先智听到后几句话，难为情地低下头。刘小牯推推他，说扶民书记叫我当面问问你，为么事还没入党。先智哼哼唧唧没明说，为香几个也没插话，搪塞过去了。

"你们光顾着问我，我还没问你们呢，这几年干得怎么样？"刘小牯眼光挨个扫了一圈，问。

"好着呢！这些年，两季稻亩产达到两千多斤，棉花皮棉亩产连续三年摸到一百五十斤，双双超《纲要》，每个日工九角八，社员每年分红人均一百五十多元。"为香几个你一言，我一语，把生产大发展，收入大增加，生活大改善，讲了一通。

队长先尧说："为圣三爹编了新的顺口溜，念给您听听：

机器顶替牛（音yóu），下田不沾土（音tǒu）。
农民办工厂，干活没日头。

没得超支户，三转一扭扭(注:指手表缝纫机自行车及收音机)。

穿的凡尼丁,浑身不打皱。

上学家门口,有娃不发愁。

看病不花钱,壮得像头牛。

出门就有车,不动脚和手。

开门睡大觉,再也没小偷。

闭眼像做梦,睁眼笑破头。

哎哟哎哎哟,搞的是么候(方言:什么情况)?

众人听了,一阵大笑。

小牯抿住笑,问:"怎么没见到曾先炳,那个旧社会的丢娃子呢?"

先智打电话,四处查问,在曾独松那里找到了他,说:"他马上来。"

说笑间,先炳、独松骑自行车到了。见了刘小牯,勾肩拉手,欢喜得不得了。

欢闹了一阵子,独松说:"您们几个都在,我正好把上面交代的公事先办了。"掏出两份文件,让为香几个传看了一圈。

"刘书记的贫协主席都不当了,我这个贫协队长还当得有么劲,散就散了呗。"为香对撤销生产队贫协并不在乎。

"做工的有工会,读书的有学生会,写书的有作家协会,连写字的都有个书法协会,我就不信,几亿农民没个组织。那是后话,眼下贫协撤了,但组织团结农民的工作不会撤。为香,不当贫协主任了,还要记得为贫下中农说话呀。"刘小牯说。

"那是,那是!"为香满口答应。

"喂喂,这个平反决定上,只提到为香二爹和先炳哥,郎么没提先智哥? 当年不是整的二窦一曾吗?"先尧发现了问题,问独松。

"上面说了,给党员干部平反,可能先智不是党员,漏了吧。"独松答道。

"那时下狠手整的时候,不管是不是党员,平反就不管了? 这搞的么候? 不过啊,我不在乎,又不补钱补米,没得意思!"先智撇撇嘴,不当回事。

"嗯,是啊,听说城里的干部、'右派',改过来的,都补发了工资,我们这样的,补不补工分啦?"为香说,见没人搭话,接着说:"补不补,没多大意思! 过去了,不提它了!"

"是啊,陈芝麻烂谷子的事,扯它没意思。时下,想不通看不惯的事,多了。"先炳摇摇手,把他今儿参加夏强德摆重孙娃满月酒,那伙人得意忘形的情景,复述了一遍,又说:"不光是这个气人,还有前些年,我们乡下搞的一些新鲜事,社员讨了好,上面都叫撤的撤、散的散,我们白搞了一番。您们听独松哥说说。"

独松不想说,架不住众人再三催问,只得把上面发了话,要撤销队办企业、学校和民兵、赤脚医生、宣传队文化室之类的,说了个大概,又补上一句:"可不是强迫呀,要根据群众自愿。"

这几个一听,灶膛里放鞭炮——炸了锅。为香跳起来,第一个开骂:"狗日的,早先听学生娃回来讲,老子要掌他的嘴,这么说,都是真的呀!乡下人喜欢的东西,日子过得好好的,凭么子反掉?脑壳里装了狗屎啊?想当年,闹赤卫队,为的过好日子——"

"莫说您的想当年,"先尧忍不住打断为香的话,"就说这些年,我们脱了几层皮,搞出来的这些新东西,打了水漂儿呀!"

"不急不急,想一想,想一想。"先智拍拍脑壳,记起前两天,隐藏三十年的伏老木,忽然在病房跟他表白要改邪归正,他想把这件事告诉大伙,分析分析,但答应过不对别人讲的,便忍住了,自个在心里直打转:暗藏的坏人想变好人,明面上的坏人,摘了帽也还想当坏人,这搞的么候?转了半天也没转出个名堂,自言自语道:"对坏人,把帽子摘了,依靠了几十年的贫下中农,把组织散了,乡下人叫好的东西,不要了。这为么事呀?"

此时,小牯的心情很沉重,也很复杂。他知道,去年底,党的工作重点实行战略转移,纠正了以往一些错误,实行了一些新的方针政策,开始了新形势下的新长征。但是这个转移过程中出现了一些新苗头,为了倒脏水,把盆子里的娃儿也倒掉了。他记得有位刚复出的国家领导人说过,如果我们的改革真的走了邪路,工人阶级不答应,土改翻身农民不答应。眼前,这几个翻身农民的情绪,正好印证了这话。看来,这又是一场暴风雨,农民要走出这场暴风雨,并不容易呀。

"是啊,先智说得对,是该多想想多看看。"刘小牯见众人冷静下来,接着先智的话说。"照我看,你们以前干的那些事,成就摆在这里,谁也抹不掉,但是也受到过错误的影响,走过弯路。出了猪圈才见到腿上有猪粪,这不奇怪,对的要坚持,错的改过来。往后走,路更难,你们看不惯想不通的事，会有不少。怎么办呢？还是那本老黄历，只要给群众带来利益，该怎么干就怎么干，在你们走过来的这条社会主义大路上，继续前行，不断摸索，不怕顶头风，也不怕偏头风，更不怕歪风邪气。扶民书记信里不是写了吗？他还要来看的。只要你们把窦曾台建设得更好，人见人爱，外面的人想进来，里面的人不想出去，那就是胜利，别人说什么也没用。"

"好！"窦为香拍一掌大腿。"听您的！蛇有蛇路，蚁有蚁道，喜鹊急了钻老巢。不管它刮么风，我们就一个老办法，照群众想干的干，群众不想干的，枪戳屁股，老子们也不干。"

"香二爹说的，我看行。看不清方向的时候，看群众脑壳往哪儿望，我们就往哪里走。"先炳提高嗓门，跟着叫好。

先尧和独松随即说行。

先智见这几个党员摩拳擦掌的样子，心中暗暗叫好，嘴上没吱声。

七、后秀为了救学生娃，肩头被豁开一道血口

不知不觉，到了吃晚饭的时候。

玉珍、独梅和小牯老伴儿把饭菜摆上桌。小牯掏出几张票子，叫先智去隔壁小卖部买两瓶酒来。先智一把推开，说哪能让您花费，记在我分红的账上。

小牯说："别看我辞官了，每月拿的工资，顶你们家一个月的分红，行政十二级，比县长书记还高，全洪湖就我一个，花得起这钱。"

这几个暗地里吐了舌头，先智不再推辞，接过钱，提了两瓶队里糟坊酿的"白牯牛潭"牌土酒回来。

喝了酒，吃了饭，天还亮着。

公社来了电话，说塑料厂没了原料，填料厂的鲍尔环卖不出去，都停工了，手工业联社闹退社的人，聚在公社不散，书记让独松赶紧回来。独松不敢怠慢，骑上车往回跑。

先炳、为香几个不愿离开，还想与老书记多待一会儿。小牯说，那好，带我去村里转转，好几年没来了。出了门，见到自家新房三面土垡子垒的墙，他长年在乡下，知道这土墙冬暖夏凉，经年不散，问这就是地扒根土垡子吧？草不离土，土不离草？为香几个说，是啊，大潭子边上有的是。小牯

躬腰摸摸土墙,若有所思,用力拔出一缕草根,握在手里。

他们出了门,来到先智房后的菜园,见到了白大姑的新坟,坟顶一块土疙瘩压着一沓黄裱纸,旁边一杆招魂幡,静默肃立,纹丝不动。旁边是已故十五年的姑奶奶的旧坟,青草萋萋。

"先智,还没出二七,你应该还在孝中吧?"小牯停住脚步,肃立在坟边,又问:"老人家临终,有什么交代吗?"

"白奶奶临走的前一天晚上,把我们几个叫去,专门叮嘱说,人要感恩念情,不要忘了共产党的好,往后,台上不管窦家曾家,还是那些杂姓,都要绑在一起过日子,集体散不得。"先炳回答。

"这不是与曾家老奶奶临终时的托付一样? 这两位老人说的,是你们台上丢不得的传世宝啊!"小牯眼里噙着泪,想起两位老人捂着鸡屁股,闩了菜园子的门,带着鸡蛋和瓜菜加入人民公社;忍痛砍了救过三代人的苦楝树,送给队上做闸口;拄着拖罐耙子,搅散工作组的批斗会;特别是两人大闹斗争先智的大会,一个剃了光头,一个梗着脖子,为瞒产的队干部讨公道。他强忍着一阵伤心,喃喃念叨:"可惜走得太早了,老天为什么不给好人添寿呢?"

"白奶奶还说,要小心上面下来工作组,脚根子站在哪里,就在哪站出坑来。"先尧年轻,忘不了白大姑这话,突然端了出来。

刘小牯知道,姑奶奶的死,出自洪少谱最后一次透露她二儿子牺牲的消息,白大姑的死,据说是听了工作组要下队的广播,心里又一阵凄楚,哀叹了一声,不好讲别的,说:"我给两个奶奶作个揖吧!"两脚并拢,双手合十,恭恭敬敬作了三个揖。其他人相随,也作了揖。

离开菜园,顺河堤下来,他们看了学校、文化室、学习室、医疗室、民兵排部和大食堂陈列馆。一九五九年底,他陪赵扶民来视察时仔细看过,几经改扩建,如今这里形成了一个相拥相抱的建筑群,面貌一新。绿荫中,白墙红瓦,门柱高大,室内敞亮,广场宽阔。现在,放学的娃娃们在教室间来来往往,饭后来学习室看书读报的悄无声息,看病的围着赤脚医生问东问西,文化室里传来阵阵歌声音乐声。只有民兵排部熄了灯,枪支上交了,几支红缨梭镖插在那里,基干民兵们没了兴致。

一路上,碰到一些年长的人,认出了刘小牯,纷纷围上来打招呼,拉亲近。他们几个没有多停留,抽身朝白牯牛潭走去。

半路上，先炳想起独松中午跟他说过的话，忍不住又发起了牢骚："这么好的东西，群众喜欢，为么子要撤了散了？哪里碍着他们了啊？"

这些问题，一直在为香几个心里打转，转得心情沉重，但谁也说不出一个子丑寅卯来，见刘小牯也不搭腔，便不再议论，默默来到大潭子边。

天黑了，一轮溜圆的月盘悬在水潭上空，明晃晃的月光，静静地把大地照亮。一片乌云悄无声息地袭来，遮住了月亮的头脸，夜色变得朦胧。潭水黯淡失色，潭西边的建筑群，隐没在一片灰暗之中，露出的灯光在奋力地闪烁；潭东边的大片青嫩树苗，披上了一袭硕大的暗袍，似乎在夜风中无言地呼号。不经意间，乌云散去，月亮重新露出皎洁纯净的脸庞。此时，平静的潭水，披着银装，波光粼粼；西边闪烁的灯光，发出连片耀眼的红色光芒；东边的苗圃，一抹青紫，在夜风中欢唱跳跃。

月光改变了夜的颜色，夜不再只是黑色，它还有银白灰蓝，斑斓多彩，然而，却并不矫情花哨，反而显得更加真实纯朴。月光也不只是在纠缠当下的时光，它要点燃明天朝阳的火苗，洗刷未来天空的污渍，照亮大地上的每条宽阔大道。

刘小牯深情地望着潭子上空明朗的月亮，想起了唐代几首咏月诗，记不清诗名和诗人，只记得其中有两句说："同来望月人何处？风景依稀似去年。"正好抒发了此时的心情，扭头对窦为香几个说："为香，当年我们抓错了曾善亮，他就是在这里跳潭的，一晃四十八年了，善亮他，遗骨还留在台湾。大潭子还是这个大潭子，其他的，一切都变了！你说，那时候，我们把脑袋别在裤腰带上，善亮连命都丢了，为的什么呀？你们几个，也在这潭子边拼过命，累得半死，为的什么呀？"不待为香几个回答，他自言自语道："还不是为了穷人翻身，过上好日子。从这些年看，再往前看，过好日子也不容易啊！"

这潭深水，浸泡着潭边这几个人的命运和遭遇。为香从这潭边逃走，焐了一脸黑麻子。先炳的女儿后秀跳潭，险些丢了性命。先智刚来到人间，差点儿沉到潭底。先尧这帮年轻人泡在这潭水里长大。他们个个在潭边车过水、挑过土、打过碱，为了过上好日子，确实累得脱了几层皮。

"想当年，香二爹挂在嘴边上的话，他郎忘不了，我们年轻人也不该忘。"先尧是晚辈，又是队长，领悟到老书记这番话的意图，出来表了个态。"台上人的日子，已经过得好了，善亮二爹们的血没白流。往后要过得更好,还得再脱几层皮,脱就脱呗,只当少活了几年。"

听老书记这话,恐怕不只是脱几层皮那么简单。为香、先炳和先智感觉到刘小牯话里有话,还没想明白,闭嘴没开言。

刘小牯沿潭边走了一段,看到挖走土堡子后留下的新痕迹,摊开一直握在手心的一缕地扒根,问先智:"你们在这里挖的土堡子吧?"

"是啊。"先智说。

"那土堡子为什么不散?就因为有地扒根长在里面。别看不上这不起眼的小草,它体现了我们共产党人的品格。"刘小牯轻轻揉摸着手里的小草。

地扒根,学名绊根草,俗称狗牙草,洪湖人叫作地扒根。它根植土中,深达数尺,茎秆细硬,叶短平滑,匍匐地面,一株几米长,相互交织起来,可形成密集的草皮,入秋不枯,严冬不死,四季繁茂。

这种小草,为香他们天天见,怎么与共产党人扯上了关系?月光下,他们对视了一眼,不解地望着老书记。

"不是说,我们共产党人好比种子,人民好比土地,要在人民中生根开花吗?别的种子不行,一岁一枯荣,这个草种子行,经久不衰,扎根在人民之中,就能把群众紧紧团结起来,群众再也不是一盘散沙,我们也就在群众中扎根,获得永不枯竭的生命力。你们说,是不是呀?"

这么深奥的道理,经刘小牯嘴里说出来,变得这么简单!他们稍加琢磨,不停地点头,还真是的,草不离土,土不离草,铁板一块。

"我知道你们这些天心里有事,看不清,想不明,犯难着急。这不要紧,学地扒根,扎到群众堆里,跟他们心连心,一个鼻孔出气,就能战胜一切艰难险阻。"

为香几个默默把这些话记在心里。

"爹,洪书记来了!专门来看刘书记。"世华隔老远便喊,紧走几步到跟前,说:"车停在小卖部,叫您们回去。"

为香、先炳和为斗儿子,朝刘小牯挥挥手,道了别,披着月光,先走了。他们不想见洪少谱。

先智陪小牯往小卖部走。半路上,世华扯扯爹的袖子,悄声说:"转正的事,跟——"

她爹一甩手,把她的话堵了回去。

小牯在一旁问么子事,先智说家里的小事,您莫管。三人回到了小卖部。

洪少谱今天在县里开会,听说刘小牯辞职来了窦曾台,会后乘吉普车直接赶来,此时,已在车旁等了许久。见小牯在河堤下刚露出头,连忙迎上去,双手把小牯扶上河堤,托着老领导的胳膊肘陪行一段,进了土堡子新屋。

先智在门口朝洪少谱点点头,算作打了招呼,带女儿回到隔壁的小卖部。

少谱在屋里四处察看了一番,说:"这哪行!就算您退休养老,也不该住这里呀!我已叫人把区招待所腾出了两个套间,您现在就随我搬过去。"

小牯坐在昏暗的电灯光下,招呼少谱来身边坐下,老伴儿沏了茶端上来,回了里屋房间,她从不过问男人们的公事。小牯先呷了口茶,说:"泥里水里滚了大半辈子,城里过不惯,住乡下踏实,就不搬了。"

少谱不再强求,两腿靠拢,端坐在小牯身边,轻轻抿口茶,伸手抚抚头发。他近年留了个大背头,裤兜里还是装着小梳子,只是换成了黄杨木、花梨木甚至象牙、犀牛角这样的名贵梳子,平常时不时掏出来梳理头发,但今天在刘小牯面前,他的手在兜里触到了梳子,却没有掏出来,空手拢了头发,两手搁在膝盖上,腰身溜直,恭敬地说:"那就随您的意吧!"随后,以老部下的口吻说:"向您做个汇报,窦曾台是过去的老先进,左的影响很深。这两天,县里开了会,部署全面整顿。区委近日要派出工作组,下到各公社抓落实。谢仁口公社是个重灾区,窦曾台抵触情绪会更大,是重中之重,我就蹲在这儿直接抓。有您在这里,我可以随时来请教。您是不是也出面帮我们做做工作呢?"

"我已是退休之人,不干扰你们的工作。"刘小牯说。

"我知道,您退休不会褪色。窦曾台的事,难办得很,好些个刺儿荷,棘手啊!要是遇上难题,还得恭请您出山。您有指示,尽管说。"少谱对老书记来窦曾台,有点儿打怵,想摸摸老领导的底,有意往窦曾台上引。

小牯已经摸清了为香、先炳这些人的态度,听少谱刚才一番话,预计冲突和较量就要来了,想给这个老部下打个预防针,说道:"少谱,实在要我说,我先提醒你两句。拨乱反正,是完全必要的,但那是拨错误之乱,反正确之正,不要把我们党领导农民建设社会主义三十年的成就和探索,一巴掌抹没了。你知道,有些老前辈讲过,投鼠要忌器,打老鼠,不可连盘子也打碎了。你刚才说,老典型左的影响深,是的,肯定有,但不一定都错了。老典型有教训,也有成功的经验,这里有个鉴别区分的问题。农民都知道,一块田里,长了稻子也有稗子,不能都割了去,更不能都丢了去。怎么个分法,今后怎么个干法,要多听听群众的意见,脚跟子站在群众里头,看他们拥护不拥护,高兴不高兴,答应不答应,不要跟风,不要盲从。做到这一条,不容易呀,关键是出以公心。古人千年前就说过,大行之道,天下为公,现在更有人谈论公者千古,私者一时,毛主席也多次告诫共产党人要立党为公。只要把这个公字揣在心里,写在行动上,就不怕棘手的事。你说是不是?"

说是讲两句,出来了一堆话,还是老脾气,憋不住的。洪少谱听话听音,听出刘小牦有警告自己的意味,跟了他三十年,他知道自己的底细,要是过去,只有洗耳恭听的份儿,可现在不同了,他退休了,自己当了县领导,"鸭子站位"理论再次显灵,自己占了上风,不比他矮一截了,该遂自己的心思施展拳脚了。少谱这次看得清清楚楚,大转折来了,自己十年前在牛栏对那个学生娃窦世豪说的话,条条兑了现,眼下正是潮起之时,要往前赶,站在潮头上,不能听这个僵化的老头儿说些过时的话。

少谱把内心的想法全部堵回去,没流露出一丝一毫,保持着毕恭毕敬的样子,站起身,弹弹坐坏了的衬衫,说:"老领导,您的指教,我记住了。时间不早了,您先休息,我回吧,改日再来看您。随后,我叫人给您安电话,订报纸,您就安心休养。"

"好,我这老头儿不出门,也可知天下事。"小牦站起来,握了少谱的手,没动脚,目送少谱离去。

少谱出门正要上车,见到隔壁小卖部门大开,亮着灯,窦先智独自一人伏案算账,便朝门边踱了几步,没进门,掏梳子拢了头发,背手站在门前,一脸严肃地叫先智,说:"你女儿民办老师转正,我批了。你儿子转干,要看表现,看你们全家人的表现。"

前几天,他儿子洪光灿在区委大院堵住他,说您要想抱孙子,趁早把窦先智儿子女儿转正的事办了,要不然,后秀要打掉肚子里的娃。还告诉他,自己送尿素掺假,叫窦先智看出来了,留了字据,您不想批也得批。少谱恨不得踹儿子几脚,抬起脚又缩了回去,几经思索权衡,批了女娃卡住了男娃。现在见到先智，正好送个人情，又暗示他往后识相一点儿，别给自己找麻烦。

先智抬起头，看清是洪少谱，一不感激，二不识相，"哦哦"两声，算作表示知道了，显然没有领悟到少谱的意图，继续低头算账。

少谱脸上挂不住，又不好发作要脾气，转身上了车。车子开出好远，他憋不住，在车里说出声来："铳气！鸡头苞梗子！不开瓢的臭葫芦！哎！这么个东西，却养出了一串好儿女！见他娘的鬼！"

早晨，光灿轻轻推开自己在供销社宿舍的房门，见后秀正趴在桌子上埋头写些什么，心疼得不得了，一边把买来的蛋花米酒、麻团、发糕、面窝、油条等早点摆上桌，一边温柔地责怪道："叫你多睡一会儿，你怎么起这早，不怕伤了你肚子里我的娃呀？快！趁热吃，凉了坏肚子。"

后秀头也不抬，继续写她的。

光灿把调羹放进盛蛋花米酒的碗里，端到后秀手边，想撩起她的兴致，说："莫写了，告诉你一个好消息！窦世华民办转正，我爹批了。这下，你顺心了吧？"

"嗯！"后秀抬起头，望了光灿一眼，脸上露出笑容，写字的手却没停下来。

"怎么跟那个老铳气一样？"昨天他爹告诉他，窦先智听到这消息，也只嗯了一声。光灿露出不满意神情，学他爹的口吻，"不开瓢的臭葫芦。"

"啪！"后秀把钢笔拍在桌上。"说什么呢？铳气是你叫的呀？叫干爹，订婚时你当众答应了的。世华早就该转正，是你爹卡了人家，顺水人情，有么子好说的。"

"好，好，不叫铳气，叫干爹，行了吧！莫生气，别弄坏了我的娃。"光灿连忙赔笑脸，俯身来收拾她的纸笔，见后秀写的是《窦曾台小学上学期总结及下学期工作安排》，皱皱眉，摇摇头，放到一边，安抚她吃早餐。

餐后，光灿收拾干净，看看腕上的英格纳手表，离上班时间还早，挨着后秀坐下，兴高采烈地说："秀，你这个校长当到头了，写这个没用，哪还有下学期呀！"

光灿从他爹那里得知，马上派工作组下乡，头一个整顿农村教育，小学把缩短了的学期改过来，恢复六年制，队办小学收缩调整，集中到公社来办,中学收拢到区里办,当窦曾台小学校长的后秀,自然当到头了。

"队办小学,群众喜欢,为么事要撤？你爹怎么说？"后秀也听到了传闻,并不惊奇,但又不愿相信,好好的学校,平白无故地撤了？她想从光灿这里探探上面的口风,故意问道。

"你不蛮有头脑吗,也不想想,么字叫大转折？就是以前走的路,要转个弯打个折。你们学校,学工学农学军,还批判资产阶级,谈论国家大事,搞么子贫下中农管理学校,还在搞老一套,喇叭口对着嘴,倒着吹,不散才怪呢!"光灿没说是他爹讲的,话却是从他爹那里学来的。

后秀一听就明白,这个溜光苔平日里不读书不看报,更不动脑,讲不出这些话,显然是从他爹那里贩卖来的。她不愿与他争论,对牛弹琴,自己劳神划不来,揶揄他说:"我不当校长,值得你这么高兴啦？"

"当然啰!你不当校长了,可以天天守着我呀!"光灿只顾自己高兴。"我爹说了,不当校长了,你可以再上大学读书。我爹说,现在工农兵大学生不如恢复高考上大学的吃香,要回炉复读一二年才行,有这个政策,你要愿意,包我爹身上。要是不想上大学,调到城里教书,我爹说,县城区里随你选,你调到哪,我调到哪,我俩天天在一起,当然高兴啰!"光灿这回一口一个爹。

"离了你爹,你不会说话呀？"后秀站起来,收起写成的文稿,准备去学校上班,临出门,对光灿说:"告诉你爹,我哪里都不去,就留在窦曾台不走。"

光灿追出来,说:"不是我爹,是你爹。小心肚子里的娃儿!"

后秀骑了一辆上海产的凤凰牌女式自行车,一路紧蹬,来到学校。上课钟声还没敲响,娃儿们已在课堂就座,老师们围在操场上,分成两堆,议论纷纷。一堆是吃商品粮的公办老师,相互打探到哪里安置好。一堆是农村户口的民办老师,表情凝重,询问各自的出路。他们见校长来了,一起迎上来打探学校解散的消息。

窦世华已经听爹说过转正的事,两堆人都没沾边,独自一人在一旁发闷。

"各位老师们,学校散不散,正式通知没到。不过,只要一天不散,我们就教好每一天。到点了,值日的老师敲钟,都上课去。"后秀把自行车支靠到檐下,转身对大家说。"我先把话说到前头,要是散了,只要窦曾台的娃娃们还想在这读书,我窦后秀哪里都不去,就在这里当赤脚老师。"

钟声响起,老师们夹着教案,各自进了教室。

窦世华几步跨过来,拉起后秀的手,说:"后秀姐,我晓得了,转正了,多亏了你。今后,像你一样,我哪里都不去,跟着你在这教书。"

"好,好妹子!"后秀拉紧了世华的手。

午休后,五年级的学生上学工课。这个小学安排了学工学农学军的课程,每个月安排一两个课时,学生娃离开教室,到工厂、田间、民兵排,参观见学,体验生活,这是娃儿们最愿意上的课,也是最快活的时刻。班主任窦世华吹了集合哨,二三十个娃儿排着队唱着歌,喜气洋洋,来到大禾场边的队办工厂。校长曾后秀随班观摩指导,与世华一道,跟在后面。

大禾场与村后公路之间,原先的铁铺篾铺糟坊木工厂等作坊,早已淘汰,经多次改建,现已建成了一系列像模像样的队办工厂,夹米厂、磨面厂、漂粉厂、酿酒厂、轧花厂,一字排开,厂房高大明亮,厂内机器轰鸣,一片繁忙。

后秀、世华带领娃儿们逐个参观,最后来到夹米厂。厂内排列四台夹米机,机身顶部方桌大的喇叭口,传送带把稻子输送到口内,转眼间,机尾喷出稻壳稻糠,机头的槽口淌出白花花的大米。娃儿们眼花缭乱,看得目瞪口呆,又兴高采烈。

世华请操作师傅关了电,停了机,厂里瞬间安静下来,娃儿们围在一台夹米机前,听窦老师上课。

"我们天天吃的大米哪里来的呀?"世华问。

"地里长的。"娃儿一起回答,天天见,难不倒。

"长的叫么家呀?"

"稻谷!"

"稻谷怎么变成大米的呢?"

"在这屋里变的。"娃儿们说不出怎么变的。

"好,今天的课,就在这里学习脱粒机的原理。"世华用通俗的语言,讲解了脱粒机的构造,电动机带动脱粒机剥除稻壳稻糠的原理,问:"现在懂得稻谷怎么变成大米了吗?"

"懂了,机器碾出来的。"怎么碾出来的,娃儿们按各自的理解,复述学到的机械原理,八九不离十。

"现在课间休息,十五分钟后上第二节课,几何图形。"窦老师一声宣布,娃儿们兴致不减,就地指东说西,纷纷嚷嚷。时间很快到了,世华吹了哨,娃儿们又围了上来。"同学们仔细看看,这机器上有哪些图形?圆形、梯形、三角形、平行四边形,各有哪些特征?与书上画的一样不一样?"

娃儿们散开,三五成群,观察机器的各种部件,兴奋地述说各个图形。后秀和世华现场解答。

有个男孩,意外发现连接脱粒机的电动机上有红色、绿色两个圆按钮,挡不住好奇,用手指头按压了红色按钮。

"轰"的一声,电动机飞转起来,带动脱粒机转动,进入了操作状态。

窦先职的小女儿蓓兰,左手搭在电动机轴轮皮带上,正专心致志听校长讲解圆与椭圆在机械运用上的不同功能,轴轮突然转动,来不及抽回手掌,衣袖被皮带绞住,一只手臂卷进了轴轮。

就在轴轮启动后的一刹那,后秀大吼一声:"快关电门!"随即一个箭步冲上前,扼住了蓓兰肩膀,扯住她的手,自己死死地顶住转动的轮子,任凭转起来的皮带抽打在自己的肩头也不放手。

世华发现了被那个男孩按压的红色按钮,扑上去,按住绿色按钮,电动机"吭哧"几下,停了,脱粒机随之停止了转动,厂房内鸦雀无声。

蓓兰惊恐万分,脸无血色,从皮带下抽回手臂,衣袖被绞得稀烂,只剩下半截。她抖抖麻木而无知觉的手,定眼一看,左手背被扯去一块皮,血肉模糊,一屁股瘫在地上,号啕大哭:"我的手啊——"

后秀早已倒在地上,肩头被豁开了一道血口,鲜血直流,很快,上半身布满了血迹。

工人师傅们奔过来,旁边几个厂子里的人也赶过来,抱的抱,抬的抬,一路小跑,把昏过去的后秀和哇哇叫的蓓兰送进了学校旁的医务室。几个赤脚医生打冲锋似的擦拭包扎,喂药打针,忙个不停。惊魂未定的学生娃,在世华的带领下,回了学校。

最先见到这一大一小受重伤的,还有曾善明。他这两天头疼,在医务室向赤脚医生要了两袋仁丹丸,没马上离开,坐下来扯闲话。看两伤员被人大呼小叫送来,凑上前认清了人,问明了经过,悄悄溜出来,到隔壁的小队部打电话。

这些年,善明的日子过得不顺当。虽说儿子独松进了公社,女婿又当了支书，孙女还当了校长，但这几个总是跟他两样心，只有当公社卫生院院长的孙子还算听话，但帮不上大忙，好在靠个孙女婿时常小打小闹地弄点小钱，却捞不到大把的外快。马无夜草不肥，人无外财不富，瓷罐里的银圆，总是涨不起来。他思前想后，找出了一个原因，狗日的台上人一个个日子过好了，自己才富不起来了。老话说得好，"缸里水满不动桶，屋里没难不求人。"台上千号人，人人百事不愁，用不着来求他曾善明，他自然没了弄钱的来路。旧社会自己有钱，单干时自己有钱，还不是因为那些穷人没钱，钱才流到自己手里来了。

这些往日的穷人怎么就把日子越过越好了呢？他掰着指头数了数，十条百条，归到一条，狗日的集体化，共同富裕，把他们养肥了。这些年，又搞出来一些新名堂，么子队办小学，娃儿出门就上学，么子赤脚医生，看病不出队了，么子队办工厂，加工自己种的、收的，吃穿也不愁了。他们不发愁了，便不再把自己放在眼里。所以，他忌恨这些新名堂，怨这些新玩意断了自己的财路。要想重新发财，就该把这些新玩意搞黄搞散，搞得他们受苦受穷，找上门来，自己的钱罐子便满了。

这些天，他看出了一些门道，以前喊来喊去的口号变了，曹老大胖会计这些人的帽子摘了，贫协撤了，民兵排散了，枪支收走了，年轻人又唱又跳的文化室，冷清下来。是不是风向在变？可学校工厂医务室还照样搞得有滋有味。他拿不准，但心里有了一丝滋润。现在碰上学校老师娃儿受这么大的伤害，正好扯上由头，鼓动别人来把这些新名堂搞散搞黄，自己不露面就行。

善明第一个电话打给洪少灿。初见后秀受伤，他当爷爷的心痛了一阵子，但忍住了，这丫头总跟自己别着劲，胳膊肘往外拐，让她受点儿苦也好长记性。于是，他对光灿别的不说，只说夹米厂夹伤了后秀，伤得不轻，么鬼学工惹的祸，快来救人。他知道，这个溜光苔不会善罢甘休。

他接着把电话打到小卖部，窦先智不在，他要接电话的人赶紧给窦家老二先职报信，他家娃儿伤了手，窦家人立马会闹将起来。

打完电话，善明回到医务室，袖手坐在角落里。

窦先职像头着火的野牛闯进医务室，几把扯掉蓓兰手上刚缠上的纱布，见娃儿左手背汩汩滴血，脸黑了，眼红了，头发梢竖起来，连声吼道："哪个害了我娃？老子要了他的命！"

在这里陪护她俩的世华,胆怯怯地叫了声:"二爹。"讲了大概经过。

话音刚落,肖老大揪着小孙子——那个按红电钮的小男孩——的耳朵进门,说:"先职,这个小孽种惹的祸,交给你,要杀要剐,随你。"

小男孩吓得手脚冰凉,一头钻进世华老师怀里。世华护住娃儿,退了几步,远离她二叔。

"先职,人家娃儿也不是有意的,莫难为娃儿。要说祸根,就是么子队办工厂,开门办学,不好好在教室上课,到那机器边上讨死啊!没得工厂,没得机器,哪来这事啊?"曾善明从角落里出来,点了一把阴阳火。

先职脑子不转弯,操起门外一把铁锹,朝队办工厂飞奔而去。

夹米厂机器早停了,先职进门,扬起铁锹,噼里啪啦乱砸一通,嘴里喷着热气,不停地叫骂:"叫你狗日的打转转,叫你狗日的绞了我的娃!"

操作师傅不敢劝阻,退到门外,

先职砸累了,又奔了回来,直朝学校冲去,一头扎进一间教室,见室内无人,挥起铁锹,劈课桌,砸黑板,叫骂着:"叫你开门办学,叫你学么子工!"几个男老师听到声响,拥上来抱住了他,夺下铁锹,把他拖出了教室,推到操场上。

这时,窦家人到了。他们先去了医务室,桃英抱起娃,哭成泪人一样。几姆娌气的气,哭的哭,劝的劝,乱成一团。先觉、先镐两叔叔忙着找车找人,要送娃儿上医院。玉珍把诊床上的后秀抱在怀里,不停地呼唤:"秀儿,你醒醒!醒醒啦!"

独梅赶到了,贴着后秀的脸:"娘来了,秀儿,醒醒!"在床尾捂着女儿的脚。亲娘干娘,一头一尾揽着女儿。

先智把世华叫到门外,问清了情况,听到旁边学校操场上吵闹不休,奔过来。

"大哥,你可要为我做主啊!都是狗日的夹米厂惹的祸,狗日的到工厂上课惹的祸!老子今儿没完,一把火把这学校烧了,把那个夹米厂烧了。"先职见到大哥,气愤、痛苦、委屈一起涌上来。

先智上前扶着二弟,说:"兄弟呀,你这是蚊子盯菩萨,咬错了人!娃儿受了伤,哪能怪学校工厂呢!"

八、子产不毁乡校，说古学古，窦曾台人保住了学校

先职一把甩开他哥，吼道："大哥，回回都听你的，这回不听！你莫拦我，要是娃儿的手落下残疾，老子没完！"操起铁锹，朝医务室奔去。

先智一把没抓住，跟着二弟跑过来。

先职冲进来，扔了铁锹，朝一个老一点儿的赤脚医生吼道："你们不是吹么子新生事物，掉了皮能再植，赤脚医生有本事，看病不出队吗？治不好娃儿的手，老子砸你个稀烂！"说着，又操起了铁锹。

这个赤脚医生是位下乡知青，前些年被选派到县人民医院见习两年，回来当了赤脚医生，去年知青全部回了城，他在窦曾台成了家，自愿留了下来。这时，他按住先职操铁锹的手，难为情地说："二叔啊，皮肤再植，的确是国家最新医疗技术，但是只有汉口这样的大医院，在显微镜下才做得了。现在我这里只能止血消炎，赶紧送到公社卫生院去，作后续处理。"

"喇叭里不是把你们吹得高吹得神吗？不灵了？"角落里传来曾善明的声音。

"但是个屁，我不管，治不好，我找你们算账。"先职扬起了铁锹。

先觉先镐两兄弟扑上来，一个抱着他，一个夺走铁锹。

"先职，越闹越不像样了！又不是赤脚医生弄伤了娃，你找人家出么子

恶气？没名堂！"先智跨进门，喝住二弟。

"是啊，是啊！谁叫你娃儿碰上了，你就自认倒霉吧！先职，听你哥的，赶紧送娃上医院。"善明见先智进来，估摸着没戏看了，从角落里出来，装模作样拦住先职。

先智斜眼瞥了善明一下，又是他？心里打了转转。十年前，就是他有意挑起大食堂买菜的事端，两头使坏，挑拨自己兄弟俩打架，搞散了食堂，今天，又借娃儿受伤，阴阳怪气，煽风点火，想搞么鬼名堂啊？一时没想明白，便没理他。

"凭么子叫老子倒霉？我不认！叫队里干部来，给老子一个交代。"先职犹如一盆炭火，经曾善明几番煽动，仍然火气冲天，熄不下来。

为香、先炳和先尧来了。他们在门外听世华说了原委，心里有了数。先炳到病床边看了玉珍、独梅揽着的女儿，吩咐先镐快去找队里的农用汽车来。为香披件单褂，又腰堵在门口，朝先职说："老二，莫一口一个老子的，再大的事，也不能没规矩。"

为香是长辈，先职历来怵他，一时没话。

"他二爹，事情已经出了，您先熄熄火！按照公社的章程，娃儿就算工伤，治伤的事，队里全包了，还有，按头等劳力，补一年的工分。您就莫扯别的了。"先尧是队长，作了善后安排。

先职拿眼瞅善明，东看西看，没看到人，不知什么时候他溜了，一时没了主意，垂手没吭声。

这时，后秀醒了。她在玉珍怀里抬起头，睁开眼，感觉到肩头一阵剧痛，定睛一看，血！包扎了肩膀的纱布上有血，衣衫上也有血，又晕过去了。

后秀晕血。四五岁的时候，见他爹杀鸡，刀刺了鸡的脖子，鸡腿朝上，鸡嘴和脖子哗哗涌出鲜红的血，淌进碗里。鸡一边淌血，一边在爹手里挣扎，喉咙里"咕咕"发出一阵声响，最后，没声了，血滴答滴答溅在碗里。她眼前一黑，身子一歪，晕倒在地上，好半天才醒过来。从此，她见不得血，见血便晕死过去。劣包娃兵舫知道了她晕血，时常手指头蘸了红墨水吓唬她，她捂着眼，跑老远。这个秘密后来也让光灿看出来了，小两口吵架时，光灿用小刀抵住指头，吓唬说，你再犟嘴，我让你见血，后秀便不再言语，躲到一边去。刚才在夹米厂晕死过去，并不是她受了惊吓和疼痛，而是见到蓓兰手背上的血。

先炳知道女儿晕血，连忙脱了衬衫，围在女儿身上。赤脚医生用镊子夹了酒精棉球，揉搓她的前额和脚心、手心。后秀又一次醒过来，见到眼前这么多人，坐起来，靠着玉珍，看看独梅，揉揉眼，问："干妈，娘，这在哪呀？出了么子事？"没待玉珍回答，她恢复了记忆，挪动身子要下地，嘴里嚷道："蓓兰呢？蓓兰么样了？"

"蓓兰没大事。妹子，莫动，快躺下。"正搂着蓓兰的桃英，见后秀醒来不顾她自个，第一句话问自己的娃，好一阵感动，憋在心里的火气，全泄了。

"校长，蓓兰只是手背受了伤，放心，等车来了，一起送你们去医院。"世华把怀里捂住的男娃交给肖老大，动身过来把后秀按回到床上，让她仍然偎在玉珍怀里，转身朝满屋的人说："要不是后秀姐，莫说蓓兰伤了手背，命都保不住！"说着，掉下眼泪，含泪把后秀用肩膀顶住轴轮、舍身救蓓兰的情景，讲了一遍。

一直怀着痛苦愧疚心情的肖老大，这时，又揪住了孙子的耳朵，扯到先职面前，说："谁都不怪，就怪这狗东西手贱，闯出大祸来，该打该剐，您郎们说了算。我跟您郎们赔不是！伤了人，误了工，遭了难，花钱出力，全算在我肖家头上。"

屋里的空气缓和下来。

"好了，先莫扯这些，治伤要紧，快送人，莫去公社，直接到区医院。"为香取下披着的衬衫，朝先职招招手，上来要背后秀。

队里的农用汽车来了，嘟嘟冒烟。

"慢着！谁也别动！"一辆吉普车停在门外操场上，车里下来洪光灿，手握一把供销社砸酱油桶箍的大木槌，连喊带吼，冲进屋来。

"光灿，你莫乱来！有队干部做主，他工厂学校又跑不掉！"后面跟着的曾善明，伸手要抓住光灿，却总是差几步，抓不着。他刚才见先智等人进了门，悄悄溜出去，在路口等到光灿，上了车，添油加醋地把后秀受伤引到工厂学校身上。光灿早就想让后秀辞了校长，与自己早晚相处过日子，也恨不得快散了学校，两人一拍即合，蓄意来大闹一场。

光灿窜进门，先来察看后秀伤势，先炳捂住了不让他看，怕女儿又见到血。后秀抬头看了他一眼，又闭上了，没理他。

"办么子学校，开么子工厂，害死人！还学工学农学军呢，这下学得好，学出人命来了！老子砸了它！"光灿咆哮着，扬起槌头，往外冲。

"洪光灿，你老子在这里呢！老子没开口，你撒么子野？回来！"先炳在后面喝住这个女婿，平时很少面对面跟他讲话，这时不得不说。

为香把衣衫甩到肩上，伸手挡在大门口，厉声喝道："毛驴子炝蹄，你偏要去打牛，不晓事的东西！你敢出门，老子打断你的腿！"

先智没理睬光灿，吩咐先职抱起蓓兰，推开挡路的光灿，上了农用车，去区医院治伤，窦家人也跟着走了。肖老大见这阵势，领着孙儿退出去。先智和玉珍留下来，护住后秀。

"洪光灿，你走！我的事，不用你管！"后秀闭着眼，鼓足力气，朝光灿喊了几句。

"血？不好！快！"突然，独梅惊叫一声。后秀裤腿上渗出血来，染红了诊床上的白布单。她知道女儿有孕两个多月，恐怕要流产了，大事不妙。

与为香僵持在门口的光灿，听到独梅惊叫，回头看到了血，丢掉木槌，扑向后秀："秀儿，你这是怎么啦？秀儿！"

后秀听说有血，突然感到腹部一阵疼痛，又晕过去了。

"快！快送区医院！"先炳回过神来，大声呼喊。

光灿背起后秀，独梅在后面托着脚，上了吉普车，朝曹家嘴飞奔而去。

区医院妇科病房里，后秀忙着收拾衣物，准备出院。她娘独梅和小姨独兰劝阻说，队里来了车再收拾不迟，先上床躺下，养足精神。桃英在一旁帮腔，说娃儿你伤了元气，哪能乱动。她是独兰的大姑姐，前两天一直陪护女儿蓓兰医治手伤，昨天蓓兰出院，回了窦曾台，她留下来回娘家过了一夜，今天来看看后秀，想搭顺车一同回家。

这个医院早已不是十年前窦先智在这里开刀做手术时的模样，一个独立院落，两座三层楼，五十来个床位，手术室、化验室、诊疗室一应俱全，还用上了子光透视机。省地县大医院的医生，轮流来这里坐诊，乡下人看病再也不犯难。蓓兰手背没伤着骨，从胯部移植了皮，扎实了细小的血管、神经，不会留下后遗症。后秀的胎儿没保住，医生作了清宫处理，给她下保证再孕再育没得问题，肩膀上伤口好在没伤到骨头，接通了血管神经，缝了十几针，会留下一道疤痕，不会落下残疾。

后秀上床躺下，独梅三人陪坐在床边。

"莫说我们家雨亭发疯，砸了夹米厂砸学校，娃儿伤了手，往后找婆家也难了。你们家后秀遭这么大的难,女人头一回,容易吗?说损就损了,搁在谁头上都得发疯!"桃英提起话头,抹了一把眼泪,从怀里掏出一张鞋底,戴了紧箍圈,一边纳鞋一边说。

"谁说不是啊,早起打个喷嚏,把牙齿打落哒,哪想得到啊!好在过去了,没伤娃的性命。"独梅说。

独兰怕两个姐姐又陷入悲伤,把桃英手中鞋底夺过来,扔到床上,有意转移话题,说:"她大姑,么年月了,还纳鞋底?皮鞋布鞋高跟鞋,想穿,买去!涤纶涤棉料子衣裳,想穿,买去!塑料盆尼龙包,想用,买去!街上么家都有,篾匠木匠缝纫师傅,都没人做了,你还纳么鬼鞋底哟!"

"我这不是刚学会么,转眼就用不上了?"桃英把鞋底捡起来,继续纳。她从城里到乡下,已学会了地里的农活,家里的针线活刚上手,舍不得丢。

"这年头,好些事说变就变。喂,跟你们说,"独梅一时丢开了忧愁,"那个蹓机蹬,摘了'右派'帽子,补发了二十年的工资,两万多块,你们说是不是因祸得福,要是不当那个'右派',他哪攒得下这多钱。"

"姐,你还没忘那个蹓机蹬啦?当心我丢娃哥撕了你。"独兰挨了独梅一拳,不敢再说下去,顺着姐的话说:"是啊,想都不敢想的事,说来就来了。我们白家那些店铺,一九六五年撤出股本交公时,说好了连房子一起交。哪想到,这次政府要把房子退给我们,不要还不行,说是要落实么子政策。"

"城镇工商业主政策。"后秀在床上递出这句话,噗嗤一笑。

这事发生在今年上半年。一九五五年工商业改造,曹家嘴永泰商行老板白恒礼听从三儿子白永寿的劝告,抢先加入公私合营。一九六五年,白老爷子又听了永寿的话,主动退出全部资本金,不取分文利息,连店铺作坊的房子也捐出去了。现在老人退休了,老大从福、老二从禄在镇政府机关上班,老三从寿在国外当他的商务参赞,各自拿自己的工资,与白家商行再没丁点儿关系。时间过去了十四年,突然来了个落实政策,要把老房子退给白家。白老爷子一日三顿酒喝着,从未想过这心思,慌了手脚,把永寿召回来讨主意。从寿说,世道这回变得大了去了,您放心大胆地把房子收回来。老爷子经的事多,想了几天几夜,不敢要这房子,找革委会讲条件,说房子我不要了,你们把我的外孙子窦世斌转成城镇户口,行不行?

人家说，房子不要不行，上面查下来交代不过去，公家可以先用着，但房子还是记在您名下。外孙子转户口不难，现时没有农转非指标，先来油米厂亦工亦农，来了指标立马转。这个外孙子窦世斌就是先职的大儿子，小名银舫，去年高中毕业后回乡务农，今年开春没费一点儿周折，进区油米厂当了亦工亦农的工人，每月二十八块钱，全数上交队里，按头等劳力领工分和人头粮。想不到的事，就这么从天上掉下来了。

独梅三个都晓得这件事的来龙去脉，并不觉得惊奇，倒是桃英接着讲了件稀奇事，叫独梅觉得惊诧不已。

"听银舫他舅讲，新堤一个商号的老板，解放那年丢了家产，逃到海外一个么子新加坡去了，兴许跟我们这里麻湖渡边上的刘家坡一样的地方，政府占用了他三进的大院子，前不久，也是搞落实么子'轿民'政策，就是用轿子抬出国的人。"

"二婶，不是'轿民'，是侨民，指住在外国的中国人。"后秀忍不住又笑了，从床上坐起来。

"哦哦，是侨民。政府满世界找这老头儿，在香港找到了，八十多岁的孤老，瘫在孤老院吃救济。新堤街上一个十七八岁的姑娘，摸到了这个底细，跑到香港跟那老头儿结了婚，她拿了结婚证回来，把那院子收到了自己名下，一夜之间，这女娃就这么当了富婆。你们说，稀奇不稀奇？"

"这也没得么子好稀奇的。"独兰早就当了外交官的太太，出过一次国，但过不惯外国的生活，带着三个娃儿回来住在婆家，前些年在粮管所当会计，这些年退职在家带娃儿，见过世面。"外国这种事多了。就像我娃儿爹说的，这世道只怕是要变个大样，外国的那些乌七八糟的事，也传到中国来了。"

"谁说不是啊，新堤街上的男娃，喇叭裤，披肩发，远看是个女的，近看长着胡须，男不男女不女。女娃眉毛剃得像弯豆丝，脸蛋涂得像猴屁股，嘴巴就像个刀砍的血口，我的娃，打死也不让他学这个样！"桃英越扯越远，说着，来了气。

"还有呢，"桃英说起来没个完，"我攒了好些年的布票肥皂票煤油票香烟票，一大堆，舍不得用，一转眼，取消哒，没得用了，你说气不气人。曹家嘴的徐先生，死前给我抽了一个彩头，说我是积积攒攒，攒把雨伞，狂风一吹，一个光杆，还真叫他郎（方言：尊称他）说中了。你们说怪不怪？"

"是啊,怪事一桩又一桩——"三个女人继续说着各种新鲜事,竟然离开娃儿受伤跑题千里之外了。

"秀儿,秀儿,你看这是么家?"光灿跑进来,不叫娘不叫姨,也不叫婶,直奔后秀床头,手里扬着两张纸。

这几天,光灿日夜守护在后秀身边,寸步不离,眼泪流了一摊又一摊。他当天把后秀送进医院,盯住医生给后秀做了手术疗了伤,安顿她躺下之后,去见了他爹,进门一把泪,说塌了天,自己当不成爹了,爹也当不成爷了。少谱问明了前因后果,又心疼又怨恨更是恼火,心疼儿子丢了娃,怨恨儿子没长进,树叶掉下来也能砸破头,更是恼火队办学校,不正经上课,搞什么学工学农学军。他当即给已经进驻窦曾台的工作组长打电话,交代他们调查处理这件事,召开社员大会,根据群众意愿解散队办小学,接着联系县教育局商业局,把儿子媳妇调进县城。刚才,光灿来爹的办公室,拿了调令,叫了他爹的专车,接后秀回家,准备去县里报到。

后秀接过纸张,看了几眼,扔到床铺上。独梅几个都识得字,捡起来传看一遍,都说:"好事,好事啊!"

"要去你去,我不拦你。我回我的窦曾台。"后秀下床,朝窗外望了望,开始整理衣物,准备回家。

"娘,您郎看啦,后秀她——"光灿叫了声娘,扯了独梅的袖子。

"你俩的事,娘不管。"独梅见女儿一口回绝,知道这娃儿话出了口,十头牛也拉不回来,低头帮女儿收拾东西,回绝了光灿。

病房门被推开,世华进来了,挨个儿叫了姨和婶,说:"队里派我来接秀儿姐,车来了。秀儿姐,是回你谢仁口的家,还是回学校?队里来了工作组,今晚开大会,说是讨论学校解散。队上说,要你回家养着,不用参加。"

光灿脸色不好看,推了世华一把,抢先提了后秀收拾好的东西,挽着后秀出门。

门前停着一辆吉普车和一辆农用汽车。后秀挣脱光灿的手,上了农用车,挥手与独兰姨告别。独梅、桃英和世华跟上,挤在驾驶室里。车子发动起来,缓缓驶出医院大门。

光灿从后面追上来,不停地喊"秀儿"。

半路上,后秀对世华说:"晚上的会,我要参加。你想法叫世斌、世刚几个也来,其他一些从我们小学出去的,能叫来的,都来。"

115

窦曾台社员大会一开始就冷了场。原大食堂餐厅改作的会场，高大宽敞，灯光明堂，桌椅齐全，场内人却不多，只来了些男人和从这里毕业出去的年轻人，没有年终分红时那种热闹场面。台上人都知道，窦家白奶奶听广播说工作组下队才得了病，临死前嘱咐大家对工作组要小心，人们进了会场便心存戒备。这回的工作组长，与"四清"时的那个白边眼镜一口汉腔不同，他也戴眼镜，但只有镜片没有框，看上去像没戴镜子，满口本地话，是区里派下来的。他与大队支书曾先炳坐在前面，面对会场上的人，一上来他就定了调调，说夹米厂伤了人，原因出在学校不该开门学工学农，今天就讨论解散学校问题。被撤了贫协主任职务的窦为香听了，拔腿往外走，说你都定了撤销，还讨论个屁。先炳把他拉回来，说上头有条精神，要听取群众意见。为香回头坐下，闷头抽烟。场上一片沉寂。

工作组长推了推没边的眼镜，见没人开腔，直接点名窦先职，"你的娃伤了手，你是受害者，你先说！"

"要是没得这个学校，没得夹米厂，不搞么子开门办学，我娃伤不了手，快撤了吧！"先职说，开了头炮。

没人应答。

曾善明与窦为新坐在后面一个角落里，他用胳膊肘碰碰为新，悄声道："喂，谢仁口后街又热闹起来了。你要是还想到后街逛逛，找娘们儿乐一乐，出来说句话，散了这学校工厂。"见为新袖手不理，自己站起来，说："我曾家这回惨哒，不光孙女受哒伤，老子重外孙也丢哒，都是学校工厂惹的祸，留着没用。窦大爹，你说是不是啊？"把窦为新直接提搂出来。

"那是，那是！"为新躲不过，发话呼应。他二十年前在蚊帐里睡了善明婆娘，答应凡事都要帮衬他，一直不敢忘记。而且，他的一窝孙子孙女都不听他的，全在读书，没一个学手艺，他眼看就断了学艺的根，再说，现在世道上全是些新鲜玩意，他的那些手艺全用不上了，他忌恨这些新玩意，出头说个话，也泄了自己心头的怨气。

善明和为新七十开外，在姑奶奶和白大姑去世后，便是台上最年长的，他俩一发话，引起好多人帮腔。窦家老幺先镐和其他几个手艺人，揽不到活做了，都说散了好。一些家中无娃上学的，也出来应和，散就散了吧。

"雨亭，这学校郎么办起来的，你狗东西不晓得呀？"比窦为新只小两岁的亲兄弟窦为斗站起来，朝先职扯开嗓门叫喊。他腰已弯，背已驼，站不站一样高矮，不见人形，只听声音在会场轰响。"十年前的风雪天，你的二姑娘新兰，肖老大的幺姑娘，还有曾善明的侄孙女，三个女娃从谢仁口放学回来，掉进冰沟里，差点丢了性命，人家先炳救了回来，跟为香他们商量，起心办了这个学，为这，先炳公社的官都不当了，回来当的校长。你家的娃，从银舫往下，哪个不是在这学里发蒙识字？现在个个在外读书办事。你记性叫狗啃去了？就为出这么个意外，就要散了学校，你这是猪嘴啃骨头，猫嘴嚼米糠，都没长眼。"说着，岔了气，俯身直咳嗽，讲不下去。

靠在他身边的窦为圣，连忙拍拍他二哥的驼背，接着说："我二哥说的是大实话！没这学校之前，娃儿们要走三五里去谢仁口，一多半的娃不上学，现如今，台上哪个到了年岁的娃没上学？还把前后李家湾冒堖垴的娃们也带起来了。香二哥老早就说过，没得文盲哒，那才叫真正的翻身。出了这么个事，就散了学，蠢哪！尿过床就不睡觉了？崴了脚就不走路了？没得名堂！"说着，竟走到先职跟前，教训道："老二，不是我当人多的面说你，十年前，大食堂办得好好的，你一闹，闹散哒。今儿的学校也是好好的，你又要把它闹散啦？我晓得，你没这坏心眼，还不是背后有人乱捅咕，你给瞎子当竹竿，犯得着吗？"

白边眼镜瞧见先职不服，涨红了脸，角落里的曾善明气哼哼站起来，眼看就要起冲突，又见会场上议论纷纷，相互争执，明显地形成了两派。他看看身边的先炳，面无表情，不声不响，便站起来，敲敲桌子，叫大家静下来，打打圆场，平息一下气氛，说道："都坐下，莫吵莫吵！不能说学校没干好事，是说要肃清流毒，不正经读书，乱发议论，还有贫下中农管理学校，闹了那些笑话，能管好吗？"

"得，得得，你也不用指桑骂槐，还不如我自己来说。"窦为香披着衬衫，走到前面，朝大伙摆摆手，场上静下来。"我当过贫协主任，队里要我管过学校，出过不少笑话，我不怕丑，说给你们听。原来的识字课本，头篇三个字，人手足，我批过它脱离乡下的实际，明明是脚，偏要说足。乡下人说打赤脚、脚后跟、长脚气，要是见面说您郎打赤足、足后跟、长足气，还不笑掉大牙呀！还有课文，说'房前屋后种瓜种豆'，我说这是在鼓动搞三自一包，种瓜得瓜种豆得豆，这是脱裤子放屁，等于说你娘是你妈，没说一样，屁话。现在看，我没文化，批错了，闹了洋相。"

会场上，有人窃窃私语，暗自发笑。

"有一次，我跟班监课，坐在后排。老师在前面讲台上讲，白居易的诗写得好，说的是大白话，好懂。我站起来问，白居易是哪家的娃，艾家湾还是李家湾的，跟曹家嘴的白家沾不沾亲，来了没有，又闹了个笑话。还有一次，老师讲一首诗，里面有一句话，么子停车坐爱枫林晚。那几天我听收音机里总在说男女做爱，听老师讲到这里，我大喝一声，停，跟屁点大的男娃女娃，讲么鬼做爱不做爱，还停下车做爱，羞不羞啊？老师傻了，差点儿晕过去。我这个洋相出得太大了。"

会场里轰的一声笑开了，几个年轻人笑得直不起腰。

"莫笑，莫笑！"为香一本正经，满脸严肃，转身对无边眼镜说："你说的没错，我承认，外行领导不了内行，贫下中农真的管不好学校。前几天，来我们这里养老的小牤书记说了，过去有些事情确实做错了，要认错。我们乡下人肠子直，错就是错。用丢娃的话说，可但是，这与解散学校有关联吗？把错了的改过来，叫内行来领导，后秀是我们送出去读了大学的，她就是内行，她来领导，学校继续办，不行吗？"

会前，后秀让世华特意叫来了几个从窦曾台小学毕业出去工作或者继续读书的年轻人，他们围坐在一起，听为香这席话，是他们经历过的故事，虽然笑弯了腰，但笑得很沉重。窦先智的三儿子世刚，在区革委会水利组当临干，这时悄悄走到他爹跟前，问我讲两句行吗？他爹白他一眼，说二十多了，有话你就说，问我搞么家。世刚咳了几声，清清嗓子，站到会场中间，滔滔不绝地讲了起来：

"贫下中农没文化，直接管学校是管不好。当年我得了个 A 评的高分，我爹说这是一摊牛屎，把我好一顿打。不过，我要说的是，贫下中农虽然没文化，但是他们的生活创造了文化，他们就是文化的源泉。他们战天斗地的实践活动，勤劳纯朴善良的品行，潜移默化到我们身上，将整整影响我们一生。从这个意义上讲，他们就是在管理学校，没有错。在这里，我们不仅仅只是识字读书，还学工学农学军，保持了工农兵的本色，不管走多远，与父老乡亲贴着心。而且，出了学校门，我们知工知农知兵，干工作一上手就会，比起读死书死读书，离开书本三不知、四体不勤、五谷不分，要强得多。这有么子不好呢？当然，也要改变贫下中农管理学校的方式方法，纠正不重视书本知识、忽视基础理论这些错误，改过来，学校就可以越

118

办越好。"

场上的人们静静地听，没人打岔。先智嘴角挂了笑，心里说，平时一棍子打不出个屁来，这回像换了个人一样，还一套套的但是而且，比老子强。

世刚回到座位上，后秀拖着虚弱的身子，两手撑在桌子上，不紧不慢地说："学校出了事，我是校长，我有责任，伤了娃，向先职二爹赔不是。"说着，要走过去给先职鞠个躬。

世华赶上前，扶住她，按回到凳子上，趁机说："我是班主任，我带的班，责任在我，没有校长的事。校长救了娃。"

后秀坐下，喘喘气，说："窦曾台小学办了十年，前前后后，加上别的村的娃，从这里毕业的有二百挂零，我算了算，出了大学生六个，高中生三十几个，初中生一百多个。这些人当中，当干部或者像世刚这样的临干七八个，当工人、老师、医生、营业员这一类的二十几个，还不算世斌这样亦工亦农的，其余回了农村，大多数在开机器做农技员和当赤脚医生。队里推荐我上学时，香二爹和乡亲们在汽车站送我，说你不是一个人去上学，是带着全台上的娃儿上学，回来要把这一茬的娃儿都变个样。可以说，原先的娃儿都变了样，学校培养了一代新型农民。您郎们说说看，这样的学校要不要撤？"

后秀停下来，抚胸平平气息，接着讲："再说，这次伤了娃，不是学工学农学错了，恰恰是学得不够。要是早一点儿教学生用电的常识，肖大爷的孙子也就不会去乱按了。刚才圣二爹说，崴了脚，路还要照样走，是这个理，有个成语叫作不能因噎废食，把卡了喉咙的刺取出来，再吃饭就不会噎着了。"

后秀气喘吁吁，想讲也讲不下去了。

"我来讲两句！"世斌径直走到场中，也不管人家让不让他讲，自顾自讲开了："我家小妹受了伤，怪不得学校工厂，也没由头扯上解散学校。我爹气急了说的话，您郎们也别当真。"扬头望了一眼他爹，没见到反应，大着胆子继续说："有人说，学校就该关门读书，不发议论，两耳不闻窗外事，那不把人读傻了。"他暗指刚才无边眼镜说的话，轻轻回头瞄了瞄无边眼镜，也没反应，更来了劲头。"学校不能离开社会实践，应该多看看窗外事，培养独立思考能力。我小哥，窦世豪，您郎们看着长大的那个劣包娃，老早就跟我说过，读活书是个活人，读死书就是个死人。"

世斌在窦家长房世字辈排老三,称世强为大哥,世豪为小哥,他打小崇拜世豪,经常搬出小哥来说事。这时扯出窦世豪这个劣包,会上的人张嘴瞪眼,只有后秀脸上泛出红润,笑嘻嘻望着他。

"我小哥跟我讲过一篇文章,叫作《子产不毁乡校》,说的是两千多年前,乡下办了学校,人们早晚干完活,来这里读书写字议论国事家事,有当官的人要毁了它,一个叫子产的贤人说,这有么子不好呢,听听这些议论,可以当成良药啊。当官的听进去了,乡校保留下来。千年前的古人,都晓得乡校毁不得,说古学古,今儿台上的学校,照样撤不得。"

瞪眼张嘴的人们,以为世斌抬出小哥能说出么子稀奇事来,结果搬出了一段古书,大失所望。肖老大领头起哄:"你这娃儿,扯甩么(方言:很,非常)远,古人的话要听,毛家爹爹的话更要听! 你就说,毛家爹爹在世的时候,说没说把生产队办的小学撤了? 我们听毛家爹爹的。"

世斌答不上来,回到座位上问他的那些同伴。

这边无边眼镜急了,说:"你看看,不是开过批判会了吗,你郎么还在搞僵化?"

"老子管它么子'姜化蒜化',反正毛家爹爹说了算!"肖老大、光棍周和为斗、为圣这些老农,一起出来吆喝。

世斌世刚和后秀几个头碰头,没想出毛主席是不是说了这话,被催急了,硬着头皮说:"没说过!"

"那还讨论个鬼呀! 毛家爹爹没说撤,你们瞎吵吵个屁呀? 不撤!"这几个老农像是讨到皇帝的圣旨,心里底气十足,亮出了态度。

"不撤,不撤!"场上一片呼声。

支书曾先炳见火候到了,起身挥挥手,走到桌前,说道:"不管古人还是哪个人郎么说,在窦曾台这个小地方,还是应该听父老乡亲们的,不是在讲么子真理标准吗? 真理应该在大多数群众手里,群众拥护、高兴、喜欢的,我们就坚持。要是散了学校,台上的小娃上不了学,方圆几里的娃儿们也失了学,这一代人又成了文盲,乡亲们便不拥护,不高兴,不喜欢,所以呀,学校就不要撤了。但可是,今后学校郎么个搞法,也要纠正错误,再也莫闹出香二爹讲的那些洋相,也不能再出机器伤人的事故。您郎们说,这样好不好? 行不行?"

"好!""行!"一片响应,分不出谁的声音。随后,一阵拖凳挪椅的响声,有人要起身走人。

"等一等，会没完呢！"先炳回到桌后坐下，对无边眼镜说："群众就这个态度，您都看到了。是不是您给洪书记汇个报，学校暂不撤，办办再看？"

无边眼镜站起身，捏捏鼻梁，有点儿激动，喝了口水，大声说："窦曾台的乡亲们，我早就听说了，白家奶奶讲过工作组来了没好事的那个话，用先炳书记话说，可但是，工作组并不都是来整群众的，土改的工作组，您郎们不是也喜欢吗？开了这个会，听了你们的话，我想起一句老话，群众是真正的英雄，我们往往幼稚可笑，坐在办公室里，眼不清心不明，我惭愧呀！不多说了，回头我向上面如实汇报，学校不撤了！"

坐着站着的人们，齐声叫好。那些年轻人鼓起掌来，不习惯鼓掌的窦曾台人，也跟着拍起了巴掌。

会场上的灯灭了，为香几个最后离场。先尧问先智："风亭哥，您今儿郎么一声不吭啦？"

先智说："你看那些年轻娃们，个个有板眼，哪还用得着我说呀！"

先炳说："有没得文化，就是不一样！人从书里乖，可惜我们早出世了几十年。"

为香说："有了这帮娃，农民才算真的翻身了。个老子死也瞑目了！"

九、洪少谱说，群众就是群鸭子，往哪里赶它就往哪里走

　　一场纷争结束了，学校和队办工厂保留下来，窦曾台恢复了平静。

　　有钱难买五月旱，六月连阴吃饱饭。连着旱了几十天的五月过去了，进入六月，日头就是不露脸，窦曾台人暗自欢喜，今年又有个好收成。

　　小卖部里，窦先智转过柜台上的一只小座钟看了看，下午两点刚过，到了上工的时候，小卖部冷清下来。

　　这个小卖部越来越红火。从前两年开始，乡下初一十五放假，农民每月有了两天的假日，这一天和每天早晚及午休时节，这里人来人往，买卖活跃，供销两旺。取消了各种票证，供销社送来的香烟肥皂和衣衫鞋帽等日用品，随便买，乡下人没见过的塑料制品化纤衣服也露了面，抢着买。农民自产的蘑菇木耳腌菜等干货，自编的盆筐等竹藤器物，这里代购，供销社定时收了去。这些买卖，便利得像模自己的裤裆，不必交现钱，记个账就行，欠条也不用写，年底分红一并结清。

　　前些时，小卖部开辟了几个新项目。刚装上的电话机，本公社内不收钱，出公社算长途，接通后"嘀嗒"一响，先智按下计时器，一分钟三分钱。打电话的人嘴上说话，眼睛盯着跳动的数字，少了许多啰唆。有人叹息，姑奶奶死早了，要是来这里打几次电话，也不会把絮壳子嘴带到坟墓里去。

再一个是收发信件,这里装了个邮箱,先智卖邮票,八分起价,十分二十分的也有,发个挂号信,多贴几张。外面寄了信来,装在墙上的一排布袋上,露出收信人地址姓名,看准了,随手拿去。公社邮递员每天来一次,又收又发。有了火急火燎的事,要发个电报,不必跑到街上去,先智有一沓沓的发报收报单,发报人照单填写,先智用电话报给公社邮电所,人家几分钟便发出去了。来了电报,邮电所用电话传来,先智在收报单上记下来,差人送上门。

近日来,先智别出心裁地办起了代销。谁家的亲戚朋友送了吃的用的,自己舍不得吃用的,还有自家多余的东西,都可以送到小卖部议价代销,一个愿卖一个愿买就成交。肖老大的几个儿子媳妇能干,收入高,买了新衣新鞋帽,用一两次,又换了新的,便把替下来的送来代销。有工作的丢狗子曾后道和亦工亦农的窦世斌这样的,单位发了福利用品,也送些来摆在柜台上。先智远在旅大市的二儿媳妇萧洁,转业分配在市化轻公司,专门经销化工轻工产品,有厂家给公司送了新产品尼龙蚊帐试用,旅大市那里没蚊子,很少用蚊帐,她邮了两顶来,玉珍舍不得用,也送到这换个零花钱。这东西小巧玲珑,两手捧住,不见头尾,摊开了,比床大,很快就卖出去一顶,另一顶也叫人预定了,没拿走,摆在柜台里。

台上人说,这小卖部实在是便利,就像吧嗒一下嘴巴。

事情多了,先智忙不过来,队里安排曾家一个被拖拉机压伤了脚的跛子,还有一个姓柳的得了茄病(注:子宫脱落)的老女人,一起在这里当营业员,照顾她们在队里领个平均工分。手下有了两个兵,先智又当上了领导干部。

先智见清闲下来,叫上那两个一跛一病的兵,一起到仓库盘点货物,门口有人叫大伯,出来见了,是窦为斗的大孙子燕舫,队长的侄儿。他从台上小学毕业后,死活不愿上中学,在公社塑料厂当了亦工亦农的临时工,此时工厂停工待料,没活干,他闲不住,从夏强德小孙子那里赊购了一批南来的稀奇货,用一个人造革提包装了,提到小卖部来代销。

燕舫把提包甩到柜台上,打开拉链,掏出一块块香皂,顿时满屋飘香,好闻极了。先智问,搞么名堂?哪来的?燕舫答,哪来的您郎不管,只管替我代销,有您郎的好处。再不多说,扭头就走。

先智把一块香皂掂在手里,看了看包装纸,上面一个卷发洋女人甜甜地笑着,高耸的前胸有"力士"两个字,其他全是外国字,从未见过。近期常有人走村串户,卖些稀奇古怪的东西,乡下人疯抢,政府却前堵后抓,见一个抓一个,说是打击投机倒把。他不托底,拿了香皂来隔壁见刘小牯。

小牯翻前转后仔细看过,说:"这是外国货,现在有个大政策,叫对外开放,国内没有外国有的好东西,老百姓需要,通过各种门道涌到国内来了,北京、上海、武汉这些大城市已经公开在卖,乡下买不到,有人贩了来,当地政府却不让卖,说是投机倒把。我看这罪名站不住脚,稀有为贵,调余补缺,群众又喜欢这些东西,哪能堵得住!早晚得改,用不了多久,就会合理合法地买卖。不过,眼下不行,你不能替人代销这来路不明的东西,先放起来,等来了新政策再说。"

"就是说,群众满意喜欢的事,总有一天行得通。好,听您的,我先收起来。"先智心里放踏实了。

小牯点点头,问台上最近有什么新鲜事。先智讲了学生娃受伤,先职光灿闹事,队里开大会留住了学校的经过。小牯感叹道:"这些年轻娃儿了不得,希望在他们那里。我们有些干部嘴上说群众是真正的英雄,其实心里不信,只有真正站到群众里面去,不由你不信啊!"

"不好了,不好了!吵起来了!"三个女娃一起闯进门来,拉起先智往外拖。

先智定眼一看,是宝兰、红兰、香兰,三个弟弟的女娃。

当年白牯牛沉潭后,徐先生有话,从此窦家旺男不旺女,曾家旺女不旺男,几十年过去,应了这话。姑奶奶活着时问徐先生,有没得么子解法,徐先生说,除非您郎死后葬在窦家祖坟,归宗续根。姑奶奶信了,告诉窦、曾两家人,自己死后就这么安葬。果不其然,一九六五年姑奶奶死后,葬进先智菜园旁的窦家祖坟,此后,窦家的女娃旱地拔葱似的长出来一大截儿,个个水灵,同时,曾家男娃雨后春笋般地往外冒,活蹦乱跳。窦为新四个儿子的十五个娃,竟有九个是女娃。

先智问出了么子事,三个女娃说,本家爷爷爹爹伯伯叔叔在吵架,您去看了就晓得了。她们中有两个在本队学校上学,放了暑假,正凑在一起写作业,下了学的红兰陪在边上看,有人来报信,便一同来找大伯去赶交(方言:劝架调解)。先智回到小卖部,把那块力士香皂放进提包,吩咐他的那两个兵收好,不要卖,问明白在哪儿吵架,跑出门。三个女娃没有离开,扒开提包看稀奇,闻香味。

先智一路小跑,来到跃进河边一片秧田前,果然是窦家两代人在吵架,吵成一团糟,难解难分。

一个多月前,这里近千亩杂交水稻,经过县农科所车教授指点,祛除了条斑病,顺利度过抽穗灌浆,到了壮籽饱粒的时候。鱼白色的稻穗,从叶柄中挺拔了腰身,与叶尖并头而立,吸吮着根须送来的肥水,一天天壮实筋骨,鼓出浑圆的肚皮。过不了几天,这些成熟的稻穗,将披上金黄色的新衣,默默地低下头,向养育它的土地深深鞠躬,那青绿的叶子骄傲地向着天,吹嘘一阵之后变黄变枯,一同等待农人的收割。

夏日的清风拂过,稻穗像初孕的少妇悄无声息,稻叶婆娑也并不喧哗,田间一片肃静,田埂上的吵闹仍然没完没了。

田埂边,一条水沟蜿蜒而过,沟坎上,一台抽水泵熄了火,泵前泵后各一条水管,分别伸向稻田和沟里。田埂上站着窦为斗、窦先觉,沟坎上站着窦为圣和先职、先镐。他们赤脚光膀,手里拄着铁锹,隔空嚷叫。水泵边蹲着窦为新,没事似的眯眼抽烟。开水泵的异姓小伙,手里握着电门钥匙,无可奈何地望着窦家人无休止的争吵。

"大哥,你来评评理,这水放不得!"老二先职见先智走近了,放声朝大哥一声喊。

"大哥,再不排水,稻谷瘪了,一年白忙活。"老三先觉毫不示弱。

"一屋姓窦的人,吃饱了没事干,没事找事,也不怕别个笑话!"窦为新冷冷地说。

先智这边问几句,那边问几句,弄清了,原来为了稻田是放水还是排水,起了冲突,与窦家家务事不沾边。

一九七六年之后,窦曾台停了大寨式评比工分,自行搞起了桩号到人、联产计酬的家庭承包责任制,挨了洪少谱的批,顶不住,改为联产到组,延续至今。队里家业大了,门类多了,全队劳力分成六个组:农田、工厂、机械、水产、林木、杂工,各组包工定量定额,年终全队平衡,算出人均基本收入,在这个基础上,各组超额有奖。窦为斗和先觉分在农田组,活重收入高。窦为圣和先职、先镐入了水产组,年收入与定额挂钩,起伏挺大。先智与其他需要照顾的零散人员,划在杂工组,活路轻散,只拿平均工分,相对稳定。

农田组管种田,庄稼地的收成是他们一年的指望,种水稻又是大头儿,减产就要砸饭碗。现在水稻到了壮籽的时节,急需排水晒田。今天过了午休,为圣带先觉来挖田埂,往田外的沟里排水,让为圣看到了,连忙叫来先职、先镐兄弟,堵上了被挖开的豁口,还让开水泵的小伙从沟里抽水灌田,田里养了鱼。

近年来,先职的剃头生意做不下去了。年轻男娃蓄长发,飞机头蚌壳头卷曲头,一堆奇形怪状,女娃剪了辫子,烫了的长发一会儿卷起来,一会儿拉直。先职不会理这些新发型,人家上街理,不再找他。先镐的裁缝手艺更没用处,他会的列宁装学生装春装,人家不穿了,穿T恤超短裙牛仔衣喇叭裤,有现成的卖,谁还来理他。两人无奈,丢了手艺,年岁不大,又不会地里的活,便入了水产组,跟着三爹学捞鱼捉虾。近年开始稻田养鱼,收入比他们做手艺高出好多。前不久,他们给这几块稻田放了鲫鱼、白鲷、土憨巴和泥鳅、鳝鱼苗,现在正是鱼儿肥肚的时候,排了水,岂不成了鱼干,年底收入哪来指望,打死也不让排水,反倒要往稻田灌水。

"风亭,我种了一生的田,不管种么子稻,一个理,寸水返青,浅水分蘖,深水抽穗、干田壮籽,不排水,就是一田瘪谷。他们的鱼苗放晚了,怪不得别个。"为斗驼了背,竭力挺起胸,要争个高下。

"二哥,话不能这么说,敲锣卖糖,各干一行,各有各的行道。鱼儿产籽,四鲤五鲫六泥鳅,不到五月,哪来鲫鱼苗? 鱼长三伏猪长秋,现在伏里,鱼儿天天见长,十天不脱水,一月长三倍,先灌了水,你们晚几天排水,能坏到哪里去?"为圣农田活不精,水里的活条条是道,对亲哥亲侄也一步不让。

"不行,不行!"

"就要排!"

"就要灌!"

先智犯了愁,两边都是自己的叔叔弟弟,说的都有理,真是卖棺材的盼死人,卖草药的盼病人,一条冲担(注:挑担稻麦棡的农具)两头尖,各自挑理不靠边。他知道自己在窦家人中的分量,平常判个是非曲直也不难,可这回真不知向着谁。他想起了支书曾先炳,这伙计有心眼儿,犯难的事准能摆平,他在就好了。

想谁牵谁的腿,曾先炳真的来了,后面跟着为香。他俩听台上人说,窦家人稻田里吵翻了天,瓢里煮葫芦,自己蒸(争)自己,不约而同赶了来。两人听这两帮人各说各话,也挠了头。

这时,工作组无边眼镜陪着洪少谱到了。少谱坐镇谢仁口公社,亲自抓这个"重灾区",今天来窦曾台听取撤销队办学校工厂的汇报,得知大多数群众反对,又是那个惹不起的儿媳妇挑的头儿,忍住肝火,默认下来,刚听说了稻田吵架,来现场看看。

少谱站在沟边水泵旁,不再往稻田走,也不与为斗他们打招呼,只叫先炳过来汇报情况。十年前,他被打倒靠边站时,曾在窦曾台参加过学习班,后又主动要求住队改造,田边这几个老农原本都认识,现在不知是忘了还是装作不认识,没了往日见人点头遇事哈腰的旧模样,听先炳说了一半,不太耐烦,掏出白晃晃的小梳子拢拢大背头,又用手帕擦了额头,黑皮凉鞋在草地上蹭了蹭沾上的泥,说:"为一点儿小利小惠,争得忘了姓什么,狭隘,自私,这就是小生产者的劣根性。你们自己处理吧!"说完,他望了望不远处公路上停着的他的吉普车,朝前走了几步,回头对跟上来的白边眼镜和曾先灿,用教训的口吻说:

"对群众中的这种纠纷,要学会处理。两只鸡打架,丢把米,它去抢吃的,散了。两头牛打架,放把火,它怕,跑开了。这两招不行,还有第三招,两只鸭子在独木板上走了个对头,谁也不让谁,别给它们去评理,直接抽了木板,都掉到水里,它自在了,还打吗? 我看对窦家人这番吵闹,要用第三招,把木板抽了。你们现在搞的包产到组,就是这块木板,相当于大锅饭,在一个锅里吃,能不吵不争吗? 把这木板一抽,打破了大锅饭,各顾各的,谁吵? 所以呀,要提倡搞大包干,各家各户自己过日子,他还吵得起来吗? 先给你们透个风,有的生产队已经分田了,上面允许试。"

"大包干不就是单干嘛! 要是搞单干,窦曾台大多数群众肯定不答应。"这话从区委书记嘴里说出来:先炳心头一紧,立即表明了态度。

"洪书记,我下来这么几天,看得出来,窦曾台群众心里都有杆秤,遇事称得出轻重,只怕——"无边眼镜试探着说。

"只怕什么? 你是不是还想说群众是真正的英雄?"少谱截住无边眼镜后头的话。"那是书上的,说给别人听的。告诉你吧,群众就是群鸭子,你往哪里赶它就往哪里走! 诀窍是看我们怎么引导,窦曾台那年搞什么桩号到人,群众都说好,后来不也说散就散了!"

窦先智离得不远，听到了洪少谱这几句话，几步迈过来，直呼其名："洪少谱，三年前的屁话，你又搬出来了？东一榔头，西一斧头，你摇来摆去，还说得出来？脸皮比鞋底厚，锥子也扎不出血来！"

窦曾台那年搞桩号到人，须从"不见天"说起。

"不见天"是个三十来岁的外姓大小伙，小时随父母迁来落户，大了分家单独过，是台上出了名的大懒虫。他长一双眯眯眼，撑不开眼皮，好像总是在睡觉，白天下地转一圈，回家倒在床上便起不来，一到夜晚来了精神，跑出村子打牌赌博、偷鸡摸狗，人们叫他"不见天"。村里拿他没办法，派出所抓了放、放了抓，也治不了他。

台上姑娘没人看得上他，二十大几打着光棍儿。有一年，台上来了个烧平窑砖瓦的河南师傅，带了个没出嫁的女娃，台上好心人撮合他俩成了家。没想到，这女娃比他还懒，长相跟他差不多，很难看到她眼珠子，人们便叫她"天不亮"。

那几年，台上搞大寨式评比工分，每到评分分红时，他俩总是最低分，可人家不在乎，只要一个基本口粮，要是不给，两口子发誓赌咒明早就改，过了明早，还是原样。有几次队里断了他俩的口粮，他俩到了吃饭时坐在队长家不走，直到抹了嘴上的油水才离开。他家很少开火做饭，东家西家菜园子里逛一圈，在人家门前晒了吃的竹帘边一晃，便饱了肚子。《窦曾台民约碑》上有古训："瓜果菜可明取不可暗盗。"眼见他俩明目张胆拿走吃的，队干部逼得他俩能随社员下地干活，他俩东逛逛，西看看，不是尿急便是拉稀，蹲在茅坑不出来，有时干脆找个阴凉地，斗笠扣在头上睡大觉，蚂蚁爬上身也醒不过来。

队里开了他俩的批评会，他一百个字喊改，好个三五天，又是老样子。再升级开他的批斗会，他竟学着《社会主义好》歌曲的调子，唱了起来：

> 大锅饭好，
> 大锅饭好！
> 大锅饭里人人吃得饱。
> 干得多不如干得少，
> 脸皮厚的拖着尾巴满地跑。

在他俩的影响下，少数人的心晃动起来，觉得干的不如看的，看的不如捣蛋的，公社好是好，能干的人却讨不到好，开始计较私利，"公家死头牛，大家不发愁；私人死个鸡，嘴巴磨破皮。"窦为圣当时编了顺口溜，讽刺说：

出工出了怪，
妇女带双鞋(音hái)，
青年带副牌，
老人带刀砍私柴，
盼着钟响一起捱。
你说怪不怪！

为斗和肖老大、光棍周这些老农看不下去，找到队长和为香，叫他们快拿主意，光嘴上搞教育不行，赶紧弄出硬杠杠来，让偷懒的人混不下去。为香几个与先炳头碰头膝靠膝合计了几次，定下来搞责任制，只包旱田不包水田，旱田也不全包，只包一段，统一播种后，每个劳力包一块田的管理和收割，插牌子标上姓名，定出产量，超产有奖，叫作桩号到人。

作了这个决定，他们自己吓了一跳，这种搞法，就是三年困难时期别的队搞的桩号到人，后来被批判为"三自一包"，当时窦曾台顶住不搞，现在拾人牙慧，会不会犯错误？再挨批值不值？他们开社员大会征求意见，大家都说可得。但为香还是不放心，说不声张，偷着搞，惹出祸来我背着，就像先智当年为瞒产私藏背黑锅那样，我一个贫协主任，也不能把我怎么了。大家默认了。曾先炳提前想好了一个应对办法，也点了头。

女人们各自包了一段棉花田，长有里把路，宽有三丈多，每人也就管八九行棉花地。"天不亮"承包的这块棉田，与先觉媳妇栓哥靠在一起，田头插了写有姓名的牌子，刚开始下地锄草施肥，各干各的，她不敢偷懒，咬牙坚持了几天，后来的掐尖儿打药这些重体力活，她不干了，向她男人"不见天"叫苦耍泼。她男人想了个损招，把她的牌子挪过去四五尺，只干靠边的四五尺棉田的活，靠栓哥的那一半撂在那里。栓哥不知是有意还是不在意，顺便把她撂下的活捎带着干了。棉花炸了桃，到了摘花的时候，

"不见天"把牌子插回原处，两口子偷懒睡了两天，下地来摘花，见到一半的棉花被人摘去了，一打听，玉珍几妯娌帮栓哥摘了去，送到队里过了秤，领了超产奖的棉花。

"不见天"两口子并不气恼，越过小队大队，直接到公社检举，说窦先智的婆娘伙同几妯娌偷了公家棉花，往后集体的活干了也白搭，不如回家睡觉。正在公社检查工作的洪少谱知道了，想起"四清"运动时，也是这几妯娌偷公家的粉条，上街打锣游街示众，本该丢人现眼的，却让窦先智借机蹦出来骂大街，不但没出丑，反而挣回了面子，这次决不能轻易放过，好好杀一杀那铳气的锐气，挫挫他鸡头苞的刺，同时狠狠教训教训曾先炳、窦为香这几个总是跟自己扭着劲的家伙。便带了公社大队干部，来窦曾台召集小队干部开会作处理，特地叫来已不是干部的窦先智到会，想当场收拾他几个。

小队干部实话实说，人家哪是偷啊，承包地超产得了奖，这下不打紧，暴露了桩号到人搞承包的真相。少谱没抓到窦先智屋里的过错，反而揪住了队干部的尾巴，顿时，耳朵竖起来，血涌上来，攒足了劲。

此时的洪少谱，正处在观风向看势头的当口上。在区社干部中，他历来是个特立独行的人物。出身贫寒，刘小牯从路边捡来参加了革命，没有任何家族背景倚靠，从不巴结人，上面没有靠山，对下不分亲疏，没有自己的小圈子，对自己看得也紧，贪、嫖、赌不沾边，没有小辫子抓。唯一的缺陷是好面子好儿子，但这两好藏得很深很深，除了"文革"中与窦世豪在牛栏里摸黑说过，再没与人提起，几乎没人看得出来。在他人眼中，少谱过得硬，挑不出毛病。那么，他凭什么在险恶的仕途上混，很少失手呢？凭他独自悟出来的"鸭子站位"理论。政治运动来了，什么时候跟风，什么时候转向，看得准，拿捏得住火候。一九五八年"大跃进"刚兴起，他趁势而上，与区委书记刘小牯拉开距离，全身抖擞放卫星。自然灾害来了，整顿调整，他一个漂亮转身，领先泄气，鼓动是骡子是马，都拉出来遛，搞起了桩号到人的承包和分田到户的单干。"四清"运动大念阶级斗争的经，他又成了大红人，铆足劲整治所谓的"四不清"干部。接下来，他摔了一大跤，栽了跟头，被打倒，靠边站。冷清了几年，靠忍辱负重装老实，才重新站起来，官复了原职。从此，他把站位理论运用得炉火纯青，算计得更精准，再也没有失过足。九大过后，恢复了党组织生活，运动似乎要收尾了，但他认定运动没完,早着呢,继续当左派,敢与刘小牯叫板,查处窦曾台破坏以粮为纲,差点儿抓了那几个倒霉蛋。批资产阶级法权、割资本主义尾巴的风声刚起来,他支持砍掉自留地,碰上了窦先智这个铳气挥耙护园,碰了个硬钉子,他告到刘小牯那里,碰了个软钉子,这才罢了手。安定团结搞整顿,他一时没看清,收往手脚,没动声色。当前,反翻案风露了头,他感到来势不小,趁着风头赶紧当领头鸭子下水,正好碰上窦曾台顶风上,竟然搞起了桩号到人的老一套,轻一点儿看,是复旧,往重处说,就是"右倾"翻案,为单干招魂。洪少谱打定主意,不再纠缠玉珍、栓哥她们偷不偷棉花的小事,拿队干部开刀,粉碎这股歪风。

"说说看,怎么回事? 现在正是学理论、反翻案的时候,你们竟敢搞插桩到人那一套! 谁的主意? 谁牵的头? 有没有人指使?"少谱锐利的目光,挨个儿从先炳、为香和队长先尧身上扫过,碰了一下先智,越过去了,他既不是党员,也不是干部,先不搭理他。"你们几个队干部,一个个老实说。"

"洪书记,群众对吃大锅饭、搞平均主义有意见,为了治懒,治一治出工不出力的人,用了这么个办法,只是试一试。"队长窦先尧"四清"时入的党,没见过大阵势,说了实话。

"我牵的头,我指使的。虽说我只是个贫协主任,却也算个老家伙,他们不听我的不行。有错,我担着,朝我来!"为香早有思想准备,准备一肩担下来。一九五九年瞒产,先智扛了,一九六九年少种麦子多种豆,大伙儿一起临时设法应对过去了,这次跑不脱,轮到自己出来顶锅。

"嗯,嘴壳子不软! 老家伙犯了新错误,更不能原谅!"少谱话不重,不怒自威,窦为香这个冒大胆,一九五九年在大会上就敢顶撞他这个公社书记,先别弄火了他,搞得自己下不了台。

"少谱书记同志,"先炳用了一句乡下人很少用的称呼。他女儿后秀去年嫁给了少谱的儿子,两人成了亲家,自己虽说是下级,但也不能失了女方亲家的身份。"要说谁的主意,谁的指使,应该记在你的头上。一九五九年抗灾救灾电话会上,你亲口讲的,是骡子是马都拉出来遛,插桩到人,包产到户,都可以试。你没忘吧? 他们问过我,我说,洪书记早就讲了,你们怕么家! 他们就是按你的意思搞的呀!"

少谱没忘自己说过这话,也办过这事,但这时候叫亲家揭出老底,面子往哪搁? 他绝对不能在社队干部面前丢了面子! 脸上青一阵白一阵,忍了一会儿,掏出梳子梳了头发,说:"过去十年了,有这事?"

先炳从兜里掏出一个发黄的小本本,翻开几页,摊到少谱面前,不愠不火,不紧不慢地说:"你看看,上面记着呢。"

"那会我在场,你洪少谱亲口讲的,我作证。"为香老资格,对少谱直呼其名。

"你们几个放尊重点!"公社书记把小本本夺过来,也不看,合上,塞给先炳,出来打圆场。"过去的事,提它干什么! 要承认,你们搞插桩到人搞错了,错了要认错,按洪书记指示办。"

少谱借坡下驴,"错得不轻! 这是个大是大非问题、路线问题、方向问题,立即纠正,回到公社'一大二公'的正确道路上来。纠正了,可以不追究,要是再敢阳奉阴违,全部撤职查办。我今天说一就是一,说二就是二,不跟你们含糊。"后几句,加重了语气,挣足了面子。

"'一大二公'也不能多干少干一个样啊! 大锅饭可以干着吃,不能像'不见天'那样躺着吃。群众的意见,未必不听啦?"为香先炳硬着头皮辩解。

"别给我说什么群众不群众,群众是什么? 就是一群鸭子,往哪儿赶它就往哪儿走! 诀窍在于引导。他们'嘎嘎'叫几声,我们当干部的就昏头了?那怎么行! 明天就停了插桩到人,改成记日工分红,别再啰唆!"少谱斩钉截铁,不容分辩。

"不管你们爱不爱听,我一个群众说两句。"被叫来开哑巴会的窦先智,再也忍不住,干咳了两声,凑近少谱,说:"洪大书记,说句不该的话,你就像块发霉的豆腐,干了能吃,煮了能吃,臭了也能吃。搞包干是你,搞大锅饭是你,东搞西搞都有理,未必道理是你们家私养的呀? 台上成百上千的人,都不如你,都不听,就听你一个人的? 见鬼了!"说完,拍屁股便走,也不管后面的人再说什么。

不过,他走出几步后,还是听到了:"铳气就是个铳气!"洪少谱无可奈何地怨叹。

就这样,桩号到人的承包取消了。但是,窦曾台并没有恢复到日工记分和评比工分的老办法上去,摸摸索索,搞了个包工到组的新套路,体现了公平效益两头兼顾,群众都满意。三年下来,没出大问题,哪知这次在稻田排水灌水上的争吵,暴露出集体内部的利益冲突,引出了洪少谱的那套老话。

洪少谱见窦先智从后面赶过来,朝自己吼了这几句,眼前又有工作组人员,面子上实在挂不住,便转身朝他迎上去,立脚叉腰,想厉声教训他一顿,可回想与这人打了几十年交道,这家伙就是个鸡头苞、臭石头,油盐不进,软硬不吃,犯不着在他面前丢面子,掏出手帕擦擦额头的汗,说:"窦先智,你只管看住你的小卖部,队里的事,共产党的事,没你说话的份儿!还有,看好你家娃,别耽搁了他们。"

"嘿!路不平,旁人还踩几脚呢!何况我还是个社员,凭么子说不得?"先智不傻,听出少谱后几句话里带刺,明显的威胁,但他不怕,也没想太多,直不隆咚顶上去。

先炳连忙插在他两人中间,防止冲突升级。

"洪书记,您先回吧,这里的事,我来处理,落实您的指示。"无边眼镜扯扯少谱的袖子,拉他去公路边上车。

先炳和先智回到田埂上。

"二爹,三爹,您郎们是长辈,不该我这晚辈来说三道四。还有你们这几弟兄,吵得没名堂!一家人好说好商量不行啊?但可是,话说回来,您郎们争的并不全是自个儿的好处,还是在争组里的利益,算是小集体利益,也不是么子大错,舌头碰了牙齿,都在一个嘴里含着。这下好了,让洪少谱抓到了嚼头,他要我们散了集体,各自单干。说是两只鸭子在一块板上争,不如拆了板子,都掉到水里,自个儿游,就是要散伙啊!洪少谱敢说这个话,准是听到了上头的、外面的风声,他又要转舵了。"先炳说。

"啊?"为斗、为圣目瞪口呆,半天合不拢嘴。这两个老农,从旧社会过来,土改分了田地,搞了几年单干,还是受穷,入了合作社,进了人民公社,日子才好起来。集体是他们的依靠,散了集体,往后的日子怎么过啊?

先职几弟兄停了争吵,挂着锹,不知如何是好。

"洪少谱是什么人啊?人精一个,轴承脖子弹簧腰,灵着呢,八成是政策要变了。"先智听了先炳的话,回过味儿来。

"那还有么子好争的?要是集体保不住了,排不排水,还有屁用。"为香说。

"不争了,不争了!二哥,这个组那个组,都在生产队,田也好鱼也好,都是公家的,没得么子争头,只要肉烂在锅里,谁喝都是喝。那就放水晒田,救稻子要紧。"为圣丢下锹,下稻田来拉他二哥上田埂。

"哪个说不是啊,左裤腿右裤腿,还不是连着一个裤裆,裤裆没得哒,还穿么屁裤子!老三,灌水吧,先救鱼,鱼的收入高,晚些排水晒田,兴许损失不大。"为斗拉着为圣的手,爬上田埂,兄弟俩站在一起。

"老二,老三,这时才晓得没争头啊?小时候,叫你俩学手艺,不听,要是学了艺,也——"为新慢吞吞从水泵旁走过来,开导他的两个弟弟,说到这,看了看自己学了艺的两个儿子,光脚一腿泥,咬住了舌头。

为斗、为圣心里说:"要是学了艺,跟你的俩儿子一个样。"但不想让他哥难堪,双双看了他哥一眼,没搭腔。

送走洪少谱之后,无边眼镜回来了。他见窦家兄弟们站在一起,互相退让,心想:"就算群众是群鸭子,也不是谁都可以赶得动的。"

"两个爹爹呀,要是早这么让,就不会给人家留下话把儿呀!但可是,集体不是哪个说散就散了的,台上的事,还得由台上的人说了算。小牯书记不是说了吗,再难的事,交给群众就有办法。"先炳摸着后脑勺想了想,"这当口,稻也好,鱼也好,都是集体的,两头都不能丢。眼下有个办法,把水沟两头堵起来,把稻田里的鱼放进沟里,先排水晒田,等到收了稻谷,再把鱼放回田里,养到立冬,捞了分红,稻田也正好沤肥养地气,一举三得,都不耽误。"

"你这娃呀,早说不就没这事了!"为斗、为圣都说行。

"么事都难不倒丢娃!"先智直竖大指头。

"那还磨叽么家,就这么办,快动起来!"为香抢过一把锹,去挖田埂,放出稻田里的水。

先智、先职几兄弟,分头去水沟上下两头垒堵口。

稻田里的水开始朝水位低的沟里流淌,鱼虾却不往沟里去,倒是满田乱窜。

"慢!迎水鲫流水鲤,虾子见水到处挤,你们等等。"为圣跑回家,拿了一个竹筒和竹哨,约先职、先镐从稻田底部下水,一路敲筒吹哨,朝水沟赶鱼而来。这是他长年练就的绝招,筒声哨响驱赶着鱼虾前行,它们奔腾跳跃,蜂拥一般进入水沟。泥鳅、鳝鱼受了惊吓,钻入田间泥里,正好进洞养肥。

田里水干了,沟里水满了。田间里的人,望着稻田露出深褐色的泥土,挺拔的稻穗,向他们频频点头,好像在叙说绵绵谢意;沟里的鱼虾,向他们摇头摆尾,好像在絮叨再生的恩情,然而,他们却没有喜悦,没有欢笑,一个个腿上淌着泥水,身上冒着热汗,拄着锹,垂着手,耷拉着头,久久没有动脚,心上压了块大石头:集体真的要散吗?

"大伯伯,又出事了——"远处传来三个窦家女娃的呼叫。

十、打点行装，北上旅大找世豪

　　曾后秀在曹家嘴小姨家已经住了五六天。

　　小姨曾独兰的家，一栋三间青砖大瓦房，独门独院，只住了两个人。一九五六年，公公白恒礼把家产和盘托出，与政府联手办了公私合营的白记商行，平平安安顺顺当当吃了十年定息。"文革"前，听了三儿子从寿的话，献出股本，停了定息，在中府河桥头盖了这栋房子，回来居家养老。现在，老伴儿已去世，自己每月领不菲的退休金，每天喝三次小酒，三饱两倒，过着悠闲日子。参加了工作的三个儿子和出嫁了的两个女儿，各是各的家，很少回来陪伴他，身边只有三儿媳独兰，朝夕相处，安排他的起居。

　　独兰的丈夫白从寿，一直在国外的领使馆当参赞，前些年回了北京，把老父亲和媳妇接了去。这一老一少过不惯大都市的生活，把三个已成年的孩子留在了北京，回了曹家嘴，老少搭伴过日子。

　　太阳升起老高了，三个人刚吃完早饭，空荡荡的屋子里悄无声息。

　　"几点啦？不退屋！"白老爷子一身黑色绸衣，躺在后院房檐下的睡椅上，刚喝了早酒，嘴里呼出酒气，仰身睁眼没看到人，又躺下了，闭目养神。前不久，政府来人，要退还给他十多年前捐出去的房产。他这次不听三儿子从寿的话，坚决不收，人家坚持要退，竟然酿成了一块心病，时常唠叨。

打那之后,他经常发蒙,有时清醒有时糊涂,问了时间又记不住,一天问好几遍,惦记着喝下顿酒。

独兰在厨房涮洗早餐后的锅碗,开始准备午餐。

后秀在厅房看了一会儿书,看不下去,扭开随身带的袖珍收音机,听了一会儿音乐,听不下去,抽身到前院逛了几圈,也逛不下去,又回到厅房。

经历了那场伤害,学校保住了,但只保留了一至三年级,公社小学收回四五年级,恢复六年制,专办高小,一些公办老师回了公社小学,她留在窦曾台,当她的初级小学校长。前些时,养好了伤,学校放了暑假,她来小姨家休养流产后的身子,也想清静几日,但就是清静不下来。如果说别人心慌意乱,是十五个水桶打水,七上八下,那么,她这时候上百个水桶打水,分不清多少上下,全乱了套。

"小姨,您来,我有话说。"后秀憋不住了,狠狠心,要跟小姨说说藏了上十年的心里话。

独兰端来一碗热气腾腾的红枣桂圆鹌鹑汤。"秀儿,女人头一回,流了这多血,好好补一补。喝完再说!"解下围裙,擦擦手,坐在后秀身边。

"小姨,我要跟他离婚!"后秀埋头喝了几口汤,抬眼望着独兰,一脸正经。

"为么事?他对你不好啊?"

后秀摇头。

"他爹娘对你不好?受气了?"

后秀摇头。

"你心里有别人了?"

后秀顿了顿,摇头。

"那为么子要离婚啦?"独兰把手搭在后秀肩头,搂着她。"我晓得,当年爷爷奶奶逼迫过你,嫁给他洪光灿,不是你本意。为了曾家,你受了委屈,没遂自己的意,但曾家人讨了你的好,爷爷奶奶长了脸,你大伯进了公社,丢狗子也捧了个饭碗,他们心里有数,哪个不感激你呀?过去这么些年了,娃儿也怀过,日子也过得下去,何必起这个心呢?"

"不是啊,小姨,他跟我不是一路人。跟一个不喜欢的人过一生,我过不下去呀!"后秀美丽的圆眼里噙满了泪水。

"哪个跟你是一路人？那个当兵的兵舫,劣包娃？人家早就有家有小,你还丢不掉啊？"

"不是的,不是,小姨!"豆粒大的泪珠滚下来,后秀捂住了脸。

"几点啦？不退屋!"后院连续传来白老爷子的声音,一声比一声高。

独兰去后院安抚老爷子几句,回到后秀身边,故作生气地问:"这也不是,那也不是,到底为么子哟?"

"小姨,你答应我不告诉第二个人,我就跟你说实话。"后秀抬起湿漉漉的泪眼,盯着小姨,见小姨点了头,便向她敞开了心扉。从小时候在仓库找"觉悟",钻进这小冤家怀里睡了一夜,老奶奶临终指婚讲起,讲到两人一同上初中,整治了洪光灿的纠缠;串联路上,捞刀河边第一次亲了嘴,私定了终生;洪家来人逼亲,自己寒冬里跳了潭,小冤家救了她;洪光灿藏了杀猪刀要害他,广播室里受胁迫,曾家人逼得紧,为了他,含泪认了洪家亲事;劝他当兵出远门,还是逃不出洪家要挟,为帮这小冤家在部队入党提干,老奶奶坟上起了誓,忍痛与洪光灿成了亲,他回来吐了血。此后,再无联系。平日里,离了洪家,捧着一堆没拆封从没看过的他往日的来信,度过漫漫长夜;进了洪家门,与厌恶的人同床异梦,打发时光。

"小姨,这样的日子,我过不下去了啊!"讲到这里,后秀泣不成声。

"娃儿啊,你这是躺在钉板上过日子呀!"独兰被深深地感动了,掏出手帕,替后秀擦泪,收回来,擦了擦自己湿润了的眼睛。"你就像条棉油灯的灯捻子,自己一生烟熏火烤,受尽煎熬,却去照亮别人。秀儿,你爹娘晓得内情吗?"

"不晓得。他们以为我是为曾家人才受屈的。"

"他窦家人呢？你不是认了他们干爹干娘吗?"

"没告诉他们,说不定他们背后还怪罪我呢!"

"那,那个劣包娃呢,他知道吗?"

"哪敢告诉他呀!他要是晓得了,还不丢弃一切,去找洪家拼命!他吐了血,我也没跟他吐半个字。"后秀啜泣不止。

"我的娃呀,你还真是一根煤油灯捻子啊!不光只是熬干烧光自己,还得挨剪子剪啦!别人讨了好,还嫌你不亮,动不动剪你一截!这有多苦多难啊!这些年,你是怎么过来的呀?"

"莫怪他们!是我愿意的。小姨!我在老奶奶坟前发过誓,为了他,斧剁刀杀也心甘情愿。"后秀擦干了眼泪。

"唉！怎么说你呢？斧剁刀杀，一咔嚓就过去了，你这是钝刀子割肉，慢性自杀呀！"独兰长长叹了口气。"么子七仙女下凡，王宝钏困窑门，梁山伯与祝英台，都是人瞎编的。眼睛看得见的，我看就只有两个人，一个是我白家姑奶奶，与徐先生结魂亲，百事不顾，老了住一起，要死一天死。另一个就是你，要是你今天不说，想都想不到。哎！石头也要为你流几把泪呀！秀儿，我的好娃，姨支持你，你接下来想郎么办，姨都听你的。"

"我想跟洪家好说好商量，平平和和离婚。洪家人对我好，我有数，替他怀过娃，也算对得起他洪家，这次损了，不是我有意的。早点离了，他洪家另找人，耽误不了他，也免得有了我，他一家老小不安心。"后秀捋了捋散乱的头发，镇静下来。

"你这娃呀，这时候还在替别人着想！离了之后，你怎么办？"独兰问。

"离了之后，我去找那个小冤家，看他日子过得么样。过得不好，我天不怕地不怕，把他抢过来，开始过我俩自己的日子，像白奶奶与徐先生那样，受苦受难也不分离。要是他过得好，我不打扰他，离他远远的，自己找个去处，了却残生，永不见他。小姨，这样行吗？"后秀脸上出现光亮，居然流露出一丝笑意。

独兰本是知书达理、博闻广见的人，听了姨侄女这番话，像是听天书一般，连连叹息："痴情的娃呀，么子东西迷了你的心窍？"想了又想，说："先离了，再谈别的。"

不知什么时候，白老爷子颤颤巍巍从后院进来了，朝独兰念叨："几点了？莫退屋！"

独兰把老爷子送回后院，安顿他躺下，说："好，不退屋！还早呢，误不了您中午喝酒。"

前院门外有汽车刹车的声音，洪光灿走进来，手里提着一只时髦的花格帆布箱，也不叫姨，直接奔后秀来，桌上搁了箱子，打开盖，欢喜得不行。"秀，你看看，全是港货外国货，稀奇着呢！喜不喜欢？"

后秀抬抬眼皮，斜眼瞄了一下，哦，还真是的，力士香皂、醒宝香烟、兰蔻口红、索菲亚润肤露，还有电子表、保温杯、鳄鱼皮带、尼龙蚊帐、折叠伞、丝光长筒袜等等，外国字商标，看不懂。

光灿把长筒袜捏在手中，不见头尾，抖开一看，齐腰高。又取出一个书本大的塑料盒,按一下,播出了音乐,再按一下,播出了他们刚才说话的声音。"这叫收录机,没见过吧?"光灿尽情地炫耀一番。

这些东西,独兰在国外见过,并不觉得新奇,问道:"这些玩艺儿,北京的友谊商店凭票才能买到,你从哪里弄来的?"

"世道变了,奇怪的事越来越多!"光灿坐下来,跷起二郎腿,津津乐道。"摘帽地主夏强德的小孙子,公社小学那个老师,放了暑假,跑到广州南边一个叫'深土川'的地方,那里有一条街,叫沙头角——"

"不对吧? 那是深圳,哪里跑出来一个'深土川'?"独兰打断他,鄙夷地问。

后秀哑然失笑。

"哦,对,对,是深什么圳,"光灿并不感觉难堪。"街心有块界碑石,南边香港管,北边我们管,要是越过界碑,就是逃犯,两边都抓。那里什么东西都有得卖,好多见都没见过。那家伙一口气买了两大包,坐火车带回来,家里藏一半,另一半在街上偷偷卖,叫公社工商特派员逮住了,定了个投机倒把罪,抓了人,搜了家,没收了全部货品。我听说了,去公社为秀儿挑来了这些东西。"

"光灿,多谢你想到我! 可我不稀罕,你爱给谁给谁吧!"后秀不冷不热。

"小姨,您看看,好心当成驴肝肺,我冤不冤啦!"光灿这个时候才正眼看看独兰,叫了姨,一脸无奈。他确实感到冤,本想借撤销队办小学调走后秀,她却不为所动,领着学生娃去学工,结果,损了娃,受了伤,她却没丁点儿悔意,还要钉在那儿不走。娃儿没了,当不成爹了,自己心疼的呀,像掉了魂,疼娃儿,疼自己,也疼她。陪伴住院,几天几夜不合眼,送茶倒水,端屎端尿,她虽说领这份情,但一提起调离窦曾台,还是一百头牛也拉不回来,多费神费力开的调令,她睬都不睬一眼,鬼迷心窍,硬要留下来当校长。没法子,只好认了,收起调令,不再逼她。今天为了讨她欢心,自己想方设法弄来这些好东西,她却不稀罕,热脸贴了冷屁股,到哪去诉苦啊?

"小姨,秀儿不需要,您收下吧!"光灿找梯子下台。

独兰过去就看不上光灿,刚才又听后秀说了他的劣迹,更添了几分厌恶,冷冷地说:"你们年轻人玩儿的东西,我也用不着,你拿回去吧!"

"那,那我们回去了。"光灿收起箱子,要来搀扶后秀。"我爹派了小车,停在外边。走吧!"

后秀起身走了两步，听他又念起了"我爹"，还带来了小车，停住脚，想训斥他几句，又思量还有话跟他好说好商量，不能撕破脸皮，便柔和了口气，说："这是你爹的公车，坐着不自在，我俩坐公共汽车回吧！"

光灿难得听到后秀几句温顺的话，连忙答应，两人朝公共汽车站走去。

后院又传来白老爷子的叫声，独兰忙着去准备午饭，没出门相送。

路不远，他俩很快回到谢仁口供销社的家。光灿让后秀上床休息，自己动手做午饭。这些年，为了讨后秀欢心，他学着炒菜做饭，手艺真不赖，像模像样的饭菜端上来。两人吃完饭，光灿也不去上班，在家陪后秀。

"光灿，你坐下，我跟你打个商量。"后秀多天以来打好了腹稿，想好了的话，默诵过好几遍。"我俩分手吧！损了你的娃，也不知今后能不能怀上，莫耽误你，你找个顺心的人，一起到县上去，比跟我在乡下强多了。"

"啊？"光灿瞪大了眼睛，但很快便收起了惊讶。"秀，莫把玩笑开大了！我问过医生，还能怀，我们年轻，有的是机会。再说，乡下就乡下，我说过，为了你，我么事都做得出来，还怕留在乡下呀！"

"不是开玩笑，我是认真的。不全是为了孩子和进城，我俩在一起不合适，迟散不如早散。"后秀见他不上路，晃了晃底牌。

"那为么事？为么子不合适？"突然，他产生了警觉。"该不是，你丢不掉那个书老鼠吧？实话告诉你，地方部队现今都在搞清查运动，那个书老鼠当过红卫兵头头儿，家庭出身又不干净，说不定是个清查对象，被部队清除回来搬泥巴坨，你趁早忘了他。"

"当过红卫兵头头儿的多了，你还当过呢，他一个十五六岁的学生娃，又没干过坏事，有么子问题？家庭出身，他爹的'四不清'平反了，他爷搞封建迷信，算不上么事，怎么不干净？莫提他，与他没关系。我是说，我俩的日子很难过下去，散了好。"后秀嘴上不在乎，心头发紧。

"是不是清查对象，还不是我爹——只要一封——"光灿发现自己走了口风，紧急刹住。"好，不提他。我跟你过去有约定，只要你对我好，我绝不伤害他。反过来，你要对我不好，那我就饶不了他。秀，我再苕（注：憨），也晓得你的哪根弦是断不得的。好了，别闹了！好好养身子，早点怀娃吧！"光灿心里有数，只要捏住了后秀的七寸，她翻不起浪来，有了这个数，他才不怕呢，不把后秀的话当回事。

谈到这里，再也谈不下去了，无论后秀怎么说，好说歹说，光灿就是不

142

搭架，菜刀砍了烂木头，劈不出岔来。后秀想，要是真的像这溜光苕所说，洪家人再使坏，世豪有了难，这婚还真的离不了呢！便不再理会他。

光灿其实没想太多，以为后秀不过耍耍性子，见她不再说话，更加放宽了心，又搬出那个花格帆布箱子，挑出几样东西，逗她开心："秀，你试试这口红，保准好看。"见后秀不搭理他，往自己嘴唇上涂了，问怎么样。后秀见了他血色大嘴，禁不住噗嗤一笑。

"真是周幽王卖了金子买一笑（注：应为千金一笑）！"光灿擦去口红，神秘兮兮凑过来，说："夏强德小孙子背回来的这批货，不知怎么送到你干爹小卖部那里去了，哦哦，我干爹，叫工商所抓了，投机倒把，这次怕是跑不脱了，公社说是要抓人。"说着，又诡异地一笑。"其实，上面来了通知，不再追究投机倒把，算作长途贩运，搞活经济，不算错，区里压住没往下传，要等到把夏家的这批货没收了再说。你莫担心。"

"啊？有这事？"后秀心头一揪，站起来，要往外走。

"看看，你这心眼儿偏得也太快了吧？一提到干爹，你就坐不住了！别急，说不定人已经抓到公社来了，你去窦曾台也没用了。"光灿把后秀按在椅子上。

这个时候，正是窦家三个女娃去田里喊他大伯的时候。

小卖部前，聚了一些没上工的人，伸头探脑朝门里张望。工商所的干部，正在盘问先智的两个兵，受伤跛脚人和茄病女人。

原来，窦家三个女娃叫走先智之后，趴在柜台上把玩那些力士香皂，凑到鼻下闻那从未闻过的香味儿，舍不得离开。几个闲散女人门前过，老远也闻到这香味儿，一起挤进来看西洋景。有个胆大的拆开包装纸，摸了摸细嫩的乳白色皂面，一股特别的异香沁入肺腑，醉得快要晕过去，连忙揣了几块，让那两个兵记上账，要当场买了去。那两个兵不让，说窦大哥有交代，不让卖，也不晓得价格。人家不管，说先记账后算钱。正在争执中，工商所的人进来了，他们在谢仁口查抄了夏强德孙子倒卖的洋货后，循着线索追踪到这里，正好逮个正着。揣香皂的女人们跑了，两个兵不敢说瞎话，照实招供，说台上一个叫窦世燕的小伙寄放在这里，窦大哥不让卖。工商所的人拿不准，等待先智过来交代。

先智离了稻田，一路小跑，刚爬上堤坡，被世燕他爹、为斗的大儿子、队长的哥截住了。这是个老实人，见个陌生人话就说不利索，此时又急又愁，说燕舫这狗东西不晓得深浅，今早从谢仁口背了一提包这东西，想赚点儿外快，偏偏让人家盯上了，他吓得不晓得躲到哪去了，给大哥你添了麻烦，怎么得了啊！这狗东西对象都找不到，出了这事，更没指望了。先智拍拍他的肩膀，说没燕舫的事，我有数，兄弟你回吧。

先智到了小卖部，轰走看热闹的人，进门看见工商所的人，原本脸熟，马上明白了一个大概，不当回事似的上前打招呼，问清了情由，坦然说道："就为这事啊？我干的！早起我让人从夏家拿来，打算替他代销，没定价，先没卖，想以后再说。犯了么错？我担着。"

"你别装硬气好汉了，她们两个已经交代，队长的侄儿干的，你说句话，做个证，就没你的事了，我们立刻去抓那个窦世燕。"工商所的人说。

"人家娃儿没沾边，你抓他搞么家？我一人做事一人当！说，要么样处理？我屁股上早就多了四个眼，肚皮上也多了两个眼，大不了再多个眼！"先智一副死猪不怕开水烫的架势。

"先智，莫瞎说！要是燕舫干的，你莫替他兜着！要抓就抓了那狗东西，教训几下也好。"刚才在田间吵架的一帮人都赶来了，为斗头一个进门，听了先智发狠的话，连忙出口打破（方言：反对），不救孙子救先智。

"斗二爹，真不是您孙子干的，您莫管，我有数。"先智把为斗推出门。

"窦先智，你一口应承，怪不了我们，上面有交代，你提了这包东西，跟我们走，看公社怎么处理。"工商所的人抹下脸，回头检查货架，看到了那个纸壳包装的尼龙蚊帐，问这是么家，先智照实说了。"这也是投机倒把，一起带上，走！"

窦为香变了脸色，正要上前阻拦，先炳拉住他，一同来见隔壁的刘小牯。小牯说，别怕，这不算事，让他去，去了，说不定事情反而好办了。先炳几个心里有了底，便不去干预。先智提了两包东西，随工商所的人去了公社。

公社脱产干部曾独松，两手抱头，指头插进头发里，使劲抓挠头皮，闷坐在办公室里。他分管的几项工作，就要黄摊儿了，更别说有起色，着急上火，快晕过去了。

手工业联社一些闹退社的社员，在公社上访静坐，闹腾了几天，见没结果，相约到区里去闹，区里传下话来，根据群众意愿办，一夜之间，这个

144

一九五八年上百个手工业者,敲锣打鼓组建起来的集体联社散伙了。几天工夫,谢仁口后街,吹气泡似的冒出来了"张记铁铺""王老五篾铺""刘大头饭店"等一批老字号店铺,还有"迷你美发室""翠翠糖果""爽爽洗浴"等一些新招牌。另有一批不愿退社的人,由窦先职当年学剃头的师傅刘老三牵头,留守在缩小了的联社里,继续撑着集体的门面。从此,后街不得安宁,个体户与集体户抢顾客夺生意,争吵不休,时不时还抄棍棒动拳脚打闹一番,有几次差点儿闹出人命。曾独松几乎天天被人堵在办公室,评理调解,磨破了嘴皮。要是敢上街,这里截,那里追,他挪不动腿,休想脱身。

这些麻烦,倒也难不倒独松,惹不起还可躲得起,用不着如此挠头,他挠头的是两个社办工厂,奄奄一息,只差一口气就死过去了。

填料厂,一九七〇年由织布、农具、打草包三个小厂合并组成一个五金厂,几个年头下来,滚雪球似的发展为拥有铸、焊、车、铆多种工艺的机械厂。前些年,国家引进国外成套设备,兴建了辽阳、岳阳、燕山、中南等新型特大石化企业,原有的大连、大庆、兰州、上海化工厂等改造升级,这些工厂的各类新型蒸馏塔,都需要一种叫作鲍尔环的填料。这东西,是一个叫鲍尔的德国人发明的,拳头大小,薄钢制成,工艺简单。谢仁口出生的武汉一位老工程师回乡探亲,带来了制造这个鲍尔环的技术。公社机械厂当即转型生产这种鲍尔环,改名为谢仁口填料厂,年产数十吨,按国家计划销往各大厂家。一时间,火得烧红了半边天,以至外人不知有洪湖县城,只知有个谢仁口。今年以来,行情急转直下,这类填料厂遍地开花,各个需求的厂家又搞起了自主权,自行采购,采买人想买谁的就买谁的,谁给好处买谁的,形成采购大战,谢仁口填料厂败下阵来,堆到房顶的存货卖不出去,亦工亦农的农民返乡,工厂熄火。

填料厂过去在运转过程中,谢仁口人与那些大型化工厂来来往往,有了些交情,看到无色透明的聚乙烯颗粒,整车整车往外拉,好奇一问,晓得了可用来造塑料薄膜、塑料袋和器具,工艺简单,是乡下急缺的东西。他们想起了田里割麦捎带打兔子,塘里挖藕顺带抓泥鳅,求人家卖些带回来,一次试产成功,办起了塑料厂,年产几十吨农用塑料薄膜、塑料袋和塑料盆桶,早春育秧、棉苗出土、蔬菜大棚,用上了塑料膜,化肥包装粮食分装等,用上了塑料袋,塑料器具就近销售,公社财政收入滚滚而来。好景不长,今年,这些化工厂搞起了双轨制,计划供应同时可自主销售,自主销售

的价格高出二三倍,而且,不往人家怀里塞钱休想买到货。谢仁口人买不起,也买不到了。断了原料,跟填料厂一样,塑料厂也熄火了。

这两个厂的年收入,占公社年产值的三分之一,是公社财政收入的台柱子。台柱子倒了,公社领导寝食不安,坐卧不宁,向区里求救。洪少谱甩出话,是骡子是马,你们自己出去遛。分管领导曾独松更是如坐针毡,打听到周围跟他们同样处境的厂家,出去找了在外面当大官的老革命的老乡,人家出面活动活动,还真的解脱了困境,这年头"走后门"管用。他掰着指头算,谢仁口出去做官又说得上话的人有几个? 当年闹赤卫队的,没出洪湖就死光了,活着的窦为香,闷在乡下种田,哪来指望! 独兰当家的白从寿算一个,打长途电话问了,人家一口回绝,说搞外交的管不了内政。算来算去,再没他人。独松急得快要疯了,要是再没出路,他备不住不是跳楼就是跳河。

楼下一阵吵闹,把独松从焦虑中惊醒,听到了窦先智的声音。

先智随工商所的人到了公社管委会大楼,人家把他领到楼下一间房子门前,叫他进来交代问题。他看到房内有人,认出是夏强德的小孙子夏老师,撑住门框不进去,吆三喝四不停嘴:"我第一次来这里,他爷爷当联保处长,手下的莠果子黑了老子一块光洋。老子跟夏家不是一类人,哪能跟他在一起!"

人家说这是哪到哪的事,扯得没由头。先智不听,继续摆谱斗狠:"莫以为来公社老子就吓着了,刚解放,老子来受训,吃过红烧肉,睡过棕绷床,讨过好! 要说在这里挨斗,老子经的也多了! 五九年说老子瞒产,在这里关了两天,大会斗过。六五年'四清',老子在这楼上关了几个月,问问看,老子怕过哪个? 身上多出六个眼,老子还怕么家? 就是不能跟夏家人在一起!"

独松下楼来,与先智打了个照面,先智只当没看见似的不理他。独松向工商所的人问清了情况,摇摇头,不想过问。他与先智在小队一起当过干部,两人之间横着曾善明这根挑不断的刺,关系时好时坏,又在一个台上住着,说好说坏都不便当,多一事不如少一事,便想转身上楼,不经意间,眼睛瞟见了先智提着的那个盒装尼龙蚊帐,觉得新奇,问了一句。工商所的人回话,他二儿媳在大连化轻公司寄来的,也算是投机倒把。独松听到大连化轻公司几个字,像触了电似的为之一振,连忙叫了先智兄弟,打听他二儿媳情况。先智从来吃软不吃硬,也回叫了独松哥,有口无心地讲起他二儿媳，还有他大连老八路的亲家。

独松内心一阵欢喜，房顶都可以掀掉了。他暗暗叫道："狗日的，追了一路的兔子，兔子就在脚边上。"可是转念一想，又犯了难，他太了解这个铳气了，顺毛狗，倒着摸，准跳。怎么把他投机倒把的罪名抹平了，让他顺顺心心地往大连跑一趟呢？

"干爹！"后秀急匆匆跑来，走廊上刚一露头就叫开了，见到独松也在，一边擦汗，一边朝独松说："大伯，您莫要为难我干爹，上面有新精神，不抓投机倒把了！"她从光灿那里摸到了底细，不顾光灿的阻拦，专门跑来为干爹脱干系。

独松又是一喜，一事顺事事顺，恐怕用不着跳河了，说了声："都别动，等我一下。"跑步上楼打了个电话，跑步下楼来，吩咐工商所的人忙别的去，接走了先智和后秀，回到自己办公室。

让座、端茶、敬烟、送扇子，独松这份殷勤，献得手忙脚乱，忙完了，坐在先智当面，脸对脸地说："老弟呀，投机倒把这个事啊，说大不大，说小不小，我来处理，你把那些东西提回去，想么子办就么子办，不要当回事了，也莫再说东说西。我不是向你讨好，只是要把它了结，你不用再操心。"刚才，他上楼给区里打了电话，证实来了新政策，心里有了底数。他知道先智最不愿欠别人的人情，先说这些话，真心不想讨好，只是不想让先智纠缠这个事，为自己后面的话先铺路。

果然，先智既不感激，也不发问，没有吱声。

"要是后秀的老奶奶还在，我俩这个二代老表就疏不到哪里去！可惜，她老人家走得太早了！"独松看一眼在一旁坐着的后秀，他知道后秀特别亲近窦家，先智敬重他的姑奶奶，有意提起来，还是为了进一步套近乎。"我晓得你几个，还有香二爹，嫌我溜肩膀，挑不得担子，我不是改了不少了吗？再说，在公社端这么个小饭碗，头上管着的人多了，还不总看人家眼色，没有帮台上做么事，也没帮你们么子忙——"

先智听得不耐烦，打断他："你今儿么子这样？去新堤，硬要跑到监利，转这么大的弯？像个曲别针扎肉，半天不见血，有话直说！"

"哎！"独松透了一口长气，说了两个厂子要死不活的难处。"兄弟呀，你看看，台上燕舫这样的娃，在厂里没活做，还不闲出事来！天气快要变凉了，台上要的塑料薄膜没得影子，真是急死人！再这么下去，我跳河也没得用了!"他尽量往先智身边的利益上扯,想唤起他的同情心。"这回,算我求你,也算是你帮帮我,去旅大市走一趟,找找你亲家和儿媳妇的门子,计划内批个条子,买几十吨化工原料回来,卖出去厂里积压的鲍尔环,两个厂子便活过来了! 来回路费花销,公家出。"

后秀一边听一边想,正好对上自己的心思,她想尽快见见世豪,亲眼看看他日子过得怎么样,好坏自己都打了主意,天赐良机,正好陪干爹走一趟。但她是个精细人,凡事想到后果,便朝干爹使个眼色,插话说:"这多难呀! 弄不好,白跑一趟,还不叫人家说闲话。"

独松白她一眼,怪侄女不该出来打破。

先智没领会到后秀的意思,没往别处想,一心只想为公社解难,爽快地答应:"再难也要走一趟! 兵舫这狗东西,喝乡下的水长大的,就算有了点儿出息,也该为老家做些事。我去。"说完了,突然明白后秀刚才话里有话,补上一句:"要是办不成,莫怪我哟,我可不是占公家便宜去看儿子的。"

"那是,不怪你。"独松悬着的心放下来。"你出远门,几千里,得有人陪,谁陪你去,你挑。工厂采购员? 还是哪个? 要不,叫丢狗子跟你去见见世面? 他与世豪是同学,好说话。洪光灿也行,他俩也是同学。"

"我不挑,后秀,你给干爹选一个。你选谁是谁,别个陪我,我不去。"先智看后秀眼色。

"我挑不出来,要不,您郎不去。"

独松急了:"不去哪行! 要不,你去!"

"我才不去呢,路上走五六天,累死人,还不晓得搞不搞得成,出力找埋怨。干爹,算了,都别去了。"

独松更急了:"你这死丫头! 就你去!"

"大伯,这可是您逼我去的,去就去。我把干爹送去,要是办妥了,您再叫人去办手续送货提货,要是办不妥,不准埋怨。"

先智与后秀走出公社大院,满身轻松快乐。

后秀提了那两包险些被没收的东西,说:"我随您回台上去,跟我爹娘告个别。"其实,她要去学校宿舍,床铺下面有她要带去的东西。

先智说:"就你娃儿心眼多,不声不响遂了心愿。"

两人边走边商议,说定了启程日期。进了村,各自回家,打点行装,准备北上旅大找世豪。

十一、读着读着,甜酸苦辣咸,五味杂陈,一起涌上心头

　　给儿子写了信,发了电报,窦先智挑了一对小箩筐上路。左边筐里装鸡蛋鸭蛋皮蛋(注:松花蛋)咸鸭蛋,右边筐里装豌豆蚕豆红豆鹅眉豆,玉珍往里塞进了布鞋棉鞋土凉鞋,再加两坛咸菜豆腐乳,哭哭啼啼送出门。后秀提了一只皮箱,里面也塞得满满的。两人坐长途汽车先到县城新堤,在大儿子世强家歇息一晚,大儿媳又往筐里塞了菱角藕粉莲籽鱼干一类的洪湖特产。次日坐轮船到了汉口,转乘火车经北京直奔旅大市。

　　先智曾经步行到湖南临湘卖过土布,再没出过远门。后秀大串联时最远去了湖南株洲,往北也只到过武汉。这一对挑箩筐的乡下汉子与提皮箱的年轻女人,一路上见了世面,也出了不少洋相,闹了不少笑话,自不必细说。六天后中午,他俩在大连火车站下了车。

　　站台上停着一辆挂军牌、锃锃亮的伏尔加小卧车,车边的窦世豪,头戴红五星白色大盖帽,上白下蓝海军夏常服,脚蹬三接头军用皮鞋,格外醒目。两人大呼小叫奔过来,上了车,出了站,直接进了旅大警备区秀月街干休所。

　　儿媳萧洁抱着两岁多的女儿小薇,陪着她父母早已等候在门前,迎上来,爬上楼,领进门。世豪挑了箩筐,随后跟进。

饭菜已经摆在桌上,进门就上饭桌。在辽宁省外贸局当科长的丈母娘,先去看了箩筐,谢了又谢,却说吃不惯这些东西,不想要。老丈人瞪眼呵斥她瞎说,叫拿上来,尝了咸菜豆腐乳,连声叫好,多年没吃,想得慌。里屋走出来高大帅气的俩儿子,从部队刚转业回地方,长发喇叭裤,向先智叫了叔,出门上班。老丈人啐了一声,"痞子暗号","八旗子弟",忙着倒酒夹菜,劝吃劝喝,亲热得不行。

吃完饭,亲家母招呼先智一行进客厅,坐在沙发上喝茶吃水果看电视,老丈人在书房打电话。房门敞开,声音传来:

"对,对……三娃子,你狗日的,别给老子叫苦叫难,……命令就命令,你还敢抗命不成? ……这就对啰……不行! 就三天……好吧,三天后给老子报告!"

老亲家打完电话,走进客厅,把小薇抱在膝上,坐在先智身边,任由外孙女直愣愣看电视里的动画片,自己"咔嚓"打开一个亮闪闪的烟盒,给先智递上一支烟,"叭嗒"打火机点着,拉起他的手,说:"老窦同志,论岁数,我是老大哥,论亲戚,我们是亲家,我俩平起平坐。先要感谢你呀,送给我一个好女婿,比我那俩儿子强! 我当了一辈子兵,打了半辈子仗,前年离休,下岗啰,不再管事了! 前几天,世豪跟我说,你要为公社办这个事,你的这个儿媳妇缠着我不放,我想不管事也不行啊! 正好我以前的警卫员刘三娃,在大连化工厂当书记,刚才给他下了任务,三天后给回音。他不敢不办,你就放心吧,好好在大连旅顺走走看看,多抱抱你孙女。"老人安徽定远人,一口徽腔,说完,弹弹烟灰,满脸堆笑,望着先智。

先智自打进门,见了从未见的,吃了从未吃的,听了从未听过的,诚惶诚恐,没敢正眼看两亲家,也没多说一句话,怕失了体态,丢了儿子的面子,努力保持农民那点矜持。此时,见老亲家一通电话,把个天大的难事,三言两语搞妥了,不知如何答谢,坐在弹簧沙发上又不舒服,不知如何处置,见老亲家边说边弹烟灰,便学老亲家样子,趁机挪了挪屁股,往烟灰缸弹弹灰,说了句:"把您郎吃亏,多谢您郎!"

萧洁先笑了,用小刀转圈削了苹果皮,把连着皮的苹果送给老公公,扭头给她爹解释公公的这句土话。

"用不着你当翻译,我懂! 抗战时期,我在李先念第五师襄南独立营,在洪湖打游击,白牯牛潭边的老太太还救过我的命呢! 你不是替我去谢过恩了吗？"老亲家想起了往事。

"爸，她就是那位老太太的重孙女，叫曾后秀，小学校长，专门领我父亲来的。"世豪给两位老人茶杯续水，插空介绍后秀。

后秀起身，朝老人躬身致意，彬彬有礼，落落大方。

"洪湖人好啊！白牯牛潭人好啊！要不是你的老奶奶，我早就让日本鬼子捅死了，哪有后来这个家，更没有我们这门亲啰！享了曾家奶奶的后福，世豪，小洁，你们都不能忘！"老人指点他的女儿女婿。"没有人民群众的养育和支持，就没有革命的胜利啊！那些年，我们能在洪湖站住脚，全靠群众的掩护。我的老家定远，有种叫绊根子的野草，看来不起眼，老百姓说，绊根草绊倒水牯牛，厉害着呢！为啥子呢？它与泥土生死相连。到了洪湖，又见了这种草，当地叫地扒根，草扒土，土扒草，土与草同命运共呼吸，所以呀，草不死，土不散。当年李先念走哪儿讲哪儿，学地扒根，小鬼子就长不了。现在，革命胜利了，不能忘了群众啊！遇事多问问群众，多为群众着想。"老人眼眶潮湿，稍顿了一会儿，收住话题。"哦，扯远了！后秀小同志，回去给你老奶奶上坟，别忘了代我叩几个头。"

后秀已泪水涟涟，不光是想念老奶奶，而是想起了老奶奶临终时把她和世豪的手搭在一起，许定了终生，如今，言犹在耳，人各两端，世豪已为她人夫，哪能不伤感？

"你个死老头子，说起来没完，看把人家孩子伤心的。"亲家母责怪老头，给后秀递过来一块毛巾。

先智从不计较儿女情长，也不喜欢流泪的人，他手里掂着削了皮却又带皮的苹果，左看右看，不知怎么个吃法，没理会后秀的伤感，正为吃苹果作难。小薇看见了，蹦下来，爬到爷爷身上，扒掉果皮，指头掐了苹果两头，送到爷爷嘴边："爷爷笨，小口咬，甜，甜！"

"小薇，不准这样跟爷爷讲话！"老亲家把外孙女抱过来，让她继续看电视。

先智学孙女的样子，一手两指头掐住苹果，舔一舔，甜，小口咬一块儿，更甜，按小孙女教的，一点一点往嘴里送。众人见了，觉得滑稽，也不戳穿，随他便。

"您郎说的，跟我们老区委书记说的，郎么一个样啊？"先智的拘束渐渐消失，话多了起来，"我们乡下，正在闹分田单干，有的干部叫着要分，多

152

数群众顶住不让分。老书记是闹过赤卫队的老革命，死哒好几回，叫群众救过来哒。他说，多数群众想要么子，共产党就做么子，不会出大错。叫他们党员学地扒根，与群众板成一块，草不离土，土不离草，离哒就散哒，抱在一起，集体就垮不了。"

这些话太土，老亲家听不大懂，看了看世豪，后秀抢先叫声大伯，作了翻译。

老亲家听明白了，笑了笑，说："这个老书记，跟我一样，也是同群众一起从血水里滚过的，说得不差。不过，我们国家太大了，各地情况不一样。我的老家，安徽凤阳，集体经济太弱小，多数群众就想分田自己干，他们穷怕了，分了，试一试也行。你们那里，要是集体经济很强大，群众不愿分，何必强求呢！就像一个菠萝，高低不平，一刀切，那哪行啊？还是因地制宜好。"

先智没见过菠萝，也不知这个制宜是么子意思，心里揣摩，只怕是一刀砍不出一颗菱角米的意思，要不，就是切菜用刀，劈柴用斧，各砍各的意思。他不好意思问，但记住了这个意思，想回家后告诉香他们。

世豪看了看手腕上的梅花牌手表，丈母娘送的，说："爸，妈，您们午休吧，我们回家。"

两亲家不再挽留，送他们下楼。小薇亲了亲姥爷姥姥，一手牵妈一手牵后秀，走在前头。世豪留下丈母娘乐意要的东西，把两箩筐安放在那辆军车后备厢，一同上车回自己的家。

他们的家紧挨旅大日报社，世豪当兵时曾在这里学习过，十年前叫文革街48号，现改回原名世纪街，一座四层临街小楼三楼的一个单元，丈母娘单位分的。车在楼下停住，萧洁叫世豪担了那两箩筐，自己和后秀提了行李，领人上楼。进了门，吩咐世豪回旅顺上班，别误了工作，三天后的周末回家来，等大化刘叔叔的消息，还特别加了一句，跟后秀姐有话回来再说。安顿好公公，她自己与后秀乘车去了不远的警备区招待所，安排后秀的住宿。

萧老爷子打过招呼，招待所早准备好了房间，服务员把她俩领进一个套间。萧洁给后秀交代一遍生活起居之后，没有离开，反倒在外间沙发上坐下来了。后秀心跳加快，怦怦怦，自己听到了自己心跳的响声，要命的时刻到了。

后秀对陪干爹来旅大市,早有自己的盘算。她对鲍尔环卖不卖得出去、聚乙烯买不买得回去,并不很在意。那天与大伯独松书记有话在先,办不成也不受埋怨,没什么负担。她的负担是自己背上的。临出发前,她对光灿再次提出协议离婚,那个溜光苕就是不上路,不急不火,嬉皮笑脸地就一句话,想都莫想。她不再与他纠结,从学校宿舍取出六十本信札,世豪从一九六九年十月到一九七五年一月写给她的,一共八百多封,那天当光灿的面烧了封皮和假瓤,把原信按日期装订成札,藏在床垫下,一封也没看过,怕乱了自己的方寸,这次带了来,塞了满满一箱。她打定主意,亲眼看看自己心上人日子过得怎么样,要是过得好,便把心上人托付给这个叫萧洁的女人,永不打扰他俩,把这些信退还给他,自己从此不沾他的边。要是过得不好,自己便与萧洁摊牌,把世豪从她身边夺过来,然后与世豪一起,头碰头地读这些信。她相信,只要世豪晓得了真情,一定会回到自己身边,刀山火海也挡不住。

　　从见到萧家人那一刻起,后秀瞪大眼睛,竖起耳朵,开动全身感觉,细细观察萧家对世豪好不好,判断她的心上人在这个家里幸福不幸福。然而,她没有看出一个眉目来。萧老爷子对女婿没得说,眼眼里都是爱,比对儿子还亲,装是装不出来的。那个丈母娘,好像不冷不热,挑剔乡下的礼物,明摆着有点看不起乡下人,世豪能不能跟她相处好,真不好说。至于两个小舅子,看起来,纨绔气十足,虎狼一般,据说还有一个小姨子,也在部队,满屋都是当兵的,世豪能应对得了吗? 他俩的小女孩倒是可爱极了,伶俐乖巧,全家人的宝贝,含在嘴里怕化了、捧在手里怕摔了的那种。老家的俗话说:看家好不好,只看老和小,从这一老一小看,倒是个和睦幸福的家庭。

　　不过,世豪日子过得好不好,应该不在这一老一小身上,而是系在他媳妇那里,一床被窝里躺着,一口锅里吃着,她对他好,才是真好。后秀却没有看出她的好来,自打世豪从车站回到她娘家,她就没正面对世豪说过一句话,到了自己家门口分别时才交代几句,像老师教学生娃做作业,淡得没味,特别是最后补的那一句,有话回来再说,好像另有玄机。这两口子到底过得怎么样啊? 后秀心底深处有个声音在飘荡:但愿我的世豪过得不顺心,只要坐实了,立马把他夺过来,我会给他幸福,我能,一定能!

　　此时,是不是让世豪过得顺心的这个女人,就坐在后秀对面,谜底就要揭开,真相就要大白,她能不心跳吗?

"应该叫你后秀姐吧？你结婚时见过,一晃四年没见,你还是老样子,不丑,真的不丑!"萧洁背靠长条沙发,两臂搭在沙发顶上,仰身打量着后秀。

有这么夸人的吗？后秀听了不舒服。她像她妈曾独梅,圆头圆脸,耸胸翘臀,双眼皮,肉嘴唇,垂耳直发,穿件花格短衫,直筒裤,在乡下就是个百里挑一的美人儿。她对自己很自信,在荆州上大学时,就没见过比自己漂亮的,就算与这一路上见过的大连女人比起来,也差不到哪儿去,当然不丑啰!

"萧洁妹子,你真好看,比穿军装还好看!"后秀坐在萧洁对面的单人沙发上,两脚并靠,双手搭膝,正襟危坐,目光扫了一下面前这个不知是情敌还是要托付的女人。只见她穿件紧身绣花白色短袖衣,束腰天蓝色百褶长裙,展示出乡下人少有的三维曲线。瓜子脸,新月眉,直鼻小嘴,暗双眼皮下的黑眸子,深邃犀利,烫过的黑发,从头顶直泄到颈部之后,朝外翻卷成一圈波浪,额头刘海儿自由弯曲,与那圈波浪上下呼应,全身透出一股先声夺人的气势,显露出见人便是首长的威仪。后秀收回目光,谦恭一笑:"我们乡下人,哪有城里人好看!"

"哈哈,好看不好看,还分城里城外呀?"萧洁爽朗一笑,称呼改了个字。"秀儿姐,实话告诉你,那次回窦曾台,我哪是他的女朋友?他临时租我去的。参加你的婚礼,他出门吐了血,大病了一场,禁不住我再三追问,他跟我讲了实话,把你俩的事,都告诉我了。说怪也怪,从那时起,我爱上了他,弄假成真,回大连一同见了我爸我妈。我爸对他喜欢得不得了,像抱回来一个金娃娃,当年确定了关系,翻过年,两床军被凑在一起,结了婚,一年后有了我家小薇。你看看,这算什么事啊?你无缘无故扔了他,我鬼使神差捡了他,岂不是天意?"

"好妹子,"后秀也改了称呼一个字。"他都告诉你么子啦?"心中一阵凄楚,说我无缘无故扔了他,天地良心啊!背此恶名,何处去讨公道?她强忍泪水,装出一副淡漠的样子。

"都说了,睡仓库,上中学,串联,捞刀河,当兵。他这人掖不住话,假话没出口脸先红。秀儿姐,我真想不通,他窦世豪还算个人物,你为什么说扔就扔了呢?你这次来,是不是想把他捡回去呀?他本来就属于你的,要想捡回去,还来得及!"这么重大的事情,从萧洁嘴里出来,轻飘飘。

后秀噎住了，猜不出她的意图，如果是个玩笑话，那这个玩笑实在太大了。但后秀毕竟见过世面，压抑住内心的惊骇，淡淡一笑，说："妹子，这个玩笑开不得！世豪能有你这样伴侣，是他的福分！这些年你们过得还好吧？"这句话，是她来大连深藏在心里的总根，正是时候，抛了出来。

"什么好不好的，两口子过日子，正如日出日落一样，再平常不过。没小孩子之前，还玩点浪漫，有了小孩，心都放到孩子身上了。再说，他在旅顺，一星期回来一天，家就是他的招待所，我就是他两晚上的陪睡女郎，没什么感觉。"萧洁完全不懂后秀的心思，又是个脑子不拐弯的人，是啥说啥，想哪说哪。

这番话，后秀完全解读不出来，世豪到底过得好不好？她太失望了，没了再谈下去的兴致，想等到见了世豪，再跟他挑明。其实，萧洁也只是出于礼貌，拿后秀当客人，寒暄而已。她当兵出身，不会社会上的那些客套，这时，想起家里刚到的公公和小孩，便告别后秀，回了家。

后秀站在招待所室外凉台上，望着萧洁离去的背影，飘逸的长裙下面，一双半高跟凉鞋，撑起一截白得耀眼的小腿，摇曳着腿上部的蜂腰圆臀，楚楚动人。这样的女人，要是能给世豪带来幸福，自己背骂名、受煎熬，值了！她突然想打消那个期盼，来了一个思绪大回环，要是世豪能承认他俩在一起很幸福，那多好啊！如果这样，离他们远去，自己的幸福也不浅啊！她期待这种结果，打算把带来的那些信悄悄退给他，抹去过去的痕迹，让心上人去尽情享受他的幸福。

她回到房间，打开皮箱，捧出那一札札书信。过去不敢看，怕的是自己把持不住，动摇了心志，现在下决心成全他俩，把信退回去，看看也无妨。她静下心来，安坐在沙发上，读这些信。读着读着，甜酸苦辣咸，一起涌上心头。

一九七〇年七月一日深夜，上海沪东船厂

亲爱的小白鸽，你好吗？

秀，从今天开始，我每次写信，给你换一个我喜欢的名称，这次叫你小白鸽。你喜欢吗？

喜鹊叫晨，青蛙鸣春，鸿雁长空唤霜月，忙的同一件事：把喜讯告诉它的伴侣。人也是一样，有了喜事，想告诉的第一个人，就是他的亲爱的。现在夜深人静，我在岗楼给你写信，要告诉你一件大喜事：我入党了。

去年的十一，我在旅顺训练团毕业前，本该入党的，一直等不到老家的政审复函，便拖下来了。毕业后，分配在驻金州大孤山的导弹快艇上当报务兵，今年初调来上海沪东造船厂，接收国产的新型导弹艇。新部队重新考验一番，又给老家发了政审函，这次不知为什么这么快，复函到了，今天下午开了支部大会，通过了我的入党。

支部大会在船坞边的码头上召开，艇上十二名党员，个个一身油污，坐在小马扎上，围成一圈。支部书记、艇长杨喜年宣布开会，我念了志愿书，讨论开始，从这一刻起，我冷汗热汗一起流，再没干过。

介绍人是我的报务班长王振平，高小文化，矮矬子，河南人，一口一个"不中""弄啥""去毬"，讲了我的几句好话之后，全是我的不是，什么傲气，看不起人，专业学习不求精，海上锚泊时躲在报务舱给女朋友写信，杂七杂八都扯出来了。几个平时特别亲近我的老兵党员，像中了邪似的变了脸，个个板着面孔，数说我的这个错那个错。我哪经过这阵势，低头弯腰，恨不得地下裂条缝，一头钻进去算了。

小白鸽，还记得我给你写信说过的那个条令队长吗？现在是我们大队通信业务长，就是专管报务训练的头头儿，安排在我们艇过组织生活，今天也参加了会。去年他就嚷着当我的入党介绍人，本指望他出来为我说几句好话，哪知他一本正经，叫我抬起头，注意坐姿，按条令要求，直颈挺胸收腹并腿，在小本上认真记录大家的发言，还讲了几条我收发报不专心的缺点。

更可气的是杨艇长，辽宁庄河人，一口蛤蜊味。平时对我那个好，没得说，分了水果猪肉罐头，悄悄塞给我邮回家，白天帮我洗床单缝被子，夜里替我掖被子赶蚊子。这次倒好，他一句好话不说，专挑毛病。

我心想，完了，这个党入不上了！哪知最后表决，他们个个举了手，全绽开了笑脸。散会后，杨艇长朝我眨巴眼，说夜里值班，在岗楼悄悄给女朋友写封信吧。

小白鸽，还有你想不到的。就是这帮人，昨天晚饭前，给我开了个丢死人的玩笑。

饭前半小时自由活动，我上住房楼顶平台收取洗过的衣服，杨艇长王班长和几个老兵不知从哪里窜出来，不由分说，三下两下，扒光了我的衣服，扔到楼下。我捂住下部，呼爹喊娘地叫骂这些狗日的。杨艇长他们竟在楼下拍手叫好，传呼着："快来看啦！小熊猫（他们给我取了个外号）的小屁屁！"闹够了，才送衣上楼顶，拉我下来吃饭。我听说，我爹在麦田也被扒过裤子，怎么部队也干这事呢。同样是这些人，今天开会又把我训了个狗血淋头。就是这些人，吃苦在前，享受在后，帮助农民劳动挑大粪，第一个跳下粪坑的，就是他们；分水果，领慰问品，最后一个拿的，也是他们。这就是部队的党员，这就是部队生活，我就这样生活在他们中间。从今往后，我就是在党的人，我将慢慢来体会，怎么做一个党里的人。

亲爱的小白鸽，去年十一后，再也没收到你的信，我想破脑壳也没想明白，你这是怎么啦？我不再想了，反正我不会中断给你写信，就算你把我忘了，我也不会忘了你的。忘掉一个人，比忘掉自己还难，何况你已渗进我的血脉，融为一体，忘记你就是忘记我，难上加难。

一九七一年九月二十八日，金州石棉矿招待所

亲爱的小刺猬，听世华说，你在荆州师专上大学，现在干什么呢？上课自习读书，还是发呆做梦？

我也上学了，可不是你上的那个学，是个培训班。从上海接了新艇回部队后，来了个机会，作为工农兵大学生到南京大学读三年，或者到旅大日报社工农兵通讯员培训班学一年，自己选，我选了后者，已经学了九个多月。

书上说，爱谁，就把烦恼第一个告诉谁。昨天，我碰上一件烦恼事。一位老记者带我们五个工农兵学员在金州石棉矿采访，研究写新闻稿件时，我一边听他们讨论发言，一边苦苦思考，随手把他们讲的和自己想的一些词句，在一张对折的稿纸上乱画，写了"批判""拥护"一些字，翻过去，在另一面又写了"革委会""资反路线"这些字。中间休息，我们到室外活动手脚，有人在室内叫起来："快来看，窦世豪写反标！"

这人叫张标，是庄河县革委会宣传部副部长，人称吹呼呼、牛呼

呼、彪(大连方言：不靠谱)呼呼的"三呼呼"干部，他把对折的稿纸抻平，对折线两边真的出现了两条反标："批判革委会""拥护资反路线"。我们全傻眼了，就像踩上了松发地雷，钉子似的站着不敢动。我更像遭了雷劈，全身都僵了，我可是等着提干的呀！

有个陆军来的女兵萧洁，突然冷笑了两声，想了想，在一张白纸上竖写了五个大字："张标婊呼呼"，在这几个字偏旁之间对折，纸上出现一副对联："弓木女口口，长示表乎乎"。她摇头晃脑念道："宫姆律叩叩，张标彪呼呼"。前一句，朝鲜语，她下乡在朝鲜族村学的，骂人的话，在培训班她常拿出来当笑话讲，后一句，直接骂了张标。张标恼羞成怒，打电话要告到社里，带队老记者按住了电话机。惊险一幕，过去了。乱写乱画，险些酿成大祸，从此，我绝不在纸上写无关的字。

小刺猬，这让我想起了"文革"那年在区大礼堂开批斗会，我的同学杨典文领呼口号："谁反对党、反对社会主义、反对毛主席革命路线，就打倒谁！"他嫌这一整句太长，图简短，断句分开喊，变成了三个反对。人们跟着喊，并没觉得有错。记得吗？是你首先察觉不妙，叮嘱杨典文快跑。群专的人醒过神来，带了手铐来抓人，没抓着，杨典文逃过一劫。

这两件事联在一起想一想，人哪，受冤枉的滋味，比吞了癞蛤蟆还要难受，有口辩不明，就更难受。我有了昨天的这个感受，叮嘱自己，再也不能做冤枉别人的事。回想年轻时开刘小牯、洪少谱的批斗会，我们冤枉了人家，真不该呀！小牯书记不计较，那是多么宽大的胸怀啊！就算洪少谱记恨在心，揪住不放，也是事出有因，情有可原。小刺猬，你说是不是啊？

一九七三年十二月二十九日，旅顺军人图书馆

秀，今天叫你什么呢？地瓜花，书上叫作大丽花，旅大人偏要叫它地瓜花，鲜艳，朴实，好养，门前门后种了不少。

从旅大日报社学习回来，部队报了我提干，又给老家发了政审函调信，迟迟收不到回复，拖到七三年一月，有了回函，我的提干命令下来了。越过排级，直接提到04号导弹艇当副连职副艇长，四个兜军呢上衣，大盖帽，三接头军官皮鞋。每月五十二元工资，四十五斤粮票，

今后，我俩成家养娃，有了基本的生活保障。你要我入党、提干，我做到了，你一定在为我高兴，为我们俩高兴吧？但是，我知道，你并不稀罕这些表面东西，也不在乎工资多少，你要的是我长本领、有出息、办大事，别叫洪家父子看扁了。是的，这一步，改变了我一个农民儿子的命运，但不值得骄傲，今后的路，还很长很长，我会记住你的嘱咐，不断努力奋进。

当了副艇长，我进教导队学习航海和舰艇操作理论，三个月之后，开始驾驶舰艇的独立操纵训练，一考及格，二考优秀，免了三考，直接进入全艇科目训练。要是年底完成全训考核，我来年就具备了提升为艇长的资格，到那时，我将指挥我国最先进的导弹艇，驰骋在祖国的海疆，与来犯之敌比个高下。哪知道，命运又一次改变了我的人生轨迹。

那一天，支队政治部通知艇指导员到刚成立的理论小组报到，就是那个扒我裤子的杨艇长，已改任指导员。他父亲病故，正要出门乘车奔丧，把电话通知单朝我一扔，说你替我去。我去了，半个月下来，人家不让我走了，一直干到年底，耽搁了我的全训考核，我的艇长梦就这样破碎了。

人生有许多阴差阳错，年轻时一个差错，年老差了十万里。我爹不信鬼神，只信命运，我原本都不信，只信个人奋斗，但这次不得不信，命运改变了我。我在理论小组里，轻飘飘地写几篇批判稿，作几次理论辅导报告之后，有大把的时间读书，起五更，睡半夜，啃几口面包，天天泡在旅顺口区或者基地的军人图书馆里。我读完了四卷本的《马恩选集》《列宁选集》，还有《鲁迅选集》，啃下了《资本论》，《毛选》四卷更是滚瓜烂熟。中国古籍，从四书五经到二十四史，我全部浏览了一遍。小时读过的现当代小说诗歌散文，没有忘记，又补上了外国文学的空缺。说来你可能不信，我还自学了高中数理化。人从书里乖，人在书里长，这一年，对我的人生产生了重大影响。如果说大串联在韶山那个故居里，我确立了信仰，那么这一年，我则懂得了这个信仰来自哪里。从此，我的内心世界，已不是白牯牛潭那簸箕大小的天地，也不是旅顺大连这海边一隅，似乎很大很大，大得没边了。

亲爱的地瓜花，此时，我正在军人图书馆给你写信。只有想你的时候，我才从书中解脱出来。秀儿，你也别叫我这一番瞎吹吹晕了，你的劣包娃、书老鼠，他还是他，虽然这一年像知了蜕皮一样，蜕了几层皮，但新生的还是知了，没有变。要是变了，他也永远属于你！

一九七四年十一月三日，辽宁金州大孤山军港

秀儿，亲爱的红豆蔻，又想你了，想得心慌气短。人逢疑难可问谁？脸朝恋人讨怜惜！今天出了怪事，怪得离奇。

听说过墨菲定律吗？二十世纪西方人文学界三大定律之一，说得很玄虚，简单讲，就是担心出错的事，总会有人做错，用我们窦曾台的话说，越怕鬼越见鬼。浩瀚大海上，两条船撞上了；茫茫天空中，飞机撞上了；等公交车，久等不到，刚离开，车来了；五十米手枪打靶，瞄半天打不中，不小心走火，偏偏伤了人，等等，都是这个定律在作怪。我从支队理论小组回来，艇长没当上，改行当了指导员，今天碰上了这种怪事。

上午，全艇停靠码头操演，25炮班长心神不定地上了炮位。他老婆在老家与大队支书通奸，被他爸堵在床上。支书打伤了他爸，老婆要与他离婚，他爸发电报来，叫儿子回去报仇。这种事归指导员管，我怕他回家闹出人命案来，安排他今天做准备，明天派干部带他回去处理。他是党员，想通了，硬要参加操演。这个操演只是虚弹操作，练习动作和口令，可偏偏弹夹上有一颗未卸下的实弹，他没看清，一扣扳机，"轰"的一声，二十五毫米的炮弹呼啸而出，顺着炮管的仰角飞向远方。

舰炮走火，很少发生。艇长愣在指挥台上，全艇人员呆若木鸡。我带两个兵朝弹着点的方向跑去，要是伤了人，那就是滔天大祸。

炮弹飞向海边。那里有座海带养植厂仓库，库内一个当地渔村的二流子，正在强暴一位军嫂。炮弹"嗖嗖"穿过墙壁，擦着二流子屁股，钻进地下，说怪也真怪，这颗穿甲爆破弹居然没有爆炸。

我们赶到时，二流子一手提裤子，一手举过头，说："俺知道这个错犯得不小，也不该用炮轰啊！"村里的生产队长带人拥上来，抓住了他。我悄悄地告诉队长，押着他去部队，为我那个班长求求情。出了这种事故，班长就得开除党籍军籍，艇长和我免不了受处分。我俩可以

不在乎,可班长年底复员,家里又遭了不测,要是挨了双开,哪有活路啊!

大队中队首长已经齐聚码头,班长被人看押着。生产队长带着一伙社员,把绑了手的二流子推上来,齐声欢呼这一炮打得好,要给班长记功,还威胁说,要是处分了班长,立马与你们部队闹掰,休想再吃上我们的鱼。首长们无奈,这件事不了了之。

红豆蔻,知道我这次为什么给你叫这个名吗?它是南方的一种草果,可以解毒,遇难呈祥。这件怪事的后半部,也还是墨菲定律在起作用,它有个反定律,叫作歪打正着,文人们说有意栽花花不开,无意插柳柳成荫,就是这个意思。用你爹的转折词说,可是但,人生经历的事,都在变化中,福祸相倚,成败相依,两极相通,你不理我,未必对我不是好事。

十二、一对老情人，十年没有面对面交谈过，此刻，不知从何处说起

时间这个东西，真是琢磨不透，想叫它过得快一点儿，它偏偏像裹足婆娘挪不动脚；想叫它过得慢一点儿，它却如火铳子一样，出膛便飞没了，总是与人作对。窦先智来大连三天了，见了儿子一面，没说上几句话，儿子回旅顺上班去了，今儿星期六傍晚才能回来。他起了个大早，送走儿媳带孙女去上班之后，蹲在门口等儿子回来。这几天过得太憋屈，想给儿子诉诉苦，可太阳就像钉子钉住了似的，就是不动。

他与儿媳妇孙女一起过了三天，怎么看，萧洁也不像个儿媳妇，倒像个严苛的婆婆，他倒成了个刚过门的媳妇。

儿子的家，进门一个过道，右边厨房左边卫生间。穿过来，一间客厅，摆了一套可折叠的长沙发，白天坐人，晚上打开当作他的床。里间卧室，住了她娘俩。他用不惯抽水马桶，坐上去便拉不出屎，好不容易拉完了，却忘了冲水。吃饭时，碗边挂了些饭粒汤汁，舌头伸出来舔一舔。喉咙有痰，用鼻子先吸一吸，忍不住时，随地吐一口，还伸脚抹一抹。闲得发慌，蹲在沙发上抠脚丫。屋里走走，穿不惯软软的海绵拖鞋，趿拉着布鞋。晚上洗脚，用擦脸的毛巾来擦脚。这些，在乡下就这么干的，谁不是走哪儿尿哪儿，吐痰还吐出响来呢。萧洁事先教过他该怎么做，不该怎么做，他记不住，忍

163

个一时半会儿,又犯了。

萧洁见了,一次皱眉,第二次扭头不看,第三次骂女儿:"小薇,要是再见你舔舌头抠脚丫,妈要打你屁股!"

孙女看了,头几次呸爷爷:"丑,丑!"后来却学着爷爷的样子,舔舌头吐痰抠脚丫,说:"妈妈,你看!"萧洁拍了她屁股,威胁说:"再学,关厕所里去。"先智倒特别喜欢孙女学自己的样子,说:"好,像我窦家人!"

先智蹲在门前,一会儿望望挪不动腿的太阳,一会儿看看楼梯口,期盼着儿子早点出现。

楼梯口出现了后秀。她把那些信读了好多遍,心中流血,脸上流泪,更想着早一点儿见到世豪。但她没向干爹吐露半句话,一副平静的样子,说:"干爹,还早呢,我带您上街转转。"

他俩下楼上街,坐了小火车似的有轨电车,看到了红灯闪闪的上下拉O的老K(注:卡拉OK),会在马路上跑的鞋子(注:旱冰鞋),不用脚踏也能飞跑的蹓机蹬(注:摩托车),自行转动的标语口号(注:电动广告),还有仰断颈巴也望不到顶的高楼大厦,踩高跷似的女娃涂脂抹粉,浑身飘香,披头散发的男孩,上紧下宽的喇叭裤迎风摇摆。先智看得目瞪口呆,不停地问后秀这是么家、那是么家,后秀有的答不出,抿嘴笑。

先智说:"人比人,气死人!都是一个肩上顶个脑壳,为么子人家在天上,我们窦曾台就该在地下?原以为徐先生说的耕读传家郎么好,今儿看,好个鬼!幸亏我世豪从乡下跳出来了!秀儿,要是你当年听了姑奶奶的话,跟了世豪,不也进了城,跟他们一样了?哎,都是命啦!"

后秀已经自己抚平了的心潮,又被干爹搅动起来,使劲儿压抑了一阵子,说:"干爹,各有各的活法,城里有城里的难处,我们乡下有乡下的好处,何必眼红啊!"

两人一路感慨议论,中午进了一家饺子铺,吃了一顿鲅鱼馅水饺。先智说:"昨天萧洁讲东北的一句俗语,谁家过年不吃顿饺子,我看这饺子还不如我们谢仁口的包面(注:馄饨)。秀儿,你说得没错,我们乡下有乡下的好处。"

饭后,两人乘公交车去了伏家庄海边浴场,见到了世豪信中写过的大海,不免惊讶了一番,再到青泥洼桥动物园,看了虎豹熊狮,又惊骇了一阵。回到家,世豪已经回来了,不一会儿,萧洁带娃也回来了。

世豪告诉说，他请了假，提前回来，先去了干休所，老丈人得到了大连化工厂刘三娃叔叔的答复，事情全部办妥了。公社生产的鲍尔环，有多少要多少，厂里议价收购，公社急需的聚乙烯，计划内批了十吨，平价出售，这一出一进，公社不仅不掏钱，反倒赚了十二万多元。厂里已经申办了聚乙烯散货铁路联运，要求公社尽快起运鲍尔环，来人办手续，便可领走钱。

先智惊坐在沙发上，反复问了几遍，做实了，孩子似的跳起来，又抱起小薇，又亲又啃，吓得孙女直叫妈。后秀也情不自禁地拍手捶膝，啧啧赞叹："萧大爹太厉害了！"

"别只顾高兴啊，快点打电话告诉你们公社呀！"萧洁没有太当回事，领着后秀去了两站路以外的胜利桥电信局。

世豪脱了军装，穿件海魂衫，七分短裤，围上围裙，在厨房准备晚餐。他在军人服务社买了海参、海螺、扁口鱼等海鲜和冻鸡冻肉一类，一边砍的砍切的切，一边对爹说："我爸有交代，叫我俩把世上好吃的，都弄一点儿给您尝尝。这次吃海参，往后再尝人参、燕窝、鹿茸、熊掌，只能管一次啊！"

"狗东西，娶了媳妇忘了老爹，只认他新爸了！"先智倚门看儿子忙活，心里直嘀咕。"这部队也怪，他狗东西在家从不上灶台，当兵当成厨师了！"他哪里知道，导弹艇上没有炊事员，出海后，无论官兵，人人都要轮流做饭，几年下来，个个做得一手好菜。

"爹，娘还好吧？还在想得哭吗？爷爷还旺吗？家里么样？"世豪难得与爹单独相处，想与爹拉拉家常，问了娘和爷，又问了弟弟妹妹、叔叔婶婶，台上的人问遍了。

"都好！家里的事，台上的事，往后慢慢说。老二，你过得还好吧？"先智不放心儿子，提了几句这两天萧洁挑刺捡过的话，说："萧洁不像我们乡下人，她家又是大户人家，你在这过得惯吗？"

"挺好啊！"世豪头也不抬，继续忙他的。"她就这么个人，刀子嘴豆腐心，一盏冰灯，里面一团火，外边一层霜。她爹要她把好穿好用的，都给您准备几件，她老早就给您和娘织了毛衣毛裤，还要给您买手表皮鞋呢！"

"爷爷，爷爷，听我唱歌，来！"小薇在客厅叫爷爷。

先智进来，只见小孙女骑在小塑料凳上到处转，小嘴念叨：

小板凳,一歪歪,

我是妈妈的好乖乖。

也不哭,也不闹,

到了八点就睡觉。

"好听吧? 爷爷!"小孙女头发稀疏,她妈给绾在头顶扎了个小辫,散开了,红色橡皮筋挂在发梢,显得前额更加宽大。"我妈叫我大头,我爸说,大头好! 爷爷,你听:

大头大头,

下雨不愁。

你有雨伞,

我有大头。"

"小薇真乖!"先智学城里人那样鼓掌。

"爷爷,还有呢,听我做个介绍。"小薇从小椅上下来,垂手立正,学起了幼儿园那一套:"我的大名叫窦薇崴,小名叫萧小薇,我爸叫窦世豪,我妈叫萧洁,我是大连人,又是湖北人,完毕,谢谢!"

先智吃惊不小,乡下两岁多的娃儿,舌头还伸不直呢,这娃,成精了? 便想再考考小孙女,学了普通话腔调,问:"小薇,你妈是干什么的?"

小薇一边玩她的小凳子,一边回答:"我妈,上班是做报告的,回家是拖地的,星期天是睡觉的,见了小薇是吼吼的。"

"你爸爸呢,他是干什么的?"先智忍住笑,继续问。

"我爸,我爸,在旅顺是开会的,上街是戴大盖帽的,回家是做饭的,晚上是给我妈洗脚的,见了小薇是笑笑的。"

"你说什么呢? 小丫头蛋子!"萧洁带后秀进门,听到了后几句,一声喝问。"你爸给我洗过几回脚? 好像我虐待你爸似的!"

小薇吓得丢了小椅子,躲到爷爷身后。

世豪搬出一张折叠桌,在客厅打开,摆上饭菜。萧洁取出一瓶茅台酒,倒了四个满杯,说:"电话打通了,你们公社这几天来人办手续,送货接货。爸和秀儿姐不用管了,安心在这里住些时间。老家第一次来人,今天都喝点酒。来,先敬爸爸,再敬秀儿姐,干杯!"

世豪拿过后秀的酒杯,往自己杯里倒了一些,朝萧洁说:"谁敢跟你比,喝水似的,半斤八两不醉。"

萧洁不让,原样倒回去。"看看,护着老同学,恋着旧情呢!要代也用不着你呀!"

后秀脸上红一块白一块,夺过杯,一口喝下。"你俩谁也别代,各人的事各人做主,我自己喝了。"

先智酒量小,也不好酒,不想与他们年轻人斗酒,用筷子扒拉几下盘里癞蛤蟆皮似的东西,不敢下手。萧洁夹了几块放在他碗里,给后秀夹了几块,说:"这就是海参,海里的人参,高级补品,世豪拿手菜,葱爆海参,快趁热吃。您儿子一个月的工资,也只能买几斤。"

"这么金贵呀!我一年的工分,不也只能买几斤?"先智含住这话,没说出来,尝了尝,滑溜溜,平淡淡。"不好吃,吃了要吐。"他说着,把碗里剩下的几块,夹给小薇。小家伙吧嗒吧嗒,倒吃得有滋有味。先智早就养成了习惯,凡是贵重的东西,都说不好吃,怕家里人花钱,要是吃别人的,便不吭声。

世豪知道爹在弄玄虚,逼着爹和后秀吃完了那盘海参,晃一晃那瓶酒,还剩一半,说:"算了吧,早点休息。"

萧洁意犹未尽,给每人又倒了一个满杯,举杯要与世豪干杯。"窦世豪,听秀儿姐说,你有个绰号,书老鼠,我看还是个书呆子!不过,呆得还挺可爱的!来,咱俩干了!别问为什么啊!"

世豪了解萧洁脑沟的深浅,知道她没乡下人那么多弯弯绕绕,含笑喝了,又陪她俩喝了一杯,散了场。收拾完碗筷,世豪要萧洁送后秀回招待所,萧洁往沙发上一倒,摇摇手,说起不来了,要送你送。世豪也不推脱,领后秀出门下楼。

萧洁从沙发上跳下来,进到里屋窗前,看着楼下出口,见到世豪与后秀一前一后出来,笑了。

世豪后秀朝招待所走去,来到一条岔路口,后秀说:"你回去吧,我会走了!"她不相信这是自己说的话,站着不动。

"那你走吧,我回去了。"世豪更不相信这是自己想说的,站着不动。

两人背对背站着,突然,世豪一个猛转身,拉起后秀的手,朝另一个街口跑去。

他们跑到离家不远的明泽湖公园。

一轮洁白的明月，镶嵌在蓝蓝的夜空，它的四周，明净净的，只有远处若明若暗的星星，羞涩地眨着眼睛。夜空下的公园泛着银光，树影洒在湖面上，牵挂着空中月儿的倒影，在水中荡漾。

一棵老银杏树下，面对波光粼粼光闪闪的湖水，有一把靠背长条椅。他俩在椅上并排坐下，后秀往边上挪了挪，与世豪隔开了距离。一对老情人，十年没有面对面交谈过，此刻，不知从何处说起。

"今儿的月亮真圆！"世豪开口打破僵局，见后秀低头不语，没有反应，找了一句话，问道："秀儿，你跟萧洁说了些么家？她怎么晓得我是个书老鼠？"

"还问我呢？你都跟她说了么家？全说了？"后秀不看人，低头反问。

两人都没有回答，他俩知道，这都不是对方关心的问题。

"当兵前的那个夜晚，河边树林的窝棚里，天上也有月亮，只是一轮弯弯的新月，月光清冷，不像今儿的月亮。转眼十年过去了，月亮变了，我俩也变了。"世豪勾起了那甜蜜的回忆，抓住了后秀的手，身子挨过来。"秀儿，这些年，你怎么过来的？真的忘了我们的过去吗？真的不想我吗？"

后秀的一只手任由世豪抓住抚摸着，另一只手在裤兜里握着一小盒图钉。她知道今天世豪从部队回来，一定会私下见面，怕自己控制不了感情，乱了方寸，白费了十年来的心血，坏了今后的计划，便买了这盒圆帽图钉，使劲一握，扎得手心生疼，自己就不会失控了。现在，听世豪提起月夜下的窝棚，问起这些年的日子，她握图钉的手一松，失控了——

后秀霍地站起来，火灼灼的目光盯住这个老冤家，片刻之间，她扑上去，两手搂住他的脖子，头埋在他胸前，偎在他的身边，号啕大哭。奔腾的泪，如洪峰涌起，冲上天边，汇入湖中，感天动地，引得月亮与湖水与她同声痛哭，明泽湖上下黯然失色。哭泣中，她开始诉说，十年的委屈，十年的苦难，十年的煎熬，她一股脑儿全都告诉了他：

"十年前的元旦之夜，溜光苔床下藏了杀猪刀，我要是不答应做他的对象，他就拿刀捅了你，这可是个说得出做得到的家伙啊！为了不伤害你分毫，我认了。

"十年前的十一，洪家父子卡住政审回函不发，拖延了你的入党。他们

169

改动了你发的电报,拍胸脯发誓不为难你,我捂住撕肝裂肺的伤痛,在老奶奶坟上为你立了誓,与他订了婚。暗打主意,先拖着再说,等你入党提干翅膀硬了,再与他分手。

"谁晓得,到了你提干的关头,他洪家父子编造了你当红卫兵的一堆罪过,威胁告到部队,还要整治你全家,逼我结婚,我拖不下去呀!亲眼见到他们给部队回了函,你提了干,我才答应结婚。之后的几年,他们没有纠缠你,才有了你在部队的安稳和进步。

"结婚前几天,我要你找个大靠山岳丈,带个女军官对象回来,为的是镇住他洪家父子,让他们死了心,不再找你的茬。我甘愿跳火坑,与他成了亲。婚礼那天,你往外吐了血,我往肚子里吞了血。

"你问我过得好不好,你说呢?心爱的人,远在天边,拥抱着娇妻爱女,早把我忘了。厌恶的人,近在咫尺,同床异梦,还要强作笑脸相迎。该爱的,不能爱,该恨的,不敢恨,这就是我过的日子。满腹的苦水却没处倒,世上只有我的独兰姨一人知道。窦家人的指责,曾家人的埋怨,全台上的人都在鄙视我,连萧洁也说我无情无义,我向何处讨公道啊?

"你问我想不想你,无时无刻不在想你。仓库里躺在你怀中找觉悟,小学路上、中学课桌旁的亲偎,捞刀河边第一次亲吻,树林窝棚初试云雨,我想得发疯!爹娘好像是为你生了我,没了你,我一天都活不下去。正是为了想你爱你,我才一步步毁灭了自己。只要能给你带来幸福,我甘愿去下地狱,就像一把炭火上的烧水壶,把自己全身烧红,为的是让你发出欢快的叫声。

"从订婚后,我没给你写一封信,想叫你忘了我,怕你不死心毁了你的幸福。你写给我的几百封信,我一直没看,怕我心猿意马拴不住自己,打扰了你的幸福,也想忘了你。直到昨天,我和着血和泪看了信,才知道谁也忘不了谁,忘了你,这比登天还难啊!

"我不能忘了你,我不能没有你,我要重新开始行动。回去后,我便与溜光苕离婚。我的小冤家啊,只要你吱一声,哪怕是个暗示,你和萧洁过得不幸福,我马上把你夺回来,重新开始属于我俩的幸福生活。要是你与萧洁过得很幸福呢?这,这不是真的!但愿不是——

"秀儿,秀儿,你怎么啦?"世豪的呼唤,好像从很远的地方传来,由远而近,渐渐变得清晰。

——幻想，幻觉，幻影，刚才的一幕，全都是虚幻梦境，一切都没有发生。

后秀感觉到那只手被世豪握得更紧，她把另一只手插进兜里，握住了那把图钉，疼，幻影消失了。

"没怎么呀！想了想过去的事。"后秀抽回被握着的那只手，拢拢额前的头发，另一只手在兜里握住图钉，平静地望着世豪。"你刚才问我么子呀？想不想你？也想也不想，过去的都过去了，各是各的家，想有么用啊！"

"不，我不信！"世豪又一次抓住后秀的手，往她身边靠。"秀儿，你告诉我实话，到底发生了什么事？你为什么变了心？"

"什么事也没有，就算有，也与你无关。"后秀把图钉攥得更紧，扎得手心生疼，告诉自己，挺住，莫走了神。"还是那句老话，抽筋剥皮也不告诉你，我是你姐，你的那个秀儿早死了，忘了她，好好过你的日子，你过得好，有出息，姐就高兴。"

"哎！"世豪绝望地仰天长啸，松开了握她的手。"那，那就叫你姐吧！这些年过得还好吗？秀儿姐！"

"唉，叫姐就对了！"后秀反过来抓住世豪的手。"还行吧，洪光灿别的本事没有，对女人痴情没得说，过得下去，莫担心你姐。"一半是实话，另一半堵住了，手心快扎出血来，赶忙转过话题，问："你过得么样？萧洁对你还好吧？"这个悬在心尖上的问题，终于问出了口。

世豪一直被蒙在鼓里，哪里懂得后秀的心思，也就实话实说。"这个世上要是没有秀儿了，萧洁是个好媳妇。"

"等等，"后秀打断他的话。"么子叫作没有秀儿了？要是有秀儿，萧洁就不是好媳妇啦？"

"要是原来的那个秀儿还在，还能回到我身边，在我心目中，世上便没了女人，别说萧洁，仙女也没了。"世豪一脸茫然，举头望着遥远的天空中那个朦胧的月亮。

后秀握着图钉的手一松，涌现出一股冲动，是的，他心里还牢牢地装着自己。她多么想再现一次刚才的幻觉，扑进他的怀里，但是，在没有确认萧洁是不是能给他带来幸福之前，她按下了这股冲动，再次握紧了图钉，说："莫瞎想了，只当你的秀儿没了，跟你过日子的是萧洁，她能给你幸福吗？"

"没了后秀,就别谈幸福了,只能说过日子。论过日子,萧洁是把好手,心直口快,果断麻利,担得起事。她呀,见到一个人,便找人家个别谈话,三个人,便开座谈会,八个人,就要开班务会,十个人以上,就该集合列队,她要喊同志们好。"

后秀不懂部队的这一套,听世豪做了解释,惹笑了,说:"那好啊,走到哪都是领导,回到家,你就省心了呗!"

"是啊,我从不操家里的心,除了做饭,我百事不管,油瓶倒了也不扶的那种。开始还洗洗碗、擦擦地,后来再也不干了,不是我懒,也不是她怕我受累,是她嫌我弄不干净,我这才知道,她有洁癖。人家擦地用拖把,她跪在地上用手擦。客厅地上掉了根头发,她半夜一定起来满地找,找不到不睡。"

后秀心里发毛,这是在夸他媳妇,还是在损她? 到现在,也没听出来,这个小冤家的日子过得好还是不好,联想到自己的观察,萧洁说的"再平常不过",小薇的童言无忌,还是看不出个眉目来。是把他夺过来呢,还是继续疏远他,让他去独享幸福? 她拿不定主意,暂时放下,想起了另一个心思,问世豪:"听说你进大机关了,有出息了,姐高兴。可不能松劲啦! 洪少谱又升官了,在县里当常委,副县长级,你呀,还跳不出人家手掌心,他要是使个坏,又要给你找麻烦。"

"秀儿姐,不瞒你说,麻烦已经来了,弄不好,我就转业复员回乡下了。"世豪抽回后秀握着的手,露出沮丧的神色。

"啊?"后秀从椅子上跳下来,立在世豪面前,惊奇地盯着他。自己粗心了,从下火车见到他,就没见他笑过,原来他遇上麻烦了。"告诉姐,怎么啦?"

从哪说起呢? 从那次探家说起。世豪把他遇到的麻烦,告诉了改口称为姐的秀儿。

四年前,世豪在参加后秀婚礼后吐了血,回部队大病了一场,落下了十二指肠溃疡的病根,出海便吐,吐了便粒米难进,不适宜在艇上工作,调到大队政治处当了宣传干事。当年底,选调到旅顺海军部队政治部组织处当了组工干事。

这是个军级大机关,司政后机关的一般干部,分别叫作参谋干事助理

173

员,流传的说法是:"参谋不带长,放屁都不响。""干事干事,咋干咋不是。""助理助理,没钱没物无人理。"世豪却在干事这个岗位上,凭着忠实、好学、刻苦的德行和一手好文笔,把这个干事干得风生水起,远近闻名。干了一年,赶上机关干部定职,他在同资历干部中百里挑一被定为副营职,翻过一年,又十选一晋升为正营职。今年初他被选送到基地优秀青年干部培训班受训,有新政策下来,团以上领导班子实行老中青三结合,培养第三梯队,吸纳三十、四十、五十岁左右的年轻干部,分别担任团、师、军领导。世豪二十八周岁,当过副艇长的军事干部和指导员的基层政工干部,在团、军机关从事过宣传、组织工作,正好符合进团班子的条件。前不久,基地常委会研究决定,准备任命世豪为组织处副团职副处长,正要下发命令的时候,他的厄运来了。

前不久一封匿名信邮到北京总政治部,举报世豪在"文革"中有问题,署名为洪湖曹家嘴区革命群众。举报信随同高层首长"从快核查"的批示传下来,基地党委犯难了。

基地政委连耀廷看了,这位老八路出身的山西人,经历过当年根据地内肃反扩大化,当即拍了桌子:"他一个十五六岁的乡下学生娃,没凭没据,甚问题?我才不信呢!不理他!"

运动办公室的人提醒说:"假如真有问题,首长要担责任的,上级首长又有明确指示,还是派人调查核实为好。"

"假如?咋就硬要把人往坏处想?我才不怕担责任呢!一边批'左',一边又搞'左'的一套。八分钱,跑断腿,没事找事!"最后连政委无奈,派人调查,世豪任职命令暂时搁下。

后秀到大连的同一天,外调的人到了曹家嘴。

"秀儿姐,为什么老家总是有人跟我过不去?"世豪站起来,离开长条椅,离开那棵老银杏树,朝一片新生银杏树林走去。后秀跟上来,手仍在兜里插着,但松开了那把图钉。"要是有人故意害我,无中生有编造问题,我就可能过不去这个坎,弄不好回乡务农去。就算调查不出问题,地方政府不做结论,拖也把我拖死了,从此背上这个政治包袱,别说提职进第三梯队,政治机关也待不下去了。"

银杏树林里,宁静,黯淡,月光从树梢筛下来,斑驳点点的光亮,洒在这对昔日的情人身上。偶尔，扇形的银杏叶飘下来，落在肩头，送来一股清香，他们浑然不觉。

"论读书做事，你是个能人，要说人情世故，你就是个憨巴娃！才晓得有人害你呀？"后秀赶上两步，挽住世豪的胳膊。她初听世豪诉说遇到的麻烦，不免一阵心惊，稍微一想，便明白了底细。那个溜光苔为了占有自己，拿世豪来要挟，不断加害于他，自己忍辱负重，为他遮风挡雨，他才有了今天。原以为时过境迁，洪家父子罢了手，哪知他还揪住不放。回想来大连前，与溜光苔商议离婚，他竟不急不火，说要有好戏看，原来还是他父子在捣鬼。想到这里，后秀竟然生出惭愧之意，觉得对不起世豪，又不想把内幕告诉世豪，便安慰说："兵舫，不做亏心事，不怕鬼敲门，你虽说参加过那场运动，却没做过坏事，不怕调查呀！"

"是啊，我才不怕调查呢！我是怕自己受不了冤屈。"世豪胳膊夹紧了后秀的手。"我曾给你写信说过，在报社学习时，一个'三呼呼'干部诬告我写反标，我当时就崩溃了，扛不住这种冤屈。历史上天大的冤枉有的是，贾谊放逐，司马迁髋骨，岳飞惨死风波亭，后人也只是扼腕叹息几声，又能怎样？"一片银杏叶落在头顶，他一手抹去，摔在地上。"当然，我被那些大厚本书洗过脑，坚信人间自有公道。秀儿姐，放心，我能挺过去。"

"这才像我的好弟弟！"此时，后秀已经完全忘却了试探世豪日子过得好坏，放弃了来大连时的设想计划，心上人有难，救急要紧，别的都不顾了。她打定主意，赶紧回招待所，收拾东西返乡，阻止洪家父子坑害她的心上人。但她故作镇静，轻淡淡地说，"太晚了，回去吧！"

世豪把后秀送到招待所门口。后秀说："亲姐一口！"

世豪迟疑了一下，轻轻亲了一口。

后秀就势搂住世豪脖子，狂风暴雨似的吻着他的嘴、脸，然后，狠狠推一把："你回去吧！"

世豪一步三回头，走了。

后秀望着世豪的背影渐渐消失，掏出那把图钉，撒在墙角。

十三、台上人家，关门闭户，开始了无休无止的争吵

　　处暑前，抢收棉。离处暑只差三两天，棉桃却刚刚裂口。"棉桃裂了口，跟着日头走。"只要连出三五天太阳，就可以下地摘棉，可是，一场秋雨到了，接连下了三天。

　　秋雨本应是丰收的演奏家，它洒向田野，染黄稻穗，浇红高粱，敲开棉桃吐出白絮，庄稼地悄悄改变了颜色；它溜进菜园果园，扫荡枯枝朽叶，壮实了瓜果，送来了芳香和甜美；它滑下屋檐，轻轻敲打檐下的泥土，悠悠地哼唱，给农人报来丰收的喜讯。然而，这场秋雨，并没有给窦曾台人带来喜悦。那牛毛般的雨丝，花针似的纤细，带着寒意，夹着悲凉，飘进各家各户，"秋风秋雨愁煞人"，台上人家，关门闭户，开始了无休无止的争吵。

　　下雨前，队里开了社员大会。工作组长无边眼镜，反复讲解其他社队搞起了多种形式的生产责任制，有的统一出工、死级活评，维持了大集体不变；有的包产到组、联产计酬，大集体化成了小集体；有的大包干、分田到户，散了集体搞单干。窦曾台前两年为了治懒，搞过一阵子包产到组、桩号到人的分组承包，让洪少谱说成搞复辟，走回头路，叫停了，按集体出工、死级活评的方式搞到现在。现在这种搞法要不要变？要不要改过来搞大包干分田单干？无边眼镜说，由社员做选择，想怎么搞就怎么搞，上面不

强迫,各家各户回去拿个主意。

会散了,雨便下来了,各家各户关起门来吵开了。

最先吵起来的是村西头肖老大一家。他与两个儿子儿媳开完会,冒雨跑回家,婆娘把晚饭摆上桌,一家老小吃得好好的,老大先开了口,开启了事端:"爹,说来说去还是大集体好,我们不参加大包干,您看呢?"他媳妇是妇女队长,大寨式评工分时的女将标杆,近年死分活计,也是最高分,他本人拿工分也高,小家庭日子红火,不想退出集体。

"大集体,一窝蜂,养了不少懒汉,像'不见天'和'天不亮'这样的,赖吃赖喝,还有罗老坎、周寡妇这种五保户,柳老憨这样六七个娃的,下不了田,干不了活,也要队里养着,是人是鬼都来咬一口,再肥的猪也会啃得只剩骨头,还不是揩了我们的油,我看退出来单干好!"老二说。

"说的是!大集体好不到哪儿去!天天绑在一起,走个亲戚还要请假,误了工就扣工分,娘家没人的自然可以充积极,我可受不了,早就想单干了。"二媳妇喜欢回娘家,经常误工受罚,以为单干能带来自由,亮出了态度,支持自己男人,捎带讽刺了嫂子。

"他二婶,你想单干就单干呗,扯么子娘家有人没人?大集体就是好,反正我不退。说么子老的小的拖累了集体,这不正是集体的优越性吗?老有所养,少有所依,有么子不好?再说了,将来谁不老,谁没一窝孙子?赖吃赖喝的,有几个?荷花出水有高低,十个指头有长短,到哪都一样,把他们改造好就行了呗。"大媳妇前几年入党,在队里讲用会上发过言,说起来振振有词。

"不是我护着我屋里的,她说得有理,大包干这么一包,各顾各,大集体不就散架了,郎么搞共同富裕呀?弄不好,又回到旧社会去了!"大儿子支持自己媳妇。

"大哥,你莫要拗着劲,散就散了呗!哪棵树上吊不死人哪?人家说了,大包干自个儿干,上交国家的,留足集体的,剩下全是自己的,吃不完,用不完,再也不用为评个工分争得死去活来,那该多好啊!"二儿子与他哥杠上了。

"老头子,真的要散伙呀?"肖老大媳妇原是汉口一个富商的三姨太,享过福,也受过气,一九四九年逃到这里,肖老大收留了她,成了亲。一九五四年发大水时,她丢了旗袍高跟鞋,开始变成乡下农妇的模样,后来入互助组合作社，干起了农活，进了公社，从"八分婆"干到拿满分，集体劳动改造了她，也给她带来了丰衣足食。她担心回到旧社会，两眼狐疑地望着肖老大。

肖老大板着脸，埋头扒拉饭，不理她。

"不管回到哪儿去，都是为了发家致富！人家还说了，大包干大包干，直来直去不拐弯，直接往自己荷包里装，有么子不好？"二儿子没看他爹眼色，继续说。

"放你娘的狗屁！直就好啊？"肖老大啐一口嚼着的饭菜，把饭碗往桌上一蹾，拍下筷子，呵斥二儿子。他心里冒火，当着儿媳妇和孙子辈，骂出这么粗鲁的脏话，也不在乎。解放前，他随父母逃荒要饭到窦曾台，晕倒在一个冰天雪地里，乡亲们救活了他们，在台上安了家。父母死后，他收留了那个三姨太，独撑门户。几十年下来，家成业就，儿孙满堂，托了共产党的福，得了新社会的济，见二儿子说出"不管回到哪儿去"这等混账话，便冒出火来。"没有新社会，不搞大集体，就没有你爹娘，哪来你这狗东西！你没出生的时候，老子就搞过单干，搞得稀粥都喝不上，差滴咔（方言：一点点）回到旧社会。只要老子不死，肖家就老子说了算，搞么狗日的大包干，一门心思跟大集体走！谁再提大包干搞单干，老子打断他的腿！"

村西头肖老大一家的争吵还没停息，村东头光棍周一家的争吵即将开始。

光棍周二十八岁那年，比他岁数小得多的窦家风亭、雨亭，已经生了娃儿，他还在打光棍，幸亏解放了，新堤的翠香楼一类妓院散了摊，好心人撮合一个被解救出来的女子与他成了家，这才结束他打光棍的历史。台上人仍旧叫他光棍周，他也不在乎，说要不是新社会，说不定还在打光棍，叫就叫吧，留着新社会的念想，不忘本。

娶进门的媳妇不能生育，为早大爹的药方子用了不少，还是不济事，三年后，从本家过继来一个侄儿，成年后娶妻生子，他抱上了孙儿。这中间，他那婆娘想要个女娃，讨个亲近，收留了一个外省流浪女孩，养大成人，招了一个上门女婿，改姓周，又抱上了外孙。现今，有儿有女，孙儿满地跑，其乐融融，他做梦常常做不全，半途惊醒，笑醒的。

光棍周做得一手好农活，犁耙镔耖样样通，田里场上的技术活，常常由他和窦为斗肖老大这些老农牵头来做,年年拿高工分。他还有一门乡下离不开的手艺,会杀猪,一刀见血。那年正月初三,风亭家半死的猪,就是他杀出了新鲜的肉。每逢过年过节和哪家红白喜事,免不了请他上门操刀,他也就赚了不少外快,日子过得火爆。

队里散了会,光棍周回家吃了晚饭,天黑下来。秋雨迈着细碎而沉重的脚步,在檐下灯光里行走,送来一阵阵寒意和哀伤。儿女们回房间,各干各的事。大一点儿的孙子孙女,趴在堂屋桌边做作业。他的姑妈、改嫁罗老坎的周寡妇,从窦世燕那里买了力士香皂、保温杯、折叠伞一类新玩意儿,拿来跟他婆娘显摆,俩人在灯下玩弄。他心神不宁,手持烟杆,倚门抽烟。小孙子往他身上爬,他没好气色地推开孙娃,关上大门,骂了句:"狗日的秋雨,淋得老子心慌意乱。"

堂屋里,电灯泡照得通亮,墙上小广播匣子传出区广播站的播音。平时不在意,不往心里去,只当催眠曲,今天听到这些话,他竖起了耳朵。

"大集体,养懒汉,养闲人,干的不如看的,看的不如捣蛋。大包干,就是好,干部群众都想搞。只要搞上三五年,只管吃,只管喝。个人富,集体富,国家忙着盖仓库。"

过继儿子从房间伸出头来,说:"要是真的这样,我参加大包干去,管吃管喝谁不干!"他媳妇多病,娃儿多又小,缺劳力,收入不高,总想着怎样才能不为吃喝发愁。

广播匣子里继续播道:"包干包干,人人喜欢。街没少赶,活没少干,戏没少看,亲没少串,粮没少打,钱没少赚。搞了大包干的生产队,社员们都在说好。"

过继儿子出了房门,站在广播匣子下面侧耳听。匣子里放了一段音乐,接着说:"大集体窝工,大锅饭养懒,挫伤社员积极性,鸭多不下蛋,龙多天干旱,庙里和尚多了没人把水担。有社员编了顺口溜,上工的时候喊一哈(方言:一会儿),到了地头等一哈,下地之后站一哈,干起活来蹭一哈,评分时候争几哈,分粮分钱骂几哈。"

"哈你个鬼!"上门女婿气冲冲出门,拉了广播开关,匣子没了声响。他在队里开拖拉机,工分评得高,有稳定收入。"你狗日的天生懒虫,怪大集体讨死啊!来老子队上看看,个个抢着干活,哪像你说的这样,睁眼说瞎话!"

过继儿子动手要拉广播开关线，想继续听。上门女婿按住他的手，不让动。两人怒目相视，眼看就要打起来。

"住手！都回房间去，没大没小！"光棍周婆娘停下摆弄折叠伞，训斥两个晚辈。她十岁被卖到妓院，老鸨养到十五岁开始接客，至今不晓得自己姓么家，不知爹娘在哪里，受尽了凌辱。"要照广播里的搞法，要不了几天，穷的穷死，富的富死，富的大小老婆一大堆，穷的卖儿卖女。不怕跟你们说丢丑的话，我是过来的人，有了新社会搞集体，你爹不嫌弃，才有了你们今天个个像个人样。真要是搞单干，不怕你们狠，备不住你的女娃像我一样。"

"你们娘说得没错，莫争了，都回房间去。"周寡妇出来打圆场。"我也是过来的人，搞过单干，搞得家破人亡，二十岁守寡，守到解放，才跟你们老坎大伯有个家。老坎三个娃儿，栓爹、栓娘、栓哥，一个也没栓住，还不是旧社会单干造的孽呀！"

儿子、女婿不再争执，扭头各自回房间。

"回来！读书的娃儿也住手，听我说！"光棍周一声吆喝，儿子女婿围着方桌坐下，媳妇和女儿也从房间出来，写作业的娃儿停下笔，瞪眼望着爷爷。光棍周往鞋底上敲敲烟锅。"娃儿们，没尝过黄连，哪晓得甘蔗甜，经过了黑夜，才知天亮好。我跟你们捡捡古（方言：说古），讲讲窦曾台的过去今天，是郎么走过来的。"

周家原是沔阳城一户富裕人家，抗战初期，日本人扒开了东荆河，水漫全城，周家一行十八人逃荒到窦曾台落脚，度过十年兵荒马乱的日子，到解放那年，只剩下老少七个人。解放后，一九五四年淹大水，东荆河又溃了口，台上的党员扶老携幼，没死一人。往后，入互助组，进合作社，搞人民公社，周家添丁添女，有了五十多口人，成了台上仅次于窦曾两家的第三大姓，日子越过越好。多年来，台上的党员、干部、曾先炳、窦为香、窦先尧这些人，领头抗旱防洪，挖河架桥，栽树造田，开工厂办学校，通电通车通电话，比别人吃的苦多，出的力大，讨的好却少之又少，队里才有了这么大的家当，当年的穷乡村才有了现在的新模样。靠的就是共产党，靠的就是大集体，就像姑奶奶临死前叮嘱的那样，绑在一起过日子，要富一起富，要穷一起穷，莫落下一家一人。要是集体散了，没有藤了，瓜儿自己滚，还不都摔得稀巴烂。

"我说这些，就想告醒(方言：告诉)你们，人要知好歹，知深浅，知轻重。你俩也莫要争了，听台上党员的，听支书曾先炳的，虽说他们的胳膊肘长在自己身上，却是朝台上人身边弯，跟他们走，错不了。"光棍周说完，回了自己房间，砰的关上门。

众人不再言语，各自散了。

屋外的夜雨，还在淅淅沥沥下着。有人敲门，开门一看，先觉的女儿红兰打伞来接姥姥回家，说爹与二伯他们吵得不可开交，娘请姥姥回家，早点关门睡觉。两人撑伞回家。

明晃晃的电灯下，当了公办老师的窦世华，趴在堂屋方桌边写教案，暑假即将结束，小学没两天就要开学了。小妹世娥倚在她身边写作业，时不时转头问几句。玉珍和三婶娘栓哥，坐在矮凳上，面前一堆从菜园拔来的青黄豆秆，她俩从豆荚中剥了豆儿出来，丢进铜盆里，准备拌着咸菜肉丁一起炖了，给三儿子世刚带到水利工地当菜吃。

广播里正开始播大包干的消息，讲了头几句，玉珍没在意听，叫世华关了，说老奶奶就是听了广播，落下了病根，没多长时间去世了，莫听。世华也嫌吵人，拉了开关线。玉珍与栓哥边干活边说话。

"嫂，红兰这娃，阳亭不让上学，回来种田，我不，吵，吵架！"栓哥一声哑，虽然还是结巴，但比过去说得顺溜多了。玉珍听懂了，红兰是他们的独生女，台上小学取消了高小的三个年级，她应与世娥一样到谢仁口读六年级，但不知什么原因，先觉突然让她下学，回家种田。

"到谢仁口，跑那么远！要是红兰姐下学，我也不想读了。"世娥咬着铅笔头，望了望姐姐。

"我两指头钉死你！"世华撅起了指骨，"不读书，你讨米去呀？"又抬头望了望三婶，"三婶，红兰下学，太可惜了。"

"这个老三，中了么子邪？红兰读得好好的，为么事突然不读了？等他大哥回来，好好教训他！"玉珍说。

大门"砰"的一声被撞开了，独梅跨进门，把刚买的折叠伞甩甩水，叠成一团，放到门边，急忙忙地朝玉珍嚷开了："玉珍姐，么时候了，你还有心思剥黄豆米？"

"怎么的啦？"玉珍看一眼独梅，继续忙手里的活。她和栓哥今天没去参加社员大会，不晓得台上出了大事。

"有人瞎鼓捣，要散了生产队，分田单干，台上人闷在屋里吵翻了天，都没心思干集体活了！"独梅又气又急，世华给她端了矮凳过来，她不坐，满屋打圈圈。

"有这事？"玉珍停下手中的活，站起来，焦急地问："你家丢娃呢？他郎么说？"

"这狗东西几天没落过屋，今儿下午开完会，又没见人影，听说到大队开支委会去了，到现在也没回来，还不晓得吃没吃饭。"

"不急不急，独梅，来，坐下。"玉珍拉独梅坐下。她常听先智说起，丢娃有板眼，么事都难不倒他，听说丢娃去开会了，自己先稳下心来。"丢娃是台上的主心骨，只要他不发话，队上就散不了，没事的。后秀他们么时候回？我们屋里的那个，去这多天，也没个音信，要是真的散伙，得他回来拿主意呀！"

"喔喔，丢娃哥，好，听他的。"栓哥没动身，仍旧俯身剥青豆。

独梅坐下，帮她俩剥豆子。"后秀这小砍脑壳的，听说回来两天了，也不晓得蹠(方言：瞎跑)到哪里去了？他独松大伯喜得屁颠屁颠的，说他俩这趟没白跑，你那个亲家大爹出面，三天就把厂子里的事情办妥了，救了大急！"

"那就好，我们家那个可以安心在儿子那住几天了。不过啊，他那个陀螺屁股，坐不住的，队里又出了这么大的事，他听到风声，还不撒腿往家跑啊！"玉珍说。

"玉珍姐，要是队上真的散了，我郎么办啦？你们家五个娃，出去了四个，大不了，搬进城。我这五个丫头，除了后秀，四个憋在乡下，出，出不去，分田单干也干不了。丢娃这个抽乱筋的，来了招工当兵上大学的指标，他东让西让，把自己娃儿耽搁了，说起就来气，往后郎么搞哦？"

"你们家丢娃，为么事说话有人听，还不是行得正、做得好，人家服啊！你那几个丫头，个个水灵乖巧，学习又好，总能摊上进城的机会。再说了，往城里一嫁，你还愁么子啊？"

"我也这么想过，丢娃这抽乱筋的不这么想，就是不脱口，硬要死守在乡下，说要带台上的人一起过好日子，好像没他，窦曾台就塌了天！"独梅怨气不消。

182

"嗨,你这话还真不假,台上没丢娃,就像群无头苍蝇乱飞。这次啊,恐怕也得靠丢娃定个准盘星。"

正说着,红兰推门进来,说她爹在隔壁与二伯、幺叔吵起来了,她想睡觉,屋里没人,害怕,叫娘回去。

栓哥说:"你,叫姥姥陪你,不管你爹,随他。"

红兰打伞来到村东头,叫来了姥姥,一同回家睡觉。

栓哥不放心,帮玉珍剥完豆子,回家去了。

独梅坐了一会儿,惦记先炳回来吃饭,也回去了。

玉珍把剥了豆的黄豆秆抱到灶门口,问世华到了么时候,世华说快十点。她见三儿子还没回来,还在二叔家,不知这几弟兄又在吵么子,便吩咐世华带世娥上床睡觉,自己紧跑几步,冒雨跨过晒场,来到老二先职的家门口。

窦家四兄弟在河堤上的住家,前后两排挨在一起,面向而居,中间隔着一个晒场。

先职堂屋里挤满了人。方桌上筵,窦为新独坐,捧一个茶杯,衔着旱烟锅,眯眼听他的儿子孙子们争吵。他与老二住在一起,对队上搞不搞大包干没有兴趣,本已上床睡了一小觉,被吵醒了,披衣起来熬时光。方桌切角右侧坐了亲家罗老坎,左侧坐着二儿子先职,老三先觉和老幺先镐坐在下筵。老二家的大儿子银舫,在公社油米厂亦工亦农,碰上大雨天,回家休息,与读高中的弟弟铜舫并排坐在靠东壁的长凳上。先智家的老三书舫,在公社水利组当临工,干了三年也转不了干,乘雨天回来背米和菜,他与幺叔家的读初中的独儿子铁舫坐在靠西壁的矮凳上。二媳妇桃英和幺媳妇没个定处,时不时给方桌边的人倒茶倒水,后面跟着几个没成年的女娃,满地转。

"广播里的话,没错到哪里去呀! 干的不如看的,家里没劳力,没人下地,照样分红,到哪儿说理去?"先觉说。他们刚才听了匣子里的广播,为新嫌吵,叫关了,但先觉心里还想着广播里的话,觉得自己和栓哥两个整劳力,天天下地,只养岳父母和红兰一个娃,收入比两个哥一个弟高,但没高多少,觉得吃了亏,有些愤愤不平。

"老三,你这话,不是朝我们来的吗? 大哥身体不好,我和老幺搞手艺,屋里都只有一个女劳力下地，收入本来就比你家少，还要么样呢？要是大包干就是叫有劳力的吃干，没劳力的喝稀，我不搞么子大包干。"先职说。

"二哥这话中听！我也不想搞大包干。今儿开会，曾善明私下说，干的不如看的，看的不如耍手艺的，明摆着揭我们窦家的短，好像手艺人就不是劳力，好像吃大锅饭是手艺人惹的祸。他不懂，书上说了，这是高级劳动，也创造价值，叫银舫、书舫说说，是不是？不过，我们娃儿小，吃闲饭的多，就一个女劳力，真要分亩单干，肯定搞不过别人。"先镐说着朝世斌、世刚看两眼。世刚是有名的闷罐子，不吭声。银舫笑笑，也没吱声。

"也不一定！"幺媳妇插上话。"女劳力怎么啦？地里活，大嫂样样拿得起来，二嫂这些年，学得哪样比别个差？我和三嫂，从小干农活，真的单干起来，输不到哪里去！"

"就是，没得么子好怕的。"桃英附和兄弟媳妇。

"逞能！不是说怕不怕，是说该不该搞单干。"先镐抢白他媳妇。

"不管你们郎么说，反正我要搞大包干！我想好了，红兰不读了，回来种田，我们三个包儿亩田，凭力气吃饭，保证把日子过得天天嚼甘蔗。不信？等大哥回来问他！"先觉似乎铁了心，咬定了要单干。

"你莫提你那个大哥！"为新用烟袋锅敲敲茶杯，说到大儿子就来气。"叫他从小学艺，有一艺，不愁吃，他就是不听，听那个徐瞎子的，耕读传家。传个屁，那个死老婆子还护着他，如今他搞得一身病，一身伤，提他搞么家。"

"爹，娘临死前说了，徐先生承认耕读传家只讲对了一半，人家自己已经认了，您何必还捡人家的过呢？"先镐有点儿不满意爹的话。

罗老坎胳膊肘捅捅为新，笑了笑："他大爷，您这个学艺经还是不念的好，雨亭、月亭，不是都有一艺吗，现今管么用？"老坎年岁大了，跟女儿女婿住在一起，与为新抬头不见低头见，都忘了昔日的怨恨，不由得揶揄他几句。

"老艺是不管用哒，新艺还管用啊！反正要有一门手艺！"为新往烟锅里装了新的烟丝，叭叭抽两口，掩饰了窘态。"依我看，世字辈的这几个，莫再读了，也莫到外边搞么鬼临干啦、亦工亦农啊，回来学开机耕船，开拖拉机，到队上厂子里开夹米机弹花机也行，这就是新手艺。管它么子大集体还是大包干，有了这新手艺，人人都来求你，多金贵呀！扯别的，没得用！"

184

185

"窦大爹,听我一个外姓人讲两句。"罗老坎揉了揉一条缝的右眼,左眼已经完全瞎了。"种田也好,学艺也好,就看活在一个么样社会里。社会好了,干什么都享福,社会不好,干什么都遭殃。您看旧社会,种田的,做手艺的,能人有的是,还不是照样受苦受难。我一个老实本分的种田人,硬是叫国民党抓了上十回壮丁,搞得家破人亡。进了新社会,我又跛又瞎的老头子,政府发'五保',吃穿不愁。所以说啊,只要共产党不倒,这个社会不变坏,搞大集体小集体,搞大包干单干,都行! 猪往前拱,鸡往后刨,搞法不一样,何必在乎呢?"

"爹,您郎这话,不是白说嘛! 到底搞哪一样好啊?"先觉抢白他老丈人。

"银舫,书舫,你两个读书人,说说看! 上次留住了小学校,你们但是而且一大堆,说古论今,蛮有主张,这回郎么哑巴了?"先镐又一次点他两个侄儿的将。

银舫大书舫一岁,朝对面矮凳上的书舫努努嘴。书舫平时话不多,是个闷葫芦,见银舫朝自己使眼色,几个叔叔眼光瞄过来,便挺直了腰,先开了口:"到底要不要参加大包干,搞分田单干? 为我二叔和幺叔着想,不参加好,为三叔着想,参加好。要是为台上的人、全天下的农村人着想呢? 我看分田单干搞不得! 罗大爷刚才说,自个儿活得好不好,先要看社会好不好,真是这样。我们活在这个社会,搞的社会主义,是个好主义,好就好在不分穷富,有福同享,有难同当。前些年批孔子,有些批得对,有些批得不对,比方孔子说过,不怕穷,就怕穷富不均,不安定,这话就没错。要是搞了大包干,分田单干,田有近有远、有好有坏,分的农具也是有多有少、有好有坏,各家各户的人也不一样,有三叔这样劳力多的,也有二叔这样娃儿多的,劳力当中又有会干活不会干活的。在大集体中,讲求共同富裕,这些显示不出来,单干就全显露出来了。要不了一年半载,跟学校里跑马拉松一样,人跟人拉开了,有的穷有的富。这就是孔子担心的不均,而且,还没完。穷的不守穷道,偷的偷,抢的抢;富的不守富道,花天酒地,嫖赌逍遥。孔子担心的社会不安定来了。还真说不定,又回到了旧社会,打天下的烈士,鲜血白流了! 像老姑奶奶的二儿子曾善亮,尸骨还没收回来,白死了! 您郎们说,这分田单干能搞吗?"

二叔幺叔和罗老坎直点头,爷爷像没听到似的眯着眼呼烟。三叔说:"你娃儿说得像真的一样,有这么玄啦?"心里似乎有了一点儿松动。

"三叔，不是书舫说得玄，真走到那一步，就再也回不来哒！我大伯就不只是屁股上打四个眼，恐怕连命都保不住！"银舫离开长凳，从他爹眼前的烟盒里抽出一支烟，他已学会抽烟，点着了，叼在嘴上，站到屋中间，滔滔不绝讲起来。

"书舫兄弟说的是，分田单干搞不得。我还要补一句，现在搞的大集体，方向没有错，方法得改一改。刚才广播里说，和尚多了没水喝，确实有这个问题。我小哥跟我讲过三个和尚的故事，"他说的小哥，是他从小崇拜的兵舫，经常抬出他小哥来说事。"一个和尚挑水喝，两个和尚抬水喝，三个和尚没水喝。问题不是出在和尚多了，而是对和尚缺乏管理教育的一套制度。假如提高了和尚的觉悟，他们个个抢着挑水抬水；假如给每个和尚下个定额，人人每天担多少水，完不成打屁股；假如把和尚分成组，每个组轮班挑水，等等，不就有水喝了？同样的道理，大集体确实容易窝工、养懒汉，改革一下，摸索一些新办法，比方按劳取酬啊，定额奖惩啊，就能解决这些问题。从一九五五年算起，走集体化道路才二十五年，免不了出些差错，共产党打天下，跌跌撞撞，还搞了二十八年呢！何况集体化这条路，从来没走过，摸摸索索，搞成这个样子，不容易呀！不能因为出了这些问题，就把这条路废了。"

桃英看儿子讲得口干舌燥，把他爹跟前的茶杯端了来，递给儿子。银舫咕噜下去，最后说："再回到我们窦家的事情上来。小哥当兵之后，每次来信讲了又讲，外面的世界很大很大，要干的事业很多很多，我们这一辈人，不能像父辈祖辈那样，死守在农村，出路就是读书走天下，不管男娃女娃，个个都要读书，读了书才跳得出去。要是出不去，就留在农村，跟定集体，绝不搞单干。"

"个狗东西，几个月不见，郎么有这大长进？像县长做报告啊！"幺叔先镐下了座，把儿子铁舫扯到银舫身边，朝自己的几个丫头叫道："你们几个，好好跟几个哥哥学，老子穷死也让你们读书，读出去了，像兵舫哥哥那样干大事。"

"走，走！走你的！"门外传来玉珍的叫声。

桃英打开门，把玉珍迎进来，问："哪个？搞么家？"

"'不见天'那个懒虫！走了，不理他。"玉珍跨进门。

刚才，玉珍冒雨来到先职家门前，见门边一个黑影晃了一下，不见了，喝问道:"哪个? 搞么事的?"

墙角边传来几声猫叫。

"莫装了,是人你就出来!"玉珍听出不是猫的声音,壮着胆子,朝墙边察看。

一个穿雨衣的男人,从墙边转出身来,掀开雨衣遮头帽,"嘿嘿,是玉珍大姐呀! 没事,转转。"

玉珍凑前一看,是村西头的"不见天"。去年搞桩号到人,窦家妯娌替他婆娘"天不亮"多种了几垅棉花地,也就多收了几筐棉花,超产得了奖,他两口子闹到洪少谱那儿,也没闹出个名堂。打那以后,很少见到他。对这个有名的混混儿,玉珍懒得理他,骂道:"白天见不到你人样,夜晚出来了,真的属猫啊! 有么子好转的? 走,走! 走你的!"

"不见天"嘿嘿两声,消失在雨夜中。

玉珍进了门,除为新没动屁股外,其他人有的起身,有的欠身,叫嫂子、叫大婶,喊个不停。桃英端过来凳子,请大嫂坐。玉珍不坐,说:"我来叫书舫回家,明早还要上工地呢。听红兰说,你们兄弟又在吵架,有么子好吵的呀?"

"这娃儿耳朵听岔了吧? 哪里在吵架呀,他们几弟兄正商量要不要分田单干呢? 这不,还拿不定主意呢。"幺媳妇先回了话。

桃英拉玉珍坐下,说:"他婶,您郎看,是分田单干好呢,还是接着搞大集体好? 两个读书娃倒是不让搞单干,他俩哪晓得哈数(方言:好歹)啊!"

"这大的事,得等我们当家的回来说了算。他二婶,现在的年轻娃不比往常了,他们有见识呢,该听还得听。要按我说,日子郎么过得好,就郎么搞。"

先觉噗嗤一笑:"大嫂,又一个说了跟没说一样的,还是等大哥回来,看大哥郎么说。"

"大嫂,大哥么时候回来?"先职不想与家里的姑娘婆婆们讨论外面的大事,关心先智的回程。

"独梅刚才来说,公社厂子里的事办好哒,后秀已经回来哒,他会不会在儿子媳妇那住一段? 好不容易去一回,哪晓得呢?"玉珍说。

"赶紧叫大哥回来!"老幺说。"就怕他不急,得想个法子。我看,就说我们老父亲病了,病得不轻,他还敢不回来?"

188

"屁!"为新睁开眼,"你就说他老父亲死哒,他也不一定回来!"说完,敲敲烟袋杆,回房间睡觉。

"我有办法叫爹尽快回来。"书舫站起,走近娘身边,"他肚子上新添的两个眼,一个为那块菱角田,叫犁头尖扎的,另一个抓偷树贼,阑尾穿孔,医院开刀留下的。他最丢不开的是那块田和那些树,我明早打个长途电话,就说菱角田被人分走了,树也被人砍了,他保准往家跑。"

"闷葫芦有闷主意,好!"幺叔先镐说。

书舫扶着娘回家。众人各自散去。

十四、先炳感到，自己的肩头，像担了一座大山

　　曾善明听完匣子里的广播，夜已深了。他回想今天下午，队里大会上无边眼镜讲的那些话，一阵冲动涌上心头，毫无睡意，独自一人端坐在堂屋桌前，品茶，抽烟，哼着花鼓戏《平贵回窑》里的唱词："沐圣恩，挂帅印，平贵我也有今天呐！"

　　绵绵秋雨，丝毫不理会窦曾台人对它的不同感受，任性地继续下着。隔着门窗，雨声传来，雨水滴到檐下石阶上，鼓点般鸣响；洒在树的枝叶上，放声吟唱；浇在园子的瓜菜上，哈哈嬉闹。

　　洪湖雨多，洪湖岸边的乡下人，隔三岔五就会听到雨声，听惯不怪。善明以往没在意，今天才知道这雨声这么好听！嘀嗒嘀嗒，滴得心花怒放。他觉得这雨声，就像花鼓戏《平贵回窑》的开场锣鼓，先空场响一阵子，挂帅回窑的薛平贵，银甲皂靴硬靠旗，就要上场了。他觉得自己有点像这个角色，在新社会里活了三十年，虽说也顺当平安，没得么子不好，但有一条不好，发不了财，致不了富，过得憋屈。当年那些穷得连裤子也穿不上的，一个个反而靠着合作化、公社化摘了穷帽子，跟他平起平坐起来。他哪能心甘，于是骨头缝里剔肉，想法子捞钱，可共产党这个运动、那个教育，动不动就把发家"发财"的路堵死了，有时，到了手的钱财也就飞了，瓷罐里还

是那么些,总是填不满。现在有吃有喝的家伙们,窦为斗、肖老大、光棍周,哪个比自己精?没得,原以为他们时来运转,该着了,今儿听广播里那么一说,原来是集体"大锅饭"在作怪,把大锅饭一打破,分田单干,老子这样有本事的能人显身手的时候到了。有些事,回想起来也好笑,那个截粮船的李老伏,还有夏强德、曹老大、胖会计这帮人,挖空心思要搞垮公社,搞散集体,梦想变天,么样呢?这帮人逃的逃,抓的抓,管的管,自个碰得头破血流,没损人家公社半根毫毛,他才不跟着瞎搅和呢!现今人家自己要散了,像旧社会那样单干了,早知今日,何必拼死拼活废那些功夫?

屋外的雨声变得急促起来,唰唰唰响成一片。善明觉得越来越好听。秋雨,犹如一把钥匙,插在锁眼里不停地扭动,唰唰作响,不知不觉之间,他发家致富的大门就要悄然打开了。要是搞了分田单干,老子的路就好走了。莫看自己年岁大,下不了地,肩上有力养一口,心上有力养千口,做得到不如算得到,算计到了,用不着自己下地出力。那些靠大集体走路的泥腿子们,要不了多久,就得各出各的情况,受个灾,得个病,闯个祸,受苦受穷的日子就来了,集体再也不会管他们,只有卖田卖房。到那时候,老子手里捏了大把的钱,想买田买房看老子心情,那些穷回去的人,只要想活下去,就得租种老子的田,还用得着自己动手动脚啊?只管躺在屋里憨吃憨喝吧!

"啪嚓——"静静的东厢房里传来一声响。

"老头子,我闯祸了!该死啊!"二黄婶从门边露出一张哭丧的脸。她在房里玩弄那个装银圆的瓷罐,一不小心,摔在地上。

善明进房,见罐碎了,银圆撒了一地。

"祖上留下的,就这么碎了,我该打,随便你打!"二黄婶先抽了自己两嘴巴,然后把头伸向善明。

"哈哈哈!摔得好!"善明仰头大笑,又突然抿住嘴,关上房门,怕对面已入睡的儿媳妇听见了,并不动手捡拾地上的一百多块银圆,反倒围着这些钱,背手踱步。

"这个皮筲箕,是不是脑壳叫门夹了?平时牙缝里的渣儿,都要戳出来吞进肚子,这祖传的瓷罐,不心疼啊?"二黄婶在善明面前,一贯像老鼠见了猫,心中的疑问,哪敢说出来,战战兢兢地问:"您不打我呀?"

"这次不打了!"善明一脸欢喜,"我们就要发财了,洋钱一堆一堆的来,瓷罐哪装得下。摔了好,换一个铁桶装。"

二黄婶吐出了舌头,半天收不回去,正要发问,大门外有响动。善明赶紧叫二黄婶收捡地上的东西,打开大门,领进一个人来,脱了雨衣,认出是村西的"天不亮"。

"曾大爷,给点吃的呗!""天不亮"有消息告诉善明,断定他不会拒绝。

"你这狗东西,还没把阴阳倒过来呀!"善明叫婆娘拿桃子来。二黄婶从床后一篮水蜜桃里挑了两个小的,(这是孙女婿洪光灿拿来孝敬的)递给他。"快半夜了,还在外面瞎趱(方言:乱跑)么家?"

"天不亮"蹲在床前踏板边,用衣袖蹭了蹭俩桃子,一个握在手里,另一个一口咬了一半。"今天夜里,全台上的人,关起门来吵得不可开交。"这些年,善明靠时常给"天不亮"一些吃的,让他传递台上人的动静,不出门,队上一举一动全知晓。

"都郎么说?想分田单干的人多不多?"善明问。

"几个家里想分田单干的,出了他娘的奇了,当家的却不想分。肖老大二儿子要分田,叫他参骂回去了。光棍周的过继儿子要单干,插门女婿却不让,两人差点儿动了手,那老光棍一口咬定他俩说了不算,只听您郎丢娃的。窦为圣、窦为斗这两家,倒没有郎么吵,睡得早,没听出个名堂来。""天不亮"说。

"哦!窦为新家里么样?"善明关注这一家人的动向,他们在台上的分量重。

"再给俩桃呗?""天不亮"三两下吞下了两个桃,又伸手要,善明又叫二黄婶挑了两个更小的,"天不亮"估计再也讨不到了,轻轻咬,慢慢嚼,省着吃。"这一家吵得乱了套,说么家的都有。窦为新这老东西不理会,罗老屁说搞不搞都行,老二老幺不想搞,老三反倒要搞,两个读了书在外面做事的娃,猪八戒吃碗,满口嚼词(瓷),扯了一大堆,都说搞不得,最后说定,等那个铳气回来拿主意。"

善明心里有数了,台上多数人不想分田单干,上面摆明的政策是,尊重群众意愿,照这样干下去,分田单干搞不成,自己还发个屁财?他眼珠子一转,有了主意,问"天不亮":"你想不想分田单干?"

"我才不想呢!大集体挺好,饿不死,冻不着。分了田单干,我俩不会农活,干不来,还不饿死呀!动这个脑,出这个力,何必呢?"天不亮继续慢慢地嚼他的桃子。

"你娃儿憨啦？把田先分下来,还可分到犁耙耕牛这些东西,你转手一卖,要么租出去,钱到了手,又不用下地干活,吃香喝辣,多好啊!"善明开导他。

"我才不憨呢! 要是政府不让卖地租地,我不就含了个鸡头苞(方言:芡实果),吞不进,吐不出?""天不亮"难得的动一回脑子。

"说你憨,你还真憨。明的不行,暗的行啊。只要你分了田,自己不种,暗里卖给我,租给我也行,随你便,我找人替你种,还付给你钱,包你吃穿不愁,说不定还发大财呢。"善明说。

"天不亮"想了半天,猛然拍一掌大腿,把嘴里桃屑一口吞下,站起来。"嘿嘿,真有滴咔(方言:一点点)憨,我郎么没想到啊! 听您曾大爷的,我搞分田单干。就这么说,走了!"

"慢着!"善明叫住他。"光你一家搞单干搞不起来的,你赶紧去鼓动肖家老二窦家老三这些人,叫你媳妇鼓动不想集体出工的婆娘们,一起去找公社洪书记,就说群众愿意分田单干,上面定下来了,你才能发财呀!"

"天不亮"迈出房门,回头说:"晓得了!"

这场秋雨继续下着,偶尔停了片刻,又洋洋洒洒飘下来。棉田里裂了口的棉桃,像刚亮开肚皮的汉子,又裹紧了衣衫,等待阳光的到来。

人们像躲瘟疫似的不出门,继续关起门来争着吵着,商讨着。只有窦世刚早早去了水利工地,顺道给他大连的二嫂打长途电话,还有天不亮鼓动一些人去寻找洪少谱,除此之外台上再没有人走动。

第三天清晨,雨下得大了,像断了线的珠子往地上掉。独梅打开大门,屋檐下挤满了人,不一会儿,檐下站满了后来的人们,聚在门前的晒场上,穿蓑衣雨衣的,打伞的,光头的,任凭雨水浇遍全身。独梅大吃一惊,忙着问这是为么事,所有人就一句话:"先炳书记回没回来?"独梅说,没呢,请大家进屋来,莫让雨淋出病来。人们不进屋,默默地站在雨中,等候他们的书记。

随着屋后鸡笼里公鸡们最后一阵叫声停止,曾先炳和队长窦先尧开完支委扩大会回来了。他俩从侧面巷子露出头,看到屋前黑压压的人群,台上上了年纪的男人女人几乎都来了,连忙收了伞,快步奔过来,挨个叫

爷叫娘，询问出了么子事。

人们把他俩围在中间，"丢娃""先炳""曾书记"，乱纷纷叫了一阵子，窦为斗、肖老大、光棍周这几个老农挤过来，满头雨水，说："先炳，你就把个准信，分田单干搞不搞得？台上听你的，别人说了家都不顶用。"

"就为这事啊！"先炳心中一阵发热，抹一把头上的雨水，跨上自家屋檐下的台阶，喊道："老少爷们、娘们，我晓得您郎们信得过我丢娃，也是信得过共产党！是可但，这个事，一两句说不清楚。请您郎们先回吧，莫把身子淋坏哒！"

没有一人挪动脚步，有人不停地在雨中呼喊：

"么子大包干，说得好听，就是单干，搞不得呀！"

"要是搞单干，老子全家明儿就搬走！"

"娃儿，你一句话，台上跟你走！"

先炳一直在掂量，面对乡亲们，自己应该怎么说，这一次不比往常，是把乡亲们往哪里带的紧要关头。一步走错，决定千百号人的生死，想不出万全之策，开不了口啊！他便再三劝说乡亲们先回去，见人们还是不走，逼急了，喊道："父老乡亲们，给我一两天时间，一定给您郎们一个准信。先回去吧！"

先尧站到先炳身边，帮助劝说："您郎们都晓得，曾书记说话算话，哪次没兑现？都回去吧！"

人群渐渐松动，有人慢慢退出去，最后，几个老农也离开了。

望着大雨中一个个模糊的背影，先炳首先想到了三十年前的那个河滩边，赵扶民刘小牯和洪少谱，乘汽筏子来宣传土改分田地，这些人，还有这些人的爹娘，连蹦带跳，欢喜若狂，同样是分田，为么子事他们这次像掉了魂似的？应该带领他们往哪里走呢？先炳感到，自己的肩头，像担了一座大山。

大队支委扩大会开了一天两夜。

会议安排在艾家湾大队部办公室里。工作组长无边眼镜主持会议，区委书记洪少谱到会督阵，并把公社书记叫来壮威。大队支书曾先炳把六个小队长和四个大队党员干部召集来之后，再也说不上话了。

大队部室外秋雨连绵，室内悄无声息。无边眼镜搬出一大摞文件，讲

195

话和各地实行各种责任制的经验、报告，挨个念，分段讲解，折腾了一夜。第二天，开始讨论，领会精神，统一思想。这些精神，说起来也简单，批判左的错误，打破大锅饭，根据群众意愿，实行各种形式的责任制。乡下干部话不多，三言两语，就算思想统一了。接下来，表明态度，研究落实措施，争论和冲突随即爆发，气氛紧张起来。

"什么叫转折？"洪少谱停住话，不急于回答，掏出小梳子，认真地梳理头发之后，在十多个人眼睁睁盯着他的当口，把一支筷子摆在桌面上，接话说："看到没有？这支筷子粗头朝这个方向，"说着，他把筷子拦腰折断，粗头转向朝后，"这就是转折！方向变过来，掉头往回走，也就是说，纠正错误，回到正确轨道上来。所谓根据群众意愿，我还是那句老话，像赶鸭子一样，往哪里赶，它就往哪里走，关键是怎么引导。所谓责任制的多种形式，当然允许选择，但是各种选项中，大包干优先，有人叫分田单干，虽然不准确，因为土地的所有权仍然归集体，但便于好懂好记，群众这么叫，也行。文件上没这话，大会上也不讲，但实质就是搞分田单干，不然的话，照现在的搞法或者前些年的搞法不变，那叫什么转折？叫什么拨乱反正？所以，你们现在的态度，就是要明确表示搞不搞分田单干？回去怎么搞？一个个亮明立场观点。谁明确了，谁走人。不明确的，留下来继续学习认识。唱反调，对着干的，现场免职。上面说了，不换思想就换人，决不含糊！"

这两三年，洪少谱精确地测准了政治风向，精确到了厘米级，步步踩在点上。这不仅仅只是他的"鸭子站位"理论得到了验证，处处显灵，还在于他发现了一个摔不烂打不破的硬道理，他概括为"私有无敌"。在众多的文件讲话中，他盯住了"调动积极性"这句话，自己做了解读：人的积极性从哪里来？利益，觉悟。过去的斗私批修、克己奉公那一套，靠提高觉悟，强化理想信念，调动不了积极性，错了。纠正错误，就得靠利益驱动，利益中最管用最直接的是私利，这东西，别说一抓就灵，碰一碰也灵，人不为己，天诛地灭，从古灵到今。调动谁的积极性，就得满足谁的私利，把这根神经挑动起来，眼下的这些新政策全都顺理成章了。特别是大包干，直来直去不拐弯，拐到哪里啦？直接拐到私利上来，谁发家谁光荣，谁受穷谁狗熊，他能没有积极性吗？当然要优先贯彻到底啰！其他的，如评分记工、包产到组、联产计酬，都没与集体脱钩，也就说说算了。

每当想到这些的时候，他为自己惊出一身汗来。十年前，在窦曾台牛

栏那个深夜,与窦世豪那个小铳气摸黑谈话,他说过,人性为私,搞思想革命化这一套,史无前例,是要挖全人类的根,只会是一场伟大的失败,一场悲壮的失败,再过十年八年,不彻底否定才怪呢?那个小铳气不服,他嘴上没毛,哪懂世道!还真叫自己说中了,不是自己有能耐,原来是内心深处埋下了这个亘古不变的种子,到时候便发出芽来。不过,他有时也会往回想一想,自己被刘小牯捡来干革命,打过仗,冲过锋,还有许多战友倒在血泊中,也不全是为了个人私利呀,那时哪来这么大积极性,连命都不要了?自己入党时,举拳头宣过誓,为共产主义奋斗终生,这一生才过了一半,怎么又信奉个人发家致富呢?他得不到解释,也就不往这个思路上想下去。

洪少谱这一番话,慷慨激昂,理直气壮,一下子把这些大队小队干部震慑住了。大家你看我,我看你,大眼瞪小眼。

"洪书记,记得一九七六年反翻案风的时候,我们队为了治懒治赖,偷偷搞了桩号到人的责任制,您把我们狠批一通,说这是复旧,为单干招魂。这才过去三四年,您郎又变了调门,直接要搞单干,转这么快,我们提了鞋子也跟不上,等我们慢慢转行不行?"第一个出来不合拍的,竟然是窦曾台三小队的小队长窦先尧。他在"四清"运动中入党,这些年,与先炳、为香他们穿一条裤子,那天窦家兄弟为稻田排水争吵时,洪少谱就露了单干的话,他一直想不通,现在不敢唱反调,扯了个题外话,试试水温。

尽管这不是唱反调,少谱还是不能容忍,他掏出手帕按按额头,变了脸色:"与时俱进,你不懂啊?你是不是还想说,那个年头,我在你们窦曾台做检讨,痛哭流涕,保证不翻案啊?算我的账,还想再来一次打击迫害呀?别给我扯这些没用的,你就直说,搞不搞大包干吧?"

先炳在底下扯扯先尧的袖子,先尧闭了嘴。

"搞!我们搞大包干,一个字搞!"冒垴垸六小队队长是个年轻人,站出来亮明了态度。他爹一九五九年当队长时,虚报冒进,队里断了粮,偷割了窦曾台二十万斤稻子,挖了条二里多的河作补偿,自那以后,队里搞得时好时坏,小伙子们宁可来窦曾台倒插门,也不愿留在本队。他当队长这两年,三股有一当超支户,早就想试试别的办法,改变贫穷落后面貌。"不过啊,洪书记,具体搞起来,难处太多。"他列举了许多困难,田连成了片,远近肥瘦不同,不好分;分田就得分水,水分布不均,也不好分;耕牛少了,分不到户;机械不多,要分,就得拆零;集体房屋很难估价,估高了,没人要,估低了，打破头；树木、池塘、小工厂，更难分。分了之后，种子、肥料、农药，少了不够用，多了没用，郎么搞？

"得得得，"少谱阻止他继续说下去。"这些个具体问题，放到以后解决。只要你愿意搞大包干就行了，走吧，你可以回去了！"

六队长夹了本子，拍拍屁股，朝其他人吐吐舌头，出门钻进雨雾中。

"要说实话吗？我不打马虎眼！"艾家湾一小队队长站起来。"我们队不搞大包干，洪书记，您看着办吧！"

"为什么？"少谱冷冷地问，鹰爪似的目光抓住他。

"大集体好，大包干不好！就为这。"一小队紧接窦曾台西头，两队是近邻。艾家湾没一户杂姓，历来逞强好斗，闹赤卫队时，全村投红不投白，抗战没出一个软骨头，村里有好几家挂着烈属牌牌。刚解放时，姑奶奶和先智、先炳一行人在这里翻了船，艾家湾人救了他们，民风见义勇为。一九五四年发大水，党员曾先炳在那跳水堵涌洞，为全村人逃出去争取了时间，他们始终不忘共产党的好。一九五九年搞虚报挨了饿，年轻人剃了光头要去公社粮站抢粮，窦曾台人把自己瞒报的粮食送去解了难，得了大集体的济。这些年，他们后脚打前脚跟着窦曾台，修水利、建良田、种树木、办工厂，全队没了超支户，日子过得顺溜。好好的光景，为么子改了呢？这个队长想不通。

"那好吧，你这个队长撤了，叫你们副队长来！"少谱紧紧攥住手帕。

公社书记轻轻碰少谱，"人民公社条例上有规定，小队长由社员大会撤换。您看——"

"非常时期非常手段，撤！"

大队部就设在艾家湾，小队长出去一会儿，副队长来了，站在门边，不再往前走，更不入座，说："莫问我，问我也是一个话，不搞单干。"

"你走！叫会计来！"少谱本想把手中的手帕装回兜里，却拍在桌上。

会计进来坐下，嬉皮笑脸向同为本村人的大队长讨了一支烟，点燃，有滋有味地吸了几口，问："郎么想起了我这个小会计？您郎们说，叫我搞么事？"

"你要是同意搞大包干，你就是队长！"少谱发现自己有些失态，捡起手帕，装进兜里，和缓了语气。

"哎呀呀，我要是答应了，屋顶还不被掀了，锅碗也保不住叫人砸哒，搞不得,搞不得!"会计紧抽了几口烟,烫了手,狠狠把烟蒂摔在地上,用脚搓了几遭,起身走人,边走边摇头。

"我早说过,三大队是重灾区,果然不差!"少谱坐不住了,围桌子转了一圈,停在大队长身后,说:"你是艾家湾人,你来代理小队长,把大包干抓起来。"

大队长没吭声,桌下碰碰身边的先炳,先炳点点头。大队长"嗯"了两声,表示答应了。

"洪书记,"大队通信员进来报告:"窦曾台小学校长曾后秀有急事找您,说是您儿媳妇,在旁边办公室等着。"

"我还不晓得是儿媳妇? 娘的个蛋!"少谱骂了粗话。"不见,三五天再说!"

通信员退出去,过了一会儿,又来报告:"窦曾台来了十多个人,一个叫"天不亮"的领头,说要反映自愿分田单干,在外面晒场上聚着,指名要见洪书记。"

"啊?"少谱面现喜色,收起本子出门,回头交代:"你们继续开会,不表明态度,一个也不能走!"

少谱见了"天不亮"两口子和一帮男女,只认得躲得老远的窦家老三先觉,其他人不认识,问明了情况,连声赞许,许诺说,回去准备分田单干吧,劝他们离开了。正要往回走,后秀上来,把他拉进一间办公室。

大连的那个深夜,后秀在招待所院外吻别了世豪,回房间给他们小两口留下一张纸条,说明要赶回家准备开学,连夜去了大连火车站,乘车返乡。回到谢仁口家中,她见到了洪光灿留下的一封短信,说他随小学的夏老师去了'深土川'(深圳),要到沙头角碰碰运气,给她带回来稀奇东西,让她等着好消息。后秀不在乎他的事,到曹家嘴区招待所找到了部队来外调的两位军人。这两人走访了刘小牯老书记、油米厂敖师傅,还有公社、学校一干人等,查实了窦世豪在"文革"中历史清白,表现得当,没有问题,便让他们各自写了证明材料,并拟定了调查结论报告,来请区委书记洪少谱审定盖章。少谱看了,不点头,也不摇头,说等我忙过这一阵子再办,拖着不签字盖章。这两人等了两三天,再也见不到他,正急得团团转。后秀来了,向他俩表明自己身份,说我给你们帮这个忙,拿了调查材料,来找洪少谱。

"爹,长话短说,我跟您讲个条件。"后秀把调查材料放在少谱面前,又掏出一张纸,前不久洪光灿往尿素里掺沙子,给窦先智写下的字据,放在旁边。"您把调查报告签了,我把字据撕了,两边扯清。"

少谱瞄了一眼,哼哼两声冷笑:"娃儿,你也太小看你爹了!爹什么风浪没见过,怕你这小把戏?调查报告我不签,这字据你拿去随便告,我等着。"

后秀不慌不忙,又从兜里掏出一张纸,递给少谱。"您看看这个,要不要替您儿子签个字?签了字,我从此不喊您爹。您要是在调查报告上签了字,我还喊您爹。"

少谱接过来看了,一份给法院的离婚申请书,他脸色陡变,这可是儿子的命根子啊!儿子在他面前发过一万次誓,前三分钟没了秀儿,后三分钟便死。少谱何等人物,不用多想,这丫头掐住自己死穴了,迅速改变了脸色,"你这娃儿,瞎闹什么呀?爹给你签,拿去区里盖章。"在调查报告上签了字。

后秀转身就走,也没喊声爹。

少谱又窝了一肚子火,回到会议室,厉声责问:"谁表态啦?"

没人应答。

"那好,我们就这么耗着!"少谱坐下,两手搭在胸前,靠在椅背上,不看人。

一直没有说话的无边眼镜凑过来,躬身问:"到了吃午饭的时候,吃完饭再接着开?"

少谱不吭声。

通信员端来饭菜,这些人就地吃了,继续开会。

李家湾的二小队队长耗不下去了,出来说话:"我想通了,搞大包干!不过,过了秋收再搞行不行?"他讲了自己的理由。棉桃刚裂口,还需三五天才能摘棉花,每亩棉田产量不一样,要是先分田,各家收的棉花有多有少,怎么完成今年上交给国家的收购棉?还有公社和大队的提留,怕是也完不成。高粱、黄豆、玉米和晚稻,还没收割,分了田,就得同时分配上交份额,农民变成了私有者,肯定瞒产瞒报,完不成国家征购任务怎么办?"洪书记,要不,您把国家征购和集体提留免了?"

这个难题出得太大了!公社书记首先摇头,无边眼镜弄不清乡下有这么多弯弯绕,傻了眼。

洪少谱不是那么好糊弄的,他稍加思索,一眼看穿了这个队长想拖延的把戏,回答说:"你别耍心眼! 田要分,该上交的,一分也不能少,办法你去想,我管不了这么多!"

"洪书记,上面没对大包干设置时间限制吧? 为了确保国家计划收购和两级提留,是不是可以放到——"公社书记欲言又止。他知道,生产队每年上交国家和集体的份额,近两年达到百分之二十八,农民日子不好过的原因,与负担过重有关系,大包干解决不了这个问题,恰恰相反,这个负担分散到个体农民身上,很快就会浇灭农民的积极性。要想农民致富,出路在于减轻农民负担。因此,他对大包干并不热衷,但迫于层层下来的压力,他少说为佳。

"嗯?"少谱对公社书记的动摇流露出不满,但这种场合不便批评他,转而问二小队长:"你说放到么时候?"又不等人家回答,自己先定了调:"那就先做准备,过了立冬,交了公粮,全面启动大包干! 同意吧? 同意,你可以走了!"

二小队长也不说同意,夹起本子就走。另两个队长像是抓住了救命稻草,连忙问道:"我们同意,可以走吗?"

少谱头也不抬,手指朝外摆一摆,两个队长走了。

会场上剩下了四个大队干部和三小队长窦先尧,再没人说话,又冷了场。天快黑下来,吃了晚饭,接着开会。

"窦先尧,就剩下你了,躲是躲不过去的,表个态吧!"少谱没掏梳子,直接用手抹了抹头发。

"洪书记,我话好说,口难开呀! 干吧,台上的人,何止掀我的房顶,砸我家锅碗? 还不点火烧了我的房子啊! 不干吧,您要撤我。我呢,又不想被撤,台上乡亲养我一水不容易,还想为台上多做点事,报答他们。这不,两头作难,开不了口。"先尧不软不硬。

"你别拿群众当挡箭牌! 告诉你吧,你们队许多群众专门来反映,他们自愿分田单干,连窦先智的兄弟老三也来了。拖后腿的,顽固不化的,就是你们这些干部。"少谱话朝先尧说,眼睛却瞥着曾先炳。

"许多群众?"先尧初听有些吃惊,拿眼看了看先炳,稍一思量,心中有了数,壮着胆子反驳道:"那也叫群众? 除了个别被人鼓动来的之外,另几个,听到上工哨子响,不是没睡醒,就是拉稀跑肚子,给他们分了田,还不几天就糟蹋掉了。"

少谱注意到，先尧一直在用眼色向曾先炳讨主意，便不再催问先尧，直接点了先炳的名："曾书记，该你出来说话了，表个态吧！"他知道，在窦曾台，在三大队，当家人就是自己的这个亲家，明里暗里斗了几十年，过去没有把他摁趴下，这次已经把他逼到了墙角里，前面对那些队长的处理，就是做给他看的，要么搞分田单干，要么撤职，叫他进没进路，退没退路。自己该出手了，直接把他攻下来，三大队这个堡垒就垮了。此外，他思想深处还另有一个盘算，自己那个儿媳妇，给自己找了那么多难堪，可儿子却拿她当宝贝，丢又丢不掉，掐又掐不住。现在机会来了，她爹是个反对分田单干的死硬分子，只要他公开唱反调，立马撤职查办，治服了他，叫他姑娘跟着吃吃苦头，说不定就老实了。因此，他点了曾先炳的名。

"少谱书记同志，"最近，先炳在公开场合常这样称呼他，既表达了上下级关系，又维护了亲家之间平等的尊严。"我是该表表态了，我同意搞分田单干！"

先炳说得平缓，声音不大，却像一声惊雷，在满屋炸响。谁都知道，他曾先炳是跟着共产党搞集体化一步步走过来的，提到分田单干就两眼冒火，怎么突然变了调？先尧霍地站起来，一只手掐住先炳的肩头，好像握住了一条嘶叭响的导火索，想一把掐灭了它。公社书记和无边眼镜坐不住，不停地挪屁股。少谱侧身扭头望着先炳，像不认识似的一脸惊愕。

先炳拉开先尧的手，把他按回到凳子上，平静地说："我想了又想，分田吧，雨后天晴，收完棉花就搞。"

支委扩大会一开始，先炳便一刻不停地在想，其实，何止是这时候，他早就在不停地想，心里一直翻江倒海。几个月前，窦曾台请车教授来救活遭虫灾的稻秧后不几天，他参加摘帽地主夏强德重孙的满月酒，发现苗头不对。听大舅哥曾独松说到街上手工业联社解散，觉得不光是苗头，风向也变了。跟着来的解散贫协民兵等等，让他感到一场风雨就要来了。到了那天窦家人稻田争吵，洪少谱说抽了集体这块木板，让鸭子掉到水里各顾各，直接搞大包干，他醒悟到这场风雨不小，是场震天撼地的风暴。这次支委扩大会，洪少谱折断筷子，摆了个掉头转向的图形，他像是从梦中醒来，真的如洪少谱所说，一个伟大的历史转折的关头到了，对于生产队和他个人来说，这是一个生死存亡的时刻。应该往哪里走呢？

要是在以往，没得说，听党的。解放后，家家户户贴的对联是，听毛主席话，跟共产党走，如今，毛主席他老人家不在了，上面的话好像变得含糊了，听不大明白。土改、合作社、公社化那阵子，各级党委态度那么明确，可以这么做，不能那么做，讲得一清二楚，可但是，这一次，除了洪少谱，怎么就吞吞吐吐含含糊糊呢？说是根据群众意愿，宜统则统，宜分则分，怎么选择都行。是可但，群众是三五成群的，意愿也是五花八门的，哪个是"宜"呀？哪能都行呢？

　　更奇怪的是，洪少谱说的大包干优先，上面文件指示中找不到，他却一口咬定，毫不含糊。他洪少谱可是县委常委、区委书记呀，精明到顶，不见真佛不下拜的人，从不冒政治风险，看不准势头，不会出手的，他哪来这么足的底气？细细一想，他折断筷子拼出的那幅图形，掉头转向，可能就是他认定的"真佛"。但是可，这是共产党的意图吗？党领导农民闹革命，把地主霸占的土地分给了农民，又引导农民把土地交给了集体，集体事业正如日头当空，搞得好好的，为么子又要散了集体，把土地分给农民呢？他找不到答案。

　　但是，他揣摩到洪少谱一根筋要搞的大包干，绝不是他个人的意图，说不定就是上面在新形势下的新主张。如果是这样，就得筛一筛自己的想法，是不是没跟上变化了的形势，对大包干认识不深，看得不准？吃大锅饭，的确养了一些懒汉，一些社员出工不出力，干队里活与干家里活两个样。自己对这些问题，看轻了，认识上出了偏差？同样，他也没有给自己下个结论，还是拿不准。

　　不过，他明显地感觉到，自己的想法与区委的主张发生了冲突，要么是区委错了，要么是自己错了。作为一个有三十年党龄的老党员，他明白，宁可怀疑自己错了，只要党的主张能给群众带来好处，自己么子都可以放弃。

　　退一步想，就算自己是对的，该不该抵制大包干，顶住不办呢？恐怕不能鲁莽从事。十年前，窦曾台为了帮助超支户增加收入，多种豌豆少种麦，碰了"杠杠田"（注：国家计划种植面积），洪少谱追查下来，队干部不怕撤职，要出头认账，窦先智说过一句话，你们不怕撤职，台上的人怕呀，丢了印把子，谁来为台上人办好事。自己一直记着这个话，当干部，为的是替群众掌权，丢了权，就办不了事。看洪少谱今天这架势，只要自己唱半句反调，支书就干不成了，那样的话，群众就会任意由他人摆布，倒霉的还是父

204

老乡亲。所以呀,这个印把子丢不得,拿在自己手里,就算犯了错,也可主动纠正,给今后留下了活动余地。

先炳的这些想法,一句也没往外露,表了个态,再不多说。

"曾书记,在大是大非面前,不要动别的心思啊!"少谱收回惊愕的目光。他希望先炳能亮出反对的态度,正好借机撤了他,哪知这老冤家临机转了舵,显得有些失望,但又深知先炳这不是心里话,便发出了警告:"十年前,窦曾台在二三天内改园种麦,掩盖对抗国家计划种植的重大错误,早有前科。我把话说在前头,再干这种事,大队小队干部一起撤。"

先炳并不辩解,仰头不语。另几个大队干部和窦先尧猜不透支书的心思,不知说什么好,也不吱声。

公社书记出面收拾残局,说:"先炳同志表了态,其他同志也不反对,洪书记,这个会到这吧?"

少谱再也找不到应该说的话,点点头,朝无边眼镜叮嘱道:"你在这住队,盯紧了,小心他们耍花样。"说完,先一步出门,来到门外晒场,上了正在那儿等着他的吉普车,突然想起一件事。叫先炳过来,在车里摇下车窗,说:"你那宝贝姑娘,该管一管了,不能再瞎胡闹!"不等先炳发问,关上车窗走了。

公社书记和无边眼镜随后离开。

鸡叫三遍,雨没停。先炳和三个大队干部及窦先尧,仍旧趴在桌子上,这几个反复催问,为么子同意搞大包干,先炳一句话回应:"先搞了再说。"再也不露别的口风。

十五、农村有这样一批党员，像地扒根一样护住了泥土，党在农村的根基就垮不了

该死的连日雨，再不停下来，窦曾台人五脏六腑都要长毛了，可它就是不停，肆无忌惮地下着，全台上下，仍旧一派雨茫茫。

小卖部旁，刘小牯的土堡子房内，聚集着台上六名党员。今早，曾先炳劝走了冒雨前来讨主意的众乡亲，回家扒了两口饭，召来台上党员研究对策。

"丢娃，你聪明一世，糊涂一时啊！明知大包干搞不得，为么事答应下来？"窦为香这几天不在家，给出嫁的幺姑娘头胎娃送祝米，今早赶回来，听先炳讲了大队支委扩大会的经过，气愤得不行。"要是我，刀搁在脖子上，老子也不认，他洪少谱还能吃人啦！想当初，闹赤卫队，命都不要，还怕他撤职？这下好，辛辛苦苦三十年，一夜回到解放前啦！"为香早年参加过洪湖赤卫队，中途离散，土改后入党归队，长年当生产队长，一手搞起了台上的集体化建设，听说要散了集体搞单干，如同挖了祖坟般的难过，连连责备先炳。

"香二爹，您莫怪丢娃哥，他被洪少谱逼到螺蛳壳里出不来，不应承不行啦！"先尧知道会上实情，为先炳开脱。

"香二爹说得没错！"肖老大的大儿媳入党七八年，旗帜鲜明地支持窦

206

为香。"我爹听说要分田单产,肺都气炸哒!曾书记您应承下来,还不凉了台上翻身农民的心啦!"

"爹,您为么事要答应啦?"曾后秀大学毕业后入党,是个新党员。她户口上在谢仁口街,人事关系在谢仁口小学,组织关系留在窦曾台。昨天逼迫洪少谱在世豪的调查材料上签了字,当时并不知道大队部里在开会,随即去区里盖了章,送走部队来人,回到台上小学安排好新学期开学,接到通知来参加会议。此时,见其他党员责怪她爹,不明就里,望着爹如伍子胥过昭关,一夜愁白了的头发,瘦了一圈的脸颊,关切地问。"是不是有么子难言之苦啊?"

"嗯!"先炳连叹带应。"台上老人说过,心里有话,嘴上打个结,不明白的事,先做哑巴。我昨儿只表了个态,再没说第二句。是吧?先尧。"见先尧同情地点了头,接着说道:"到现在,我还是不明白,大集体到底错在哪?就算错了,为么子不纠错,却散了它?大包干好在哪,为么子洪少谱硬要把所有鸭子都赶下河,各顾各?说是各种责任制可以多样选择,做起来又只讲大包干。还有,为么子不让讨论,听不进不同意见,不换思想就换人?今儿,当你们的面,我不能装哑巴,把心里话都掏出来,弄明白,定个谱,给台上乡亲一个交代。他们眼巴巴看着我们呢!我们党员肩上挑着他们的期望,重如山啦!"

一连几个不明不白,把屋里的这些党员问住了,他们面面相觑,答不上来。

"你都说不明白,还问谁呀?刚看了《杜鹃山》,那个雷刚闹不明白,下山抢了一个共产党,才搞明白,未必我们也去抢一个?"先尧说。

"现成的有一个,还抢么家?"为香来到里屋,牵住刘小牯的手,往外拉。

小牯不想干预台上的政事,坐在里屋看报纸。他十二指肠溃疡久治不愈,不时嚼几颗生花生米压压疼,外面党员的讨论,灌进耳里,自己也是有的明白有的不明白,被为新拉出来,便坐在他们中间,说:"有些事,不必都要搞得那么明白,天上日月星辰,谁上去过?人的吃喝拉撒,谁钻进肚子看过?就是个不明不白,还不照样活着。不明白有不明白的搞法。"

"那,您郎说,搞不搞大包干?郎么个搞法?"几个脑壳都靠过来,张嘴问。

"还是那句老话,赵扶民跟你们说过,我退休来台上时也说了,群众想怎么搞,你们就怎么搞。现在群众的想法不一样,听说先智的三弟、肖家老二、周家女婿这样的群众,也想搞大包干。你们也别犯难,水大抓不了鱼,把水抽干了,鱼露了头,就好抓了。先炳在会上答应下来,没有错,可以先搞一阵,只当是抽一阵子水,等水退了,鱼儿露了头,群众看清了好坏,自然就好办了。"刘小牯说。

"您郎是说,糊涂事情,搞起来就搞明白了?"为香并不理解小牯的意图。

"也可以这么说。为香,你还记得吧? 闹赤卫队那阵子,洪湖抓改组派,我们队长谢哈牯满口应承,白天抓了夜晚放,会上抓了会下放,保护了一大批干部,一直撑到后来纠了错。要是硬顶着,连他自己也要被抓,哪能保护别人。所以说,糊涂的时候,有糊涂的搞法。"

"刘书记,我明白了。"后秀脑子转得快。"我上大学的时候,学过一个叫桑代尔的外国人的一种试错理论。他做了一个实验,把一只饿猫放进一个上面装了食物的笼子,只要抓到一根小棒,食物便掉了下来。猫刚开始胡乱瞎抓,偶尔抓到了那根小棒,吃到了食物。后来,只要把猫放进笼子,它不再乱抓别的,直接去抓那小棒。这叫证伪主义,不断地试错,最终才能找到正确答案。参照这个理论,先搞一阵大包干,证明它错了的时候,人们就能醒悟过来。有些人很怪,大集体长期证明是好的,他偏不信,大包干试一试,错了,他反而会相信。"

"读了书,就是不一样! 那就试试? 瞎子进菜园,摸着篱笆走一走。"为香、先尧将信将疑。

"后秀妹子说得有道理。我娘家有个地方叫回头沟,它的来历,跟妹子讲的道理差不多。"肖家大儿媳顿有所悟。

她的娘家在离洪湖二十里的黄蓬山,一片小丘陵。有一年洪湖发大水,湖边人结伴逃难来到这里,登上一面山坡,被一道深沟挡住了去路。过了这道沟,对面便是台地,可以避水。后面洪水追得急,人们嚷着要跨越这道沟。有个小伙子拦住大伙,说这道沟不晓得能不能过,我先下去试一试。他摸索着下沟探路,挂在树杈上,朝上面喊道:"这里走不通,快转回去,另寻出路。"说完,树杈折断,他没了性命。人们含泪转身,另寻了一条路逃生。从此,这道沟便叫"回头沟",有人用生命试过了,走不通,行人到此,扭头便往回走。

"红本本上有话,错误和挫折的教训,使我们变得聪明起来,有时候,它比正面经验来得深刻,更打动人。我看搞一阵分田单干也行,像那条回头沟一样,走不通,再转回来。"肖家大媳妇不愧是学习积极分子,活学活用,讲出了道道。

一直沉默不语的先炳,这时抬起头,说道:"刘书记讲得好,秀儿和她肖嫂说得也不错,可但是,这糊涂那糊涂,有个东西不能糊涂,这错那错都可试,有个东西不能试,就是为人民谋利益不能糊涂,也不要再试,只能坚定不移! 就是搞大包干,也要确保台上群众利益不受损害,立党为公的旗帜不能倒。大家想一想,凑一凑,郎么个搞法,既能对付过去,又不让群众吃亏,以后回头也不作难。"

"这个主意正! 难怪风亭总说丢娃有板眼呢!"为香拍了大腿。"团鱼怕没滩,蚌壳怕天干,夜蚊子怕巴扇;癞子怕剪子,唱戏怕梆子,贪官就怕斗私字。只要把公字保住,就不怕么子大包干。我看头一个,田可分,水不能分,分了河沟,水归了私,肥水只流自家田,就有扯不完的皮。"

"还有,犁耙这些小农具可以分,大型机械不能分,要是分了,还不把好不容易积攒起来的家当,当废铁卖哒?"先尧说。

"分田要按人头分,照顾孤儿寡母,她们有一分田,请人代耕,也有碗饭吃。"肖家大媳妇说。

大家你一言,我一语,划清了哪些该分,哪些不能分,哪些该保住,哪些该放弃。先炳做了总结,概括为三分八不分:分田不分水,分农具耕牛不分机械,分单棵树不分成片林,队办工厂不分,公路不分,水泵闸门不分,仓库不分,大禾场不分,学习室文化室不分。还有做到六保:保田地不得买卖,保交国家公粮和集体提留不减,保合作医疗不散,保五保户有人管,保在外临干亦工亦农人员民办老师有口粮,保生产队领导班子不散。

"好啊! 农村有这样一批党员,像地扒根一样护住了泥土,党在农村的根基就垮不了!"小牯内心深处一阵阵叫好,忘了嚼花生米,心中特别畅快,眼里溢出泪水。

刘小牯退休来窦曾台,洪少谱叫人给他安了电话,订了报纸杂志,他早晚用收音机听新闻,每天看书看报,隔几天与老领导老同事通通电话,身退心不退,仍然心系天下。这些日子,他时而清醒时而糊涂,有的明白有的不明白。明白的是,纠正左的错误,结束长时期的内乱,实现工作重点转移,顺天理,得人心,他拍手称快。过去的十年,虽说也有成就,但走了弯路,受了损失,拉大了与发达国家的差距,放慢了改善人民生活的脚步,也挫伤了人民群众的积极性,现在拨乱反正,正当其时。何况坚持真理,修正错误,本来就是共产党人的传统,没有什么好说的。可是,回头看一看,有点不对劲,拨来拨去,怎么拨到党一贯引导农民走的集体化道路上来了?把人民群众拥护喜欢的东西,如队办工厂、学校、合作医疗等给拨散了?把封建农民干了几千年的单干又拨出来了?他有点不明白,犯了糊涂。他在农村泥里水里滚了六十多年,深知农业的出路,一靠集体化,二靠机械化,如果硬要推行单干,集体化保不住,机械化也得被迫停下来,成片的土地分到户,完全碎片化了,怎么用机械呢?为什么要这么干?他也曾像曾先炳那样问过自己,找了十个八个理由,一个也说服不了自己。

刚才在里屋听先炳传达支委扩大会情况,说到洪少谱讲了一句话,"私者无敌",他心里好像百爪挠心,虽然很疼,但是把他疼明白了。洪少谱他们搞的这一套东西,表面上看,是调动积极性,藏在里面的却是迎合煽动人的私心。这一招,厉害,要拔党的思想根子呀!且不说老祖宗的《共产党宣言》,播下了与传统私有制和私有观念决裂的种子,才有了共产党人流血牺牲前仆后继的革命,才有了与历朝历代完全不同的新中国,单单说新中国成立后,党领导农民克服私有观念,与汪洋大海般的小生产思想做斗争,使了多少劲,费了多少力,走到现在,容易吗?树立克己奉公、爱社如家的觉悟,需要几代人的努力,比登天还难,但我们党无所畏惧,靠焦裕禄、雷锋、王杰这些共产党人的牵引,形成了社会的正风正气。可是,一个分田单干,就可能把我们的社会风气吹垮,再想重新树立起来,难上加难啊!人的私念、私欲和寻私本性,犹如文人们常说的潘多拉盒子里的魔鬼,一旦打开了,这个魔鬼放出来了,再也回不去,社会上便物欲横流、腐败横行,徇私舞弊成为常态,雷锋就真的成了傻子,这是何等的杀伤力呀!

难得在窦曾台这个不起眼的小乡村,还有曾先炳这样不起眼的农村党员,他们空肚烂缕,绳床瓦灶,不拿公家一分工资,更没有那些党员高官的房子、车子、票子、位子,却要高举起立党为公的旗帜,要擎起党在农村的这片天!在发家致富的物欲滚滚而来的浪潮中,他们虽然显得那么渺小,那么瘦弱,那么无助,随时都可能被淹没、被粉碎,但是他们义无反顾,要拼死一搏!可爱可敬的翻身农民,农村党员,农村干部!

想到这里,刘小牯热泪滚了下来,挂在瘦削的两腮。他站起来,挨个与他们握手,喃喃说道:"我相信,多少年之后,人民会感谢你们,党会感谢你们。"

这突如其来的一幕,吓着了为香几个,他们站起来,看着泪流满面的老书记,不知道发生了什么事,也不知道说什么好。

"哎呀,人老了,容易感慨!"小牯镇静下来,擦去泪水,往嘴里放了几粒花生米,他不想把自己心里想的,现在就告诉他们。"你们接着讨论吧,我不掺和了。"回里屋去了。

这几个坐下来,继续研究。

"台上的乡亲们还等着我们拿主意呢。今天会后,你们几个挨家挨户上门,把我们讨论的给社员交底,说服他们先搞一段大包干。收了棉花就分田,分的时候,党员和其他积极分子最后挑,也要劝说台上不争不抢。我还要到另几个队去,那里,艾家湾一队硬顶着,冒垴垸六队散着,李家湾二队拖着,其余的瞪眼看着。我跟他们一个个商量具体办法,把我们提出的三分八不分和六保,传授给他们。"先炳说。

"丢娃哥,要是台上有人坚决不分田,郎么搞?"先尧问。

"幸亏风亭不在家,他单干时被犁头尖扎破了肚皮,要是他在,肯定领头不分田,那铳气上来了,谁挡得住?"为香说。

"风亭哥的思想工作,等他回来再做。台上实在不愿分的,我看也莫强迫,先挂起来,行不行?"先炳说。

大家都说行,散了会。

雨停了。藏在云层中的太阳,好像专门盯着这个党员会议,见会议定了调,喜气洋洋拨开云雾,露出笑脸。渐渐地,阳光照耀在窦曾台上,扯去秋雨的雾障,让堤上人家的房屋、树木、晒场,变得鲜亮起来。同时,阳光奔向了田野,在那里催促棉桃绽放,染红高粱,催熟黄豆。

先炳父女结伴回家。

"秀儿,怎么又得罪你公公了,把他气成那样?"先炳还记得昨晚洪少谱在车上隔窗的责问,关切地问女儿。

"他自找的。"后秀不想让爹多操心,不多说,说了另一个话题。"爹,我想离婚,不过,现在不提,过了这一段再说。"

"你娃儿自己做主,"先炳知道女儿在洪家的苦处,并不追根刨底。"但可是,莫伤了自己身子。"

"爹,您看您这几天瘦的,看得见骨头了!"后秀心疼爹。"干爹干娘一家,算是熬出来了! 我们家,横竖日子都不好过,两个大一点的妹子,招工上学,都叫您耽搁了,两个小妹,张口等吃。搞大集体,超支,搞大包干,更难过,您就只顾别人,不管自家呀? 娘偷偷哭过好几回了。"

"不是当了这个支书嘛! 哪天不当了,再来顾家。"

"爹,前几天,世豪部队来人外调,我跟他们说了,让二妹后芸去当兵,人家说只要县武装部送,他们就接。"

"真的呀? 好啊! 就怕你娘不同意,没看见你干娘为世豪当兵哭瞎了半只眼呀! 你娘舍得?"

"当兵没么子不好! 我这回在大连长了不少见识,兵舫那个劣包娃完全变了样。外面的世界真精彩,在那里才大有可为。我是走不出去了,台上乡亲送我上大学,我答应过他们,留在台上教书,让更多的乡下娃儿将来走出去,就算是一种牺牲吧,也值。可我这几个小妹总待在乡下,很难有出息。干爹一家出去了四个,眼孔就是不一样了。"快进家门,后秀拉住爹的袖子,站在屋檐下。"爹,马上就要征兵了,您到上面活动活动,莫叫人把后芸卡下来了。"

"当兵,我同意,活动、求人,我不干。"先炳没进家门,到别的生产队去了。

后秀嘴里喊爹,追了两步,独梅出门拉住她:"秀儿,莫喊哒! 叫他蹑得越远越好,永不进家门才好呢。"

雨后,连着晴了两天。

第三天清早,太阳从大潭子东边的树苗林间露出头,一路急匆匆地奔跑,满脸胀得通红。她挥洒着金色的光芒,挨门逐户叩击台上人家的门窗,报道新的一天来到了,催促人们快快上工。

台上人家的大门,或开或掩,空无一人。

窦为斗佝偻着腰,拄一根木棍,敲敲打打,直奔广播室,嘴上不停地谩骂:"个狗娘养的们,还没分田单干呢,就不出工了? 哪像个社员样子,白吃了几十年的公粮!"

广播室的小姑娘刚睡醒,没开机,说队长讲了,今儿不喊工。

"放他爹的狗屁!"为斗骂了自己。"打开! 老子有话说!"广播员打开机器,为斗对着话筒喊道:"狗日的们,都睡死去哒? 赶紧下地摘棉花! 再不摘,来哒雨,棉花烂在地里,你狗日的们打桃裈(方言:裸身)呀?"

为斗六十五岁了,除曾善明、窦为新、罗老坎外,是台上第四老人,评过多次五好社员,又是队长的爹,德高望重。他这么一喊,台上人早该应声而出,哪知仅唤出几个老少,其他人没动静。

罗老坎夫妇腰系摘棉花的包袱,在广播室门前叫出为斗。"她斗二爷,莫喊哒,您郎这次起来迟了,人早就下地去了!"

为斗"啊"了一声,三人一同下了棉田。

公路旁,大禾场四周,几百亩成片的棉花,在秋后的阳光下正成团吐絮。隔远望去,犹如寒冬里的鹅毛大雪,覆盖了大地,又像天上的白云,成片成片地降落在这里,久久不愿飘走,还似远飞的白鸥,成万成亿,来此歇息,舍不得离去。被秋风染成深褐色的棉枝,和被清霜涂改成褚红色的棉叶,在一片雪白之中,倒成了点缀,变幻成飞雪的垂挂,白云的依托,白鸥的倚栏。秋风吹过,白浪滔滔,把人看得心都醉了。

棉田里,没等喇叭喊出工,早就下了地的社员们,每人腰间系一个包袱,两层高低错开,中间形成一个空穴,用来装棉花。他们三五成群,散落在棉田中,只露出戴了草帽、斗笠的头和肩,没有说笑,没有歌声,田间一片静悄悄。

这本该是个欢歌笑语的时刻。今年播种的棉花,选用荆州地区改良的荆棉八号新品种,桃子拳头大,皮儿薄,内瓣五隔,絮长一两拃(方言:拇指和中指伸开的距离为一拃),产量高,质量好,亩产一百二十斤皮棉(注:去籽后的净棉)没得说,历史最高产,怎么高兴不起来呢?

只有公路边的棉田头上,传来一阵阵声响,那是小学校长曾后秀和老师窦世华,带娃儿们暑假后在田间学农,正在讲解三年级语文课文,清代桐城派诗人马苏臣的《棉花》诗,教同学们领会"棉花精神"。

世华念了课文:"五月棉花秀,八月棉花干;花开天下暖,花落天下寒。"讲述了棉花的习性、用途和种植技术,问娃儿们:"春天百花开,唯独棉花刚播种,秋后才开花吐絮,不与桃李争春斗艳,同学们,这是种么子精神啦?"

"不出风头!""不斗狠!""谦虚呗!"娃儿们凭各自的理解,抢先回答。

"好!棉花吐絮之前,聚在棉桃里,中间有五个隔,它们肩并肩,手拉手,结在一起,成熟了,农民伯伯轻轻一抽,整团整团出来了,这又是个么子精神呢?"崔老师又问。

"抱团!""不离群!""不散伙!""团结呗!"娃儿们说。

"对!这一团团棉花呀,都有四五颗棉籽,就像它们的娃儿一样。为了给人做棉衣棉被,它忍心把棉籽轧出来,这还是个么子精神呀?"

娃儿们怎么想也答不出,后秀启发说:"是不是舍得的牺牲精神啦?"

"是!"娃儿们齐声回答。

"这种谦虚、团结、牺牲的棉花精神,好不好?"窦老师问。

"好!"

讲到这里,这堂课就该结束了。后秀插进来,补问了一句:"在我们台上,哪些人有这种精神?"

"我爹!""我娘!""我哥!""我姐!"娃儿们嚷成一团。"

"不对!我爷说了,就曾书记有这精神!"光棍周的小外孙嗓门高,压住了争吵。

"是的,我爷也这么说。"肖老大的孙子,那个按红钮轧伤校长肩头的惹祸娃儿,出来帮腔。

"校长的爹!""校长的爹!"娃儿们拍着手,蹦蹦跳跳去找自己爹娘,参加摘棉花。

后秀和世华朝棉田深处走去,看见她俩的娘和几个婶娘聚在一起,埋头摘棉花。在她们的身后,摘过棉花的棉田,枯枝败叶,再没一点白色,一派肃杀景象,想到刚给孩子们讲过的棉花精神,她俩内心不可名状地涌上一种伤感。

先觉的女儿红兰扭头看见了她俩,转身跑来叫校长和大姐。她俩跟上去,靠近娘,帮着摘棉花。两人是棉田里长大的,活路熟,手疾眼快,不一会儿,把娘腰间塞满了。几个婶娘闷头摘棉花,谁也不理谁。

"校长,我还想读书。世娥去了谢仁口,我也去得。"红兰靠近后秀,悄声说。

"都是鬼日的分田单干惹的祸,好好的书,不读哒!"旁边的二婶娘桃英听见了,怨气连天。

"今儿一起摘了棉花,就要分田哒!还不晓得,明年是不是在一起摘棉花呢?"幺婶娘已经听台上党员上门做了动员,想起往后的日子,忧心忡忡。

214

要是以往,这几妯娌与独梅一起出工,不笑翻天,也要嬉闹不停,可现在,她们谁也不搭谁的话。

"玉珍姐,后秀想叫我家三儿去当兵,不在乡下搞么鬼单干,可不可得?可我,又怕像你这样哭瞎眼睛。"独梅低声问身边的玉珍。

"只要对娃儿好,忍几年就过去了。世道不一样了,莫学我呀!"玉珍说。

离她们不远,一帮老农在默默地摘棉花。窦为斗和罗老坎夫妇加入他们行列,老坎眼神不好,把带有棉叶的花朵塞进包袱,肖老大看见了,过去一把扯下老坎腰间包袱,摊在地上,细心地把棉叶一片一片捡出来,再给他围在腰上,只做不说,没吱一声。

"怎的啦?哑巴哒?"窦为斗觉得好笑,却没笑出声。

"还能怎的?打个哑谜你们猜猜:窦为斗摘棉花,是个么家?"肖老大难得地咧咧嘴,撇出一点笑,暗指为斗驼了背,摘棉花不用弯腰,省劲。

"还有心思胡扯蛋啦!"光棍周紧绷着脸。"这回,狗日的丢娃是郎么想的,为么事顺着他们?"

"你真是的,不生娃儿不晓得肚子疼,他肯定有他的难处。听他的,吃不了亏!"肖老大说。

"这就像光棍周杀猪捅屁股,各有各的搞法,听丢娃这帮党员的,错不到哪!"为斗借机讽刺了光棍周这个杀猪佬,一报还了一报。

"收棉花啰!"窦为圣领一帮青壮男将,挑着空箩筐,在田埂上叫唤。

田间的人,解下装满棉花的包袱,背在肩上,来到田埂,倒进箩筐里,不一会,筐子装满了。为圣他们担起来,往大禾场送,趁阳光火辣,晒干了入库。

"窦家老三,等一等,汪(方言:喊)两声再走!再不汪,搞单干后汪不成了!"肖老大朝窦为圣喊道。他俩在队里斗了几十年的嘴,担心分田单干后想斗也斗不成。

窦为圣放下担子,从田埂边捡根木棍,斜肩扛了竹扁担,咚咚敲了过门,哼起《采棉曲》,唱道:

摘棉花,捡棉花,
捡了棉花送到哪?

你挑筐,我提篮,

一起送到禾场吵！

大禾场，禾场大，
棉花堆得比山大。

队里分，社里送，
装进汽车交国家。

问问爹，问问娘，
明年来不来捡棉花？

爹不言，娘不语，
集体就要散伙哒！

搞单干，分了田，
就像帘子散了架。

瓜离藤，藤离瓜，
牙齿落哒找嘴巴。

有的穷，有的富，
连裆裤子扯破哒。

一头粗，一尾细，
绳子拴不了两蚂蚱。

叫声爹，叫声娘，
分家未必不要儿啊？

爹莫愁，娘莫哭，
共产党不会丢下咱！

"你汪这么凄惨搞么家？再汪下去，老子疯哒！"肖老大追过去，要揍窦为圣。为圣挑起担子，跑远了。

棉田里，一片寂静，有抽泣声传出。

十六、窦先智想离乡进城，翻身忘本，
当逃兵啊

窦先智回来了。

分了田，分了牛，分了犁耙的窦曾台人，没了喇叭喊工，没了聚堆干活，没了屁股挨屁股地开会，各干各的，不再匆忙，有了闲工夫发发议论：

"这铳气，穿上皮鞋哒，戴了手表，胳膊伸么（方言：很）远，转好几圈，也没看清钟点。"

"大城市见了世面，回来换了个人样，猪鼻子插了葱，也变不成大象，还是个铳气！"

"可不是，搞单干，扎破了肚皮，这回菱角田叫别个分哒，这铳气还不拼命啦？"

先智回来的当天，兄弟妯娌们围上来。哥出门两箩筐，一摊土杂货，进门两皮箱，一堆稀奇货。他们十分好奇，看了哥身上穿的的确良，脚上的皮鞋手上的表，问了外面的稀奇，说了台上的新鲜事，抱怨分田收黄豆碰上大雨天，讨教往后的日子郎么过。先智一概不回话，反倒不停地打听台上的怪人怪事。兄弟们说，你走了不到一个月，好像换了一个天和地，分田分地不说，人也变了模样。为斗二爷的大孙子燕舫，离开公社填料厂，来回跑广州，做起了买卖。夏强德的小孙子，发了大财，承包了公社塑料厂。洪少谱的儿子洪光灿，从深圳回来，辞职下了海。丢狗子曾后道，公社卫生院院长不干了，到处收购破碗破罐，赚了大钱。你的菱角田，分给了"天不亮"，他暗地里租给了曾善明，这老东西雇了几个安徽人，正在播种蚕豆。

先智并不气恼，回到房间，找出了那把竹耙子，翻来覆去看了几遍，拿在手里，推开兄弟们，朝曾善明家奔去。

三兄弟知道哥的脾气，看这势头不对，这是要找人拼命啦！惹出人命还得了，连忙追出来，"哥，有话好说，莫乱来呀！拦住他，快，拦住他！"

后秀不辞而别，离开大连后，先智在二儿子家过起了从未有过的新奇日子。

世豪把爹带到部队，住进了他在机关的单身宿舍，每天夜晚，父子俩隔床唠到半夜。白天，儿子抽空领着爹登上旅顺口最高处的白玉山，背对高耸的白玉塔，眺望眼前大葫芦似的旅顺港，讲解旅顺口的历史。说百年前，北边有个大国叫俄罗斯，东边有个岛国叫日本，这两个强盗，侵占了中国的大片领土，为分赃不均，在脚下这片中国的土地上打了起来，旅顺口当时上万人全被杀死了，只剩下三十六个埋尸人，山下就是埋他们尸骨的"万人坑"。日本人打赢了，专门建了一座颂扬他们皇帝的"表忠塔"，就是身后的这个石塔。爹回身仰头看了，塔顶像颗炮弹，直插云间，问儿子，为么子不把他们赶跑。儿子说，当时的中国人，只顾小家，不顾国家，一盘散沙，只好任人宰割。新中国成立了，人民组织起来了，国家有军队，农村有公社，城里有街区，再也不受人欺负。儿子指着港内"老虎尾"（注：旅顺港内分隔东西港的岬滩，形似虎尾）两旁停靠的军舰和潜艇告诉爹，你儿子当兵，为的就是保家卫国，卫了国才能保住家。先智并不是糊涂的乡巴佬，早就晓得先有国后有家的道理，但不知国家有多大，是个么样，概念模糊，回宿舍后，叫儿子把国家画出来看看。儿子拿来百万比例的地图，指着看不到的曹家嘴谢仁口，说窦曾台在图上没有针尖大，国家大得跑死马也摸不到边。窦先智心里的世界，开始跳出谢仁口曹家嘴。

离休老亲家也不让先智闲着，怕冷落他，隔几天便来陪他逛街、看光景。这一天，带来挂军牌的小卧车，带他去参观。先去著名的大连港，见到了现代京剧《海港》里的塔吊龙门吊之类的东西，"大吊车，真厉害，成吨的钢铁，轻轻一抓就起来"，他看得眼光发直。接着去沙河口区造火车的大连机车厂，巨大的厂房，遮住了半边天，造出的火车头，比老家大禾场边的大仓库还大。先智心里惊叹："这房子，装得下整个窦曾台！"没敢说出口，怕在亲家面前丢丑。最后来到甘井子区的大连化工厂，那个为他公社小厂买鲍尔环卖塑料原料的厂子，近年引进日本技术，完成升级改造，已成为国内第二大现代化工厂。亲家的老警卫员刘三娃书记，领他俩按工艺流程一步步观看。只见三层楼高的原油罐里黑乎乎的石油，通过像大潭子边泸沟那样粗的管道，抽到高耸入云的一座座塔楼，经过蒸馏、化合、定型等工序，在地面厂房里淌出白花花稻米似的圆豆豆，变成了乡下人常见的塑料膜原料聚乙烯、聚丙烯。先智看不懂，说乡下稻田长大米，郎么城里厂子也出大米样的东西。刘书记没笑话他，借题发挥说，城乡生产方式不同，乡下农民种田，养活城里工人，城里工人做工，给乡下送去生产工具。工人农民，再加上解放军、知识分子，组成了一个大家庭、大集体，谁也离不开谁，这就是国家。共产党是我们这个国家的当家人，搞社会主义，讲工农联盟，共同富裕，不散伙，不各顾各，都有好日子过。先智记住了，只要共产党还在，社会主义不丢，城里乡下虽然搞法不同，但都有好日子过。

儿子、儿媳妇都孝顺，嘴上没几句好听的，做起来，件件暖心窝。儿子带他到部队医院体检，查出轻度肠粘连，犁头尖扎破肚皮和抓盗动手术的后遗症。听说产后胎盘有奇效，儿子一连几天蹲在部队医院产房前等着，截住了四五个胎盘，寻寻旷野处，用瓦片焙干，切成丁，熬成汤，说是肉丁汤，哄他喝下去。儿子还从老丈人家讨来人参、燕窝、鹿茸、熊掌，炖的炖，熬的熬，自己和萧洁没尝一口，让爹尝了个遍，了却了叫爹吃上人间珍奇的心愿。

儿媳妇萧洁头几天总是绷着脸，好像眼睛长在他身上，把他看得死死的。先智从厕所出来，她要是听不见水响，便接着进去查看，逼着他冲水。吃饭舔了舌头，还有吸鼻子、抠脚丫、随地吐痰、趿拉鞋，只要她看见了，立马说："爸，改过来！"一点情面也不讲。更有难受的，晚间洗脚用了擦脸毛巾，已经上了床，倒掉了洗脚水，也不行，她换上洗脚盆里的新水，逼他重新洗，重新擦。他老子在窦曾台哪受过这等憋屈，依老脾气，早就一脚把洗脚盆踢翻了，可他不敢，反倒愿意受媳妇管束。一物降一物，十多天下来，这些毛病竟然改过来了，小薇拍小手，说"爷爷真棒！"萧洁再也见不到他的坏习惯，渐渐给了他笑脸。萧洁有了空闲，领他去了商店，算过尺码，买了皮鞋，量过腰围，试过L号、M号，买了的确良衬衣、凡尼丁裤子。又到手表店，花一百二十块钱，给他买了上海牌手表。表带大了，儿媳按住他的手腕，让人摘去两小截儿。每天夜里，媳妇房间总是亮着灯，他扒门缝往里看，媳妇正给他和婆婆织毛衣毛裤，两手指头贴了胶布，毛线针磨破了手指。

儿子、儿媳妇的好，先智看在眼里，想在心里。想当年，老子穷成那个样，扎紧裤腰带让儿子读书，全台上，娃儿个个读书的，就老子一家，就算这一生别的事都做错了，只这件事对了，也值。儿子的学名，本来按徐先生说的耕读传家来排的，叫狗东西金舫"文革"时改成了刚强豪迈，看来改得并不差。不过，人家徐先生也没全错，一半对哒，娘临死前说徐先生承认对了一半，耕田传不了家，读书才能传家。出来见了这新世面，往高处远处一看，读书传家也要打个对折，读了书，跳出了农村，像老大老二这样，才有出息，窝在乡下，也憋死了。他联想到茶馆里说古书的故事，假如一百单八将不出梁山，刘关张不出桃园，岳飞不出汤阴，薛平贵不出窑门，也就自生自灭，闹不出那么大的动静。看来，水往低处流，人要往外面走，走天下才能干大事。

这一天，萧洁下班回来，说老三世刚打来了长途电话，老家正在搞分田单干，您过去的菱角田叫人分走了，看护过的树林也被人砍了，叫赶紧回去。先智听了，火急火燎地要回去。儿媳妇说，分就分了，砍就砍了，您也不会再回去种地种树，不必计较。现在农村搞大包干，改变了以前的做法，也是一种尝试，党的领导没变，社会主义方向没变，只是搞法与过去不同。媳妇的话，有些对上了他这些日子的一些想法，稍微安下心来。

周末，儿子回来，头发梢子都是喜，告诉爹，自己提升了职务，当上组织处副处长。先智想起"文革"时他进了区革委会，也是这么个欢喜样，问了他三问，一扭把弓子（注：用于缠绕柴草的工具）把他打倒在地，先智便同样问了儿子：是考上的，群众选的，领导任命的？儿子说，部队派人去老家调查，政审合格，然后，进入组织考核、群众评议、党委讨论一整套程序，刚下了命令，还说外调的人这么快回来，可能是后秀回去帮了忙，以后再问个明白。先智没想那么多，问升的官有多大。萧洁说，您儿子这个官，跟副县长一般大，出门有吉普车坐，您就是县太爷了。先智说："我才不沾他的光呢。"还念了一句刚学会的电影台词：当官不为民做主，不如回家卖红薯。你要是在官场混不下去了，老子在家帮你去卖红薯。

"爹,您和娘为了供养我们读书,吃苦受累半辈子,下半辈子该享享儿子们的福。"世豪给爹筹划家庭远景。"我给大哥打过电话,他刚当上县文工团副团长,已经分了新房。我这次调职后,也会在大连市内分到房子。您和娘从农村搬出来,在大哥和我这两头住。世华转了公办,在城里找个婆家落户,也不难。世刚虽说是个临干,但凭他的才能,总有一天转正,别人卡不住的,早晚也要进城。就剩个小妹世娥,在大哥或者在我这里读书都行,她还小,误不了她。这样一来,全家就离开了乡下,跟上了社会的进步,您也别为乡下的事再操心了,包干不包干,与您没得么子关系。"

　　"你狗东西想得倒美!"爹并不领情。"那几个小的我不管,你想郎么搞是你的事。想叫我进城吃闲饭,靠儿子享清福,谈都不谈! 老子还没到七老八十,手脚往哪里放? 每天郎么得黑?"

　　"爹,国家正在搞现代化建设,我爸带您看的那些工厂海港,几天就变个样,人也要现代化,不能总抱着老皇历不放。未必您还想着,三五亩地一头牛,老婆娃儿热炕头? 犁头尖扎破肚皮,您忘哒? 靠单干发不了家,躺在大集体上不进取,也没得出息,还是要接受新事物。"儿子揭了老子的伤疤,继续劝说。"晓得您一生要强,闲不下来,我和大哥有安排。听说老三世刚最近找了个女朋友,在县邮电局,大哥找了她,人家答应在邮电局大门外新设一个邮电亭,摆上公用电话收话费,卖邮票收发信件,再卖些报刊杂货,您还是干窦曾台小卖部的老本行,自己养活自己,没吃白饭呀!"儿子设身处地为爹着想,说得挺诱人。

　　先智心动了一下,想起了这些天在大连的心得,水往低处流,人要往高出走,没有吭声。接下来与小孙女的一次对话,才坚定了他离开农村的决心。

　　那天,萧洁在厨房做饭,他和小薇在客厅看儿童画报。小薇在画面上指指点点:"这是一只井底青蛙,这是一只大海龟,爷爷,您想当青蛙,还是当海龟?"

　　"哪个过得好,就当哪个。"爷爷说。

　　"青蛙说,井里好大好大,我随便游啊,跳啊,好舒服,好自在。爷爷,你当青蛙吧?"小薇问。

　　"舒服好! 自在好。就当青蛙。"爷爷表态。

　　"海龟说,大海比井大,那么那么大,"小薇横摊开两只手臂,"看得到,

蓝蓝的天,白白的云,鲸鱼比汽车大,喷水这么这么高,"小薇把手臂竖起来,"海龟腿脚一划,出去好远好远,天天都见到新东西。爷爷,您当不当海龟?"

先智想起地图上找不到曹家嘴,国家大得跑死马也摸不到边,竟然不知怎么回答小孙女。

"爷爷笨,羞,羞!"小薇用指头刮脸。"妈妈说了,我长大了,当海龟,不当青蛙,青蛙上面的天,只有井口大。"

童言无忌,小孙女无意间这几句话刺伤了先智。原以为在窦曾台谢仁口,自己大小也算个人物,出来一看,原来只是井底之蛙呀!他决定听从儿子们的安排,离了农村进城去。

打定了主意,他准备回家。启程的前一天,隔壁邻居、报社退休老记者李叔叔来送行,谈起社会上的新事怪事越来越多,他儿子鹏鹏在报社当印刷工人,夜间上班,白天东家走西家串,收购古旧碗罐字画,卖给古董商,比上班工资高出上十倍。说到这,他怕先智不信,从家中拿来一个装盐的小罐,说别看这小东西不起眼,值五千块。先智吃惊不小,说您郎快点卖了,钱装在荷包里安稳。李叔叔说,不卖,留给子孙,又问你家有没有老古董,藏好了,别轻易出手。先智想了想,一九五四年淹大水,家里的老古董全冲没了,只有一把竹耙子留下来,问李叔叔,不晓得这东西值不值钱。李叔叔说,只要是老货,肯定值,明清时的一只小圆凳都上万了。在一旁玩耍的小薇,跑来爬上爷爷膝头,似懂非懂地勾住爷爷的脖子,说什么宝贝,爷爷,我要。先智抱紧了小孙女,连连答应,留着,给我孙女留着。

第二天,世豪约了一位回武汉探家的老战友,带父亲乘飞机返乡。随着飞机渐次爬高,先智在舷窗边看到大连城区渐渐变小,最后变没了。飞机在九霄云外穿行,令他惊骇不止,大呼小叫天大了,地小了,回到洪湖县城新堤大儿子家,才惊魂初定。

大儿子世强的新家,紧靠文工团大剧场,是一座三层楼,一楼是两房一厅,厨房卫生间俱全。当天,腾出一间房,安顿先智酣睡半日,当了文工团副团长的世强,在县棉纺厂当会计的大儿媳,照常上班,比小薇各大一两岁的两个孙女小玲、小亚去了幼儿园。下午,儿子儿媳下班回来,一家人围坐一起吃了晚饭。先智见两孙女饭后满地跑,连叹几口气,暗自怨道:"儿子好是好,儿子没儿子不好!"在大连不敢当二儿媳面发牢骚,在县城也不敢说出口，另找一个由头责怪大儿子，说论家谱辈分，忠厚为先，世守祖德，你娃儿应该是守字辈，郎么叫么子小玲小亚，不守家规。世强说，您在大连见识了那么多新东西，现在哪有讲家规的。大儿媳在旁边帮腔说，时代不同了，老一套该丢就丢了吧。先智提醒自己：外面的世界，几天一变，变到老子家里来了，今后就得听儿子儿媳的，随他们便吧！便不再吭声。

饭后，世强领爹来到不远处邮电局院外广场，说过些日子，这里建邮电亭，世刚的女朋友已经替您申请了一座。您和娘进城，住在我家，那间房替您留着，然后来这里上班。乡下正在搞包产到户，分田单干，您也不要田了，回去把台上的家收拾干净，能卖就卖，卖不了的，该丢就丢，准备好了之后，我来车接。先智在大连就有思想准备，心想老子连孙娃儿取名都说了不算，还能说个不字，答应下来，回了窦曾台。

先智手持竹耙，疾步向前，不理不睬想要拦住他的人，最后，停在曾善明家门前。有人围上来，想看一场热闹戏。

先智推开虚掩的大门，善明端坐在堂前，二黄婶躲进房间，掩门偷看。一个人影在后门一闪，不见了。

"站住！找的就是你，往哪走？"先智横了手中的耙子，追过去。

那人从后门旮旯转出来，胆怯怯地说："风亭哥，不关我的事，饶了我吧！"

先智定睛一看，是村西头的"天不亮"，不是丢狗子，笑出了声。"看把你吓的，做了么子坏事？以后再说，现在没你的事，走吧！"

"天不亮"如逢大赦，抱头从后门溜走。

刚才，天不亮来向曾善明讨钱。他按曾善明的授意，向队里要求分先智原先的那三亩五分菱角田，要到了，转手租给了善明，说好了每亩每年五十块，善明却不认账，说自己量过了，修公路、架桥占了一亩五，只愿给两亩的钱。"天不亮"不干，说队里已经从旁边邻近的田割了一块来，补齐了三亩五。善明说，讲好了的，我只要那锐气的田，另一亩五算我帮你种，不找你要工钱，已经便宜你了，要不，退给你，你还我蚕豆种？"天不亮"在心里骂这皮箐箕吃人不吐骨头，捅了他老祖宗一阵子。这时，先智进来了，以为因分了他的田来算账，吓得屁屁的。

"先智，为么子事这么咋咋呼呼的？"善明也以为先智来扯皮，这锐气么事都做得出来，惹不起，心里发慌，表面装镇静，摆出长辈的样子。"你那田，队里分给了"天不亮"。那懒虫硬要我帮他种，我哪想管这闲事？你回来正好，我把田退给"天不亮"，你去找他扯皮！"

先智明白过来，这老东西与"天不亮"，原来是怕我为菱角田找他们麻烦，还以为老子像土改时那样，为这田争得死去活来呢！哪知老子已经冷了这份心，准备进城去。他故意不说破。"其他事，放以后再说。今儿我来找丢狗子，他人呢？"

二黄婶看出先智不像是来找曾善明打架的，起了新的疑心，拉开房门叫了侄儿，小心翼翼地问："丢狗子郎么招惹您郎了？您郎大人大量，莫跟娃儿一般见识。"

"哪是他惹我，我来求他办个事。"先智坐下，摆弄手里的耙子。

正说着，丢狗子曾后道轰走了门前等着看热闹的人，推门进来。他一身时髦装扮，翻卷的长发，西装领带，电子手表，尖头皮鞋，手里提了个皮箱。他辞职后，沿洪湖五十里到处转，收购了许多农家老旧古董，随夏强德小孙子拿到广州去卖，出手赚回来大几万块钱。最近淘不到新货，蓄谋上他爷钱罐子里的银圆，孙大头、袁大头翻了四五倍，蒋光头也跳了两跳，老爷子少说也攒了百来块，出手就可赚个上万块。他爷不睬他，软磨硬泡也不松口，今天又想来磨一磨。

"小侄儿，听说你成行家了，看看这耙子么样？"先智坐着不动，把耙子递过去。

后道接过来，翻来覆去看了几遍。这耙子不同一般，耙杆由八节楠竹对半剖成，竹结由密到疏，耙爪由杆竹自然焙平弯曲，五爪均衡张开，爪中镶了麻花竹筋，纹丝不动。从杆到爪，古铜色锃亮，指划无痕，沉甸甸的，显然经过了生漆长期浸泡烤制。在杆与爪分岔部位，隐隐约约有字迹，后道打开皮箱，取出一只放大镜和微型手电，装模作样看那行字，念道："民国三十五年松滋杨记"。凭着一知半解的知识，后道断定，这耙子不值钱，"珍木百年，竹器过半"，这耙已过五十三年，由于生漆保护，外硬而内朽，况且出自不出名的松滋县杨家，又只是件农具，算不上什么宝藏，十块钱都不值。

"啧啧啧，窦大爹，这可是个稀罕东西，不值一万，也值个六七千。您要是卖，交给我，要是不卖，可千万要藏好，莫叫别个偷了去。"这丢狗子与洪光灿历来一伙，与世豪、后秀不和，有意捉弄世豪他爹。

"在大连,有人说一个小圆凳值一万,这么大的老耙子,还能差哒！我才不卖呢!"先智有些得意,收回耙子,抱在怀里。"一万块我也不卖,留给我大连的小孙女,我答应她了。"

"这铳气,你就留着当传家宝吧!"曾善明暗暗嘲笑先智。他知道这耙子的来历,一九四六年,这铳气从发大水的河里捞来,他婆娘玉珍用这耙子教训过她公公,他舞着耙子闹批斗会,劫走他姑奶奶。一九五四年大洪水,这铳气么子都丢了,就留了这耙子,靠它扒拉扁担草活命,后来,挥耙护菜园,出尽风头。他窦家自称有三件宝,苦楝树、白牯牛、竹耙子,狗屁,都是上不了台面的东西。前两件都没了,就剩下这么个破烂东西,他还真拿来当宝贝。也不想一想,富人的金银瓷器才是传家宝,哪有乡下的镰刀锄头扁担竹耙还值钱的,世道再怎么变,也不会把种田的东西变成宝。要论发家致富,这铳气擀面杖吹火—— 一窍不通。分田单干来了,靠心眼吃饭,等着看吧,这些死心眼的怎么混下去,弄不好还叫犁头尖扎破肚皮,像往年那样,把菱角田拱手送来!

"后道,你窦大爹这耙子可不一般,"善明看出了他孙子在捉弄人,故弄玄虚地说,"这耙子,救过你老奶奶,也救过你爷爷我的命,么子钱不钱、卖不卖的,千金不换。风亭,莫听他瞎扯。"

先智不再搭话,扛了耙子往外走。善明追出来,担心他怎么处置被人分了的菱角田,问:"风亭,你的田,不要了?"

"以后再说!"先智头也不回。

先智倒回来走了几步,进了曾先炳家。

先炳与为香、先尧几个正在开碰头会。

分田分地刚二十来天,脓包鼓出泡来,各家各户碰上了各种各样的难题。队上定下来的"三分八不分",三分没出大娄子,不分河沟、机械、禾场、道路等的八不分,渐渐变成了八不保,开始出现抢水、断路、强占禾场等意外之事,斗嘴争吵打架时常发生。特别是收割黄豆时,遇上连天大雨,劳力少的人家,收不过来,黄豆沤在地里生了芽,天天含泪吃豆芽。队上党员干部帮了这家,顾不了那家,心里发急,聚在先炳家打商量。

"眼下最要紧的,是管住集体财物,防止发生哄抢,尤其是那二十多台农用机械,分了田用不上,弄不好锈成一堆废铁,还有可能被人拆卸,这可是队里几十年攒下的家当，毁了，再也买不回来。"队长先尧忧心忡忡。

"是啊，全部入库锁起来。先尧，你拿住钥匙，隔几天搞搞保养，千万莫损坏了，以后还用得上的。"先炳说。"还有，救济孤儿寡母、老弱病残。幸亏队里集体提留的一部分钱粮没有分，原来的八不分上还要加这一条，先拿出一部分接济困难户。"

"个狗日的，真是要回到解放前啦？回了，老子们也不怕，大不了从头来。想当年，土改后帮单干户，不是搞过变工队换工组么？动员一些人先帮无劳力的抢收，莫烂在地里。听说先智几弟兄，除老三外，那三个地里的黄豆高粱，没收回来多少。玉珍一个病人，收三四亩田，又碰上雨天，哪忙得过来呀！我过会儿带人去帮她。"为香说。

"香二爹说得是，先智哥为公社厂子出门办事，不能丢下不管。"先炳说。"莫再笑香二爹想当年，现在还真用上了。那时候，先是户对户结对子，以强帮弱，再搞互助组合作社，重搞一遍也不难。"

这时，先智进来，听到这些话，心中涌起一阵热浪，门边放下竹耙，兜里掏出大连带回来的上海产凤凰牌过滤嘴香烟，挨个发了，说："感激您郎们想到我，我分的那几亩田，收不收，也不打紧。"

众人大吃一惊。

"风亭哥，你的菱角田叫'天不亮'要了去，队里也没怎么阻拦，原以为你回来会操耙子找人拼命呢，怎么反倒不在乎了？"先尧问。

"说你铳气，你还真铳！不光铳气，还变成了二杆子，不晓得轻重，不识好拐！想当年，为了那三亩五分菱角田，跟皮筲箕斗得头破血流，肚皮也扎破了，你忘了？现在反倒不在乎了？"为香劈头盖脸一顿臭骂。

"风亭哥，出去转了一圈，回来变了？"先炳也显得狐疑。

先智并不气恼，把在外面的见识讲了一番，谈了水往低处流、人往外面走的心得，说两儿子给他在县城安排了房子，找好了工作，他不想再闷在乡下，回来准备搬家，分不分田，收不收粮，不那么上心了。

"原来你窦先智想离乡进城、翻身忘本，当逃兵啊？"为香火上添柴，越烧越旺。"不管台上上千号人了？不顾几十年集体化的死活了？丢下跟你一起搞社会主义的兄弟们，自己进城享福去？你哪像个翻身农民，又一个翻身忘本的刘介悔（注：土改后湖北省一个翻身忘本的农民的典型）！老子我当年闹赤卫队，开过小差，一辈子后悔，你狗东西走我的老路，也要拍屁

228

股开溜？你等着后悔吧！你走，你走！没得狗卵子，真的摆不了筵席不成！"

"看您郎说的？甩这么大的帽子！"先智挨了骂也不生气。"我那大连的亲家，人家是老八路，还有那个大工厂的书记，他们都说了，中国很大很大，不只是窦曾台谢仁口这针尖大的地方，乡下城里都是国家的，工人农民是国家的一家人，各有各的搞法，只要共产党还在，社会主义不变，在哪里都是为国家出力。还说，在乡下分不分田搞单干，不那么要紧，叫么子因地制宜，试试也行。"

为香、先尧翻了白眼，这伙计才几天工夫，讲出这么多的道理，不知道怎么驳斥他，拿眼看先炳。

先炳了解先智，他不是忘本的人，也不想当逃兵，跟共产党走，搞社会主义，他心里这根柱子牢着呢，只是没看出分田单干的危害，以为误不了社会主义前程，没当回事，一旦哪天让他回到旧社会当长工、躲壮丁，他保准提了脑袋出来拼命。想到这些，先炳说："算了，莫为难风亭哥了，各有各的难处，让他走吧。"

"还是丢娃了解我。"先智得到一点安慰，心里反倒不安起来。"香二爹，您郎冤枉我哒，我哪里舍得走啊！娃儿们催得急，玉珍身子又不好，家里再没下地的人，不走，还得给您郎们添负担，刚才香二爹还说要去我家帮忙收割呢。哎，还是走了好。分给我的那四亩田，一亩棉花和一亩黄豆田收完哒，现在闲着，两亩稻田快割了，割完了，您郎们一起收回去。今年该交的公粮和社队提留，我一斤不少。交完了，我走人。我台上的屋随便折算几个钱，家里的东西，除了我这把子，刚才丢狗子说把子是个古董，我要留给大连的小孙女，其他的，谁愿要谁拿走。哎！真要走了，我这心啦，猫爪子抓！"

几句话，说得为香几个心里发酸，正要宽宽他的心，机械队长跑进来，连声叫唤："大事不好！"

二十世纪七十年代初，公社给队里配发了湖北二汽首批生产的一台东风牌手扶拖拉机，从那开始，自购、配发和受奖的农用机车一天天多起来，现有拖斗汽车、大小型拖拉机、水田用机耕船插秧机，还有条播机、机铧犁、抽水机等，大小二十多台。前两年，召用下乡回乡知青，组建了一个机械队，集体生产时，忙得团团转。现在分了田，田间垒埂筑坝，分割成小碎块，用不上了。机械队虽说人没散，但各人只想种自家田，已没心思管这些机器。昨天，有辆拖拉机停在大禾场，没入库，要是以往，没人打它的歪主意,禾场上到处堆棉花粮食,从没丢过,可现在,一个晚上,这辆拖拉机被拆得七零八落。机械队长见了,赶紧来报告。

"怕么家来么家!那可是交了几万斤余粮才买下的,一晚上就毁了!"队长窦先尧像剜了肉似的疼。

先炳马上意识到,化公为私像瘟疫一样地开始蔓延,恐怕不光是拆一台拖拉机的事,集体财产面临土崩瓦解的危险,急切地说:"走,去大禾场看看!"叫机械队长把工作组长也叫去。

先智说他不去了,回去准备搬家,拎了竹耙先走了。先炳几个一同跑步去了大禾场。

大禾场边,机械仓库前,那辆洛阳拖拉机厂生产的东方红牌带拖斗的拖拉机,像一匹被野鹰啄过的死马,只剩下一个骨架,不,还不是一副完整的骨架,而是一堆碎骨残屑。轮胎被卸下,撬走了钢制轮毂,剖开硬胶外胎,掏走了内胎。机头被砸烂,挖走了铜铝部件管线,搬不动的柴油机壳像个骷髅倒地。车厢卸成碎片,撬走了钢梁铁板,剩下的铁皮木板散落地下。

拖拉机残骸四周,围着一群台上的男女,有的破口叫骂,有的唉声叹气,有的心疼惋惜。

"狗日的,肯定是冒垴垸六队那帮杂种干的,想发财想疯哒!"

"拆哒摇篮卖竹片,害人啦!做这种缺德事,生个娃,叫他不长屁股眼!"

"搞么子分田单干?再这么搞下去,还不拆房揭瓦呀!"

先炳几个来到禾场边,工作组长无边眼镜到了。他们扒开围观的人群,近前看了看,退出来。

"你看看,这就是分田单干造的孽!"为香白了无边眼镜一眼,"苦果子还在后头呢,未必你们眼里塞了驴毛啊?"

无边眼镜把先炳拉到一边,有些难为情地说:"就这样,洪书记还批评我呢,说我没把住关,让你们搞了什么三分八不分,分得不彻底,说这是新瓶装旧酒,换汤不换药,阳奉阴违。先炳,我懂你们的心思,慢慢来吧!"

"分得不彻底?"一向好脾气的曾先炳,按捺不住心中的火,连续反问道:"他想怎么个彻底法?难道要把几十年集体经济打下的根基全部掏空?把集体财产全部分光吃光、丁点儿不留?把集体农民个个变成见钱眼开的好利之徒?把这些好利之徒,再一步步赶到坑蒙拐骗的邪路上,明目张胆去偷去抢?你看看,这才多长时间啦,变成这个样子!"

先炳几个带着无边眼镜,沿大禾场转圈察看。昔日一马平川的大禾场,有的地方用砖头砌了方格,有的挖了沟坎,有的筑了土台,像一片荒野坟场,那是自家门前没晒场的人,来这里占场子干的。原知青点的那排平房,还有原小队部的几间公房,门窗被卸了去,室内空荡荡,像是被挖去眼珠的黑眼眶,绝望地哀号着。那座气势恢宏的大仓库,铁门大锁没撬动,留下坑坑洼洼砸过的痕迹,门下被掏了一个小洞,显然有人做了手脚而没来得及钻进去。只有夹米厂、弹花厂等几个队办工厂、机械仓库,因前些时加装了钢窗铁门,还算完好。

先尧说:"曾书记,不能眼看集体财产在我们手里丢了,我派民兵——"突然想起民兵解散了,改口说:"派几个贴心的年轻人日夜巡逻,抓到偷盗的,先揍了再说。"

"还有刚才说过的,队上集体储备的钱粮,加进八不分里,变成九不分,不要轻易动,用来接济过不下去的人。唉!想当初——"为香想不下去,咽下后面的话。

"对,对对,就这么办!不管别人郎么说,我们要咬死九不分,管它新瓶老瓶,能装酒就行。还有六保证,里面关键是队领导班子保证不散,有这一条,才保得住其他。"先炳不大的眼里,闪出坚毅的光,扭头望望无边眼镜:"组长,您都看到了,教教我们,郎么搞好?"

无边眼镜犹豫不决,憋了半天憋出一句话:"反正我不会打小报告!"

十七、窦为斗死后，队里开了个别出心裁的忆苦思甜大会

　　窦先智的小女儿娥兰，坐在自家门外的小板凳上看书，顺便看着门前晒场上自家刚收的新鲜稻谷，还时不时瞟一眼另三家门前。如果有麻雀飞来，或窜来贪食的鸡，她便"哦嘘"呼哨几声，若赶不走，便一个冲锋扑过去，将它们赶走，然后又回到凳上看书。

　　先智四兄弟在堤上两侧而居，中间空地便是晒场。分田单干之后，各家收了新稻谷，没晒场的人家，抢占队里大禾场，没抢到的，挑了谷，铺到堤下水泥公路边去晒，但离不了人，就算有人，稍不留神也会被偷了去。窦家没这多麻烦，各自摊在门前晒，四块晒场之间留出一横一竖的空格，划出了界线，从高处看，像个田字。

　　各家门前都坐了一个差不多大的女孩。老二先职家的三女儿蓓兰，在夹米厂学工时伤了手背，早已痊愈，按工伤领一年工分，坐在小凳上，边看书边赶鸡雀。老幺先镐的大女儿香兰，与娥兰、蓓兰一同在谢仁口小学读五年级，今天重阳节放假，留在家看晒谷。老三先觉的独生女红兰，被她爹逼着下了学，回家种田，地里没活干，又不放心自家晒的谷，坐在小凳上纳鞋底，时不时瞧几眼晒场。

　　这四个小丫头，像不认识似的互不理睬。要是以往搞大集体，她们早

疯在一起了,跳行子(注:跳跃地上画的方格的一种游戏)、踢毽子、玩儿扑克牌,整天不进自家门。分了田,很少在一起玩儿,各顾各。今天就算是赶鸡赶雀,其实一个人就行,何必四个都盯着呢? 说不出口的原因,怕自家的谷被扫了去,相互监视着。这情景,有点像开春青蛙把卵产在水里,自己蹲在岸上草丛中盯着,水里稍有动静,扑通通跳下去保护幼仔。

太阳刚露面,稻谷就上了场,现在太阳三四尺高了,娥兰有点饿,放下书,进屋找吃的。她刚一转身,那三个丫头不约而同,各自操起扫帚,把娥兰家的谷往自家这边猛扫了几下。娥兰回来,她三个已回到凳上,没事似的各干各的。娥兰出来发现自家的谷被扫了,大呼小叫起来,那三个不作声。娥兰进屋喊爹,爹与公社脱产干部曾独松在堂屋谈事,不理她。娥兰穿过堂屋,来到后门口喊娘,娘说,扫了就扫了呗,又不是别个,哪家吃不是吃呀。娥兰垂头丧气回到门前小凳上,再也不敢离开半步。

后门外摆了一张圆桌,玉珍正在给娃儿们赶做入冬的棉袄棉裤,后秀与世华围在桌边,帮她絮棉花。

"哎,搞单干,自个顾自个,一家人不认一家人,就像那个谜语说的,兄弟七八个,围在一起坐,大家一分手,衣服都扯破,何苦啊!"玉珍把弹过的松软棉花,一截一截地在棉袄的里子上铺平。"还是听你爹的安排好,进城去,少了这些烦心事,眼不见为净。"

"干娘,真走啊? 真要走了,我怎么舍得?"后秀把捋好了的棉花递给玉珍。"这台上的风气,说变就变。今天是重阳节,是个尊老和思念兄弟的日子,可出门看看,儿子打老子,兄弟斗狠,姐妹相争,一个接一个出来了,听说燕舫昨天动手打了他爹,过去哪有这种事。您郎们走了也好。"

"反正我不走! 后秀姐,你说队里送你上大学,你不走,我是你帮忙转的正,我也不走,跟你留在这教一辈子书。"世华用长枝针往袄面上绗娘絮上的棉花。"不过,姐夫下了海,听说赚了不少钱,他哪能让你总待在乡下呀?"

"他是他,我是我,他赚再多的钱,与我不相干。莫要提他!"提起洪光灿,后秀一脸不高兴。

"好,不提。"世华知趣地转移话题。"以前的九月九,没当个事,今年却放了假,这重阳节有么子讲究啊?"

"讲究多了!"后秀丢开洪光灿,脸色马上放晴。"同月同日都逢九,九为大阳,所以叫重阳。它的来历,有个故事。古时河南省汝南县来了一个瘟神,每年九月九这天,降瘟疫祸害百姓。有个叫桓景的小伙子为了制服这瘟神,外出访仙学艺,练就了一身本事。又到了一个九月九,他回乡带乡亲们登高,插茱萸,我们这里叫艾果,一种小红果,喝菊花酒,躲避了瘟疫,还斩杀了瘟神,从此天下太平。后来,经过几千年的演变,九月九成了尊老、延寿、避邪、登高的节日。唐代诗人王维有诗说:'遥知兄弟登高处遍插茱萸少一人',讲的就是九月九想念他兄弟。"

"后秀姐,你知道得真多。你这么一说,我想我二哥了,也不知他今儿在干什么。"世华眼眶红了。

"我哪有你二哥懂得多,他写的信——"后秀差点说漏嘴,连忙闭上嘴"他好着呢,当大官了,你不知道?"

娘一直默默听两个女儿谈话,没插嘴,听她俩说到二儿子,忙不迭地问道:"啊?我兵舫郎么啦?"

"没么事,后秀姐说他好着呢!"世华怕引起娘伤心,支开了话,拉了后秀一把,压低嗓音说:"我二哥来信,你不打招呼从大连跑回来,是不是帮他回复部队的调查?你回来没几天,部队搞外调的人很快回去了,他的任职命令也就下来了。二哥总在问,你是不是有事瞒着他,好像替他扛起了么事。"

听了这话,后秀目光呆滞,本该递给干娘的抚平的棉絮,木然伸向世华,心中一阵翻腾,但她很快平静下来,告诉自己,还得把嘴巴捂严实,便淡淡地一笑:"我哪帮他么子忙啊!早就讲好了,我是他姐,他过他的,我过我的。告诉他,莫想那么多!"

世华再不好深问,又说:"二哥埋怨你不给他写信。哦,还说部队调查的人跟他讲,愿意接受你三妹去当兵,问体检过没过,要是县武装部同意了,直接去他们部队报到,他那边都办妥了。"

"这倒是件喜事!"后秀并没显示出特别的惊喜。"你告诉你二哥,县里已经发了入伍通知书,过几天三妹就去报到,叫他替我管严点。我就不写信了。"

"哎,又要哭瞎一双眼睛啦!"娘在一旁不喜反忧。

突然,堂屋里传来独松与先智的争吵声,声音越来越大。

"难怪香二爹说你忘了本,当逃兵?你就是个逃兵!"独松说。

"我逃到哪里去了?还不都是共产党的地盘?就算我是逃兵,你溜肩膀

234

也好不到哪里去！搁不上半根灯草，还有脸说我呀?"先智反驳道。为香说他当逃兵，忍得下来，独松说不行，他历来看不起独松。

"溜不溜肩膀，那是以前的事，现今我肩膀硬起来了，想跟你一起挑这副担子。我回来了，你反而要走，丢下台上乡亲不管，只顾自己图清散，不是逃兵是么家?"独松越说越气。

这些天，独松把生气当饭吃，寝食不安，气得快吐血。

本来，他托先智和后秀去了一趟大连，为填料厂的鲍尔环打开了销路，也给塑料厂买来了平价原料，这一进一出，净得利润十来万。两个厂子起死回生，工人日夜加班，又红火起来。他这个管企业的脱产干部，大喜过望，虽说手工业联社散了一大半，个体户雨后春笋般冒出来，与坚持下来的集体联社时常争斗，但渐趋平缓，公社的财政收入并没有减少，反而增加了，他不再为这些小门小户生气上火，只想一门心思管好两个社办大企业，做大做强，撑起公社财政的支柱。哪想到，两个厂子的危机不动声色地来了。

不声不响，社会上出现了一种皮包公司，没有厂房，没有办公室，没有招牌，一两个人夹个皮包，见人发扑克牌似的发张名片，名片上头衔一大串，赚了钱就跑得没影了。独松察觉到，这些人大多是县区领导的子女，他们又都与荆州、武汉甚至北京的大官子女连在一起，说是爹妈受过迫害，他们跟着吃了苦，要把失去的时间抢回来。他们并不多谈生意，甚至不见也不懂买卖的物品，只是从皮包里掏出几张纸，上面有一连串的首长批示，凭这些批示，能弄到平价的计划物资，转手倒卖出高价，暗地里被人们称为"卖批件""官倒"。洪光灿就干起了这种事。他随夏强德小孙子夏老师去了一趟深圳，回来后离开了供销社，关系还挂在那里，不领工资，叫作"停薪留职"，开了公司，印了名片，皮包里装了批件，叫作"下海"。这些批件与他爹洪少谱不沾边，是他地县区的伯伯叔叔签发的。他拿着批件，根本不理睬管工厂的叔丈人曾独松，直接从填料厂低价提走产品鲍尔环，加价卖给其他的皮包公司，又从其他皮包公司低价买进钢板等原材料，加价卖给填料厂，两头不见货，凭批件赚钱。用同样的手法，倒买倒卖塑料厂紧俏的薄膜等塑料产品，以及聚乙烯等原料。后来，嫌这种倒买倒卖两头跑麻烦，干脆直接卖批件，一张条子值上万块，省事多了。可是，苦了这两个社办厂子，来料成本迅速提高，出厂价格追不上，虽然产量增加了，但利润迅速减少,最近到了干得多亏得多的地步,面临倒闭的危险。

危险并没有到此止步。社会上有了新说法,说国营企业要死不活,集体企业不活要死,全是姓"公"惹的祸,说农村"包产到了户,一年一个万元户","工人想致富,快脱公字服"。还喊出了新口号:"砸烂大锅饭,思想得解放""为私有正名""让包字进城""一包就灵"等。这些新说法新口号,像荒野地的狼嚎,初听起来挺远,可是叫着叫着,狼就来了。

辞了职的夏老师夹着皮包上门,要求承包这两个工厂。与这两个厂子一同打拼过来的曾独松以为他在开玩笑,眼角扫都不扫他。夏老师说,两厂一年交公社几多钱?三十万吧?我出四十万,公社白拿,再不用操心,这么好的事,不干?独松仍然不抬眼皮,说你搬来一座金山银山,也不包给你。夏老师不慌不忙,递过来一张批件,上面签了县委常委、公社书记洪少谱的名字,还赫然写着"同意"两个大字,旁边缀着公社书记和革委会主任的批示:"请曾独松同志酌办。"独松心里骂道:"酌办个屁!说老子溜肩膀,你狗日的们才溜肩膀呢!"他也想批给下面的人去酌办,可今天不知从哪里涌出一股豪气,老子从今往后甩掉溜肩膀的帽子,挺起腰杆子做人,扛起担子让你们看看。抬头望一眼这个趾高气扬的夏老师,不明不白地吼了一句:"你等着吧!"随手把批件塞进抽屉。

独松土改后入党,是窦曾台上的老党员,后来沾佫女公公洪少谱的光,进公社当了脱产干部,吃了商品粮。他知道,在老家窦曾台,当面看人白眼,背后有人戳脊梁骨,在公社的工作干得也不顺心,特别是近些日子,手工业联社散了,两个好好的工厂就要垮了,还有儿子丢狗子,好好的卫生院院长不干,到处倒卖些破烂货,管又管不了,家事公事,事事不顺心。他有些心灰意冷,回想自己的一生,倒觉得互助组、合作化、公社化那时节,与窦为香、先炳这些人一起摸爬滚打,改变了老家的面貌,干得舒心痛快,萌生了辞职回窦曾台的想法。可是回去能搞么事呢?他联想到这些年管企业的经历,有了自己的体会:农村要发展,一靠集体化、二靠机械化,没错,但还不够,应再加一个工业化,走亦工亦农的新路,把队办工厂搞大搞强搞活,有了钱,集体经济壮大了,集体富裕了,么事都好办。他从夏老师要承包工厂看到了时机。工厂承包是大风头,想顶也顶不住,与其包给他,不如包给窦曾台,肥水要流也要流到老家的集体去,不能便宜了某一个人。

想到这里,有一个人出现在了脑海,窦先智,对,就是他!这伙计铳得有名堂,管过小卖部十年,胆大,脑子灵,特别是有个说得上话的亲家,有了他,大连化工厂的来路去路都通了,撇开那些皮包公司,两个工厂会搞得更好。把他拉出来一同管理工厂,厂子还能不火?

他找到先炳和为香先尧,谈了自己的想法。为香直捶大腿,说你曾独松肩膀头终于硬起来了!队里年年丰收,社员还是富不起来,就是没找到来钱的门路,这下好了,承包了这两个工厂,还不是搂住了摇钱树,比起分田单干来,稳当得多。先尧说,队里还有些老底,多亏没分,拿出来包了厂子。不够的,社员集资,一二年就可回本。干!先炳最后拍板说,既然要包字下乡进城,我们就接过来干,包了它。叮嘱独松先拖住那个夏老师,赶紧说通先智哥,把他留下来,尽快把厂子包过来。

哪知独松今天登门来与先智商谈,竟然谈不拢。

“曾独松,用不着你来教训我!去大连拉关系找门子,我帮过你了,不欠你么子。这种事,做得了头回,做不了二回,再去求人,我做不到。叫我跟你一起管工厂,我没这份儿闲心。实话跟你说,我前半辈子靠自己,后半辈子靠儿子,不想蹚你这道浑水,莫要再烦我。”先智主意已定,不为所动。

“先智,我俩是三代老表,说几句体己话。”独松缓和了口气,极力劝说先智。“你去大连,是帮了我,也是帮台上乡亲,帮全公社社员,更是帮土改后的翻身农民。你看不到啊?乡下分田,城里承包,集体化就要散了,穷人又要受穷了,你拍屁股走人,有力不出力,对得起他们吗?”

“莫说得这么玄乎!”先智此时并没有看到城乡这些变化有什么危险。“你就说,承包也好,分田也好,还是不是共产党的天下?是不是还在搞社会主义?要是是的,你操哪份闲心?你们愿操你们操,反正我不操。”

两人谈不下去,气鼓鼓地绷在那里。

门外的四个小女孩,听到高低起伏的争吵,担心打起来,不顾看自家稻子,一同跑进来看动静。

后门外的玉珍和后秀、世华,停下手中的活儿,也进了堂屋。玉珍说:“看看你们两个,五十里外的人了,有话不能好好说呀?像只乌眼鸡,动不动就蹦!”

这时,墙上挂着的广播匣子突然“吱吱”作响。两个月前,老农窦为斗在广播里喊过出工,吆喝下地摘棉花,打那之后,分了田,队里的广播室虽然保留着,一个小姑娘看着机器,但不再播放开工、收工的号子,只是偶尔播播歌曲、戏曲。人们对广播已经陌生了,今天这是怎么啦? 堂屋里的人停止了说话,侧耳听着。

"不得了! 出大拐(方言:坏事)哒,窦二爷快死哒! 他郎有话说!"匣子里传出小姑娘气急神慌的声音。

接着,匣子里传来窦为斗断断续续、高高低低的声音:"兄弟们,娃儿们,厚珍姑妈有交代,集体散不得,叫你们扪心忆一忆,哪个苦,哪个甜,再想一想,么家搞得,么家搞不得。姑妈喊我去回话,我走哒——"

屋里的人蹦着高往外跑,跑向广播室。四个女娃跑了几步,回头看了地上晒的谷,又回来了。

窦为斗死在他孙子窦世燕手里。

为斗两儿两女,二儿子先尧当队长,大儿子先知是个老实巴交的种田人。先知的大儿子世燕,小名燕舫,像他爹,自小憨厚乖顺。这几年长得人高马大,仪表堂堂,成了亲,生了娃,在公社塑料厂当临时工。前几个月,工厂停工,他无所事事,结识了小学夏老师,从他那里接了一包沙头角中英街倒过来的力士香皂,放在窦先智小卖部里倒卖,差点儿叫人抓了投机倒把。变了政策之后,这包香皂退回来,他赚了一点儿钱,尝到了甜头,索性辞了工,跟夏老师专职做起了买卖,跑了几趟广州的高第街,又赚了一些钱。从此,他变成了另外一个人,蓄长发,着花格衬衫,穿喇叭裤,蹬火箭皮鞋,还叼上了万宝路牌的洋烟。

昨天,重阳节的前一天,世燕用夏老师预付一半的八百元订金,在高第街买了一批新潮皮革用品,用一只红白相间的编织袋装了,坐了三天三夜长途汽车,扛回谢仁口。夏老师打了个电话,叫他随即送到五家场,交给一个下线客户代卖。世燕准时送到,验货,交接,顺利得如吐一口清痰。此时,他只需转身回到谢仁口,就可领取夏老师的另一半钱款八百元,获得一笔他爹干一年也挣不到的巨款。

千不该万不该,他不该随那客户去喝么鬼热豆浆。人家把他领到街边一个凉棚下,桌上一桶滚烫烫的豆浆,桌腿边放了那袋货,两人刚坐下,不早不晚,凉棚柱子突然倒塌,砸翻了豆浆桶,热豆浆倾倒在编织袋上,人没伤着,袋子里的货露出了马脚。打开一看,新款男皮鞋、皮凉鞋、女式高跟、半高跟皮鞋,皮腰带、皮挎包、腰包、双肩包等,经浆水浸烫,外面一层亮闪闪的黑皮脱落，手指轻轻一刮，里面竟是一层马粪纸。那客户勃然大怒，给夏老师打了电话，叫来一伙人给世燕一顿狠揍，打得鼻青脸肿。他抱头鼠窜回到谢仁口，夏老师黑着脸，逼他三天内退回订金，要么还钱，要么偷头牛送到五家场，换了钱抵债。他哭丧着脸跑回家。

进门给爹娘编瞎话，说看准了一笔大买卖，急需本钱八百块。他娘从箱子里取出一个包了三四层的布包，打开数了数里面的钱，不到三百，说刚给你妹说上婆家，男方过几天上门，这钱准备作打发（方言：见面礼）用，先给你拿去。他一手打落在地，爹看不下去，多问了几句，他挥手给爹一个耳光，扬长而去。他去了队里的牛栏，那里拴着几头牛，他爷爷窦为斗看着，日夜不离，他打定主意，夜里来偷牛。

傍晚，世燕回家吃晚饭，假装给爹娘认了错，劝爷爷莫去看牛，牛已经分了，十多户共用一头，不再是集体的牛，看它搞么子？爷爷说，看了一辈子牛，管它是公家的私人的，都是一条命，舍不得丢开它们，执意要去。可怜的窦为斗，要是听了孙子的话，就算丢头牛，也不会搭上自己一条老命啊！

晚饭后，天黑下来，重阳节前夜的半弦月约明约暗，为斗低头驼背，去了大禾场仓库后面的牛栏。这些年，农用机械的大量采用，逐渐挤走了牛，几十年前的大牛群阵势逐渐减弱，牛栏里只剩下四头黄牛三头水牛。为斗打开铺盖，和衣躺下。他旁边不远的一个栏架里，躺着那头有名的闷黑牯。曾善明的大老青死后，窦先智带来入社的大白沉了潭，三十来岁步入晚年的闷黑牯，便成了牛中元老。现在，这头老牛显得很不安稳，坐卧不宁，一会儿甩蹄，一会儿响鼻，时不时哞哞叫几声。为斗起身给它添了草料，摸摸它大脸颊，说了几句安抚的话，回身睡下。

睡到半夜，闷黑牯一阵悲愤的叫声把他惊醒，爬起来借月光一看，一个黑衣黑裤脸上蒙黑布的高大男人，把闷黑牯牵出了栏门。他大喝一声："谁？"几步跳过去，抓住了牛鼻绳。那蒙面人一把推开，他倒在地上，闷黑牯后脚没收住，踩在他隆起的驼背上，牛随即发出一声哀号。他这时并没有失去知觉，就势抓住了牛的尾巴。蒙面人稍作迟疑，回过来看一眼倒地死死抓着牛尾的倔老头，狠狠心，拽着牛鼻绳往前拉。牛拖着他走出了好远好远，最后，他倒在了公路旁的草丛里。

鸡叫三遍，天快亮了，清霜打在脸上，为斗醒过来了。他想爬起来，身子和腿脚木头般地不听使唤。他在地上支起手，想撑起头和上身，刚立起

来又重重摔下去,躺在地上动弹不得。他已记不清自己怎么成了这个样子,只记得他的厚珍姑妈刚才来找过他,揪了他的耳朵,问:"我死前跟你们说过,集体不能散,要好,全台上人都好,要不好,合在一起吃苦,你们听没听啦?你先回去问问,传个话,再来报信!"他突然明白,在阴司地府走了一趟,姑妈不收他,叫他给台上窦曾两家的人传几句话之后,再回去见姑妈。这话郎么个传法?那天用广播喊过工,最后再喊一次。他两手抓地,一寸一寸往广播室那里爬,上百步远的路,他一直爬到太阳出来几尺高,才挪到广播室,临死前说了那几句话。

不用说,偷牛的是为斗老汉的孙子窦世燕。踩死为斗的,是他照看了几十年的闷黑牯无意踏上的,凶手却是他孙子。

当天,窦世燕失踪,接连两天不见人影。第三天,洪湖县公安局抓获的一个盗卖耕牛团伙,供出了他。他被抓进了县拘留所。

先智独松他们赶到广播室,为斗已经咽了气。最先赶来的为新和为圣,泪如雨下,一个呼唤二弟,一个呼唤二哥,把为斗抬到一块门板上,仰面放平。为斗直挺挺地躺着,那半生的驼背被牛踩平了,死后才伸直了腰。闻讯赶来的人们,越聚越多,再无插足之地。飞驰而来的为斗的儿女,挤开人群,扑倒在爹的身上,哭得死去活来。室内外的男女老少,有的念叨老人家催人下地抢收麦抢摘棉、雨中找牛不找娃的往事,感叹老人临死也为台上人着想。有的悄悄打听老人怎么死的,咒骂哪个挨千刀的害死了老人。无论念叨的还是咒骂的人,都淌着泪,带着哭声。一时间,全台上下如塌了天,哭得昏天黑地。

曾先炳和窦为香最先擦干了眼泪,说哭不回来了,准备后事吧。先尧脸上挂着泪珠,说新规矩要讲,老风俗也莫全丢,新老掺和着办。当天,在为斗大儿子先知家设了灵堂,为斗净身、换衣,头垫青布菱形枕头,双脚穿皂色布鞋,绊了白丝线,身覆白幔帐,安卧灵床。本家儿女白帽素衣,日夜守灵,台上人家轮番吊唁,远近乡邻纷至沓来,焚香祭奠。窦家门前,人来人往,络绎不绝。

刘小牯夫妇和工作组长无边眼镜,左臂上戴黑纱,来到灵堂,深深三鞠躬,垂首默哀。

后秀和世华,领着学生娃,在灵前排队肃立。后秀给娃儿们讲述了老人家秉公爱社的一生，念了高尔基的语录："一个老年人的死亡，等于倾倒了一座博物馆。"说窦曾台的发展史，就是一座博物馆，窦为斗老人就是这座博物馆最好的见证人，他用死亡在叙述过去的故事。世华刚从后秀那里学到重阳节的来历，又补习了一些书本知识，说重阳节是个尊老延寿的日子，窦爷爷却死在了重阳节，应了李白那句诗："菊花何太苦，遭此两重阳？"子不尊老，老则不延寿，祸根出自歪心邪念，教娃儿们记住要修身养性。

两天后，消息传来，窦世燕被公安局抓住了，他在拘留所招了供，偷牛害死了他爷爷。全台上下，一番悲痛中又添了一番悲愤。

窦家在外的子孙，闻此噩耗，无不悲伤。县城的窦世强，专程回来烧香叩了头，大连的窦世豪发来长长的唁电。世刚拟词，世斌书写，在灵堂挂了一副挽联：

土改不死，合作化不死，公社化不死，分田单干死去，死得足惜，不得其所；

小时放牛，中年时用牛，老年看护牛，终生与牛为伴，牛去人亡，勉强得到一点安慰。

来人看了，不免一阵阵伤心。

三天之后，为斗入殓安葬，葬在先智菜园一角的窦氏祖坟，与姑奶奶的坟相伴。"一七"（注：当地居丧为三个七日）过后，窦家人卸去素妆，台上恢复了往常的生活。但是窦曾台人都没有忘记，窦为斗临死前在喇叭里的喊话，要他们忆一忆想一想，自个忆了想了，仍嫌不足，要聚在一起集体忆一忆想一想。于是，冬月十九这一天，大雪日，队里开了个别出心裁的忆苦思甜大会。

大雪日无雪，却出奇的冷。大阴天，半空中，寒风嗖嗖地刮，地面上，泥土冻成一片片裂缝玻璃样子，踏上去邦邦响。草木皆枯，捏一把便成了碎渣。这种干凌（方言：líng，冰冻），比湿凌更让人难受。

会场设在原大食堂改建的文化室内，挪开桌椅，中间生了三堆柴火。分田后差不多半年，窦曾台人第一次聚堆开会，成年男女都来了，有些兴奋，围坐在火边，火光把脸色映得通红。还有一些人散坐在四周，手里捧着自带的火钵，不时从火堆里夹几根柴火，放在自己的钵中。

"今儿这会，不是个正式的会。我爹临死前说了，台上人聚堆忆一忆苦与甜，想一想今后郎么搞，说是要给姑奶奶回话。我看不必像以往开忆苦思甜大会那样,大家就近不就远,随便说。"先尧事先与为香、先炳商量过,讲了几句开场白。

窦曾台人六十年代后期经常吃忆苦饭,搞忆苦思甜,有的是话说,可要就近说,倒不知怎么说了。

"你们不说我说。"肖老大媳妇汉腔不改,抢先开口。"旧社会的苦莫讲啰,太远。从发大水说起吧,独松牵牛把我俩接出来,大水已漫过膝,为香二爹沉船堵涌洞,我的高跟鞋、凉鞋、旗袍、首饰都丢了哟! 救了命,算是甜,丢了我半生的积蓄,也苦呀! 后来公社化,我和城里来的周婶子,还有窦老二家的桃英,不会农活,拿不到满分,叫我们'八分婆',苦不苦? 格老子发了奋,往死里学,年年拿了满分。两媳妇进了门,当了标兵,全台工分第一,靠集体生产,格老子头一家买齐了手表自行车,甜死人哟!"

"你还是扯远哒!"肖老大叫婆娘说得心里甜丝丝的,却不让她再说下去。

"我说个近处的。""天不亮"用根木棍挑动火堆,燎起火焰。"大集体起早贪黑,累死个人,不得空闲,还吃喝发愁,这就是苦。这几个月分了田,产量高,粮价涨,我把田包出去,不下地,干拿钱,日子好过了。媳妇自由自在,随便逛。大包干好,好得很! 这才叫甜呢!"

"天不亮"说的是实话。分田后的秋收,原是集体种的地,产量创了新高,特别是政府突然提高了三成的粮食收购价,单干户收入猛增,尝到了大包干的甜头。但是光棍周这帮老农心里有数,当年收入提高与大包干没得关系,倒是下一年的生产麻烦来了。他的继子与女婿各分了两亩旱田,连在一起,收了黄豆之后,各自冬播了小麦和蚕豆。麦怕旱豆怕涝,一个要引水灌麦田,一个要排水晒豆苗,两人在田间为放水排水,打得不可开交,淹了豆苗旱了麦苗,明年收成泡了汤。

"你狗东西到哪都是个大懒虫,篾穿豆腐没提手!"光棍周骂了"天不亮"一句,不与他多啰唆,讲了自家的苦处。"要是集体生产,队里统一安排种麦种豆,哪来这些扯皮拉筋的事? 香麻子、先炳、先尧你们几个,早点拿主意,不能这么搞了!"

许多人应声而起,纷纷诉说争水、争肥、争路的痛苦。为香几个没吱声,想继续听下去。

"呜呜,我,红兰,下学,喝药,撮拐(方言:坏了事)! 一家人,打架,捅猪！撮大拐。"栓哥从不在大会上讲话,这次可能实在忍不住,憋红了脸,也没讲清白。

"我三婶是想说,"坐在栓哥身边的桃英拉栓哥坐下,站起来替她讲。"她娃儿红兰,书读得好好的,搞么鬼分田单干,她爹逼她下学,回来种田。娃儿想不通,差点喝了敌敌畏。还有啊,我们几妯娌家,以前不分你我,单干之后,各顾各的。那天,红兰用扫帚扫了我家门前晒的谷,我那个二小子铜舫气不过,用火叉捅了她家猪。都是么鬼分田单干惹出来的。"

"是啊,害得一家人成了仇家!"聚在一个火堆旁的玉珍几妯娌齐声呼应。先职、先觉、先镐三兄弟聚在一起,闷声不语。

有人在会场一角啜泣。人们静下来,借着火光,放眼望去,窦世燕的媳妇抱着刚满半岁的娃,蜷缩在一张桌后。玉珍几个过去,接过她怀里的娃,拉她到火堆旁烤火。

"我娃他爹,那个死砍脑壳的,对不住娃他老爷爷,对不住台上老少爷们娘们,我没脸见人啦!"世燕媳妇暖了身子,站起来转圈鞠躬。她前几天去了县拘留所,见到世燕,问清了情况。世燕肠子都悔青了,恨不得跳长江了却一生,叮嘱她回来告诉台上人,不管受穷受富,都莫学他。"您郎们都晓得,我娃他爹从小乖顺,是个老实人。自从认识了那个夏老师,跑了几趟广州,做起了买卖,钻进钱眼再也出不来。说么子南边的灯是红的,酒是绿的,娘们的腰碗口粗,一把掐出水来,要想过那种日子,就要有钱,想钱想疯了,六亲不认只认钱。为哒钱,他坑过别人,到头来,人家坑哒他,害哒他。我不是为他叫屈,再这么个搞法,我娃儿长大了,也要变坏!"

"我退田,搞大集体!"一向老实巴交的为斗大儿子先知,一辈子没说过几句话,听了儿媳妇的话,句句捅心窝,跳起来说。

"我也退,过去几十年,台上哪出过这种事?"

"退,搞么子单干?再搞下去,人就变成畜牲了!"

火堆旁的人呼啦啦站起来,叫的叫,喊的喊。

"搞不下去,老子们收手不搞哒!"为香出来亮明了态度。"只当晚解放三十年,老子们从头来,互助组、合作化、人民公社,一步步再搞一遍。想当年,老子们就这么过来的。"

先尧摆摆手,招呼大家坐下。"退了田,重回大集体,但郎么个搞法,还是要再想想。过去有些东西也要改一改,像干多干少分不清、干好干坏拉不开档、胡子眉毛一把抓不行,要有新办法。"

会场上议论纷纷,说了许多新办法。

先炳见到了出来说话的时候,起身往几个火堆添加了一些柴火,三堆火苗高蹿,满屋照得通亮。他清了清嗓子,说:"今儿这个会,该忆的苦与甜,忆哒,今后的事,该想的想哒,大多数人的想法,还是搞集体生产好。上面有政策,照多数群众意愿办,那就把田收回来,组织集体生产。可但是,完全回到过去那一套,回不去了,得另找新路。刚才几个大爹大伯说得好,不搞家庭包干,干脆搞自愿合作社,扳坨子(方言:分块包干)。把男女劳力分成五坨,就叫四个合作社:农业社、工业社、林业社、副业社,另加一个机械队,每人按特长凭自愿加入这四社一队其中的一个。每个社队定产量、定产值、定奖惩,社队里面再把这三定分派到个人,年底全队收入综合平衡,突出差别,也顾及老弱病残。这样一来,既避免了大锅饭的坏处,又消除了私有单干的祸害。集体经济壮大之后,我们把乡村变成街道,过上城里人的生活。这是一条新路,亦工亦农、亦街亦乡、全面发展的新路,我们就摸索着走这条新路。你郎们说,这么搞行不行?"

"好!""行!""可得!"场上一片欢呼。

先炳环视一周,看到他岳父曾善明和身边几个人没动声色,又说道:"这四社一队,进出自由。愿意分田单干的,也不勉强,么时候想回来入社,也欢迎。"说着,他走到曾独松身边。"我们这几坨,工业社是个缺口,就像水桶有块板短了一节,装不了一满桶水。现在好了,独松辞了公社的职,愿意回来抓队里的工业,请他讲两句好不好?"

独松与刘小牯、窦先智,还有工作组长无边眼镜,远离火堆,四人静坐在一张桌边,注视着会场不断出现的情况,偶尔交谈几句。独松见先炳点了自己的名,走出来,挥手向大伙打个招呼,说:"我们这个生产队,粮食年年丰收,可社员荷包里还是没几个钱,原因就在于没有工业,光那几个加工厂和作坊,顶不了大用。这年头,种田可以说种到头了,产量封了顶,檩子再高也戳不破房顶,必须另谋出路,农村办工业,就是一条新路。正好公社两个工厂要对外承包,我和香二爹还有先炳、先尧商议,队里把厂子承包过来,搞得好的话,一年收入大几十万。有了这笔钱,不仅富了社员,还能贴补农业,增强农业生产后劲。"

有人打断他的话,问:"办厂子好,那没得说。可你不是出去当了官吗,舍得回来呀？肩膀硬了，能挑担子哒？"暗讽他是个溜肩膀。

"我曾独松不是前些年的曾独松了，合作化公社化时的那个曾独松回来了。我奶奶临死时交代过，是苦是甜一起扛，我这次铁了心，官不当了，回来跟乡亲们穿连裆裤子。"独松见人多眼杂，没有多讲自己的思想变化过程，诚恳地表明了态度，看了看先智，说："办工厂，窦先智是把好手，在大连又有关系，有他出马，不愁办不好。"

刘小牯捅了捅先智，低声问："你不说两句？"

先智袖手垂头，低声回道："我这心里呀，十五个吊桶打水，七上八下，今儿不说哒。"

会场上的人们，交头接耳，议论纷纷。先尧与为香、先炳交换了眼色，站起来宣布："那就这么确定了，请独松哥回来当工业合作社社长。另外几个社队的领头人，大家议一议，选哪几个好？"

经过一番讨论，选定了各社队的领头人，会场上响起了经久不息的掌声。窦曾台人第一次学会了鼓掌，其实，他们并没有学会，只是一种情不自禁的自然流露。

先尧正要宣布结束会议，先炳说等一等，请刘小牯老书记讲话。刘小牯推辞，推推无边眼镜，说请工作组讲吧。

无边眼镜走到火堆中间，指头推推镜片："乡亲们，今天不叫我讲我也要讲。我来窦曾台驻队半年，算是开了眼界，懂得了什么叫群众是真正的英雄，而我们自己则往往是幼稚可笑的。经过集体解散、分田分地、生产单干，今天，大家重回集体，建立了新的分类合作化生产模式，这是农民在新形势下的一次了不起的选择。这个选择，不是谁指引的，也不是哪个人强加的，更不是抓阄瞎碰的，是大家经过苦与甜的比较、利与弊的权衡而做出的。它说明，群众在认识整体利益长远利益过程中，完全能够把握前进的方向，掌握自己的命运，而觉悟的群众，一旦掌握了自己的命运，是任何势力也不可阻挡的。我不是农民，过去也不了解农村，这几个月下来，你们教会了我什么是党领导下的农民。因此，我支持你们，这就是工作组工作的结论。今后，不管到哪汇报，不管面对谁，我都敢讲这个话。刚下来时，听说白家奶奶讲过小心工作组，现在你们可以放心了，工作组并不可怕。"

场上的人，好些话没听懂，但看无边眼镜慷慨激昂的样子，大家看出了他的屁股坐到台上人的板凳上来了，又情不自禁地鼓了掌。

散了会，曾善明拉了窦为新一把，落在人们后头。刚才的会场上，曾善明与"天不亮"等十来个愿意单干的人聚在一起，"天不亮"出头讲了几句单干的好，被光棍周骂了回去，这些人自感势单力薄，没再出声，会后形孤影只，各自走了。曾善明经过世面，认为队里重搞集体化，不过是一把茅草火，轰一轰就熄了，认定单干谁也挡不住，他有新的算计，已经沟通伏老木、曹老大、胖会计等人，鼓动夏强德小孙子出面把公社的塑料厂承包下来，搬到白牯牛潭边那块已属于他的菱角田上重建，但担心窦先智出来打横炮，想先拉拢窦为新，让他给儿子疏通疏通。

"老兄弟呀，谢仁口后街又热闹起来了，赌场春楼冒出不少，我兄弟俩哪天去逛逛？钱我出。"善明挠到为香的痒处，从远处说起。

"多大年纪了，还想这码子事？我孙子在外边干大事呢，不想给他们丢脸。"为新想到送世蒙当兵，说过打皮绊（方言：不正当男女关系）的错不能犯，早就想改邪归正，不做对不起后人的事。

"牛不离草，猫不离腥，多大的岁数也改不了啊！过两天带你去。"善明发现这一招不管用，耍起了以往的老招。"莫忘了，蚊帐里的那笔老账，还没跟你算清呢！我现在有难处，你还得帮我。帮了这一回，我们两清，再也不提。你大儿子先智的那块菱角田——"

"得得，我不听，更不管你的么鬼事。"为新堵住善明的嘴。"那笔事，过哒三十多年，早跟你了结哒。你要还揪着不放，我去找你那二黄婆娘，低头认错，她叫么样就么样！"

善明扑哧一笑，这老家伙真可怜，做了一件荒唐事，折磨了一生！自己不过是寻个理由找他帮帮忙，他竟还这么当真。说道："好啦，不提也罢。我的难处你要帮。"

"别，别别，你的难处你自己搞，我从此不沾你的边。这么些年，尤其是我为斗二弟死后，我算看清哒，风亭他们做的那些事，件件占在理上，我孙子们走的路，正当，没得么子不好。怪我不开窍，错怪了他们，还不如我那死去的婆娘。狗日的，人老哒才活清白！你以后莫来找我。"为新说着，加快脚步往前走，再不回头。

善明在后追赶，没有追上。

十八、今儿，我掏出心肝交给共产党，
打死我也要入党

　　不知不觉间，曹家嘴谢仁口街上，人们的生活悄然改变了模样。穿着变了，四个兜的干部装换成了大开领的西服，脖子下吊根五颜六色的带子。女人冬天穿裙子，冻得脸发紫，也要露出高袜长腿。称呼变了，姑娘叫小姐，男人叫先生，自己当家的叫老公，有人家里雇了个做家务的女人，无缘无故叫阿姨，很少听到叫同志了。赞赏人的腔调变了，以往要是当面称赞这女人很漂亮，她说不定扇你一嘴巴，骂你要流氓，如今她反而道声谢谢啦。生活习惯变了，早上起来吃饭，不再称过早，叫喝早茶。来了稀客，不再割肉杀鸡在家请客，跑到饭店撮一顿。饭后用牙签戳牙缝，擦嘴擦脸用纸，大便后擦屁股也用纸，商店再没得手帕卖。归结起来，南边刮来海外的风，人们荷包里有了钱。

　　更加蹊跷的是，人们对公务场上干部的称呼也变了，省里的叫首长，地区的叫领导，县城的叫同志，区里叫伙计，公社叫杂灰，乡下的还叫群众。

　　有一天，县委办公室接到地委办公室的电话："首长有指示，领导将下来检查，同志陪同，请通知伙计，叫杂灰们提前告诉群众们莫要乱说乱动，惹出事来。"

县委办公室一听全明白，请示说："哪位领导下来？么时候到？去哪里？同志怎么陪同？"

地区那边答复："领导是地区革委会副主任赵扶民带队下来，你们安排同志、县委常委兼曹家嘴区委书记洪少谱陪同，十二月二十六日到，直接去谢仁口窦曾台。"

这一天晌午，没有风，雪花自由自在地在空中飞翔，有的成群结队，翩翩起舞，有的三两为伴，也有单片小雪花独往独来，东闯西撞，扑向大地。大地洁白，笼罩在一片银色之中。

一前一后两辆吉普车从区委大院开出来，穿过谢仁口前街，来到岔路口，左边是后街，右边通往窦曾台。洪少谱坐的前车向左打了转向灯，却向右边开去。赵扶民坐的后车迟疑了一下，直接打右转向灯跟了上去。到窦曾台小卖部门前停下，赵扶明开起了洪少谱的玩笑："少谱，你真是应上了现在一句时尚话：开左灯，往右走。"

"嘿嘿，两边都顾及到了嘛！"少谱并不在意，也回应玩笑话说："刚才路过一个桥洞，桥上标语写的是高举旗帜，您注意到没有？下面还有一行字：限高三米，也是高低兼顾啊。"

两人玩笑了这几句，吩咐已经在此等候的公社大小队干部，陪同地县区来人下去走访，检查生产责任制落实的情况。然后，他俩进了刘小牯的土堡房子，先来看望退休的老领导。

小牯将二人迎进门，脱下大衣，入座，上茶。多时未见，相互亲热问候一番。

屋外大雪狂飞乱舞，地扒根土堡子垒墙的屋内，密不透风，不觉得有寒意。小牯老伴支了个炭火炉，三人围炉交谈，只觉得暖意融融。

"向两位老领导汇报，当前农村形势很好，比想象的还好！就说这个窦曾台吧。"洪少谱选定窦曾台作为赵扶民考察的一个点，有他自己的算计。这里的窦先智与赵扶民认过老庚，"文革"中救过他，刘小牯下放时住在窦先智家里，来往密切。更重要的是，他们两人都熟悉这里，这个小队就是他俩过去树的典型。半年来，少谱亲自蹲在谢仁口公社，把这个队当重灾区来抓，落实了大包干责任制，听说那个窦先智，与自己明里暗里斗了几十年的刺儿荷，这次放老实了，没出头捣乱。他想用事实告诉这两位领导，当年自己在这里摔的跤，受到的责难，遭受了迫害，错不在己。这样，既显示了自己的政绩，也可挽回过去丢在这里的面子，当然，也隐含他二人以往是有错误的。"不容易呀！刚开始队里硬顶着，抱着大锅饭不放。经过耐心细致的教育，还有激烈的思想斗争，他们认识到过去的错误，这才落实了大包干的责任制。您二位熟悉的那个窦先智，过去长角长刺，这次也顺从多了。"此时，少谱还不知道窦曾台人大多数退了分的田，搞起了分类合作社，重走了集体化道路，没人告诉他。"半年下来，群众积极性空前高涨，粮食产量创历史新高，社员收入翻番。实践证明，纠正过去的错误，不管涉及谁，都要狠得下心，下得了手，我有这方面的体会。"少谱这番话，不显山不露水，漫不经心地表达了自己的意愿。

赵扶民显然没有看出少谱的用意，也没想那么多，就事论事地说："今年确实实现了高产高收入，从全地区看，原因有三，首先是国家提高了三成的粮食收购价，其次是优选种子，袁隆平的杂交水稻产量本身就可翻番，还有农药化肥下乡，科学种田起了作用，再一个，前期集体化生产打下了好基础，责任制的积极性，只体现在秋收上，农民爱惜粮食，没有浪费，这个要肯定。小牯书记，您说是不是这样？"

"我这个退休的人，没操这份心。你们谈，我听。"小牯说。

"少谱，除大包干之外，其他责任制形式的社队，今年收成怎样？"扶民见小牯不表态，不为难他，转而问少谱。

"大致差不多吧！不过，还是搞大包干的农户收入高一些。"少谱心知肚明，分田单干的农民秋收颗粒归仓，收入只高在这里，但他不想挑明。"从全区看，多种责任制形式中，群众愿意选择大包干，不是有那句话吗，直来直去不拐弯。"

"扶民，上面政策中，说的很清楚，宜统则统，宜分则分，有大包干优先这个提法吗？"刘小牯听不下去，插话问赵扶民，又转脸问少谱："我听说，你要求社队干部只能选择大包干，不选就换人，你还说私有无敌，有没有这回事？"

扶民瞪眼看少谱。

少谱伸手摸兜里的小梳子，没敢掏出来，在这两位老领导面前，他要保持恭谦，不能轻易梳头，只是掏出手帕，擦了擦额头。他已经不是当年小牯从路边捡来闹革命的那个鼻涕娃，也不是土改时跟在他俩后头吹喇叭的小乡长，他是经历过风浪的弄潮儿、摇摆不定也站得稳的不倒翁，坚信自己的"鸭子站位理论"无往不胜,断定眼前这两人已经落伍了,将被新形势所淘汰。到了彻底与他俩决裂的时候了,他不再有别的顾忌,把手帕放进兜里,搓搓手,坦然回答道:"刘书记,是的,这话我说过。"

扶民收回惊愕的目光,严肃地说:"少谱同志,你这是另搞一套啊!上面文件讲得很清楚,农村集体所有制不变,生产组织形式,包括集体生产和家庭承包等多种方式,当然也包括大包干,由农民自愿选择,宜统则统,宜分则分。怎么到你这里,变得只剩一种了?还说什么私有无敌,难道我们的改革,要复辟私有制,走上邪路?"

"赵主任,不,还是叫您老书记好,亲热。"少谱并不紧张,不慌不忙地回话。"看戏有句行话,会看的看门道,不会看的看热闹。您想想看,这场伟大的变革,把颠倒了的再颠倒过来,集体生产和包产到组这几种形式,以往就是这么搞的,继续搞,就不叫颠倒,只有大包干才是新鲜事物,合作化之后没搞过,上面虽说可以多种选择,但实质是只选大包干,这就是精髓。您说对不对?再往深处想,大包干最能调动农民积极性,这种积极性,您说是为公还是为私?如果是为公,大包干便不起作用,当然只能是调动为私的积极性,鼓励个人发家致富。所以我说私有无敌,有点矫枉过正,但是道理没错。您看报纸上批'左'的错误是求大求纯,不就是暗示要给私有留出地位吗?我不过是把话说白了。您说对不对?"

这两个老干部听傻了眼,他们不是没这么往深处想过,只是想过了没敢相信,难道这场变革就真的如群众发牢骚所说的那样,一夜回到解放前?知识分子出身的赵扶民,精通马克思主义基本理论,有许多道理驳倒洪少谱的歪论,但他突然觉得这些理论最近显得苍白无力,想了想,说:"少谱,我不想与你讨论理论问题,就问你一句:那年我们三个乘船到这里宣传土改,你讲了四个筐自己装,有个筐里装的贫下中农,他们真的愿意回到解放前,分田单干吗?还有,我们三人给曾家老奶奶发烈士光荣匾,老奶奶说她儿子曾善亮为新中国死得值,烈士流血牺牲,希望看到分田单干吗?"

"赵书记,原来我也这么想过,但现在不难回答,只要解放了思想,与时俱进,什么都可以想通。"少谱仍然不在乎,轻松回答,甚至带有挑衅口吻问:"赵书记,我做个预测可以吗?"

"你说!"扶民答应。

"现在的各级革委会，早已不是原先的三结合，用不了几年，它就没了，还得回到以往的老路上去。与此类比，不出三五年，人民公社说不定也走到尽头，集体化可能彻底解体，私有财产将不可侵犯，所有制甚至退得更远，一夜回到解放前，也许不会再是吓唬人。您信不信？您不信我信。"少谱信心满满，显得底气十足。

扶民像一只热气球遇上了暴风雨，内心深处剧烈颤动，他问自己：照这么说，新中国成立后农村社会主义革命和建设，一笔勾销了？自己投身革命四十年的历史，要改写了？是耸人听闻，还是一个巨大的危险正在迫近？他紧绷着脸，两眼紧盯着面前这个并不起眼的小个子，像突然迎面遇上了一只狼，看见了狼露出的獠牙。他认定洪少谱的话不是空穴来风，社会主义事业将面临空前的挑战，不忘初心的信念，牢记使命的决心使这位老党员坚定地告诉洪少谱："少谱同志，如果你的预测实现了，那么我也给你一个预测，总有一天，人民群众在党的领导下，会重走集体化道路，实现社会主义事业螺旋式上升，S型发展！你信不信？你不信我信！"

小牯听洪少谱这番话，却并没有产生多少震惊。他退休到窦曾台当天，洪少谱来看他，讲过类似的话，他比赵扶民更了解洪少谱，论当官看势头，这小个子是个人精，很少失误。但是这种人对于党和国家的事业，没有多少益处。因此，他不想与他多作计较，沉下脸，认真地对洪少谱说："少谱，你是我一手提拔起来的，最后给你说几句话。公者千秋，私者一时，不用问共产党人中的英烈，有哪一个是为个人奋斗的，你就看看中华民族几千年来的英雄豪杰，有没有一个是为个人私利奋斗而流芳百世的？只要你说出一个来，我刘小牯从此当哑巴，再不开口。至于你，为公为私？请便！"

洪少谱自然不能接受这种近似训斥的话，正要辩驳一番，地县区的随行人员推门进来，报告说，走访过了，窦曾台搞了一阵子大包干，又收回了田地，搞起了集体合作社。少谱勃然大怒，呼叫社队干部，来说个明白。随行人员告诉说，社队干部去了白牯牛潭边，那里发生了一场冲突，一个叫窦先智的社员舞着竹耙子在闹事。

"又是这个鸡头苞！"洪少谱披上大衣，往外走。

扶民听到窦先智的名字，有些诧异，拉起小牯："我们也去看看。"两人一起出门。

路上，随行人员小声相互责备："个杂灰，叫你把群众们管住，没管住，闹出事来了吧,看怎么收场?"

"先智啊,你屁股下面绑了磨盘啦? 出了这么大的事,也坐得住?"曾独松风风火火推开门,把正在堂屋烤火的窦先智往门外拉。

"这么大的雪天,能出什么大事? 莫急,坐下来烤烤火,慢慢说。"先智不为所动,反而摘下独松的棉帽,拉他在身边坐下。

先智从大连回来后,辞了小卖部的差事,收割了分田到户的黄豆高粱水稻,上交了余粮,便准备搬家到县城。为斗二爷爷死后,队里开了忆苦思甜大会,重组集体合作社,他动摇了几天,前不久,大儿子世强打来电话,说电话亭已经建成并替他办了承包手续,催他快点来上班。他停止了犹豫,把房屋卖给了一个同姓兄弟,收拾完家中物品,送的送、卖的卖,要带走的打了包,只等这场大雪过后,世强派来汽车,便携玉珍和小女儿娥兰,举家搬迁到县城。

今天早饭后,先智约请老父亲,叫来三个弟弟,在堂屋中间生起一堆火,一边烤火驱寒,一边商量家事。队里开大会之后,二弟和幺弟退了田,加入到了副业合作社,参加林业水产等项生产,空闲时间为队里缝衣理发,娃儿们上学,虽然收入不很高,但稳定牢靠。三弟思考再三,最终下决心与曾善明"天不亮"等十来户一道,包田单干,干一年再说。红兰下学回来,他家三个整劳力,种五亩地费力不大,收入很高,仅秋收赶上粮价上涨,就有一千多元进账。入冬以来,播种了冬小麦和蚕豆、豌豆,几场大雪护根,来年丰收有望。先智对三个弟弟的选择没加干预,给他们讲了城里的新鲜事新生活,说娃儿们读了书,就有了新的奔头,大人就有新盼头,只要是共产党当家,搞社会主义,在哪都有饭吃,进城和在乡下一个样。兄弟们说,是这个理,大哥你先走,将来有条件了,我们也进城去。

为新年近七十,头上箍一顶狗钻洞帽子,两只干枯的眼睛露在外面,垂眼望着火堆,伸手烤火,说风亭就要走了,我也快去见你们的娘了,不怕丢丑,解放前做了那件蚊帐里的荒唐事,让曾善明纠缠了一辈子,我也背了一辈子的良心债,前几天跟曾善明说透了,从此不搭边帮他做拐事。回想这一生,手艺人也没讨到么子好,还是你们的娘看得有准头,风亭做的对,才有了孙娃们的出息。可惜呀,醒过来了,人也老了,只能等再托人生之后另选正路。这几兄弟对爹的龌龊事早有耳闻,并不惊奇,也没责怪他,反倒安慰爹，过去的事，莫提了，安心养老。先智回想一生对爹没个好脸色好言语，鼻子一酸，说窦家祖传的习惯，爹护小娘护大，您郎就暂时跟幺弟一起过，我们几个也帮衬您郎，等我在县城安顿好，接您郎去养老。

正说到这里，独松来了。

不久前，两个社办工厂对外承包有了结果。独松牵头，窦曾台的五小队集体承包了填料厂，队里拿出集体积余加上社员自愿集资，一次付清了承包金，先智没答应留下来管厂子，但出面联系大连的老亲家，为厂子与大连化工厂签了供货合同，销路有了保证，厂子又火起来。塑料厂包给了夏老师，他背后有洪光灿、曾善明、曾后道和曹老大、胖会计等人参股，经营了一段，出了状况。

塑料厂由一九五八年的小五金厂改建而成，厂房在谢仁口后街夏强德老宅旁边，原是夏强德弟弟、一个武汉资本家被没收的宅院。最近落实对民族资本家政策，夏老二在武汉临死前提出归还他的老宅院，省里来了通知，要求限期退还。夏老师等人几经谋划，申请占用白牡牛潭边原窦先智的菱角田和曾善民的刀把田，搬迁建厂。摆明的理由是，这里临近跃进河又靠公路，便于排污和交通，暗藏的心机是，出出几十年受压迫的恶气，杀杀窦曾台人的锐气。他们瞒着大队小队，说通曾善明，直接报到区里，洪少谱签了字，公社不敢违抗，他们挑了今天这个日子，领一帮人来平整场地。

"这还不是大事呀，那田可是你的命根子啊！叫他们占了去，还不把水土糟蹋哒！先炳和为香、为斗都去了，台上的人也去了，挡住不让他们动手呢。"独松讲了经过，又动手拉先智，他想借这个由头，把先智留在乡下，跟他一起管工厂，大连的关系离不了他。

"我那田，早就入了社，现在不是你爹和'天不亮'他们包了吗？我快走的人，不想管这事。"没想到，先智出奇的冷淡。

"他们要锯你的树呢！你也不管？"独松又问。

那三棵杨树，是先智与独松当年作为菱角田的边界栽种的，历来被先智当成宝贝。几年前修水泥公路，锯了其中一棵，先智要死要活与人家打架，后经先炳劝说，才罢休。先智一听这话，心里激灵了一下，没吭声。

"你晓得吗，来砍树平地的是谁？曹老大、胖会计，说不定还有伏老木，他们可是你的死对头啊！"

"嗯?"先智像榨坊里的油籽料被榨杆撞了一下,黑了脸,站起身。

"你晓得今儿是么日子? 阳历十二月二十六,毛家爹爹出生的日子。那个曹老大对人讲,就挑这个日子,那帮穷鬼跟着姓毛的闹腾了几十年,就叫他们看看,老子们也有今天啦!"

"啊——"先智一声长啸,像一串鞭炮被火点着了似的跳将起来。

也许独松今天说什么也不会说动窦先智,唯独触犯了他心里的毛家爹爹,他会刀山火海也敢闯的。三年前的九月九日之后的一天,他正在棉花地里锄草,三儿子世刚捧着收音机来告诉他,毛主席逝世了,他一锄头把儿子打倒在地,不顾儿子死活,扛了锄头往家跑,见人便问真假,可是,谁要说毛主席死了他便打谁。后来听先炳坐实了这个消息,他三天三夜滴水不沾,片刻没睡,坐在娘的坟头,死人似的不动窝,娘临死对他讲过,毛主席共产党的好,到死也不能忘。那年九月十八日下午两点,窦曾台人顶着瓢泼大雨听北京的广播,远近车船一通鸣响,窦先智和好几个老人晕倒在泥水里。

"别说了! 走! 快走!"先智一阵怒吼,震得火堆边草木灰四处乱溅。他在门前摘下光荣军属的牌牌,回屋找到土改时政府发给他的菱角田土地证,操起那杆竹耙子,拉起独松,叫他回去取那块光荣烈属牌牌,直奔大潭子。

昔日的菱角田,是大潭子与跃进河连接处的一块坡地,多年来,经过围潭去坡的整治,已与曾善明原先的刀把田连成一片,同样平展,河上架了桥,公路从田边经过,早已看不出菱角田的旧模样,只是那两棵保留下来的老杨树,偶尔让人回想一段历史的光影。

此刻,天上大雪纷飞,菱角田雪地里两拨人针锋相对,相持不下。夏老师、曹老大带一伙人,开着手扶拖拉机改装的铲车来平整土地,手持大板斧来砍那两棵杨树。窦为香、窦先尧领着台上人当面堵截,寸步不让。公社主任和大队支书曾先炳拦在他们中间,不让打起来。

正当几个夏老师的人突破阻拦、扬起板斧,砍向那两棵杨树时,先智到了。他一个箭步跃起,飞身扑在树前,挥手一耙,把砍树的人打倒在地。他不声不响,旁人不睬,从怀里掏出军属牌子,用红丝带拴了,挂在一棵树上,又从独松手中接过烈属牌子,挂在另棵树上,然后,跳在两树间,手挂竹耙,大声喝道:"打天下,我姑奶奶儿子丢哒性命,守天下,我的儿子在千里外站岗放哨。这两块牌子挂在这里，谁敢动这两棵树，动这里一草一土，老子跟他拼个你死我活！"

这两棵三十来年的杨树，与新中国同时生长，按洪湖岸边人的说法，杨不及九柳不过八，应该仍属青壮年，但也饱经风霜，历世沧桑。褐色表皮和深陷的裂纹，紧紧护卫着木质的纯白。冬日里，叶已落，枝已枯，雪片压在枝头，犹如坚不可摧的战士，守卫着这片田野。现在缠了红丝带，挂了红牌牌，就像老战士戴上了红领巾，焕发出炙手可热的青春。

"好！跟狗日的们拼哒！"台上人群情激昂。他们记得，"四清"运动批斗队干部时，姑奶奶挂着拖罐耙子，把烈士牌牌拍在洪少谱和工作组面前，他们屁都不敢放一个，这东西神灵。

夏老师等人纷纷后退，曹老大不服，跳出来嚷道："你这老铳气，莫要张狂！现在不是你们那个年代了，红牌牌不是挡箭牌，兄弟们，上！"鼓动他的人上来砍树、动土。

"狗日的，你还想翻天啊？老子打的就是你！"先智七窍冒火，全身冒烟，挥耙朝曹老大扑过去。

"住手！"洪少谱及时赶到，后面跟了一堆县区干部。

先炳拉住了先智。

"乡亲们，年代确实不一样了！"洪少谱抹一抹头发上飘落的雪花，转圈与台上的人打招呼，人们扭头不理他，他顾不上计较，停住脚步，讲了许多变革之年要纠正错误、肃清影响的道理，最后解释说："夏老师承包工厂，搬迁厂址，是区社两级党委批准的，目的是鼓励一部分人在发家致富中走在前面，他们先富了，就可以带动大家共同致富，这有什么不好呢？你们别听窦先智这种人胡搅蛮缠。"

"洪小个子，我今天就是要胡搅蛮缠给你看看。"先智持耙直立在少谱面前，从怀里掏出土改时发的菱角田土地证，挥一挥。"这证，是长子区长和你发给我的，算数吧？我现在要收回我的这块田，交到队里，重新搞集体合作社。你们可以退回资本家的宅院，我这个老贫农自己垦荒的地，该不该退？"

"该退！该退！收回老田，重组集体！"田间一片呼声。

洪少谱被问住了，嗫嚅了半天，气急败坏地说："你这个鸡头苞，就是在胡闹！"他抬头一看，人群背后的赵扶民和刘小牯正打量自己，觉得又丢了面子,下不了台,便灵机一动,挥手大叫驻队工作组长。无边眼镜跑过来,他训斥道:"你们搞的什么揭批查?让这种漏网坏分子胡闹!立即召集工作组开会,我要整顿!整顿!"说完,他走向赵扶民,悄悄讲了几句,带领县区来人先走了。

夏老师见势不妙,招呼他的人往回撤。

有个人影在树后闪了一下,先智看到了,一把揪出来,厉声喝道:"伏老木,我有言在先,你这个臭棉籽烂在土里,不冒出来害人,我可以放过你。你也答应过,在公社卫生院厕所里,你撅了屁股的,忘记了?又出来祸害人?"

"没忘,没忘!"伏老木往树后拉先智,避开人。"先智,我答应你的,绝不反悔。可是,气候变了,有人硬要把我拉出来、拱出土,我身不由己呀!不过,我决不祸害人,要不然,你把我屁股打四个眼。"

"莫要耍花招!哪个拉你拱你?说清楚!说不清,老子放不了你!"先智揪住他不放。

"先智,好兄弟,过后再告诉你,行不?"老木那只爬满皱纹的独眼,露出真诚的哀求。

这时,先智听到为香、先炳几个高声呼叫他,一不留神,老木挣脱开,小碎步跑掉了。

不远处,曾善明在田边迎上伏老木。他今天把夏老师一伙人领来,满以为有洪少谱撑腰,又是自己承包的田,平田建厂不会有问题,一定会挫挫窦为香这帮人的锐气,自己往后也可不动声色地往钱罐子里装钱,该多好啊!哪知叫这个铳气这么一闹,全台上的人都出来助阵,自己再也不敢露面,憋气认输。刚才那阵子,他一直与伏老木一起藏在人群后面,洪少谱走后,他示意老木快走,谁知又被这铳气揪住了,他不敢靠近,远远地看着。此时见老木逃脱,赶紧拉他溜走。

刘小牯和赵扶民在人群后瞩目静观了一段时间,全身披满了雪花。

"扶民,那年他带了麻绳来捆他儿子,不让儿子当兵,你拉他个别说了几句话,立刻打通了他。我当时问你,说什么了,怎么这么灵?你说,不让儿子当兵,就让你回到旧社会,逃丁、当长工。还记得吧?"小牯触景生情,回忆起十年前那段往事。

"记得,记得。"赵扶民想起与窦先智三十来年的交往,深情地说:"可

258

以说,窦先智,还有曾先炳、窦为香这些人,是新中国翻身农民的典型代表。爱党爱毛主席爱社会主义,已经融入他们血液中、骨子里,成为他们生命的象征,活着的含义。他们可以容忍一切,但决不容忍污辱党和领袖。他们可以舍弃一切,但决不舍弃农村社会主义建设的事业。他们是我们党在农村的根基,什么时候也不能忘了他们,更不能抛弃他们呀!"

"是啊!"刘小牯向赵扶民介绍了窦先智从大连回来后的思想变化,准备离开乡下进城的打算,说:"从今天的情况看,可以肯定,他会又一次大彻大悟,保准会留下来,继续在乡下做他看准了的事。"说到这里,小牯锁紧了眉头,叹道:"忘记他们,就意味着忘记了我们当年闹革命的初心! 如果抛弃他们,就意味着背叛啊!"

"说得对,我们决不做这种事!"赵扶民拍了拍小牯的肩膀,情不自禁地叫了声:"窦先智,老庚兄弟!"

先智听到先炳几个叫他,并没辨认出扶民的叫声,他没去追赶伏老木,放走了他,扛着耙子走向欢笑着的人群。

人们拥上来,把先智围在中间。

"风亭,这次看清楚了吧? 狗日的们没安好心,分田搞单干不说,还要占我们的田,叫夏强德的孙子来糟蹋我们的地,挑今天的日子埋汰我们的毛家爹爹,想重新骑在我们头上啊! 你眼又不瞎,还忍心走吗?"为香上来给先智一拳。

"不走啦! 留下来跟你们一起重新搞集体化!"先智放下耙子,挂在地上,不好意思地抹了抹头脸上的雪花。"原以为包干单干,都是搞社会主义,哪晓得狗日的曹老大这伙人,竟想变天,把老子们又翻到旧社会去,哪能让他得逞?"

大雪纷纷扬扬,田里的人如披着雪披风,分不清头脸。先智凑近前,欢快地叫着:"先炳、先尧,把我入到工业合作社去! 独松哥,莫再埋怨我,我跟着你去管厂子!"

"好啊! 总算回心转意哒!"分不清是谁,一片欢呼。

"刘书记! 赵书记!"先炳发现了身后站着的刘小牯和赵扶民。人们转身围住了他俩,上来拍打他俩身上的雪,拉衣扯袖,亲热得不行。

"乡亲们,解放那年,我们乘汽筏子来宣传土改,一晃三十年过去了,你们把一个贫穷落后闭塞的小乡村,建设成了远近闻名的社会主义新农村,我和小牯书记看着就高兴！了不起呀！今天,你们经过一段分田单干的痛苦,最终选择重走集体合作道路,并且,不是简单的重复,而是要摸索一条亦工亦农、亦街亦乡、全面发展的新路,更了不起呀！我就要退休了,准备学小牯书记的样,来你们这里落户。好不好啊?"

"好！好!"没有掌声,人们原地跳跃。

先智早把耙子扔给他人,上来拉着赵扶民的手,不停地叫着他的老庚哥,趁扶民讲完话的空档,认真地说:"老庚哥,您郎不是总惦记我入党的事吗？今儿,我掏出心肝交给共产党,打死我也要入党!"

"为什么呢?"扶民笑着问。

"十年前那天,您郎也这么问我,我说,沾沾光,出出力。今儿,去掉前半句,就是为了给党出力,为党争光,跟狗日的祸害党的人斗争到底!"先智一脸严肃,毫不含糊。

"好！我以一个四十八年党龄的老党员身份,愿意做你的入党介绍人。"刘小牯说。

肖老大、光棍周一帮老农在旁边听到了,立即起哄:"你这铳气要是入了党,我们也要入！不光是跟共产党走,还要入到里面一起干！斗争到底!"

雪花仍在飞舞,大地一片朦胧。

戴着口罩读《地扒根》（代后记）

一

糟糕！老爸的小说《白牯牛潭》前三部出版发行了。

偏偏这个时候，老爸又缠着要我给他的新作写点诠释的文字，理由是我为前三部写的那篇读后感兼为序，为他的书增色不少。这倒并非虚言。书出版后，网上购销火热，我在大连的中学同学特别是中山大学的校友们，纷纷购买，不时传来美言，有的甚至说，你的序比你老爸的书写得还好。

我不以为是，因为捡芝麻丢西瓜舍本求末的话，早在五千年前的楚国人就说过，叫作买椟还珠。没有珠哪来椟？椟再好也要看珠好不好。所以我犹豫再三，该不该继续为老爸的新作写点什么。

此时，一场新型冠状病毒席卷全球，在英国排山倒海而来，我们一家四口蜷缩在伦敦泰晤士河边的这栋小别墅里，眼望蓝天，耳听涛声，不敢出大门半步。手机电脑，成了我们与外界联系的唯一通道，命悬一线。

就在这段时间内，老爸把他的第四部原稿，一节一节地传过来。我戴着口罩，居家防疫，便一节一节地读。

门外是疫情，门内电脑上是老爸写作的乡情，"两情若是久长时，又岂

261

在朝朝暮暮"。毫不相干的疫情与乡情,鬼使神差地联系在一起,我便在朝朝暮暮中生出了许多随感,记录下来,便成了这篇类似狂想曲的杂谈。

今年十月,我把这些杂谈发给老爸,老爸一阵叫好,说这就是我想要的。

我也算交差了。

二

有学友看了老爸的书,问我:"你老爸年近七十,退而不休,花十年功夫,撅了个七十多万字的大部头,哪来这大的劲头? 图个啥?"我把这个问题转给老爸。他冷冰冰地回了一句话:"没事找事呗!"

其实,早先他在我伦敦家中写作前三部书时,我便问过他同样的问题。他当时轻描淡写地说,只想把家乡和家人经历过的事情记录下来,留给后人一个纪念,别的,没想太多。我也没想太多,这个问题便搁下来了,直到书出版后,有人问起,我便往深处想了想,也许并不像他说的那么简单,但仍然没有寻到答案。

今年春节后,疫情在英伦三岛蔓延,学校关闭,俩孩子在家上网课,我陪坐一旁。有一天,信手翻阅《圣经》,看到亚当夏娃偷吃禁果的那段文字。显然,人类始祖偷吃禁果,是受到蛇的诱惑,产生了欲望的冲动。读到这里,我突然感到眼前亮光一闪,老爸写作的冲动与坚持,一定受到了某种类似蛇的诱惑。

依循这个思路,我去研读老爸写的后记。他记叙了一段与书中人物原型赵大爷的一段精彩谈话,写道:"我记住了,为了我的家乡父老那段抹不去的历史。"啊! 我恍然大悟,老爸写作的冲动与执着,来自他对家乡历史真实的追求与崇敬。这种追求与崇敬,竟然产生了如此震撼的力量! 整整十年,"衣带渐宽终不悔,为伊消得人憔悴"。

找到这个答案,我并不难理解,历史的真实,或者说真实的历史,对于一个国家、民族、家族,是何等地重要。欲亡其国,先毁其史,一个国家的消亡,总是从历史的湮灭开始的。而且历史被篡改抹杀的事,便非少见,白居易就曾感慨道:"周公恐惧流言日,王莽谦恭未篡时,假使当初身便死,一生真伪复谁知?"

如果有人不信或者忘记了,今年以来防疫抗疫的历程,应该补上这一课。2020年初，在老爸的家乡湖北发生了新冠肺炎疫情，对此中国政府信息公开透明，并果断封城，遏制了疫情，这就是历史的真实。但美英等西方的一些政客却罔顾事实，甚至歪曲捏造历史，污名化、妖魔化中国，漫无边际地"甩锅"，还演出了一场向中国索赔的闹剧。难道能够容忍这种随意歪曲历史的恶作剧吗？显然不能！因为昨天就是今天的历史，今天也将成为明天的历史，否认了昨天，就是在毁灭正在进行的今天和可期待的明天。在伦敦的电子媒体上几乎天天见到祖国人民的愤怒呐喊，我完全感同身受。

同样的道理，新中国走过来的前三十年，进行了艰辛探索，取得了巨大的成就。然而一个时期内却不断有人抹黑那个年代，歪曲那段辉煌的历史。老爸挺身而出，通过描述一个乡村两姓人家三代人的生活遭遇，全景式地再现了那个年代的面貌，还原了历史的真实。这就是支撑老爸十年笔耕不辍的力量源泉。为寻求历史的真实，老爸用他的书，在体现一个战士的呐喊、一个勇士的担当。只有"铁肩担道义"，才有"妙手著文章"。

我明白了爸爸的初衷，也就深刻地理解了他的作品。但是老爸的力量，是不是来自"蛇的诱惑"？我没有问过他，而且也不重要了。有一天，我和他视频通话，聊到世卫组织会徽"蛇杖"，我卖弄道，太阳神阿波罗的儿子阿斯克勒庇俄斯，手持蛇杖行医，普救众生，却遭到众神之王宙斯雷击而死，蛇杖却传下来了，成为西方医学的象征，做了世卫组织的会徽。这些日子，蓄小胡子的世卫组织主席谭德赛先生总在这徽章下侃侃而谈。他问我，这杖上的蛇与伊甸园里诱惑夏娃的蛇，是不是一个含义？我说不清楚。他却说，这条蛇，是开启人类善恶智愚之门的鼻祖，没有这条蛇的诱惑，便没有人类文明。蛇的诱惑，是可以催生动力的，只是现今诱惑的方式和形态变化了而已。

于是，我相信，老爸读过《圣经》，是方式和形态变化了的蛇的诱惑给了他力量。

三

第四部《地扒根》（一九七九），把读者带进那个极不平凡的年份。那一年，我才三岁多，不记事的年龄，长大了，才知道这个年头对于中国人是难以忘怀的。

在作者的笔下,这一年,谢仁口街上和窦曾台乡下,人们的生活悄然发生了变化,干部穿了西装,女人裙下露出大腿,男娃的喇叭裤迎风摆;饭后用牙签戳牙缝,擦嘴擦脸用纸,大便后擦屁股也用了纸;高腰袜、折叠伞、电子表、尼龙蚊帐一类的新玩意,露面就疯抢。当然,还有偷抢拐骗渐行渐近。但是窦曾台人怀善行善却没有改变。老爸秉承前三部对真善美的歌颂,剔肉见骨地表现了新时期的善。

善的最高层级是克己利人,最高境界则是自我牺牲。作者塑造的众多先进典型人物,牺牲精神无不贯穿其中。在前三部中,为求解放奋斗了一生的曾善亮,新中国成立那年却"弃明投暗",去台湾,入虎穴,探情报,英勇就义。两个老婆婆,入社时,一个捂着鸡屁股,一个锁了菜园,把鸡蛋和瓜菜交给公社,等等。在第四部中,在新的社会背景下,老农窦为斗看护牛,死死抓住牛尾,被偷牛的亲孙子拖地爬行,临死前,也要通过广播喊几声别散了集体。主人公窦先智家境转好,两个儿子为他在城里找了工作,安了家,但他察觉到有人要变共产党的天下,便毫不犹豫地舍弃了进城享福,留在乡下搞集体合作化。

特别是作者塑造了曾后秀为爱献身的悲剧形象,读来不禁让人潸然泪下。后秀深爱他的同学窦世豪,而十分鄙弃钟情于她的洪光灿,但当洪家父子以陷害世豪要挟她时,后秀毅然决然地割断与心上人的联系,强作笑脸去迎合一个自己不爱的人。她为爱所牺牲自己的一切,无人知晓,不仅没有得到赞美,反而招致心上人的误解甚至窦家人的怨恨。作者借她小姨之口痛惜她像一根棉油灯蕊,燃烧了自己,照亮了别人,还要遭受刀剪棍拨。

离开老爸的书,环顾四周抗击新冠病毒的现实世界,我也看到了满满的善——伟大的牺牲精神。为了阻断疫情,武汉封城,一千多万江汉儿女自我隔离在斗室之中,长达五个月之久。救援武汉的逆行者,舍弃儿女的母亲,告别父母的儿子,投入到没日没夜的奋斗中。我的身边,也不时传来英国的医生护士,为了抢救病人,甘愿自己受传染的感人故事。在伦敦封闭的日子里,街上空无一人,只有闪电般的快递员,穿行在大街小巷,把食物和期望一同投向每个封闭的家门。

这时,我在网上看到了十七世纪中叶英国亚姆村的故事。善,属于人类,自古而然。为了阻隔黑死病传播,村民自愿封村,344人中死去267人。现在那里仍然竖立有逝者的墓碑。其中牧师威廉自撰的碑文上写道:

"希望你们把善良传递下去!"

从老爸的书中,从防疫抗疫的现实世界中,我看到了同一个金光闪闪的字眼——善。

四

有一天,一位在美国就业的同学与我视频通话,说你爸小说中洪少谱这个人物的原型,在美国出现了,就是抗疫中的川普总统。我困惑不解,这哪跟哪,关公战秦琼啊?可是,当我仔细研究了这两位人物之后,还真的有点信了。

小说中的洪少谱,是老革命刘小牯从路边捡来参加革命的,打过仗,立过功,当乡长后去大城市受训,住宾馆,回来变了样,蓄长发,怀揣一把小梳子和手帕,时不时掏出来理头发,擦擦脸颊,用以显示威严,或掩饰窘态,保持镇定。"大跃进"时狂热冒进,自然灾害中转冷搞单干,"社教运动"来了,又转热整基层干部。"文革"时期,先当先锋后被打倒,复出后比台面上的人更"左",追查改麦种豆,割"尾巴"砍自留地,反翻案扼杀分组承包。进入改革开放,他一百八十度大转身,解散集体,鼓吹私有,强迫单干。

这是一个作者精心塑造的反面人物,但他不是坏人,不贪不占,吃喝嫖赌不沾边,甚至有些洁身自好,作风强悍,办事利落。谈不上他信奉什么,但他一生好面子却始终不渝。他总结的"鸭子占位理论",使他在几十年的农村政坛上保持不败记录,仅仅只是"文革"初被短暂打倒。读者对于这个典型人物可以作各种解读,但在我看来,这是一个长期政治运动孕育的风派人物。

这样一个农村基层领导人的典型形象,怎么与堂堂美国总统特朗普扯上呢?扯扯看——

川普以一个二流地产商起家,薄唇翘嘴,瓦片式的金发,满嘴跑火车。新冠肺炎疫情在中国暴发,他惊慌失措,第一个派飞机从武汉撤侨,中断中美人员往来。美国暴发疫情,他不当回事,说比流感死的人还少,美国不用紧张。疫情愈演愈烈,他忽冷忽热,左右摇摆,戴不戴口罩、搞不搞测试、要不要封城、能不能复工?他发了几百通推文,提了几十个预见,几天一个变,没一个兑现,便朝中国、世卫、专家、民主党四处"甩锅"。时至今日,美国染病八百多万人,死亡二十三万多,全球第一。川普却宣布他的表现

A+,是美国历史上最伟大的总统。

撇开这两个人的身份环境具体行为不论,他俩真有许多共同点:洪少谱好面子,把个人名声看得比命大;川普好历史垂名,为了竞选连任,可以践踏人间一切。他俩都受到这同一灵魂驱使,因而处世摇摆不定,变脸比翻书还快。肩上除了扛着个人声誉之外,再也搁不上半根稻草,一切过错都"甩锅"出去。当然,也还可以找出他俩其他通病,这里不再赘述了。

老爸书中典型人物的典型特征,居然印证在不同时间不同区域不同地位的人身上,这是老爸绝对想不到的,也绝对是一种巧合。但是这正是文学艺术的奇妙,越是"个性"化人物,越具有"共性"化特征,可以穿越时空,让读者找到抽象的"人"的影子。

这是不是一种量子纠缠?有点像。

五

英国的疫情愈演愈烈,一波未止,第二波又来了。管制再度收紧,停学停工停业,人们又回到家中。

两孩子在家上网课,老公网上办公。我烦,我躁,我厌恶!去他的novel coronavirus(新型冠状病毒),不去过问这狗东西,我躲在楼上卧室严严实实戴着口罩专心看老爸的第四部,边看边琢磨书中各种各样的人物,看他们的典型性格是怎样塑造出来的。

文学就是人学,文学作品的魅力,集中于典型人物的典型性格。老爸发来几篇评论文章,其中大连读者王文琪,专题讨论了书中塑造典型性格的几种艺术手法,如行为语言心理特征等,我都赞赏。但往深处探索,我发现,老爸把人物放到社会大背景下制造冲突,更是塑造人物性格的一大特色。第四部描述白奶奶的死,就是例证。

白奶奶少年自由恋爱不成,被逼屈嫁乡下,但她不顾"捅一指头,全身冒血水"的痛苦,仍然保持与初恋情人徐先生交往,最终两人私奔到湖边,却被工作组当"盲流"护送回来。她再也见不到老情人,在抑郁中勉强度日。一天晚上,她在广播中听到"工作组"三个字,昏迷过去,坐在大潭子边的树墩上,看到墩上犹如老情人送给她的信物单眼扣似的年轮,才苏醒过来。当她再次听说工作组要下乡时,安静地死去。临死前,她对儿孙们说,人要识好歹,懂得报恩,自己与徐先生一生无染,只为报答他终生不娶的恩情。由此,她引申到共产党好,儿孙们要终生不忘报共产党的恩情。

一位乡下老人死去,再平常不过,不会引起任何波澜,但作者把她的死,放到社会大动荡的背景下,工作组对她并无恶意,却意外地造成了她死亡的诱因。这样,白奶奶怀恩痴情、执着坚守的典型性格,不仅鲜明地突显出来,而且打上了时代的烙印。这就是小故事大背景运用之妙。

写到这里,我儿子跑进来,说电视中有个老人死了。我下楼看到了这个画面:一对英格兰老夫妇,都染上病毒,被隔离在两个不同的房间,垂危之际,他俩相互不告诉真相,用视频讲述各自的健康快乐,安详地告别,悄悄地死去。病房外的街道旁,年轻人快乐地喝着德国黑啤。

不想看到疫情,病毒,却还是逃不掉。

除了悲愤,我突然觉得我写的上面这段文字,留有余缺:典型人物的塑造,不仅仅只是用笔书写的文字,生活本身就在塑造典型人物。

六

文学有无阶级性?二十世纪,从上海的亭子间到延安的鲁艺,一直争论不休。到了"文革",任何文字都被贴上了阶级的标签;过了"文革",仿佛一夜之间,这个"阶级的标签"又被吹了个精光,只剩下满地乱跑的无标签的人。但是严肃正直的作家们,仍然没有忘记鲁迅先生所说,要做超阶级的作者,"恰如用自己的手拔着头发,要离开地球一样"。显然,老爸是其中一个,他的第四部《地扒根》,是承认并且表现文学的阶级性的。

与前三部一样,老爸直言不讳地表明,将此书献给"新中国的翻身农民"。也就是说,他排斥了被推翻的地主富农等剥削阶级。联想到邓小平说过,如果改革真的走了邪路,工人阶级不答应,土改后的翻身农民不答应,这里,翻身农民是一个阶级的范畴。作为作者,老爸的阶级立场显而易见。

从内容来看,作品的阶级倾向性也是鲜明的。主人公窦先智,不舍不弃地抓寻一个隐藏的国民党逃犯,终于找到了证据,正要唾手擒拿之时,"四类分子"摘帽了,而且这个逃犯无可奈何地承认了捣乱失败的结局,表示愿做一颗"烂在地下的臭棉籽,不再冒出来害人"。窦先智以胜利者的喜悦,欣然接受这个结局。但是当这伙人错估形势,趁机要变共产党的天下、砍他的树、占他的田之时,窦先智沉寂的阶级警觉再次被唤醒,顺理成章地演出了一场挂军属牌、烈属牌，挥耙护田护树的壮烈场面。

不过，作者并没有把翻身农民与敌对势力的矛盾斗争作为小说的主线来写，而只是作为一条附着的支线，时明时暗。主线是一个乡村两个家族三代人的恩怨情仇。但作者描述这条主线时，并没有离开社会矛盾而抽象地表现善恶美丑，而是紧紧与此相随相伴，展示了党内外的矛盾与斗争，表现了党领导农民建设社会主义的艰辛探索，揭示了党与农民的共同命运，犹如地扒根草不离土、土不离草，根基牢不可破。

这种特有的党群关系，不仅是历史的真实写照，而且具有极其重大的现实意义。在全球抗击新冠病毒的今天，西方资本主义世界一片混乱，截至今日，染病已达七千多万人，死亡五百多万。反观共产党执政的中国，牢牢锁定在八千多例确诊四千多人病亡的范围内。党的坚强领导，牢不可破的党群关系是最重要的原因。

病毒流行，没有阶级性，不分贵贱，不论姓社姓资，但如何认识和对待，却带有不同阶级的不同属性。文学作为一门艺术，也没有阶级性，谁都可以掌握运用，但作者及作品却无不带有阶级烙印。这两者是否能攀上一点关系呢？我以为是的。

我更加引以为是的，还有老爸的作品宣扬了战斗精神。《国歌》唱得好："冒着敌人的炮火前进！"倘若没有了敌人，哪来的炮火？怎么前进？

七

新冠病毒仍在全球肆虐，犹如一部长篇小说，或者一部电视连续剧，高潮迭起，远没见尾声。

当疫情爆发时，西方的占星术、塔罗占卜、灵数学之类，还有什么鹦鹉猩猩预言等，纷纷出笼，预测疫情结束之日。这些曾经算准过苏联解体、美国大选、海湾战争等的预测，这次则无一灵验。

全世界每天都有人染病死亡，数量与日俱增。在这些冰冷的数字背后，都是一个个鲜活的生命。我无心去讨论什么占卜预测之类，只是想说明，事物的发展变化是不以人的意志为转移的，往往是出乎意外而不可预知。

这个命题的提出，又触碰到了老爸的小说，如何描述人物命运和故事的结局？

有位不知名的读者，在网上评论说，作者构思情节发展时，往往先描述出一条明显的路径，预示某种结果，但临终笔锋一转，出现了读者意想不到的结局。他把这种结局称为"崔氏断崖"。仔细读来，真是有迹可寻。

那个神秘的渔鼓筒，里面装了一百八十块光洋，隐藏的国民党逃犯和富裕中农曾善明，还有主人公窦先智他爹，紧紧盯住了上十年，最后光洋摆在他们面前时，窦先智却把光洋丢进滚滚洪水中。窦世豪借了个女朋友回家探家，两人情趣各异，原指望装装样子，到头来却弄假成真。曾后秀进城见心上人窦世豪，裤兜里揣了一把图钉，扎着手心说假话，手一松，在幻影中扑进情人怀中，眼看就要破镜重圆，哪知图钉又扎了手心，两情人重踏异途。还有一个不起眼的曾独松，靠侄女公爹洪少谱的关系，进公社当了国家干部，捧了铁饭碗，承包制来了，他却自己砸自己的饭碗，回乡又当了农民。

几乎所有的主要人物和主要情节的结局，都是一个断崖式的急转弯。但是读起来并不感到突兀，掩卷回想，尽在情理之中。

如果请各类占卜学家来预测老爸作品中人物事件的结局，也许与预测当今疫情的结局一样，都会落空。这并不难理解，作品反映的是更集中更强烈的社会生活，与疫情发生发展结局相似，同样具备客观事物的发展变化规律。我们只能科学地认识，而不能主观臆造，不能像有些作品一味猎奇而胡编乱造，更不能像美国总统川普先生那样信口开河，在后来的事实面前碰得头破血流。

当然，在情感上，揣测疫情的结局，令人揪心；看老爸小说的结局，则魅力四射。这是完全不同的情感体验。

八

老爸的小说前三部发表后，许多友人鼓动他把原著改编成电视连续剧，说这部书情节曲折、场景丰富、画面感强，如果搬上屏幕，说不定出一个新版《白鹿原》，准火。

老爸受不住怂恿，动心了，不为别的，只为他心中那个抹不去的家乡情怀。他奔走在北京、武汉、广州三地，寻求出资人、制作人，很快有了着落，某著名文投公司欣然接受，并委托某影视公司审读原著，改编剧本。该影视公司组织专家评审，给出报告，说题材、故事、立意都很精彩，没得说，但缺少一个贯穿始终的女主角和男女间成块的桃色故事，没有女一号和绯色，年轻人不爱看，受众面狭小，市场价值就难说了。然而另有影视公司不以为然，愿意接手改编成剧。目前，各方仍在商讨之中。

所谓专家的这种挑剔有无道理呢？我以为，从影视市场化角度看，有那么一点点道理，但是从文学艺术包括影视艺术的审美判断上分析，这点道理便站不住脚了。

应当承认，女性美，爱情美，性感美，男女间情感纠葛引发共鸣的体验美，这不容置疑，但这不是文学作品美感的唯一。《水浒》《西游》《三国演义》，并没有贯穿始终的女一号，也没有成篇累牍的性爱故事，仍然深受喜爱，相反，专事男女秘事房事的《金瓶梅》却遭人鄙视。可见，为了迎合低级趣味，靠女性颜值来招徕观众是靠不住的，那些生搬硬造的媚女娘腔，更遭人唾弃。近些年来，为了制造感官刺激，某些影视神剧闹剧，把凶残的女汉奸特务也变成了水灵灵的小鲜肉，取乐一时，终成笑柄。应当肯定，女性不是也不应该是文学包括影视作品的模特儿，更不是这些作品的佐料噱头。文学经久不衰的吸引力感染力，还在于源于生活而又高于生活的丰富多彩的艺术再造。

当然，文学也不会排斥女性的美学价值。老爸书中就塑造了众多女性形象，虽然不是主体人物和主体情节，但仍然美感四射，吸人眼球。他写了三代女性。老一代中的姑奶奶正直善良，敢做敢当，晚年活在对儿子的期盼中。白大姑与徐先生一生不离不弃，老年离家私奔，同一天不约而故世，演绎了一场轰轰烈烈的生死恋。第二代女性徐玉珍、曾独梅、桃英、栓哥等，各具特色，光彩照人。特别是第四部，作者刻意描绘了第三代女性曾后秀与窦世豪的爱情故事，爱之深却弃之远，世豪因爱转怨，后秀则为爱屈身，两人半生不得解脱。由此看来，那些专家挑剔得并不太专业。

不久前，国内传来消息，一大批女医生护士、女社区工作者、女志愿者等，在抗疫总体战中受到国家表彰。全身防护服掩盖了她们娇美的身姿，看不出一丝性感，但在国人心中她们却是最美的，最吸引人的人。

我对此感到幸运，为我的论点找到了新论据。

九

最后，我该回答读者最关心的问题：老爸会不会继续写下去？

按照爸爸的计划，接下来，他应续写第五部《冰溜子》（一九八九）、第六部《睡莲花》(一九九九)。这是改革开放的年代,社会生活发生了翻天覆地的变化,我们"70后"中青年十分熟悉的岁月,甚至每个现在活着的人都将身处其中。我和读者一定翘首以待,然而老爸却举棋不定,含糊其词。

我多次追问老爸,写不写呀?他说,等等看。

他在等什么、看什么?几次通话探讨之后,我明白了,他在等待社会的反响。犹如十月怀胎,生下一小儿,人们对这呱呱坠地的娃儿,怎么看,怎么说,作者似产妇般的期待,自然是急切的。

除此之外,他写作的某些动力源也在减弱。

我在前面讲过,他的第一动力是受到"蛇"的诱惑,为了他的家乡父老"那段抹不去的历史",披载十年,呕心沥血。我相信,他的这一动力源泉,永不会衰减。但是他的第二动力,却明显地减退了。这就是我的因素。

老爸说过:"女儿顶着我的脊梁骨,我才挺着腰写完了书。"是的,我坚定地支持老爸完成这一宏大心愿。但是疫情爆发后,我动摇了,不忍心再支持他写下去。英国封航,我回不了国。中国停飞英国,老爸来不了。我们父女近两年没见面。视频中见到的老爸,满头白发,眼睑下垂,尽管装出欢喜的样子,但鬓下的老年斑还是暴露出了他的衰老。对一个已迈进七十的老人,再鼓动他写下去,我于心何忍!大连读者侯文学引用清代平民诗人黄景仁的诗,"文章草草皆千古,仕宦匆匆只十年",评价老爸的书胜过了他从政。我搬出这句话来劝说老爸,已有四部书留在世上,可以了,不必再写下去,拼了老命不值得。老爸不置可否。

新冠病毒仍在世界各地愈染愈烈。我不知道,何时能阻止它的脚步。

请读者原谅,我也不知道,老爸的书是否能继续写下去。

第五、第六部的续篇还能期待吗?

崔薇崴

2020年10月于英国伦敦